Anna Karolina
Auf Tod komm raus

AF202255

Das Buch

»Einer von uns wird heute Nacht sterben.« Noch lacht Nicolas Moretti über die Prophezeiung seiner Zwillingsschwester, mit der er den Weihnachtsabend im Drogenrausch feiert. Doch als der kalte Morgen in Stockholm anbricht, ist einer von ihnen tot.

Ebba Tapper war ein aufgehender Stern bei der Polizei, bis man sie nach einem gewaltsamen Zwischenfall entließ. Nun bekommt sie eine zweite Chance: Staranwältin Angela Köhler beauftragt sie, in dem spektakulären Moretti-Mord privat zu ermitteln. Der Medienhype zerrt Ebba nicht nur in das Licht der Öffentlichkeit. Sie muss auch ihre früheren Kollegen hintergehen, um herauszufinden, was in jener Nacht geschah …

Die Autorin

Anna Karolina war fünfzehn Jahre lang Polizistin und ist für ihre glaubwürdigen Beschreibungen der Polizeiarbeit bekannt.

2014 erfolgte ihr Autorendebüt mit dem preisgekrönten Kriminalroman »Stöld av babian«, der 2016 auf Deutsch unter dem Titel »Der Pavian« erschien. Ihre Bücher wurden in mehrere Sprachen übersetzt.

Anna Karolina lebt mit ihrer Familie in Malmö.

ANNA KAROLINA

AUF TOD KOMM RAUS

Ein Fall für Ebba Tapper
Kriminalroman

Aus dem Schwedischen
von Peter Zmyj

Die schwedische Ausgabe erschien 2020 unter dem Titel
»Försvararen« bei Bokfabriken, Malmö.

Deutsche Erstveröffentlichung bei
Edition M, Amazon Media EU S.à r.l.
38, avenue John F. Kennedy, L-1855 Luxembourg
November 2021
Copyright © der Originalausgabe 2020
By Anna Karolina 2020 by Agreement with Grand Agency
All rights reserved.
Copyright © der deutschsprachigen Ausgabe 2021
By Peter Zmyj

Die Übersetzung dieses Buches wurde durch Amazon Crossing ermöglicht.

Umschlaggestaltung: bürosüd⁰ München, www.buerosued.de
Umschlagmotiv: © gyn9037 / Shutterstock; © LL_studio / Shutterstock;
© Oleksiy Mark / Shutterstock;
Lektorat: Cathérine Fischer
Korrektorat: Manuela Tiller/DRSVS
Gedruckt durch:
Amazon Distribution GmbH, Amazonstraße 1, 04347 Leipzig /
Canon Deutschland Business Services GmbH, Ferdinand-Jühlke-Straße 7,
99095 Erfurt /
CPI books GmbH, Birkstraße 10, 25917 Leck

ISBN: 978-2-49670-931-5

www.edition-m-verlag.de

1

»Einer von uns wird heute sterben«, sagt Jasmine, nimmt den Strohhalm zwischen die dezent rosa geschminkten Lippen und trinkt einen Schluck von ihrem Gin Fizz.

Nicolas sieht sie über den Tisch hinweg an. »Hast du dir das wieder von dieser Wahrsagerin einreden lassen?«

Jasmine lehnt sich in das mit weinrotem Kunstleder bezogene Polster zurück. »Ja, schon möglich. Aber sie hat tatsächlich in vielem richtiggelegen. Zum Beispiel, dass ich irgendwas mit Wirtschaft studieren soll und dass ich mich mit Beziehungen schwertue.«

Nicolas seufzt und lässt den Blick an einem dichten Weihnachtsbaum mit roten Kugeln und einem großen Stern auf der Spitze vorbeischweifen, der am Eingang steht. Er versucht, die Inschrift auf den Bieretiketten an einer Seitenwand beim Tresen zu entziffern. Die beiden sitzen in einer Eckkneipe im Stockholmer Stadtteil Traneberg. Zur Feier des Tages hat man entlang der Schmalseite einer der holzverkleideten Wände ein Weihnachtsbüfett aufgedeckt. Der Laden ist gut besucht von Gästen, die aus unterschiedlichen Gründen lieber hier als woanders Weihnachten feiern.

Nicolas liebt seine Zwillingsschwester, aber manchmal steigert sie sich in die verrücktesten Themen hinein. Zum Beispiel die Sache mit dieser Wahrsagerin, die behauptet hat, einer von ihnen werde vor seinem dreißigsten Geburtstag sterben. Eigentlich ist Jasmine überhaupt nicht abgedreht oder esoterisch, wie manche es vielleicht eher nennen würden, aber seit sie vor fast einem Jahr diese Seherin besucht hat, reitet sie ständig darauf herum.

»Die sagen doch immer Dinge, die man unterschiedlich auslegen kann«, versucht er zu kontern und führt sein Guinness-Glas zum Mund. »Das ist doch nur dummes Geschwätz.«

»Mag sein. Aber trotzdem sagt mir mein Bauchgefühl, dass etwas passieren wird.«

Nicolas schaut auf sein Handy. 21.03 Uhr. »Du glaubst also ernsthaft, dass einer von uns innerhalb der nächsten drei Stunden sterben wird?«

Jasmine streicht sich eine Strähne ihrer langen schwarzen Haare hinters Ohr. »Okay, vielleicht übertreibe ich. Aber ist dir bei der Vorstellung nicht auch ein bisschen unwohl?«

»Nicht im Geringsten.« Er mustert sie gründlich und sucht nach Anzeichen, ob es vielleicht noch etwas gibt, das sie beunruhigt. Aber nein, in letzter Zeit hat er ganz im Gegenteil den Eindruck gehabt, dass sie stabiler und glücklicher als sonst ist. »Okay. Wir leisten uns bis Mitternacht Gesellschaft und beweisen damit, dass das mit der Wahrsagerin nur Humbug ist.«

Sie zuckt mit den Schultern. »Was sollen wir auch sonst machen? Nach Hause zu Familie Moretti fahren und ihnen frohe Weihnachten wünschen?«

Die beiden können sich ein Grinsen nicht verkneifen. Heiligabend bei den Eltern. Kommt nicht in die Tüte. Er überlegt, ob er vielleicht seinen Nachnamen zu Karlsson oder so ähnlich ändern soll. Aber was würde das bringen?

Er prostet einem Betrunkenen zu, der ein paar Tische weiter sitzt, schließlich will er nicht unhöflich sein. Der Typ versucht jetzt schon zum dritten Mal, Kontakt aufzunehmen.

Wahrscheinlich hat er keine Lust, einsam zu trinken. Und warum nicht? Schließlich ist Heiligabend.

Doch als der Mann sich mühsam von seinem Tisch erhebt und auf sie zutorkelt, bereut Nicolas es auch schon. Er trägt ein schmutziges T-Shirt und, wie Nicolas bei näherem Hinsehen erstaunt feststellt, Holzschuhe ohne Socken. Anscheinend ist ihm entgangen, dass man sich an Heiligabend gut anziehen sollte.

»Bist du das wirklich?« Der Mann grinst und entblößt dabei eine Zahnlücke. »Nicolas Moretti, der Fußballer?« Er klingt wie ein nuschelnder finnischer Mumintroll und haut Nicolas zur Begrüßung kräftig auf die Schulter. »Du bist doch zu irgendeiner Mannschaft in Russland gegangen, oder? Plötzlich warst du weg, als hättest du dich in Luft aufgelöst.«

»Ja, kann sein.«

»Was hast du dir eigentlich gedacht, als du bei den Russen unterschrieben hast? Warst du auf dem Kriegspfad?« Er lacht lauthals über seinen eigenen Witz und drängt sich neben Nicolas.

Jasmine beugt sich über den Tisch. »Mein Bruder und ich haben heute einiges zu feiern«, sagt sie laut genug, um das dumpfe Gemurmel der anderen Gäste und die instrumentale Weihnachtsmusik zu übertönen. »Wir wären also lieber unter uns.«

Der Finne starrt sie an, als hätte sie etwas auf Japanisch oder in einer außerirdischen Sprache gesagt. Dann knufft er Nicolas in den Arm, sodass der sein Bier auf die rote Tischdecke verschüttet. »Sag mal, dieses EM-Spiel gegen Spanien. Du warst doch völlig frei, da hättest du schießen sollen, anstatt den Ball abzugeben.«

Nicolas nimmt eine Serviette, tupft die nassen Flecken ab und hört dabei dem Finnen mit halbherzigem Interesse zu. Wieder so ein Experte.

»Und etwas später hattest du zwei Verteidiger um dich herum, aber da hast du dann wirklich geschossen.« Der Finne fährt mit der Hand über seinen kahl rasierten Schädel. »Was hast du dir eigentlich dabei gedacht? Jetzt schieße ich, verdammt noch mal, weil ich vorhin nicht geschossen habe, oder was? Moretti hat geschossen, aber den Ball nicht reinbekommen.«

»Hören Sie, ich rede eigentlich gern über Fußball, aber nicht jetzt. Wie gesagt, meine Schwester und ich haben etwas zu feiern.«

»Was denn, kriegt ihr Kinder, oder was?« Als er keine Antwort bekommt, starrt der Finne die beiden abwechselnd an und stützt sich mit den Fäusten auf dem Tisch ab. »Na dann, frohe Weihnachten.« Er schlurft davon und setzt sich zu einem älteren Paar, dessen Teller randvoll mit Fleischbällchen, Hering und Kartoffelauflauf mit Zwiebeln und Sardellen beladen sind.

Die Frau weicht zurück, als der Finne sich vorbeugt und eine Brosche an ihrer Brust befingert. Der Mimik des Paars nach zu urteilen wird er wohl auch dort nicht lange verweilen.

»Ach so, was feiern wir überhaupt?«, fragt Nicolas und grinst Jasmine an.

»Vielleicht, dass wir beide morgen dreißig werden?« Sie spielt mit der Zitronenscheibe in ihrem Glas. »Was für ein beschissener Tag für einen Geburtstag. Ausgerechnet der erste Weihnachtsfeiertag.«

»Ja, das ist nun mal so.«

Jasmine hebt ihr Glas und prostet ihm zu. »Also, frohe Weihnachten, Bruderherz. Und herzlichen Glückwunsch im Voraus. Auf uns, die einzigen vernünftigen Morettis.«

»Und auf Douglas«, sagt Nicolas, nachdem er einen Schluck getrunken und sich den Schaum von der Oberlippe geleckt hat.

Jasmine nippt an ihrem Glas und stimmt Nicolas zu. »Auf unseren kleinen Bruder. Hoffen wir, dass er noch nicht so verkorkst ist wie wir.« Sie greift zu ihrer Handtasche. »Übrigens, weißt du schon das Neueste? Man hat mir einen Vertretungsjob in der Innovationsagentur angeboten, wo ich im Sommer gearbeitet habe. Irgendwann ab März geht dort jemand in Elternzeit.«

»Gratuliere. Da haben wir tatsächlich was zu feiern.«

»Und ob! Komm.« Sie steht auf, wedelt vielsagend mit der Handtasche und schlendert davon.

Nicolas weiß, was das bedeutet. Er weiß aber auch, dass er es nicht tun sollte. Trotzdem kippt er hastig sein Bier hinunter und folgt seiner Schwester in den Toilettenraum, wo keine der drei Kabinen besetzt zu sein scheint. Die Deckenbeleuchtung ist gedämpft, und ein paar Kerzen auf der Ablage über dem Waschbecken verströmen in dem weiß gefliesten Raum einen Duft nach Zimt. Jasmine schiebt Nicolas in die mittlere Kabine, schließt hinter ihnen die Tür und verteilt vier Lines weißes Pulver auf dem Toilettendeckel.

»Woher hast du das?«

»Als ob dich das interessiert.« Sie geht auf die Knie, streicht sich die Haare ins Genick, hält sich mit dem Finger das eine Nasenloch zu, zieht sich das Pulver durch einen abgeschnittenen Strohhalm rein und wiederholt die Prozedur auf der anderen Seite. Dann steht sie auf und wischt sich mit dem Handrücken über die Nase. »Bitte.« Sie reicht Nicolas den Strohhalm. Er nimmt ihn entgegen, obwohl er eigentlich nicht vorhatte zu koksen.

Er ist seit einem Monat clean. Sein Vater hat ihm einen Job in der Geschäftsstelle des Fußballvereins angeboten, aber nur unter der Bedingung, dass er die Finger von Drogen lässt. Es juckt ihn am ganzen Körper, zerrt an sämtlichen moralischen Nerven. Nur heute Abend, nur ein einziges Mal. Schließlich ist Heiligabend.

Er zieht sich die Lines hart und entschlossen rein, damit er gar nicht erst dazu kommt, es zu bereuen.

Scheiß drauf! Diesen Job, den sein Vater für ihn in einer Art verzweifeltem Versuch arrangiert hat, das zerrüttete Verhältnis zwischen ihnen zu kitten, will er sowieso nicht. Giorgio hat sich lächerlich gemacht, und nichts wird jemals wieder normal, egal, wie sehr er sich bemüht.

Als die Droge zu wirken beginnt, funkeln Jasmines Augen wie die eines Kindes, das soeben das schönste Weihnachtsgeschenk ausgepackt hat. Nicolas muss an die Schlittschuhe denken, die er mit fünf oder sechs Jahren zu Weihnachten bekam. Damals, als noch alles gut gewesen war, ihre Mutter noch lebte und sie eine ganz normale Familie waren.

Verdammt … Frohe Weihnachten, Zwillingsschwester.

Sie stoßen die Tür auf und bekommen einen Lachanfall wegen der Klobürste, die an Jasmines Haaren hängen geblieben ist. Nicolas hat keine Ahnung, wie das passiert ist, es ist ihm einfach nur aufgefallen, als er sich umgedreht hat. Und jetzt stehen sie von Angesicht zu Angesicht dem Finnen gegenüber, der ihnen offenbar draußen aufgelauert hat.

Der Typ lehnt an einem Waschbecken und mustert sie mit trüben, zusammengekniffenen Augen. »Habt ihr noch mehr von dem Zeug?«

Bevor Nicolas etwas erwidern kann, stellt Jasmine sich direkt vor den Finnen. »Ich muss mir die Hände waschen.«

Sein Blick wandert an ihr herab und bleibt an der Handtasche hängen.

»Gib mir ein bisschen, dann halt ich die Schnauze.«

Jasmine lacht. »Was glauben Sie, was ich habe?« Mit einer Handbewegung fordert sie ihn auf, ihr Platz zu machen. Die Miene des Mannes verfinstert sich, was ihn beängstigend wirken lässt.

»Komm, wir gehen«, sagt Nicolas und öffnet die Tür einen Spaltbreit. »Scheiß auf ihn.«

Der Kerl ist womöglich ein Psychopath, aber leider weiß Nicolas, dass Jasmine sich gern mit Leuten anlegt. Das ist doch nur ein Besoffener, will er ihr sagen, lässt es dann aber. Er will den Mann nicht unnötig provozieren. Der Finne sieht kräftig aus und hat starke Hände. Wahrscheinlich hat er mit ihnen schwere körperliche Arbeit verrichtet, bevor er dem Suff verfiel.

»Verdammte Rotzlöffel«, brummt er ihnen nach, als Jasmine endlich nachgibt und sich Nicolas anschließt. Während dieser ihr die Tür aufhält und selbst gerade dabei ist, hinauszugehen, zwängt sie sich an ihm vorbei und wirft etwas auf den Finnen.

Was war das?

Oh nein, die Klobürste. Der Finne brüllt.

Sie laufen schnell zu ihrem Tisch, schnappen sich ihre Jacken und verlassen fluchtartig die Kneipe. Sie ziehen sie sich erst über, während sie eine Abkürzung über den dunklen, menschenleeren Parkplatz nehmen.

»Verdammt, mein Schal.« Jasmine bleibt stehen und blickt sich um.

»Scheiß drauf.«

»Aber er war noch ganz neu.«

»Wir gehen nicht mehr zurück. Vergiss es. Von mir aus kann er ihn als Weihnachtsgeschenk behalten.«

Sie seufzt theatralisch, eilt jedoch zusammen mit Nicolas weiter durch den Schneematsch. Wenn bloß der Finne sie nicht verfolgt. Nicolas wirft einen Blick über die Schulter. Keine Menschenseele. Dafür nimmt er aus dem Augenwinkel eine Bewegung wahr. Er blickt zu dem Mehrparteienhaus ein Stück weiter hoch, wo in fast jedem Fenster Adventskerzen leuchten, und erspäht in einem davon eine Katze mit äußerst dichtem Fell. War es das gewesen, was sich bewegt hatte? Je länger Nicolas das Tier anstarrt, desto größer scheint es zu werden. Irgendwann kommt es ihm sogar so vor, als sähe er zwei Katzen.

Er schließt die Augen und realisiert, dass er zugedröhnt ist.

Scheißegal, ob da oben eine oder zwei Katzen sind. Hauptsache, sie haben den Mumintroll abgehängt.

Sie überqueren die Straße, lachen über die Sache mit der Klobürste und albern darüber, wo sie den Finnen getroffen hat.

»Leider nur an der Schulter«, sagt Jasmine.

»Wohin gehen wir eigentlich?«, fragt Nicolas. Feuchtigkeit dringt durch seine Stiefel und er merkt plötzlich, wie kalt und ungemütlich es ist. »Zu dir, oder?«

»Klingt gut. Ich wohne am nächsten.« In Jasmines Augen wird ein Anflug von Angst sichtbar. »Du bleibst bis Mitternacht?«

»Klar«, antwortet er, obwohl er ihre Unruhe für bescheuert hält. »Was kannst du mir anbieten?«

Plötzlich ertönt von oben ein knirschendes Geräusch. Nicolas duckt sich reflexartig und hält sich schützend die Arme über den Kopf. Ein Eisblock fällt unmittelbar vor ihnen mit lautem Krachen auf den Boden und zerbricht in messerscharfe Splitter.

»Das war knapp …« Nicolas schielt nach oben zu den Dachpfannen auf dem Haus neben ihnen. Ein zweiter Eisblock hängt gefährlich nahe an der Dachkante. Er schiebt Jasmine zur Seite.

»Ich habe es doch gesagt.« In ihrer Stimme schwingt Panik mit. »Einer von uns wird seinen dreißigsten Geburtstag nicht erleben.«

»Hör doch auf.« Nicolas legt einen Arm um sie und dreht den Kopf. Schon wieder ein beunruhigendes Geräusch. Diesmal jedoch kommt es nicht von einem Eisblock, sondern von den Holzschuhen des Finnen, die auf dem Pflaster klappern.

Nicolas flucht leise, stößt Jasmine mit dem Ellenbogen in die Seite und gibt ihr mit einem Kopfnicken zu verstehen, dass sie rennen soll.

Sie biegen in einen Fußweg und schauen sich in regelmäßigen Abständen um. Der Finne lässt nicht locker, sondern folgt ihnen schwankend, aber zielstrebig. Im Schein der Straßenbeleuchtung wirft er lange Schatten.

»Du hättest niemals diese Klobürste auf ihn werfen sollen«, sagt Nicolas keuchend zu Jasmine. Sie überqueren den Bahnübergang, steuern auf den Alviks Torg zu und rennen die Treppe zur Straßenbahn hinunter. Ein paar vereinzelt herumstehende Personen starren ihnen hinterher.

Nicolas schaut erneut nach hinten. Was zum …? Der Finne trampelt die Treppe hinunter, nimmt dabei zwei Stufen auf einmal und springt das letzte Stück.

Du hartnäckiger Schnorrer! Was willst du?

2

Ein paar Minuten später stürzen sie in Jasmines Flur, schließen die Tür ab, schnaufen und holen Atem. Nicolas lehnt sich vornübergebeugt an die Wand, die Hände auf den Knien, begegnet Jasmines verwirrtem Blick und sieht, dass sie beide dasselbe denken. Was für ein Irrer!

Nicolas späht durch das kleine Fenster an der Seite der Tür und ist erleichtert, als er niemanden sieht. Vielleicht ist es ihnen trotz allem gelungen, den Finnen abzuschütteln.

Sie hängen ihre Jacken an die Garderobe, und Jasmine verspricht, dass sie nie wieder jemandem dumm kommen wird.

»Das glaube ich erst, wenn ich es sehe«, sagt Nicolas und nimmt die Treppe in die hundert Quadratmeter große Einzimmerwohnung im Obergeschoss. Er sagt immer, dass seine Schwester die geilste Maisonettewohnung hat, aber Jasmine spielt das Lob jedes Mal mit dem Hinweis herunter, es sei bloß eine stinknormale Wohnung, deren Untergeschoss nur aus einem Flur besteht.

Wie du meinst. Wollen wir tauschen?

Nicolas fragt sich schon länger, wie sie sich als mittellose Studentin die teure Miete leisten kann. Vierzehn- oder sechzehntausend Kronen im Monat, so um den Dreh. Natürlich hat er seine Vermutungen, woher das Geld kommt, hat aber bisher bewusst nicht danach gefragt. Solange Jasmine damit gut fährt, mischt er sich nicht ein.

Oben in der Wohnung legt Jasmine Weihnachtsmusik auf, zündet Kerzen an und tanzt auf einem flockigen Teppich mit sich selbst. Hinter ihr zeichnet sich im Kerzenlicht eine erhöhte Ebene ab, wo sie das Bett hingestellt hat. Zwei Matratzen liegen direkt auf dem Boden, gemütlich ausgestattet mit Kissen, Decken und Fellen. Die ganze Wohnung ist eingerichtet, als hätte eine Fee mit dem Zauberstab gewedelt und alles in Weiß, Grau und Rosa verwandelt. Hohe Sprossenfenster, eine Kochinsel, deren Rahmen farblich zu den grau lackierten Schranktüren passt, kleine Couchtische, Hocker und Sitzsäcke.

Nach einer Weile tut sie so, als halte sie ein Mikrofon in der Hand, und singt im Duett mit Tommy Körberg die hohen Töne von »O Helga Natt«, während Nicolas sich aus dem Kühlschrank zwei Flaschen Bier holt. Er öffnet sie mit den Zähnen und gibt Jasmine eine davon. Im gleichen Augenblick macht sich ihr Papagei bemerkbar. Nicolas geht zu dem goldfarbenen Vogelkäfig, der neben der Kochinsel an einem Deckenhaken hängt, und reckt dem Graupapagei die Nase entgegen.

»Hallo Pelle. Wie geht's dir heute?«

»Fuck you«, krächzt der Vogel.

»Ach so. Du bist schlecht gelaunt?«

»Fuck you.«

Nicolas dreht den Kopf zu Jasmine. »Du musst ihm mehr als nur ›fuck you‹ beibringen«, ruft er laut, um ihren Gesang zu übertönen.

»Das habe ich auch.«

»Was?«

Sie bewegt sich tanzend von ihm weg und stimmt in ein neues Lied ein. »Glanz über See und Strand ...«

Plötzlich hört er etwas unten im Flur und ruft ihr »Pst!« zu. Ein Klopfen? Jasmine verstummt, worauf das Geräusch deutlicher zu hören ist. Ja, da klopft jemand an der Haustür.

»Wer kann das sein?«, flüstert er.

»Ich weiß nicht.« Jasmine bewegt sich leise auf die Treppe zu.

»Warte. Was, wenn er es ist? Der Finne.«

In Jasmines Augen flackert Panik auf. Nicolas weiß, was sie gerade denkt, und verflucht leise die Wahrsagerin, die seiner Schwester diesen Floh ins Ohr gesetzt hat. Trotzdem kann er es nicht lassen, einen Blick auf die Handyuhr zu werfen.

22.13 Uhr. Noch knapp zwei Stunden, bis die Uhr zwölf schlägt und die vermeintliche Gefahr vorbei ist. Er folgt ihr die Treppe hinunter in den Flur und wartet hinter ihr, während sie durch den Spion schaut.

»Das ist ein Weihnachtsmann«, sagt sie lachend. »Ich glaube, ich weiß, wer das ist.« Sie schließt auf.

»Nein, warte!«

Doch Nicolas kann sie nicht mehr rechtzeitig stoppen. Jasmine öffnet die Tür und gibt den Blick auf einen Mann im Nikolauskostüm frei, der auf dem kleinen Treppenabsatz steht und wie eine Fahnenstange im Sturm hin und her schwankt. Zwei Schritte zurück, einen Schritt nach vorn. Er hat einen dicken Bauch, oder vielleicht ist das nur ein Kissen, das er sich unter das Kostüm geschoben hat. Die Augen huschen unstet hinter den Gläsern der silbernen Nickelbrille hin und her, während er lallend fragt: »Habt ihr vielleicht ein paar Schnäpse für mich?«

Nicolas drängt sich an Jasmine vorbei und legt die Hand auf den Türgriff. »Wie es aussieht, haben Sie schon genug intus.«

Nicolas will die Tür zumachen, doch der Mann stellt den gestiefelten Fuß dazwischen.

»Hey, Sie brauchen nicht gleich grob zu werden. Ich habe doch nur freundlich gefragt.«

»Ja, aber bitte gehen Sie jetzt.«

Der Weihnachtsmann bleibt stehen. Hat der Typ überhaupt verstanden, was Nicolas gesagt hat? Er sieht ziemlich fertig aus und muss sich an der Tür festhalten, um aufrecht zu stehen. Nicolas tritt den Stiefel weg und knallt erneut die Tür zu, aber noch immer ist etwas im Weg.

Die Finger des Weihnachtsmannes. Der Typ flucht, drückt die Tür auf und schiebt Nicolas in den engen Flur. Die beiden prallen zwischen Kleiderbügeln und Jacken gegen die Wand. Jasmine schreit. Nicolas hat keine Chance, der Kerl wiegt bestimmt fünfzig Kilo mehr als er und hält ihn fest umschlungen. Aber vielleicht wird er ihn los, wenn er es schafft, ihn zur Tür hinaus auf den Treppenabsatz zu bugsieren. Nicolas stemmt die Fersen in den Boden, drückt mit seinen Fußballerschenkeln, rutscht auf den Socken aus, fängt sich wieder und macht einen Schritt Richtung Tür, dann noch einen. Er packt mit einer Hand den Türrahmen, zieht daran, und plötzlich geht der dritte Schritt ganz von allein. Sie purzeln zusammen die vier Treppenstufen hinunter, der Weihnachtsmann landet auf dem Rücken und Nikolaus auf ihm. Durch den langen Bart dringt ein Atemstoß, dann ein Gurgeln, als würden die Lungen des Mannes platzen. Dann liegt er still da und rührt sich nicht.

Nicolas wälzt sich von ihm herunter. Die Schultern tun weh, doch ansonsten ist alles in Ordnung.

»Was zum Teufel war das?« Jasmine wirft sich auf die Knie, hält ein Ohr an den Mund des Weihnachtsmannes und legt zwei Finger auf sein Handgelenk. »Was hast du gemacht?«

Nicolas starrt auf das Bild der Verwüstung – den schiefen Bart, das zerbrochene Brillenglas. Wie in Trance schaut er Jasmine zu, wie sie die Handflächen auf die Brust des Mannes legt, in gleichmäßigem Takt drückt und dazu laut zählt: »Eins, zwei, drei, vier, fünf, sechs.«

Nikolas' Gedanken überschlagen sich. Der Weihnachtsmann ist tot. Er hat ihn getötet.

Elf, zwölf, dreizehn. Es war keine Absicht, aber er hat ihn ...

Beim siebzehnten Drücken röchelt der Mann. Jasmine lehnt sich mit offenem Mund zurück, behält ihn fest im Auge und wartet. Nicolas tut das Gleiche – wartet und starrt dabei auf den Brustkorb des Mannes. Bewegt er sich? Atmet er? Nach ein paar Sekunden röchelt er erneut. Nicolas atmet erleichtert auf und faltet dankbar die Hände. Der Mann keucht noch ein paar Mal und drückt Jasmine mit dem Arm weg. Sie eilt zu Nicolas, und erst jetzt merkt er, dass er nasse Socken und kalte Füße hat. Er und Jasmine treten beide auf der Stelle.

Der Mann rappelt sich mühsam auf wackligen Beinen auf und bleibt in gebückter Haltung stehen, die Hände auf den Knien. Er schnauft, röchelt, schwankt hin und her und macht den Eindruck, als begreife er überhaupt nicht, was mit ihm passiert ist.

»Also, verdammt noch mal, ich habe wohl ...« Er rückt die Brille auf der Nase zurecht. »Also, vielen Dank, ich habe wohl ein bisschen zu viel getrunken, also, entschuldigen Sie.« Er torkelt auf der Straße davon und hält sich die Lendengegend. »Ich bin dann mal weg, vielen Dank.«

Nicolas und Jasmine gehen zurück zur Wohnung und sehen, wie der Mann über einen Fahrradständer stolpert und schließlich hinter einer Wacholderhecke verschwindet.

Ja, hau nur ab.

Plötzlich nimmt Nicolas im Augenwinkel eine Bewegung wahr. In einem Fenster im Haus gegenüber zieht jemand den Kopf hinter eine Gardine zurück. Oder war das nur eine optische Täuschung, so wie vorhin diese Katze? Er fokussiert seinen

Blick und sieht kurz darauf, wie erneut jemand hervorschaut. Eine ältere Frau mit gewelltem Haar.

Mist! Hoffentlich ruft sie nicht die Polizei.

Sie gehen hinein. Nicolas schließt hinter ihnen zu und zieht zur Kontrolle am Türgriff.

Was für ein beschissener Abend.

»Shit«, murmelt Jasmine, während sie wieder hinauf ins Obergeschoss gehen. »Shit, Shit, Shit.«

Nicolas begibt sich auf direktem Weg zum Kühlschrank. »Ich könnte jetzt etwas Starkes vertragen. Hast du noch was anderes außer Bier?«

»Nein, aber ich weiß, was wir brauchen.« Mit einem weiteren »Shit« holt sie ihre Handtasche, die sie zuvor auf die Kochinsel geschmissen hat, und wühlt darin herum. Als sie zurückkommt, scheint sie den schlimmsten Schock hinter sich zu haben, denn nun tänzelt sie auf Nicolas zu, singt dabei im Takt mit George Michael: »Last Christmas, I gave you my heart …«, und hält ihm eine geschlossene Faust hin.

»Was ist das?«

Jasmine öffnet die Hand und zeigt ihm ein paar hellgelbe Pillen. »Nimm zwei.«

»Sind das Benzos? Rohypnol?«

»Nimm sie einfach.«

Er spült sie mit einem Schluck Bier aus einer neu geöffneten Flasche herunter und fragt mit den Lippen am Flaschenhals: »Was war das für ein Idiot?«

»Er wohnt ein paar Häuser weiter. Ich dachte, er wäre in Ordnung, wir haben schon ein paar Mal auf der Straße miteinander gesprochen.«

»Ein totaler Vollhorst.«

Jasmine nickt, wirft sich eine Pille ein und tänzelt wie eine Ballerina in Richtung Kochinsel. Dort angekommen, dreht sie eine Pirouette, wirft sich auf die Marmorplatte, windet sich wie ein Aal und tut so, als würde sie herumknutschen.

Nicolas setzt sich aufs Sofa, lehnt sich zurück und wünscht sich, er könne genauso entspannt und crazy wie Jasmine sein. Schließlich haben beide im selben Bauch gelegen und dasselbe Fruchtwasser getrunken. Aber anscheinend haben sie keine Gemeinsamkeiten, wenn man mal von ihrem Äußeren absieht – die dunklen Haare und den dunklen Teint von ihrem italienischen Vater, den schlanken Körper von ihrer Mutter. Sie haben schon immer jünger ausgesehen, als sie sind, worüber Jasmine sehr erfreut ist, zumindest als Erwachsene. Nikolas sieht das anders. Wer will sich schon sein ganzes Leben lang anhören, er sei süß?

Sie kommt mit einer Schale Haselnüsse zu ihm, stellt sie auf den Tisch und schubst seine Beine weg, um neben ihm Platz zu haben. Dann nimmt sie sich eine Nuss und schnipselt mit einem Küchenmesser an der Schale herum. Schon beim bloßen Gedanken, dass die Klinge abrutschen könnte, bekommt Nicolas eine Gänsehaut.

»Hast du keinen Nussknacker?«

»Doch, irgendwo schon, aber das funktioniert gut. Aua!« Blut sickert aus der Schnittwunde in ihrer Handfläche. Sie verzieht das Gesicht, drückt die Hand an den Mund und saugt daran.

»Lass mich mal probieren.«

Jasmine gibt ihm das Messer. Nicolas legt die Nuss auf den Tisch und klopft mit dem Griff darauf. Die Nuss hüpft weg und rollt über den Boden.

Mit einem Fluch legt Nicolas das Messer weg, schlurft in die Küche und durchsucht die Schubladen, bis er in einer ganz hinten zwischen Schöpfkellen und Quirlen einen silbernen Nussknacker findet.

»Hier.«

Sie nimmt ihn entgegen, knackt die Schale und fragt ihn, ob er auch eine möchte. Plötzlich schwankt der Boden unter seinen Füßen. Es fühlt sich an wie auf einer Kreuzfahrt bei hohem Seegang. Er stellt sich breitbeinig hin, um das Gleichgewicht zu halten, und wedelt mit den Armen.

»Titanic. Wir sind auf der Titanic.«

»Was redest du da für einen Unsinn? Komm, setz dich.«

»Siehst du das nicht? Alles wackelt.«

Jasmine zieht ihn aufs Sofa. »Ja, du hast recht. Wir sinken, wir sinken!«

Sie brechen in albernes Gelächter aus, aber das geht schnell vorbei, als die Titanic kentert.

»Was war eigentlich in diesen Pillen?«

»Gutes Zeug, ich schwör's dir.« Sie kreuzt zwei Finger.

Verdammt noch mal. Nicolas legt den Kopf in Jasmines Schoß, um den Schwindelanfall zu stoppen. Er freut sich darauf, bald einen Meilenstein in seinem Leben zu passieren. Dreißig Jahre. Nicht mehr lange. Er greift nach dem Handy und schaut nach, wie spät es ist. 23.37 Uhr. Als er zu Jasmine hochschielt, stellt er fest, dass sie eingeschlafen ist. Ihr Kopf ruht auf der Rückenlehne, der Mund ist halb offen. Gut. Jetzt muss sie sich keine Sorgen mehr machen. Schließlich sind es nur noch gut zwanzig Minuten bis Mitternacht.

Was kann da noch groß passieren?

3

Nicolas wacht auf und spürt etwas Klebriges an der Wange. Oder vielleicht ist es in umgekehrter Reihenfolge passiert – er hat etwas Klebriges gespürt und ist davon aufgewacht. Wie auch immer, jedenfalls liegt er in etwas Feuchtem. Als er den Kopf hebt und blinzelt, hört er ein schmatzendes Geräusch, als würde ihm jemand einen nassen Lappen ans Ohr klatschen.

Wo bin ich? Ein Sessel mit Zebramuster, leere Bierflaschen auf dem Tisch, graue Küchenschranktüren. Jasmine. Zu Hause bei seiner Schwester. Er sieht ihre Hand neben sich auf dem Sofa – die Finger gekrümmt, sodass die rot lackierten Nägel zur Decke zeigen. Genau, sie waren auf dem Sofa eingeschlafen, und er liegt auf ihrem Schoß. Er dreht den Kopf, schielt nach ihrem Gesicht und legt sich sofort wieder hin. Schließt die Augen.

Was war da los? Die Gedanken springen in seinem Kopf hin und her wie die Kugel in einem Flipperautomaten. Er hatte wohl nicht richtig gesehen. Was war nur in diesen Pillen? Dass er auch nie Nein sagen kann.

Er dreht erneut den Kopf und öffnet ganz langsam die Augen, aber die Halluzination ist nicht verschwunden.

Jasmines Kopf hängt herab wie bei einem geköpften Huhn, und überall ist Blut. Er schnellt vom Sofa hoch und starrt auf seine Schwester, die zur Seite kippt und mit der Stirn auf dem Polster zu liegen kommt, sodass man nur einen Teil der einen Gesichtshälfte sehen kann. Die dunklen Haare hängen in nassen, blutigen Strähnen herab.

Er weicht einen Schritt zurück und hält sich die Hände vors Gesicht. Doch dann zwingt er sich, erneut hinzusehen. Oh Gott, bitte nicht!

Vorsichtig tritt er so nahe an sie heran, dass er sie berühren kann, und fährt ihr mit den Fingerspitzen durchs Haar. Als sie rot und feucht werden, reibt er sie aneinander, um sicher zu sein. Ja, das ist Blut.

Ein seltsames Rauschen in den Ohren, ein Rauschen, das ihn lähmt. Zuletzt hat er so etwas mit vierzehn erlebt, aber es kommt ihm vor, als wäre es erst gestern geschehen. Die gleiche Panik, das gleiche Gefühl, fliehen zu wollen, sich jedoch nicht bewegen zu können und nicht zu wissen, wohin. Das Gesicht ist heiß, es brennt im Körper.

Ein Krankenwagen! Irgendwo in seinem von Drogen benebelten Hirn zieht der Gedanke flimmernd vorbei. Ich muss einen Krankenwagen rufen!

Er beugt sich vor, fasst ihr an die Schulter und rüttelt vorsichtig daran.

»Jasmine, wach auf.« Aber er weiß, dass sie nie wieder aufwachen wird.

Seine Schwester ist tot. Ermordet. Als sie mit dem Gesicht auf das Sofa gefallen ist, hat er den Schnitt an ihrem Hals gesehen. Und das ganze Blut. Die rosa Polster sind rot verfärbt, auf dem Tisch, auf dem Teppich, auf seinem T-Shirt und seiner Jeans befinden sich Blutspritzer. Die Farbe schreit förmlich nach Tod.

Die Erkenntnis trifft ihn wie ein Hammerschlag, und er erstickt einen unmenschlichen Laut, indem er sein Gesicht in der Armbeuge vergräbt.

Jasmine ist tot. Er weiß nicht, wohin, kann die Situation nicht bewältigen. Der Schmerz ist so stark, als würde er jeden Moment in Millionen Atome zersplittern.

Plötzlich fällt sein Blick auf einen Gegenstand zu seinen Füßen. Das Messer. Dasselbe Messer, mit dem sie versucht hatten, die Nüsse zu knacken. Die Klinge ist blutbefleckt.

Während er sich einen Speichelfaden aus dem Mundwinkel wischt, dämmert ihm allmählich, was all das hier bedeutet.

Man wird *ihm* den Mord anhängen.

Seine Fingerabdrücke befinden sich auf dem Messergriff, ihr Blut auf seinen Kleidern. Und außer ihm ist niemand hier.

Sein Hirn schaltet vom Panik- in den Selbsterhaltungsmodus. Jasmine ist einem Mord zum Opfer gefallen, und er muss so schnell wie möglich von hier verschwinden.

Er steckt das Messer in den hinteren Hosenbund, räumt die Bierflaschen vom Tisch und eilt damit zum Spülbecken, wo er sie mit einem Lappen abwischt und im Mülleimer unter dem Ausguss entsorgt. Als Nächstes putzt er mit besonderer Sorgfalt sämtliche Stellen ab, wo er seine Fingerabdrücke hinterlassen haben könnte – auf der Kochinsel, am Kühlschrank, in der Spüle. Dann geht er ins Bad, wäscht sich mit einer Handvoll Wasser das Gesicht und fährt mit den Fingern durchs Haar. Das Wasser im Waschbecken verfärbt sich rosa und verschwindet kreiselnd im Abfluss wie ein blutiger Strudel. Er trocknet sich mit einem Handtuch ab, hängt es zurück an den Haken und eilt in Richtung Treppe. Unwillkürlich schielt er nach dem Sofa. Beim Anblick seiner toten Zwillingsschwester schnürt es ihm die Kehle zu.

Nicolas rennt schnaufend die Treppe hinunter in den Flur, zieht sich den Mantel an, knöpft ihn ordentlich zu und sucht nach den Lederhandschuhen. Schließlich findet er sie in den Manteltaschen und streift sie sich über. Als er sich anschickt, die Tür zu öffnen, schießt ihm ein Gedanke durch den Kopf.

Die Tür! Ein kalter Schauer läuft ihm den Rücken hinunter, die Nackenhaare sträuben sich. Er macht einen Schritt nach vorn und fasst an den Türgriff. Ja, es ist immer noch abgeschlossen, niemand anders kann hereingekommen sein. Also muss er es gewesen sein, der … Nein, das kann nicht sein. Er würde niemals seine Schwester töten.

Der Schreck fährt ihm durch alle Glieder. Die Pillen, die Jasmine und er sich eingeworfen haben, wie sich alles um ihn gedreht hat, die sinkende Titanic. Was war nur in diesen verdammten Pillen?

Er schließt die Tür auf und wischt den Türgriff und den Drehverschluss mit dem Mantelärmel ab. Just in dem Moment, als er sie hinter sich zuziehen will, nimmt er flüchtig etwas Rotes neben dem Schuhregal wahr. Er tritt einen Schritt in den Flur und sieht genauer hin. Eine Nikolausmütze. Die Scheißmütze von diesem Weihnachtsmann.

Nicolas starrt sie eine Weile an, hebt sie auf und zieht sie sich über den Kopf. Vielleicht klebt daran noch Blut, das sich nicht wegspülen ließ.

Er schlüpft zur Tür hinaus, schließt ab und eilt auf die Straße. Sein Blick wandert die benachbarten Häuser entlang zu dem Fenster, wo die alte Frau sich hinter den Gardinen versteckt hat. Er weiß weder, wonach er sucht, noch, wohin er gehen soll. Einfach nur weg von hier. Vielleicht kann er die Straßenbahn am Alviks Torg nehmen. Er langt in die Tasche und sucht sein Handy, bleibt stehen und sucht in der anderen Tasche. Fehlanzeige. In den Hosentaschen ist es auch nicht. Sein Herzschlag setzt für einen Moment aus. Er dreht sich um und starrt in Richtung Jasmines Haustür. Scheiße! Anscheinend hat er es drinnen vergessen.

Er rennt zurück und rüttelt an der Tür. Verschlossen. Natürlich, was sonst? Du Idiot! Er sucht nach etwas, womit er das Seitenfenster einschlagen kann, und findet einen Blumentopf mit einer verwelkten Pflanze. Hebt ihn auf und blickt sich um. Kein Mensch in der Nähe, in den meisten Fenstern brennt kein Licht, außer hier und da ein paar elektrische Kerzen, obwohl es mitten in der Nacht ist. Wie spät ist es eigentlich? Er hat keine Ahnung. Aber um diese Zeit müssten die Leute schlafen.

Er schlägt mit dem Topf gegen die Scheibe. Glasscherben fallen auf die Treppe und knirschen unter seinen Füßen. Das Geräusch ist zu laut, dessen ist er sich bewusst, obwohl er unter dem Einfluss von Drogen und Alkohol steht und eine panikartige Leere im Kopf verspürt. Aber er muss unbedingt nach oben und sein Handy holen. Vorsichtig streckt er die Hand durch das Loch in der zersplitterten Scheibe, tastet nach dem Drehverschluss und schließt die Tür auf. Als er die Hand zurückzieht, spürt er einen Schmerz am Handgelenk und flucht leise. Er untersucht die Schnittwunde zwischen Ärmel und Handschuh und stellt fest, dass sie harmlos ist.

Oben in der Wohnung liegt Jasmine noch genau wie vorhin auf dem Sofa – mit dem Oberkörper zur Seite und der Stirn auf dem Polster. Ja, natürlich liegt sie noch so da, schließlich ist sie tot. Trotzdem kann und will er es immer noch nicht fassen, und ihm ist übel.

Er lässt den Blick durch das Zimmer schweifen und geht zum Couchtisch, wo er glaubt, das Handy hingelegt zu haben. Aber dort ist es nicht. Er sieht unter dem Tisch, auf der Kochinsel und am Spülbecken nach. Schließlich fällt ihm ein, wo es sein könnte. Es kostet ihn einige Überwindung, Jasmines Beine anzuheben und mit der Hand zwischen den Polstern zu tasten, aber dort wird er fündig. Obwohl das Mobiltelefon schwarz ist, kann man Blutflecken erkennen, vor allem auf dem Display. Er fährt mit einem Papiertuch darüber und steckt es in die Innentasche seines Mantels.

Draußen hat der Nordwind das Viertel fest im Griff. Schneeflocken wirbeln im Schein der Straßenbeleuchtung um ihn herum. Nicolas schlägt den Kragen hoch, rennt durch die menschenleere Gegend, rutscht aus und schlittert. Auf der Treppe, die zum Alviks Torg hinabführt, verlangsamt er etwas das Tempo. Das Herz hämmert mit erbarmungsloser Entschlossenheit gegen seine Rippen. Er späht in Richtung Straßenbahn, will die erstbeste nehmen, aber keine ist in Sicht, und die U-Bahn ist zu weit weg, um zu erkennen, in wie vielen Minuten der nächste Zug kommt. Plötzlich hört er ein schweres Motorengeräusch, dreht den Kopf und winkt dem Bus, der gerade vom Platz wegfährt.

Bleib stehen, verdammt noch mal, bleib stehen!

Der Busfahrer drosselt das Tempo und öffnet die Tür für ihn. Nicolas springt hinein. Wohin der Bus fährt, ist ihm egal. Er holt das Handy hervor, tippt auf die Verkehrsverbunds-App und wartet auf das Herunterladen der Fahrkarte. Diese elendig lahme Internetverbindung! Der Busfahrer starrt ihn grimmig unter buschigen Augenbrauen hervor an.

»Warten Sie, ich muss nur …« Das Mobiltelefon fällt ihm aus der Hand und er fängt es auf, bevor es auf dem Boden landet. Er tippt erneut auf dem Display herum, kauft eine Fahrkarte und inspiziert einen kleinen Punkt am oberen rechten Rand. Es ist Blut.

»Setzen Sie sich, sonst fallen Sie noch hin.«

Er nickt dem Fahrer zu und taumelt nach hinten, während der Bus weiterfährt. Außer ihm befinden sich noch drei Fahrgäste an Bord – ein junges Paar ganz hinten und ein älterer Herr ein paar Sitze weiter, der zum Fenster hinausschaut. Nicolas setzt sich in die Nähe des mittleren Ausgangs und rubbelt den Punkt auf dem Display mit dem Handschuh weg. Dabei fällt ihm auf, dass der Fahrer ihn in regelmäßigen Abständen verstohlen im Rückspiegel betrachtet.

Sieht man ihm an, was mit ihm passiert ist? Dass er gerade seine Schwester tot aufgefunden hat und jetzt vom Tatort flieht? Nein, das kommt ihm nur so vor.

Als der Bus über einen Bordstein holpert, verspürt Nicolas Magenkrämpfe. Er presst die Lippen zusammen und schluckt die Galle, die ihm hochkommt. Lange jedoch kann er den Brechreiz nicht unterdrücken, gleich muss er sich übergeben. Er rennt zum Ausgang.

»Ich muss raus! Halten Sie an!«

Die Bremsen quietschen. Nicolas hält sich an einer Rückenlehne fest, um nicht das Gleichgewicht zu verlieren. Er springt hinaus und stellt fest, dass er sich in der Nähe des Ulvsundaplan befindet. In geduckter Haltung rennt er zum nächstgelegenen Gebüsch. Die Kotze landet auf dem Boden und spritzt auf Schuhe und Hosenbeine. Nicolas bleibt vornübergebeugt stehen und wartet auf die nächste Runde. Ein paar Sekunden später ist es so weit. Als es vorbei ist, schnauft er, holt tief Luft und wischt sich mit dem Handrücken über den Mund. Plötzlich baumelt eine weiße, blutbefleckte Bommel vor seinen Augen. Nicolas reißt sich die Nikolausmütze vom Kopf und steckt sie unter den Mantel.

Wie ist das Blut da drangekommen? Vermutlich, während er auf dem Sofa das Handy gesucht hat. Ob der Busfahrer oder einer der anderen Fahrgäste es bemerkt hat? Ehe er den Gedanken weiterverfolgen kann, hört er, wie in der Nähe ein Auto abbremst.

Ein Polizeiwagen.

Nicolas torkelt ein paar Schritte zur Seite. Das kann doch nicht wahr sein! Obwohl er erneut in Panik gerät, fällt ihm eine Sache ein. Das Messer! Er tastet im hinteren Hosenbund, spürt den Griff, zieht das Messer heraus und wirft es mit einer schnellen Bewegung aus dem Handgelenk ins Gebüsch. Dann strafft er sich und gibt sich Mühe, so aufrecht und ordentlich wie möglich zu stehen.

Zwei uniformierte Polizisten steigen aus und kommen auf ihn zu. Eine rundliche Frau mit silberweißem Haar, das unter dem Schiffchen hervorlugt, und ein Mann in Nicolas' Alter mit rötlichen Haaren und Sommersprossen, die Nicolas an den Punkt auf seinem Handydisplay erinnern. Aber er hat ihn doch weggerubbelt, oder? Der Boden schwankt unter den Füßen, als ihm aufgeht, dass jetzt alles vorbei ist. Das Blut auf seinen Klamotten, an Händen und Haaren. Hat er alles wegbekommen, als er sich im Bad gewaschen hat? Die Polizisten vor ihm wirken unscharf, die Straßenlaterne steht schief, und das Haus auf der anderen Straßenseite kippt zur Seite. Um ihn herum stürzt alles ein.

»Wow!«

Jemand fängt ihn auf. Als er einen Moment später wieder zu sich kommt, kniet er, auf beiden Seiten von den Polizisten gestützt. Allmählich nehmen die Dinge in seiner Umgebung Konturen an – der kalte Schneematsch unter seinen Knien, die Stiefel der Polizisten.

»Wie geht es Ihnen?« Der Sommersprossige legt ihm eine Hand auf die Schulter. »Haben Sie zu viel getrunken?«

Nicolas zuckt unwillkürlich zusammen, als er erneut den Brechreiz im Hals spürt, kann sich jedoch beherrschen.

»Wie heißen Sie?«

»Nicolas. Nicolas Moretti.«

»Ich dachte mir schon, ich kenne Sie von irgendwoher. Djurgården?«

Nicolas brummt ein Ja. Er ist sich nicht sicher, ob es gut oder schlecht ist, dass der Bulle ihn erkannt hat. Vielleicht gibt es für die Festnahme eines Prominenten Pluspunkte. Wobei er streng genommen keiner mehr ist, schließlich liegt seine Zeit in der Oberliga schon einige Jahre zurück, und es gibt wohl nicht mehr viele, die ihn noch kennen.

»Aber dann sind Sie zum FK Krasnodar gegangen, stimmt's?«, fährt der Sommersprossige fort und hilft ihm auf die Beine. »Wie ist es dort? Durften Sie sich die Farbe für Ihre eigenen Klamotten aussuchen?«

Ehe Nicolas antworten kann, fällt ihm die Polizistin ins Wort. »Haben Sie heute Abend Drogen genommen?«

Nicolas blinzelt ein paar Mal und schüttelt den Kopf.

»Es sieht aber so aus.« Sie leuchtet ihm mit einer Taschenlampe ins Gesicht.

Er versucht, sich zu entspannen, aber was bringt ihm das? Seine Pupillen kann er wohl kaum mit Willenskraft verkleinern.

Die Polizistin knipst die Taschenlampe aus und steckt sie zurück in die Gürtelhalterung. Im Gegensatz zu ihrem Kollegen scheint sie nicht zu Small Talk aufgelegt zu sein. »Haben Sie etwas bei sich? Drogen? Etwas Spitzes oder Scharfes, woran ich mich verletzen kann?«

»Nein, nur mein Handy, meine Schlüssel und die Brieftasche oder so was.«

»Oder so was?«

»Ja, vielleicht irgendeine Quittung oder so, aber nichts Scharfes.« Er schielt zum Gebüsch. Eigentlich weiß er, dass er das nicht tun sollte, aber das Messer dort zieht seinen Blick an wie ein Magnet. Irgendwo hat er mal gehört, dass Lügner den Blick abwenden. Trotzdem scheint keiner der Polizisten es bemerkt zu haben, und Nicolas gibt sich Mühe, so unschuldig wie möglich zu wirken. Vielleicht klappt es ja.

»Nehmen Sie Ihre Sachen heraus.« Die Polizistin verleiht ihrer Anweisung mit einer Körpersprache Nachdruck, die an einen strengen General in Nazideutschland erinnert.

Nachdem Nicolas seine Taschen geleert hat, führen die Polizisten ihn zum Streifenwagen und weisen ihn an, die Hände aufs Dach zu legen. Sie zittern, und er drückt sie fest auf das Blech, damit es nicht auffällt.

Die Generalin unterzieht ihn einer Leibesvisitation. Sie fängt oben an, ihre Hände wandern unter den Mantel, die Achselhöhlen, zur rechten Brusttasche. Nicolas zuckt zusammen, als sie die Nikolausmütze darin zwischen den Fingern drückt. Vielleicht stockt ihm sogar der Atem, er ist sich nicht sicher. Irgendwie kommt es ihm vor, als verweile ihre Hand extra lang dort, doch dann tastet sie sich zu den Beinen herab.

Nicolas atmet still aus, während die Polizisten miteinander diskutieren. Irgendwas mit Drogen und LOB. Er hat keine Ahnung, was LOB bedeutet, aber weder das noch ein Drogendelikt hört sich gut an. Vor allem nicht jetzt.

»Sie kommen jetzt mit auf die Wache«, sagt die Generalin. »Wir haben den Eindruck, dass Sie zu betrunken sind, um allein klarzukommen. Und dann schauen wir mal, ob wir auch einen Drogentest machen.«

»Aber ich habe nichts genommen.«

»Natürlich nicht. Und ich bin keine Polizistin.«

Nicolas' Puls rast. Das hier passiert nicht wirklich. Soll er davonrennen? Nein, damit macht er sich erst recht verdächtig. Aber er ist schnell. Er blickt verstohlen nach dem Villenviertel ein Stück weiter und überlegt, ob er zu dem See flüchten soll, der dahinterliegt. Trotz Drogen und Alkohol traut er sich zu, fast so schnell rennen zu können wie früher. Er mustert die Körper der Polizisten und versucht, ihre Kondition einzuschätzen. Die Generalin hat gegen ihn keine Chance, sie ist klein, stämmig und vermutlich stark, aber definitiv keine Sprinterin. Den Fußballfan sollte er jedoch nicht unterschätzen, und außerdem sind die beiden bewaffnet. Was, wenn sie auf ihn schießen? Die Gedanken schwirren wie ein wütender Bienenschwarm in seinem Kopf herum. Ehe er sich entscheiden kann, öffnet die Polizistin die hintere Tür des Streifenwagens, hängt ein Ledertuch an die Kopfstütze, faltet es auseinander und bedeckt damit den Sitz.

Nun sitzt er dort und kommt sich vor wie ein versiffter Penner, den die Polizei auf der Straße aufgelesen und festgenommen hat, das Blut seiner Schwester an seinen Klamotten.

Das Gedankenkarussell in seinem Kopf dreht sich so schnell, dass er sich auf keinen einzigen konzentrieren kann. Mehr als teilnahmslos aus dem Fenster zu starren, bringt er nicht fertig, während der Wagen sich in Bewegung setzt, die Generalin am Steuer und der Sommersprossige neben ihm auf dem Rücksitz. Nach nur ein paar Metern knackt das Funkgerät.

»Drei null an drei. Wir haben einen vermutlichen Einbruch im Väktarstigen 23B in Alvik. Der Täter ist vor ungefähr zehn Minuten vom Tatort geflüchtet. Die Anruferin hat ihn bis zum Alviks Torg verfolgt und ihn dabei beobachtet, wie er in einen Bus der Linie 112 Richtung Bahnhof Spånga gestiegen ist. Wagen 32-3150, ich sehe, dass ihr gerade in Ulvsunda seid. Kommen.«

Die Generalin hält das Mikrofon an den Mund. »Wir sind in etwa einer Minute dort. Ende.« Sie hängt das Mikrofon in die Halterung zurück, schaltet das Blaulicht ein und macht auf der leeren Straße einen U-Turn.

Nicolas verlagert sein Gewicht, um nicht auf die Seite zu fallen. Dafür fällt alles andere wie ein Kartenhaus zusammen. Väktarstigen 23B ... das ist Jasmines Adresse. Offenbar hat ihn jemand gesehen, ihn sogar verfolgt und dabei beobachtet, wie er in den Bus gesprungen ist. Er schiebt den Gedanken beiseite und versucht, sich auf den Polizeifunk zu konzentrieren. Die Stimme aus der Einsatzzentrale schickt mehrere Streifenwagen zu der Adresse und weist zwei weitere an, den Bus der Linie 112 anzuhalten. Die Personenbeschreibung des Verdächtigen schallt aus dem Funkgerät und lässt Nicolas auf dem Rücksitz zusammensinken, obwohl sie nicht hundertprozentig auf ihn passt.

»Ein Mann in den Zwanzigern, schlank, circa eins fünfundachtzig groß. Dunkle Kleider und eine Weihnachtsmütze auf dem Kopf.«

Nicolas fasst sich an die Brust. Die Mütze in der Innentasche des Mantels fühlt sich an wie eine enorme Geschwulst. Plötzlich kommt ihm der Gedanke, dass gerade die Mütze ihn womöglich retten könnte. Wahrscheinlich hatte die Anruferin sich so sehr auf dieses eine Detail konzentriert, dass sie andere übersehen hatte. Dunkle Kleider … das trifft zwar auf den Mantel zu, aber nicht auf die Jeans. Die sind nämlich hellblau.

Der Streifenwagen rast über rote Ampeln, vorbei an Industriegebäuden, auf die das Blaulicht zuckende Schatten wirft. Der Sommersprossige beugt sich zu seiner Kollegin vor. »Was machen wir mit dem LOB?«

»Wir fahren zu der Adresse und schauen, was los ist. Je nach Lage können wir immer noch umdisponieren.«

»Vielleicht sollten wir ihn sofort laufen lassen. Was, wenn wir den Einbrecher jagen müssen?«

»Nein, die Anruferin war sich nicht zu hundert Prozent sicher. Außerdem ist der Kerl längst über alle Berge. Und wenn wir eine Festnahme wegen Trunkenheit im Auto haben, müssen wir hoffentlich keine Einbruchsanzeige aufnehmen.«

Während die beiden Polizisten diskutieren, was sie mit ihm machen sollen, wandert Nicolas' Blick zwischen ihnen hin und her. Lassen sie ihn vielleicht laufen? Oder was meinen sie? Der Fußballfan scheint dies zu befürworten, denn als er sich wieder zurücklehnt, wendet er sich Nicolas zu und zuckt entschuldigend mit den Schultern. Allerdings sieht es so aus, als habe die Frau die Hosen an.

Sein übliches Pech.

Der Wagen bremst scharf, biegt nach links, nach rechts und wieder nach links. Hinter einem Baum nimmt Nicolas das grüne Mehrparteienhaus wahr, in dem Jasmine wohnt und sich ihre Leiche befindet.

Er ist zurück am Tatort.

4

Trotz trockenem Mund versucht Nicolas zu schlucken, als wolle er sein Wissen um Jasmines Tod irgendwie in seiner Magensäure ertränken. Aber das nützt nichts. Jemand hat sie umgebracht. Und jetzt, wo er allein in dem Streifenwagen vor ihrer Wohnung sitzt, trifft ihn die Erkenntnis mit voller Wucht. Das T-Shirt klebt an der Haut, Schweißperlen laufen ihm über die Stirn, und der Puls schlägt so schnell, dass er zittert. Vielleicht liegt das teilweise an den Drogen, aber in erster Linie wohl an seiner gegenwärtigen Lage. Vielleicht sollte er den Bullen einfach erklären, wie alles abgelaufen ist. Aber nein, sie würden ihm nie glauben.

Inzwischen ist ein weiterer Streifenwagen eingetroffen. Zwei Uniformierte inspizieren die Umgebung des Hauses, leuchten mit Taschenlampen auf die Fassade und durchkämmen das karge Grundstück. Die Generalin und der Sommersprossige haben soeben die Tür mit einer Brechstange aufgebrochen und sind in der Wohnung verschwunden. Im Polizeifunk reden sie immer noch über den Einbruch. Die neueste Meldung lautet, dass das Türfenster mit einem Blumentopf eingeschlagen wurde und Erde auf dem Boden liegt.

Nicolas beugt sich vor und wirft einen Blick auf den Beifahrersitz, wo seine Sachen liegen – Mobiltelefon, Schlüssel und Brieftasche. Er konzentriert sich auf das Handydisplay, um sich zu vergewissern, dass er das Blut wirklich wegbekommen hat, zweifelt jedoch daran. Es sieht zwar nicht eindeutig nach Blut aus, aber so, als hätte jemand mit den Fingern darübergewischt. Aber sehen nicht alle Handys so aus – verschmutzt mit klebrigen Fingerabdrücken, Essensresten und verschiedenen Flüssigkeiten? Er lehnt sich wieder zurück und sitzt unbequem schief, da man ihm die Hände auf dem Rücken gefesselt hat. Die Polizisten haben ihm Handschellen angelegt, bevor sie ausgestiegen sind. Vermutlich wollten sie nicht riskieren, dass er flieht. Außerdem haben sie das Fahrzeug abgesperrt. Trotzdem dreht Nicolas sich zur Seite und tastet nach dem Griff, rüttelt jedoch vergebens daran.

Erneutes Gequatsche im Polizeifunk. Sie haben den Bus angehalten, aber die Beschreibung des Verdächtigen passt auf keinen der Fahrgäste. Dafür hat der Fahrer ausgesagt, dass ein junger Mann mit Weihnachtsmütze am Ulvsundavägen ausgestiegen ist.

Nicolas hyperventiliert. Jetzt ist er endgültig am Arsch.

Er mustert die Generalin und den Sommersprossigen, als die beiden wieder aus der Wohnung herauskommen. Ihre Bewegungen wirken hastiger, sie gestikulieren ihren Kollegen zu, gehen aufrechter. Die Generalin hält den Mund an ihr Reversmikrofon, und ihre Stimme hallt wie Donner aus der Lautsprecheranlage des Fahrzeugs.

»Wir haben in der Wohnung eine tote Frau gefunden. Es handelt sich um Mord.« Beim Wort »Mord« blickt sie in Richtung des Streifenwagens, in dem Nicolas sitzt. Ihre Miene ist ernst, möglicherweise anklagend.

Es flimmert Nicolas vor den Augen. Sie glaubt bestimmt, dass er die Frau da drinnen getötet hat. Seine Schwester. Wissen die Bullen überhaupt, dass sie seine Schwester ist? Er unterdrückt ein Schluchzen und zwingt sich, den Blick der Generalin zu erwidern, hauptsächlich, um mitzubekommen, was passiert. Doch anstatt zu ihm zu kommen, wie er erwartet hat, holt sie ihr Handy aus der Tasche und ruft jemanden an.

Die Magenkrämpfe halten hartnäckig an, obwohl nichts mehr drin ist, was er auskotzen kann, außer Magensäure, in der Verzweiflung, Panik und Erleichterung schwelen. Gerade die Erleichterung zerfrisst ihn am meisten – die klitzekleine Chance, dass er davonkommt. Denn wenn sie ihn wirklich des Mordes verdächtigen, müssten sie ihn eigentlich jetzt gleich festnehmen, oder? Ich bin bereits festgenommen, erinnert er sich. Aber nicht wegen Mordes. Und sie haben darüber geredet, mich laufen zu lassen.

Einen Augenblick später wimmelt es von Streifenwagen mit rotierenden Blaulichtern und Uniformierten, die den Tatort mit Absperrband sichern und sowohl über Funk als auch miteinander sprechen. Ein Zivilfahrzeug fährt so dicht wie möglich an das Absperrband heran, und ein schlaksiger Mann mit Kamera schleicht herum und sucht nach guten Blickwinkeln zum Fotografieren. Vermutlich ein Journalist, denn die Polizisten vertreiben ihn immer wieder. In mehreren Fenstern in der Nachbarschaft tauchen neugierige Köpfe auf. Ein paar Leute trauen sich hinaus auf die Straße, einer nur in Bademantel und Gummistiefeln.

Warum lassen sie ihn hier einfach so sitzen? Nicolas hat keinen blassen Schimmer, aber vielleicht ist es so am besten. Plötzlich taucht in dem Gewimmel eine ältere Frau mit einem winzigen Hund an der Leine auf und nähert sich einem Zivilbeamten in grünem Armeeparka und bauschiger Hose, der Nicolas einen Augenblick zuvor aufgefallen ist. Der Mann sieht ungefähr gleich alt aus wie er, mit etwas dunklerem Teint und unauffälliger Mütze. Er hält ein Handy ans Ohr und spricht konzentriert mit jemandem, während er gleichzeitig ein paar Kollegen Anweisungen erteilt. Seine Körperhaltung strahlt

Selbstsicherheit aus. Befänden sie sich auf dem Fußballfeld, hätte Nicolas ihn gern in seiner Mannschaft gehabt, nicht als Gegenspieler.

Als die Frau zu ihm kommt, steckt der Zivilbeamte das Handy in die Jackentasche und tritt einen Schritt näher an sie heran. Anscheinend versteht er sie nur schwer. Die kleine Töle springt erschrocken vor seinen Stiefeln zurück, kauert sich am Hosenbein ihres Frauchens zusammen und zittert genauso wie diese. Vermutlich friert die Frau, schließlich trägt sie nur eine dünne Strickjacke.

Nicolas nimmt mit schleichendem Unbehagen zur Kenntnis, dass der Zivilbulle der Frau offenbar mit großem Interesse zuhört, eifrig nickt und mit seinem Blick ihrem ausgestreckten Arm folgt.

Die gleiche Richtung, in die Nicolas gerannt ist, nachdem er die Wohnung verlassen hat.

Nicolas schluckt. Ist diese Frau womöglich die sogenannte Anruferin, die ihm gefolgt ist? Einen Augenblick später deutet sie auf das Fenster, in dem Nicolas nach der Auseinandersetzung mit dem Weihnachtsmann die flatternde Gardine gesehen hat.

Natürlich! Eine alte Tante, die nichts Besseres zu tun hat, als die Nachbarn auszuspionieren. Offensichtlich ist sie auch quicklebendig.

Nicolas beißt die Zähne zusammen und sieht ein, dass er verloren hat. Er fühlt sich wie gelähmt, nichts spielt mehr eine Rolle.

Der Zivilbulle macht sich während des Gesprächs Notizen auf einem Block. Die Minuten verstreichen, vielleicht fünf, vielleicht zwanzig, aber Nicolas kommen sie wie mehrere Tage vor. Was sagt die Frau? Wie viel hat sie gesehen? Schließlich scheinen die beiden miteinander fertig zu sein. Die Frau zieht ihren Hund mit sich fort und wirft einen Blick auf den Streifenwagen, in dem Nicolas sitzt. Er wendet das Gesicht ab und hofft, dass die Scheiben stark getönt sind. Dabei drückt er einen Daumen so fest, dass er vor Schmerz pocht. Schließlich lässt er ihn los und schaut erneut nach draußen.

Die Tante ist weg. Nicolas atmet kräftig ein und aus, als die schlimmste Anspannung nachlässt. Er zwickt sich an einer Stelle am Rücken, wo er mit den Fingern hinkommt, um sich zu vergewissern, dass er nicht träumt, dass alles, was sich da draußen abspielt, wirklich passiert. Das reinste Autokino, und er sitzt in der ersten Reihe.

Plötzlich nähert sich ein Uniformierter mit soldatischer Ausstrahlung dem Wagen, und Nicolas reißt sich zusammen. Der Mann mustert ihn mit zusammengekniffenen Augen und blinzelt, als wolle er sich vergewissern, dass er richtig gesehen hat. Er tritt mit O-beinigem Gang an das Fahrzeug heran, beugt sich mit dem Gesicht an die Fensterscheibe und starrt Nicolas an. Dann ruft er den Sommersprossigen in einem Ton herbei, der nach einer Antwort verlangt, und deutet auf Nicolas.

»Wer zum Teufel ist das?«

Nicolas versteht nur einen Teil dessen, was der Sommersprossige antwortet. Etwas mit einer Festnahme wegen Trunkenheit.

»Ein LOB! Wie lange sitzt er schon da drinnen?«

Der Sommersprossige blickt auf seine Armbanduhr, schrumpft neben seinem Kollegen zusammen und sagt irgendetwas.

»Laufen lassen?«, erwidert der andere wütend. »Er befindet sich seit über einer Stunde in Gewahrsam. Ihnen ist doch wohl klar, dass man ihn nicht einfach laufen lassen kann!«

Die Generalin gesellt sich zu dem Duo, und die sich entwickelnde Diskussion hört sich nicht gut für Nicolas an. Der O-Beinige redet sich in Rage und stochert mit dem Zeigefinger in der Luft herum. Leider scheint er derjenige zu sein, der etwas zu sagen hat, er hat mehr Gold auf den Schulterklappen, und die anderen beiden nicken nur.

Nicolas' Mut sinkt, und als die Generalin sich hinter das Steuer setzt und ihm erklärt, dass sie ihn mit auf die Wache nehmen, bringt er kein Wort heraus.

Der Sommersprossige setzt sich mit entschuldigender Miene neben ihn. »Jetzt müssen Sie doch in die Ausnüchterungszelle und einen Drogentest machen. Entschuldigen Sie den Umweg.«

»Muss das wirklich sein?«, fragt Nicolas. »Mir geht es schon wieder besser, inzwischen ist ja eine Stunde vergangen. Ich komme allein klar.«

»Tut mir leid, es ist doch nicht so, wie wir gedacht hatten.«

Als sie losfahren, blickt Nicolas auf seinen Mantel hinab und fragt sich, ob das Blut darunter irgendwie von allein verschwunden ist. Zumindest hofft er es.

5

Nicolas sieht und hört alles, was in der Arrestaufnahme des Polizeireviers passiert, obwohl sich die Erinnerungsfetzen an den gestrigen Abend vor seinem geistigen Auge überschlagen. Jasmine mit der Klobürste im Haar, Jasmine, wie sie im Takt zu »O Helga Natt« tanzt und singt. Wie ihr Körper auf dem Sofa zur Seite kippt. Das Blut.

Jetzt sitzt er auf einer Holzbank in einem spartanisch eingerichteten Raum. Das Inventar beschränkt sich auf zwei Schreibtische mit je einem PC, die mittels Plexiglasscheibe von dem Bereich getrennt sind, wo die Festgenommenen auf Bänken sitzen. Nicolas ist einer von ihnen. Im Gegensatz zu den anderen haben die Polizisten ihn unter Aufsicht eines Wärters allein gelassen und ihm mitgeteilt, er müsse sich noch eine Weile gedulden, da sie sich zunächst um andere Dinge kümmern müssen.

»Sie wissen schon, der Mord und so«, hatte der Sommersprossige ihm erklärt und dabei erneut entschuldigend mit den Schultern gezuckt. »Wir müssen dem Dienststellenleiter Bericht erstatten, da wir die Ersten am Tatort waren.«

Um seinen Frust abzumildern, hatte Nicolas stillschweigend mit den anderen Festgenommenen sympathisiert. Ein

Langhaariger, der mit einem Schlauch Diesel aus dem Tank eines Lastwagens abgezapft hatte. Ein Drogenpärchen, das mit einem Auto voller angeblicher Weihnachtsgeschenke, die sich in Wahrheit als Diebesgut entpuppten, in eine Verkehrskontrolle geraten war. Eine laute Polin, die auf einer Parkbank geschlafen hatte. Nicolas vermutet, dass sie aus demselben Grund wie er in Gewahrsam genommen wurde – weil sie nicht allein klarkam. Aber im Gegensatz zu ihm befindet sich anscheinend kein Blut unter ihrer Karomütze. Blut, das von einem Mord stammt.

Eine Tür geht auf, und eine Frau in Rock und hochhackigen Schuhen betritt zusammen mit einem Polizisten den Raum, der zu jung aussieht, um schon alle seine Haare verloren zu haben. Sein Bartwuchs dagegen ist ausgeprägt. Er ist groß und kräftig und trägt zu der Polizeiuniform für den Innendienst ein Paar Birkenstocksandalen. Auf den Schulterklappen prangt genauso viel Gold wie bei dem O-Beinigen. Muss wohl ein hohes Tier sein, vermutet Nicolas und wirft erneut einen Blick auf die elegant gekleidete Frau. Ihrer scharfen und deutlichen Ausdrucksweise nach zu urteilen, passt sie hier nicht rein. Außerdem kommt sie ihm bekannt vor. Das dunkle Haar fällt ihr in gepflegten Locken über die Schultern, und sie trägt einen Pelzmantel. Soweit Nicolas dem Gespräch entnehmen kann, ist sie eine Strafverteidigerin oder so etwas in der Art, die gekommen ist, um einen Mandanten zu treffen. Der Wärter begleitet sie durch den von weißen Türen gesäumten Flur, während der Glatzkopf sich Nicolas zuwendet.

»Und wer sind Sie?«

Nicolas blickt über die Schulter nach hinten, um sich zu vergewissern, dass sich dort nur eine Wand befindet. Das hohe Tier redet also mit ihm. Er befeuchtet die Lippen und will antworten, doch ein Polizist auf der Nachbarbank kommt ihm zuvor.

»Das ist ein LOB. Tarja und Robin haben ihn festgenommen.«

Tarja und Robin. Heißen die Generalin und der Sommersprossige so?

Das hohe Tier brummt etwas Unverständliches. Den festen Schritten nach zu urteilen, mit denen er zurück zur Tür stapft, ist er sichtlich irritiert.

Nicolas rutscht unruhig auf der Bank hin und her. Seine Blase droht zu platzen. Während er sich nach einer Toilette umblickt, fällt ihm ein, dass dies die perfekte Gelegenheit ist. Dort kann er sich ordentlich waschen, die gröbsten Blutspuren entfernen und vielleicht sein T-Shirt im Abfalleimer verstecken. Er macht den Wärter auf sich aufmerksam, als dieser zurück in den Flur kommt.

»Dürfte ich bitte auf die Toilette? Ich mache gleich in die Hose.«

Ein breites Grinsen erscheint auf dem dreieckigen Gesicht des Wärters. »Sie halten mich wohl für blöd, oder?«

Nicolas verliert noch mehr den Mut. Er lässt den Kopf und die Schultern hängen, und das Atmen fällt ihm schwer. Diesmal fühlt es sich wirklich so an, als müsse er sterben. Aber offenbar kaschiert er es gut, denn niemand scheint etwas zu merken, auch Tarja und Robin nicht, als sie eine Weile später mit dem hohen Tier zurückkommen. Jetzt, wo Nicolas ihre Namen kennt, kommen sie ihm menschlicher vor. Aber keiner von ihnen wirkt erfreut, am allerwenigsten das hohe Tier.

»Ein LOB, sagt ihr? Ein Fall von schwerer Trunkenheit?«

»Und Verdacht auf Drogenkonsum«, ergänzt Tarja. »Vermutlich eine geringfügige Menge, für den Eigenbedarf.«

»Habt ihr ihn durchsucht? Er hat keine Drogen bei sich?«

»Nein.«

»Worauf bezieht sich das Nein? Habt ihr ihn durchsucht oder nicht?«

»Ja, haben wir.« Tarja reibt die Hände aneinander. »Wir haben nichts gefunden, aber er weist Anzeichen von Drogenkonsum auf.«

»Und er ist wegen drei geringfügiger Drogendelikte vorbestraft«, fügt Robin hinzu.

»Okay, ja, aber er sitzt jetzt schon viel zu lange hier …«

Plötzlich taucht jemand von hinten auf und unterbricht sie. Als Nicolas den Neuankömmling erkennt, verspürt er einen faden Geschmack im Mund. Es ist der Polizist in Zivil, den er vor Jasmines Wohnung gesehen hat, der Typ, den er bei einem Fußballspiel nicht in der gegnerischen Mannschaft haben wollte. Der Zivilbulle flüstert dem hohen Tier etwas ins Ohr und nestelt dabei an der Polizeimarke herum, die ihm an einer Kette um den Hals hängt. Das hohe Tier bittet ihn, einen Moment zu warten, und wendet sich erneut Nicolas zu. Das mulmige Gefühl, dass das Ganze nur auf eine Weise enden kann, kehrt zurück – er ist total am Arsch. Der Beamte fragt ihn, wie es ihm geht, wie viel er getrunken und welche Drogen er genommen hat. Nicolas antwortet so knapp wie möglich, teils, weil er nicht zu viel sagen will, aber auch, weil in seinem Kopf ein wirres Durcheinander herrscht. Wie wird es mit seinem Leben weitergehen ohne Jasmine, die Einzige, mit der er reden konnte? Wer kann ihr etwas Böses gewollt haben? Wer hat sie umgebracht? Wird man ihn wegen Mordes verurteilen? Was werden die Leute denken? Und was seine Fans? Nicht, dass es davon noch viele gibt, aber eine kleine Clique ist ihm treu geblieben. Vor allem, was wird seine Familie denken? Sein Vater, sein jüngerer Bruder. Mitten in diesem Gedankenchaos wird ihm plötzlich bewusst, dass der Zivilbulle ihn merkwürdig ansieht. Der Mann mustert ihn auf eine unangenehme Weise, als wisse er etwas. Nicolas weicht seinem Blick aus und antwortet kurz auf die Frage, was er in Ulvsunda gemacht hat.

»Ich war auf dem Heimweg. Ich wohne in Solna.«

Das hohe Tier gibt sich damit zufrieden. Anscheinend hat er keine Zeit, sich irgendeine Lebensgeschichte anzuhören. Er bittet Tarja, Nicolas die Handschellen abzunehmen, und erklärt ihm, welche Tests man an ihm durchführen werde und dass er die Nacht in der Ausnüchterungszelle verbringen müsse.

»Ist das wirklich nötig?« Nicolas bemüht sich, nicht zu verzweifelt zu klingen, und reibt sich die roten Stellen an den Handgelenken. »Mir geht es jetzt wieder gut.«

»Ein paar Stunden Schlaf, und es geht Ihnen noch besser.« Das hohe Tier macht auf dem Absatz kehrt, entfernt sich zusammen mit dem Zivilbullen außer Hörweite und bespricht etwas mit ihm.

»Die Mordwaffe wurde gefunden!«

Nicolas starrt den Beamten am Schreibtisch vor ihm an. Der Mann hat die Nachricht hinausposaunt, als hätte er den Lotto-Jackpot geknackt.

»Die Kollegen haben ein blutiges Küchenmesser in einem Gebüsch in der Nähe vom Ulvsundaplan gefunden.«

Nicolas ballt die Hände zu Fäusten.

Er bekommt mit, wie der Zivilbulle etwas zu dem hohen Tier sagt und dabei zu ihm hinüberschielt. Dann geht er zusammen mit seinem Vorgesetzten zu Tarja und fragt: »Habt ihr ihn am Ulvsundavägen festgenommen?«

»Ja.«

»Wo genau?«

Tarja schluckt und läuft rot an. »Ein paar Hundert Meter hinter dem Ulvsundaplan.«

Obwohl Nicolas seinen Blick auf Tarja fokussiert, spürt er, dass der Zivilbulle ihn von Kopf bis Fuß mustert, und hört die Anspannung in dessen Stimme, als der Mann fortfährt: »Um wie viel Uhr habt ihr ihn dort angetroffen?«

Robin holt einen Notizblock aus der Beintasche und blättert darin herum. »Um zwei Uhr siebenundvierzig.«

Der Zivilbulle macht einen Schritt auf Nicolas zu. »Die Einbruchmeldung ging um zwei Uhr vierundfünfzig raus, sieben Minuten, nachdem ihr diesen Mann knapp einen Kilometer vom Tatort aufgegriffen habt, noch dazu am gleichen Ort, wo wir soeben ein Messer gefunden haben. Und wenn ich mich nicht irre, fährt der Bus der Linie 112 dort vorbei.«

Nicolas ist so verkrampft und angespannt, dass er das Gefühl hat, gleich einen epileptischen Anfall zu bekommen.

»Stehen Sie auf«, sagt der Zivilbulle.

Nicolas bleibt sitzen. Hat er das Recht, gegen die Aufforderung zu protestieren?

»Haben Sie nicht gehört? Stehen Sie auf und ziehen Sie den Mantel aus.«

Diesmal gehorcht Nicolas.

Er fummelt absichtlich am obersten Knopf herum und knöpft ihn schließlich auf, da er den Augenblick nicht beliebig lange hinauszögern kann. Dann nimmt er sich den nächsten vor. Was bleibt ihm anderes übrig? Am liebsten würde er davonlaufen, aber wohin?

Schließlich knöpft er den Mantel ganz auf und blickt auf sein blutiges T-Shirt.

Stille. Nur ein Schnaufen von Tarja, die weiß, dass sie schlampige Arbeit geleistet hat.

Der Zivilbulle kommt näher und zieht etwas aus der Brusttasche des Mantels.

Die Weihnachtsmütze.

Jetzt steckt er tief in der Scheiße. Bis zum Hals.

Nicolas' Hirn setzt aus, als hätte jemand einen Schalter umgelegt.

Hastig stürzt er zur nächsten Tür und rüttelt vergebens daran. Als er sich umdreht, trifft ihn ein Schlag am Kinn, und er fällt zu Boden. Er spürt das Gewicht von Körpern, hört brüllende Stimmen.

»Hinlegen! Zeigen Sie die Hände! Zeigen Sie die Hände!«

6

Was in den nächsten paar Stunden geschieht, nimmt er wie durch einen trüben Nebel wahr – ernste Gesichter, die ihn inspizieren, Polizisten, die sich mit ihm beschäftigen, Polizisten, die er vom Tatort kennt, Polizisten, die mit anderen Festgenommenen hereinkommen, Polizisten, die einfach nur neugierig sind.

Der Zivilbulle und ein Kriminaltechniker nehmen ihm seine Kleidung ab und fotografieren ihn von vorne und im Profil. Sie legen seine Finger in ein Fingerabdruck-Lesegerät, machen einen Mundabstrich mit einem Wattestäbchen, dokumentieren seine Verletzungen. Die Schnittwunde am Handgelenk, eine Beule am Kopf. Wahrscheinlich stammt sie von der Rangelei mit dem Weihnachtsmann, jedenfalls hat er sie zu dem Zeitpunkt nicht gespürt. Ein paar Schürfwunden und blaue Flecken. Irgendwann während der erkennungsdienstlichen Behandlung schnappt er den Namen des Zivilbullen auf – Simon Weyler. Der Mann ist Vernehmungsleiter im Dezernat für Schwerkriminalität und hat die Angelegenheit von Tarja und Robin übernommen. Das mit der Trunkenheit hat anscheinend keine Priorität mehr, stattdessen verdächtigt man Nicolas des Mordes.

Des Mordes an seiner Schwester.

Als er sich auf einen Stuhl im Vernehmungszimmer setzt, ist das frische T-Shirt, das man ihm gegeben hat, bereits durchgeschwitzt und klebt an seiner Haut.

Simon nimmt ihm gegenüber auf der anderen Seite des Schreibtischs Platz und hält einen dampfenden Kaffeebecher in der Hand.

»Möchten Sie wirklich keinen?«

Nicolas schüttelt den Kopf. Im Augenblick steht ihm nicht der Sinn nach Kaffee. Er hat das Gefühl, als könne er nie wieder etwas essen oder trinken.

Natürlich glauben die Bullen, dass er es war. Alles deutet auf ihn hin.

Nicolas konzentriert sich auf die Notizen, die Simon auf einem Block macht. Auf den Kopf gestellt sieht es wie Datum und Uhrzeit aus. Schließlich legt er den Kugelschreiber weg, fixiert Nicolas mit seinen braunen Augen und teilt ihm mit, dass er des Mordes an Jasmine Moretti verdächtig sei.

»Gestehen oder bestreiten Sie die Tat?«

Nicolas lässt sich die Worte durch den Kopf gehen. Gestehen oder bestreiten? Dieselbe Frage hat man ihm bereits dreimal gestellt. Gestehen oder bestreiten Sie die Tat? Vorerst verdächtigte man ihn nur des Drogenkonsums, was an sich schon schlimm genug war. Er hatte sich ausgemalt, was die Medien über ihn schreiben würden, wie dies seine Chancen beeinträchtigen würde, Arbeit zu finden. Hatte sich geschämt, weil er wegen ein paar Lines Koks sein Leben ruiniert hatte. Aber das hier ... Mord. Seine Zukunft ist vollkommen zerstört.

Alles, was Sie sagen, kann gegen Sie verwendet werden. Irgendwo im Hinterkopf taucht dieser Satz auf. Vielleicht ist es am besten, wenn er die Klappe hält.

»Hallo? Nicolas?« Simon schnippt vor ihm mit den Fingern. »Haben Sie meine Frage gehört? Gestehen oder bestreiten Sie den Mord an Jasmine Moretti?«

»Ich bestreite ihn.«

Skepsis leuchtet in Simons Augen auf. »Sie bestreiten also.«

»Ja.«

Simon notiert etwas auf seinem Block. »Okay. Bevor wir fortfahren, möchte ich Sie auf Ihr Recht auf die Anwesenheit eines Anwalts hinweisen. Wollen Sie davon Gebrauch machen?«

»Ja, ich glaube schon.«

»Möchten Sie jemand bestimmten?«

Möchten Sie. Simon sagt das so einfach, als ginge es darum, welche Soße der Kunde auf dem Döner haben will. Tomaten- oder Knoblauchsoße.

»Ansonsten weisen wir Ihnen einen Pflichtverteidiger zu«, erklärt Simon, als er keine Antwort bekommt. Er trommelt mit dem Kugelschreiber auf dem Tisch herum und sieht aus, als würde er über etwas nachdenken. »Zufällig befindet sich gerade eine im Haus. Angela Köhler. Vielleicht haben Sie sie vorhin im Wartezimmer gesehen?«

Angela Köhler. Nicolas erinnert sich an die elegante Frau in den hochhackigen Schuhen. Wahrscheinlich meint er die. Und jetzt ordnet Nicolas den Namen dem Gesicht und den langen, gestylten Haaren zu. Sie tritt regelmäßig im Fernsehen auf, wo sie über weibliche Verbrechensopfer, Vergewaltigungen und Ähnliches spricht.

Simon stützt die Ellenbogen auf den Schreibtisch. »Sie hat mich gebeten, Ihnen auszurichten, dass sie sich gern mit Ihnen unterhalten möchte.«

»Aha.«

»Ja, also, das entscheiden Sie. Aber es kann eine Weile dauern, bis wir jemand anders finden. Wie gesagt, sie ist ja bereits hier.«

Nicolas überlegt. Nützt es ihm etwas, wenn die Vernehmung so schnell wie möglich über die Bühne geht? Man wird ihn danach wohl kaum auf freien Fuß setzen. Aber sie ist hier und sie ist Strafverteidigerin.

»Okay. Ich kann ja mal mit ihr reden.«

Ein paar Minuten später füllt Angela Köhler den gesamten Raum mit ihrer Präsenz, Autorität und Eleganz aus. Ihr Parfum verströmt einen exklusiven Duft. Mit ihren hohen Absätzen wirkt sie gut zehn Zentimeter größer, als sie tatsächlich ist, und sie ist ohnehin schon groß, bestimmt einen Meter achtzig.

Simon lässt die beiden allein. Angela nimmt auf dem freien Stuhl Platz und schlägt die Beine übereinander. Sie hält den Rücken gerade, mustert ihn eindringlich und betont beim Sprechen jedes Wort übertrieben deutlich. Dabei bilden sich straffe, dünne Linien um die rot geschminkten Lippen.

»Sie stehen unter Mordverdacht, aber ich kann Ihnen helfen.« Sie lässt die Worte kurz einsinken, ehe sie nach einem Atemzug fortfährt. »Vielleicht wird es Sie überraschen, aber ich kannte Jasmine. Vor ungefähr einem halben Jahr kam sie zu mir und bat mich um Hilfe. Sie hatte Probleme mit einem Stalker, der in den Besitz einiger, wie soll ich sagen, peinlicher Fotos gekommen war.«

Nicolas starrt sie an. Hat er richtig gehört? »Sie kannten meine Schwester?«

»Ja. Als ich erfahren habe, dass es sich bei dem Mordopfer um sie handelt, fiel mein Verdacht zunächst auf diesen Stalker. Wissen Sie zufällig, wer das war? Hat Jasmine Ihnen von ihm erzählt?«

Er schüttelt den Kopf und kämpft gegen das Gefühl an, dass seine Schwester ihn enttäuscht hat. Es fühlt sich in diesem Zusammenhang nicht richtig an. Trotzdem kann er nicht umhin, sich zu fragen, wieso sie nichts gesagt hat. Sie hatten sich einander stets alles erzählt. Na ja, fast alles.

Angela zuckt mit den Nackenmuskeln und mustert ihn noch eindringlicher. »Lassen Sie uns zunächst eine Sache klären. Haben Sie Jasmine umgebracht?«

Nicolas schluckt. Vor seinem geistigen Auge sieht er die tiefe Schnittwunde an Jasmines Hals und das blutige Messer, mit dem sie die Nussschalen geknackt hatten, ehe er eingeschlafen war.

»Nein«, sagt er leise.

»Gut. Bleiben Sie bei dieser Aussage. Ich kenne einige Hintergrundfakten, von denen die Polizei nichts weiß. Jasmine hat diesen Stalker nämlich nie angezeigt, das hat sie sich nicht getraut. Aber ich weiß, dass er existiert, und ich kann ihn finden. Natürlich nur, wenn Sie wollen, dass ich Ihnen helfe.«

»Sie meinen als Verteidigerin?«

»Genau. Sie engagieren mich als Strafverteidigerin, der Staat bezahlt mein Honorar, und ich werde alles in meiner Macht Stehende tun, damit Sie von der Anklage freigesprochen werden. Das wird nicht leicht. Sie haben sich nämlich ganz schön reingeritten, das muss ich Ihnen sagen. Aber soviel ich bisher anhand meiner wenigen Informationen weiß, sind auch der Polizei Fehler unterlaufen. Allein schon, dass man Sie zum Tatort mitgenommen hat, um nur ein Beispiel zu nennen.« Angela lächelt. »Die esse ich zum Frühstück. Glauben Sie mir, die werden noch Albträume von mir haben, lange nachdem sie in Pension gegangen sind.«

Sie wechselt die Sitzhaltung und schlägt erneut die Beine übereinander. Beim Anblick der hellen Nylonstrümpfe, die im Schein der Energiesparlampe glänzen, muss Nicolas an Sharon Stone in *Basic Instinct* denken. Es ist unangemessen, das weiß er, aber vielleicht ist es für ihn eine Stressbewältigungsstrategie, ein Überlebensinstinkt.

»Sind wir uns einig?«, fragt Angela.

»Ich glaube schon.«

»Gut. Dann erzählen Sie mir doch mal in knappen Worten, was passiert ist.«

Nicolas senkt den Blick und betrachtet den Ring, den Simons Kaffeebecher auf dem Tisch hinterlassen hat. »Wir waren daheim bei Jasmine und haben einiges getrunken. Sie hat Weihnachtslieder gesungen und dazu getanzt. Dann sind wir auf dem Sofa eingepennt, und als ich aufgewacht bin …« Seine Stimme gewinnt an Schärfe. »Als ich aufgewacht bin, war sie tot, und ich lag auf ihrem Schoß. Offenbar war ich völlig zugedröhnt.«

»Von den Drogen, die Sie beide genommen haben?«

»Mhm.«

»Sie glauben also, jemand anders hat sie umgebracht, während Sie auf ihrem Schoß geschlafen haben?«

Nicolas hebt den Blick. »Ja.« Dann senkt er ihn wieder. Er weiß selbst, wie unwahrscheinlich das klingt – dass er auf ihrem Schoß geschlafen hat, während jemand ihr die Kehle durchtrennte. »Ich muss wohl eine Überdosis genommen haben. Ich kann mich nämlich an nichts erinnern.«

»Das mit der Überdosis lassen Sie bei Ihrer Vernehmung lieber weg. Menschen können sich in so einer Situation unkontrolliert benehmen, werden aggressiv und gewalttätig. Das klingt nicht gut. Was haben Sie genommen?«

»Ich weiß nicht. Jasmine hatte ein paar gelbe Pillen, Benzos vielleicht.«

»Das werden wir anhand der Blutproben herausfinden. Okay, wir haben wenigstens eine Erklärung für das Blut auf Ihren Kleidern. Sie lagen auf ihrem Schoß, als jemand sie umgebracht hat. Was jedoch das Messer betrifft … haben Sie das im Gebüsch versteckt, als Sie sich übergeben mussten?«

»Ja.«

»Sie könnten behaupten, Sie hätten es zufällig dort gesehen und aufgehoben, um nachzuschauen, was es war. Das würde Ihre Fingerabdrücke erklären.« Angela reckt den Hals. »Aber da Sie mit Jasmines Blut bedeckt sind, ist es besser, Sie geben zu, dass Sie vor Ort waren. Ja, so machen wir das. Sie geben zu, dass Sie dort waren und ... Warum haben Sie eigentlich das Messer aus Jasmines Wohnung mitgenommen?«

Nicolas sackt weiter in sich zusammen. »Ich bin in Panik geraten. Ich hatte nicht nachgedacht ...«

»Sie wollten also einfach nur die Mordwaffe verstecken?«

»Das vermute ich.«

»Sie vermuten. Nein, das ist nicht gut. Sie sind in Panik geraten. Sagen Sie das klar und deutlich. Sie hatten gerade Ihre beinahe enthauptete Schwester gesehen und standen unter Schock. So war es.«

»Ja, wahrscheinlich.«

Angela sieht ihn scharf an und Nicolas räuspert sich.

»Ja, ich stand unter Schock.«

»Gut. Wissen Sie, ob Jasmine irgendwelche Feinde hatte? Einen eifersüchtigen Freund oder so?«

»Nein, sie war Single.« Nicolas rutscht nervös auf dem Stuhl hin und her. Warum lügt er? Er weiß, dass seine Schwester häufig Herrenbesuch hatte, und obwohl sie es nie ausdrücklich erwähnte, war ihm klar, dass sie so ihre Miete bezahlte. Aber er will keine schmutzige Wäsche waschen. Jasmine hat einen besseren Abgang verdient.

»Na gut.« Angela steht auf und reicht ihm die Hand. »Vorerst genügt das. Die Polizei wird Sie im Laufe des Vormittags erneut vernehmen, und ich werde dabei anwesend sein. Bis dahin schlage ich vor, dass Sie den Abend noch mal in

Gedanken durchgehen. Vielleicht fällt Ihnen etwas ein, das sich zu Ihren Gunsten verwenden lässt.«

Sie beenden den Handschlag, und Angela schickt sich an zu gehen.

»Ach ja, übrigens«, ruft er ihr hinterher. Seine Stimme klingt so schwach, dass er sie kaum wiedererkennt.

Angela dreht sich im Türrahmen um.

»Da war dieser Mann, der uns auf dem Weg von der Kneipe zu Jasmines Wohnung gefolgt ist. Er trug Holzschuhe ohne Socken, und Jasmine hatte ihn ziemlich wütend gemacht.« Nicolas erzählt ihr von dem Kokain, das sie auf der Toilette genommen hatten, von dem Finnen, der sauer gewesen war, weil sie ihm nichts davon abgaben, und von der Klobürste, die Jasmine auf ihn geworfen hatte.

»Gut, wir werden ihn überprüfen«, sagt Angela, ohne sich Verwunderung oder Belustigung wegen der Geschichte mit der Klobürste anmerken zu lassen. »Erwähnen Sie den Finnen nicht gegenüber der Polizei, wir wollen ihn zuerst finden. Das kann für Sie entscheidend sein.«

»Aber«, stammelt Nicolas, »das könnte mir vielleicht trotzdem nützen. Vielleicht war er der Täter?«

»Genau. Aber die Polizei ist überzeugt, dass Sie Jasmine umgebracht haben, und wird daher nicht viel Zeit mit der Vernehmung eines Alkoholikers verschwenden. Und wenn der Typ vorgewarnt ist, verschafft er sich ein Alibi, das wir nicht entkräften können. Überlassen Sie ihn vorerst mir.«

Angelas Blick macht ihm unmissverständlich klar, dass er künftig ihre Entscheidungen nicht infrage stellen sollte. Also nickt er nur. Ist es üblich, dass Strafverteidiger ihre Mandanten auffordern zu lügen? Anscheinend. Oder vielleicht hat man in diesem Beruf nur Erfolg, wenn man sich nicht strikt an die Regeln hält.

Als ein Wärter ihn zurück in seine Zelle bringt, fühlt Nicolas sich etwas besser. Angela Köhler schien ihm trotz allem zu glauben – in diesem Fall die Einzige auf der ganzen Welt. Vielleicht hat er eine Chance. Vielleicht hat der Finne Jasmine getötet oder der Stalker, den Angela erwähnt hatte.

Einer der beiden muss es gewesen sein.

7

Ebba versteckt sich mit dem Kopf unter dem Kissen und drückt das Gesicht in die Matratze, als es zum zweiten Mal schrill läutet. Wer klingelt so früh an ihrer Tür? Ihre Zunge fühlt sich pelzig an, und sie spürt einen sauren Geschmack in der Kehle. Hat sie sich gestern übergeben?

Es klingelt erneut. In der Stille hört es sich genauso laut an wie ein Motorrad mit kaputtem Auspuff. Ebba wickelt sich in die Bettdecke und tut so, als existiere sie nicht. Im Augenblick wäre nichts schöner als das. Alles wäre so viel einfacher, wenn es sie nicht gäbe. Dann ginge es ihr nicht so schlecht wie jetzt. Sie hat einen üblen Kater und Kopfschmerzen, die das penetrante Klingeln noch schlimmer macht.

Verdammt noch mal, hör endlich auf!

Ebba wirft die Decke von sich, schwingt die Beine über die Bettkante und steht auf. Plötzlich dreht sich alles um sie, und sie muss sich am Nachttisch abstützen.

»Ja, ja, ja«, murmelt sie genervt, als es erneut klingelt. Sie sieht sich nach ihrem Bademantel um, merkt aber, dass sie ihn nicht braucht, da sie in ihren Klamotten geschlafen hat – Lederhose und Hemd.

Ebba schleppt sich in den Flur und lockert mit den Fingern ihre blonden Haare auf, bevor sie die Tür aufreißt.

»Guten Morgen.« Die Frau vor ihrer Tür reicht ihr die Hand. »Angela Köhler. Ich bin Rechtsanwältin. Wir sind uns ein paar Mal begegnet, als ich Oliver Sandgren vertreten habe.«

Beim Klang des Namens Oliver Sandgren flimmert es Ebba vor den Augen.

Mit wachsendem Unbehagen betrachtet sie die elegante Frau. Den Pelzmantel, die schicken Pumps. Das Make-up, für das sie bestimmt eine Stunde gebraucht hat. Die perfekt gestylten Haare. Eine der besten Anwältinnen in Schweden.

»Ich habe ein Jobangebot für Sie«, fährt Angela fort. »Dürfte ich vielleicht für fünf Minuten reinkommen?«

Bevor Ebba etwas erwidern kann, rennt sie ins Bad und beugt sich über die Toilettenschüssel. Der Rote-Bete-Salat, den sie gestern gegessen hat, sprenkelt das weiße Porzellan wie eine Spritzlackierung, der restliche Mageninhalt lässt sich nur schwer definieren. Während sie würgt, reiht sich in ihrem Kopf ein Fragezeichen an das nächste. Was zum Teufel will Angela Köhler? Und was soll das mit Oliver Sandgren? Hat sie wegen der Sache, die damals passiert ist, nicht schon genug Ärger gehabt? Letztendlich musste sie deshalb ihren Polizeiausweis abgeben.

Ebba betätigt die Spülung, gurgelt mit einem Klacks Zahnpasta und geht zurück in den Flur. Die Haustür ist zu, Angela Köhler war so frei, hereinzukommen. Die Anwältin steht am Fenster hinter einem der Fledermaussessel im Wohnzimmer und lässt den Blick über die rotbraunen Dächer und das Flüsschen Bällstaån schweifen, dessen kühles Wasser unterhalb des Hügels sichtbar ist. Auf dem Sessel stapelt sich schmutzige Kleidung, die aus irgendeinem Grund dort statt im Wäschekorb gelandet ist. Ebba hofft, dass Angela auf irgendeine magische Weise den Haufen nicht gesehen hat. Als sie Ebba kommen hört, dreht sie sich um.

»Jetzt habe ich noch drei Minuten. Ich möchte, dass Sie für mich als Ermittlerin arbeiten. Heute Morgen habe ich einen Fall angenommen, einen Mord, der gestern Nacht in Alvik passiert ist. Mein Mandant heißt Nicolas Moretti und steht unter Verdacht, seine Schwester umgebracht zu haben. Alle Beweise deuten auf ihn, aber die Polizei hat gelinde gesagt miserable Arbeit geleistet. Die Chancen stehen also gut, dass ich ihn freibekomme. Da ich noch eine Menge andere Verpflichtungen habe, kann ich mich jedoch nicht um alles kümmern. Deshalb möchte ich Ihnen diesen Job anbieten. Im Anschluss daran ergeben sich vielleicht weitere Aufträge. Was halten Sie davon?«

Ebba mustert ihr Gegenüber skeptisch durch Wimpern, die von Mascara verklebt sind. Sie muss das Gehörte erst einmal verdauen. Ein Job? Sie?

»Ich weiß, dass Hellberg versucht hat, Ihnen die gesamte Schuld in die Schuhe zu schieben«, fährt Angela fort, ohne Ebba zu Wort kommen zu lassen. »Aber Sie können nichts dafür, dass Oliver sich vor den Zug geschmissen hat. Schließlich war Hellberg derjenige, der den Staatsanwalt mit seiner Forderung nach Zwangsmaßnahmen unter Druck gesetzt hat.«

Vor ihrem geistigen Auge sieht Ebba den Zug auf sich zurasen, wie in den ersten Monaten nach dem Vorfall, als die Panikattacken am schlimmsten waren. Die Bilder suchten sie in ihren Träumen heim, sobald sie die Augen schloss oder wenn sie fernsah. Bilder, die sich nicht so schnell ausradieren ließen. Obwohl sie nicht dabei gewesen war, sah sie das Ganze trotzdem vor sich. Und jetzt, fast ein Jahr danach, sagt Angela, dass Hellberg schuld daran war – ihr ehemaliger Chef. Sie hört, wie Angela weiterredet, und konzentriert sich, um das Gesagte zu verstehen.

»Ich war von Ihrer Arbeit beeindruckt, obwohl ich Oliver vertreten habe.« Ein schiefes Lächeln. »Und nicht nur damals. Ich habe einige Ihrer Fälle verfolgt und bin ehrlich gesagt froh, dass ich in keinem davon die Strafverteidigerin war. Mich bringt zwar niemand so schnell aus der Fassung, aber Sie sind ungeheuer geschickt darin, einem Verdächtigen Möglichkeiten zum Lügen zu verbauen. Sie stellen Fallen, an die sonst niemand gedacht hätte, und ich finde, Sie haben etwas Besseres verdient als das hier.« Ihr Blick gleitet über Ebbas Hemd, und Ebba stellt fest, dass es voller Spritzer von dem Rote-Bete-Salat ist. Vielleicht hat es auch Rotweinflecken.

Ebba streicht über den Stoff, mehr aus Reflex als im Glauben daran, dass dies etwas bringt.

Angela tritt einen Schritt näher an Ebba heran. »Ich weiß, wie es ist, wenn man sich ausgegrenzt fühlt, ich war selbst mal in so einer Situation. Vielleicht erinnern Sie sich an den Shitstorm, der über mich nach einem Posting in den sozialen Medien hereinbrach.«

Ebba kramt in ihrem Gedächtnis und glaubt zu wissen, worauf Angela anspielt – eine Aussage, die sie über Flüchtlingskinder gemacht hat. Aber sie ist sich nicht sicher, denn der Vorfall geschah mitten in ihrer eigenen turbulenten Phase, in der ihr die Probleme der Welt um sie herum im Vergleich mit ihren eigenen wie Bagatellen vorkamen.

Angela greift Ebba mit drei Fingern ans Kinn und durchbohrt sie mit ihrem forschenden Blick. »Wir beide würden uns perfekt ergänzen. Sie wissen, wie das Dezernat für Schwerkriminalität arbeitet, und sind mit den Abläufen dort bestens vertraut.«

»Schwerkriminalität?«, sagt Ebba, obwohl sie ganz genau weiß, dass Mordfälle in dieser Abteilung landen.

»Das ist richtig. John Hellberg und Ihre ehemaligen Kollegen ermitteln in dem Fall.«

Ebba spürt ein unwillkürliches Zucken im Mundwinkel. Bei dem Gedanken, diesen Leuten erneut zu begegnen, tut es ihr am ganzen Körper weh. Dass Angela ihr soeben eröffnet hat, dass Hellberg es war, der ... Ebba ist verwirrt. War er wirklich derjenige, der ... Nein, das spielt keine Rolle. Sie war es gewesen, die Oliver bei der Vernehmung so sehr unter Druck gesetzt hatte, dass er sich das Leben nahm. Sie würde ihren ehemaligen Kollegen nie wieder von Angesicht zu Angesicht gegenüberstehen können. Trotzdem kann sie sich eine Frage nicht verkneifen. »Nicolas Moretti, sagten Sie? Ist das nicht ...«

»Ehemaliger Fußballspieler beim Djurgårdens IF, anschließend Profispieler in Russland. Neuerdings Drogenkonsument in unterschiedlichem Ausmaß und des Mordes an seiner Schwester verdächtigt. Ihre Neugier lässt mich vermuten, dass Sie interessiert sind. Sie bekommen dreißigtausend Kronen im Monat, mit Aussicht auf einen Bonus, falls wir gewinnen.«

»Moment! Ich habe nie gesagt, dass ich interessiert bin.«

Angela zieht den Ärmel ihres Pelzmantels ein Stück hoch und sieht auf die Armbanduhr. »Ich muss gleich zu einer Vernehmung mit unserem Mandanten, und anschließend schaue ich mir den Tatort an. Kommen Sie um elf Uhr dorthin, falls Sie mit Ihrem Leben etwas Sinnvolles anfangen wollen. Väktarstigen 23B.« Sie macht auf dem Absatz kehrt und geht in den Flur. An der Tür hebt sie einen Stapel Briefe auf, reicht ihn Ebba und zieht dabei eine Augenbraue hoch.

Auf dem obersten Kuvert prangt das Logo der Behörde Kronofogden, des Amts für Zwangsvollstreckung.

»Ich freue mich sehr auf unsere Zusammenarbeit und hoffe wirklich, dass Sie über mein Angebot nachdenken.« Angela wirft ihr einen vielsagenden Blick zu, bevor sie hinausgeht.

Ebba schließt hinter ihr die Tür, lehnt sich an die Wand und wartet, bis das Klacken von Angelas hohen Absätzen im Treppenhaus verhallt ist. Hat sie das Ganze nur geträumt oder ist es wirklich passiert? Mit einer energischen und hartnäckigen Frau wie dieser hat sie noch nie zu tun gehabt.

Sie wirft einen Blick auf die Küchenuhr. Zehn vor acht. Angelas Besuch fühlt sich immer unwirklicher an. Um zehn vor acht am ersten Weihnachtsfeiertag hat Angela Köhler Ebbas Wohnung in Mariehäll verlassen. Eines muss man der Frau hoch anrechnen – sie ist ehrgeizig. Allerdings wird sie sich jemand anders suchen müssen. Was kann sie schon zu einer Anwaltskanzlei beitragen? Schließlich ist sie – oder besser gesagt *war* sie – Polizistin. Aber zumindest steckt noch so viel von einer Polizistin in ihr, dass sie kein Interesse daran hat, sich für einen Mörder einzusetzen.

8

Das Vernehmungszimmer ist zu klein für vier Personen. Nicolas sitzt neben der Strafverteidigerin und rutscht nervös auf dem Stuhl hin und her. Während der vergangenen Stunden ist sie wohl nach Hause gegangen und hat sich umgezogen, denn statt des Pelzmantels trägt sie jetzt ein grünes Kleid. Simon Weyler und ein Kollege haben auf der anderen Seite des Tisches Platz genommen. Der andere hatte sich als Kommissar John Hellberg vorgestellt und Nicolas so fest die Hand gedrückt, dass die Knochen knackten.

Nachdem die Formalitäten geklärt sind, erwähnt Simon, dass er bei den Morettis war und die Nachricht von Jasmines Tod überbracht hat. Die Härchen an Nicolas' Armen stellen sich auf und er denkt an seinen Vater. Wie hat er wohl diese schreckliche Nachricht aufgenommen? Und Douglas, Nicolas' kleiner Bruder. Er hat Jasmine geliebt. Und er liebt Nicolas. Aber jetzt glaubt er vermutlich, dass Nicolas sie umgebracht hat. Nicolas wischt sich mit dem Ärmel die Schweißperlen von der Oberlippe. Die Hand zittert, vielleicht, weil er nervös ist, vielleicht, weil der Drogenrausch abklingt.

Auf Simons Aufforderung schildert Nicolas in groben Zügen die Geschehnisse des Abends. Wie er sich mit Jasmine in der Kneipe traf und anschließend zu ihr nach Hause ging. Er erwähnt die gelben Pillen und dass er und Jasmine auf dem Sofa eingeschlafen sind. Den aggressiven Finnen dagegen lässt er aus, obwohl es ihm auf der Zunge brennt. Aber Angela möchte erst Nachforschungen über ihn anstellen, und in dieser Sache muss er ihr vertrauen. Obwohl die Beamten sich bemühen, neutral zu wirken, sieht er in ihren Gesichtern, dass sie nicht an seine Unschuld glauben. Für sie steht fest, dass er lügt, das verraten ihre Blicke. Besonders die von diesem Hellberg – der Mann sitzt die ganze Zeit nur da und betrachtet ihn mit der strengen Miene eines Gefängnisaufsehers.

»So«, sagt Simon schließlich. »Wenn ich Sie richtig verstehe, sind Sie in Panik geraten, als Sie aufgewacht sind und Jasmine gesehen haben. Und dann haben Sie versucht, Beweise verschwinden zu lassen?«

»Ja.«

»Sie kamen nie auf den Gedanken, 112 anzurufen?«

»Doch, aber niemand hätte mir geglaubt.«

Simon nickt. »Und als Sie die Wohnung verließen, fiel Ihnen ein, dass Sie Ihr Handy vergessen hatten. Wieso sind Sie wieder reingegangen und wollten es holen? Oder vielmehr, wieso sind Sie eingebrochen?«

»Ich brauchte das Handy, um mir eine Fahrkarte zu kaufen.«

»Das war also der Grund, weshalb Sie eingebrochen sind?«

»Ja.«

»Nicht, um Ihre Schwester umzubringen? Weil Sie wegen irgendetwas Streit mit ihr hatten und beschlossen, zurückzugehen und sie zu töten?«

Die Erinnerung daran, dass seine Schwester tot ist, frisst ihn innerlich auf wie ein wildes Tier, das in seinen Eingeweiden wühlt.

»Nein, wirklich nicht«, presst er mühsam hervor.

»Okay. Dann sind Sie in einen Bus gestiegen, sagen Sie. Aber kurz darauf wurde Ihnen schlecht und Sie sind wieder ausgestiegen. Können Sie uns erklären, wie das Messer an dem Ort, wo die Streife Sie angetroffen hat, im Gebüsch gelandet ist?«

Nicolas sieht Angela fragend an und erhält ein zustimmendes Nicken als Antwort.

»Ich stand unter Schock, war sozusagen traumatisiert. Ich hatte gerade meine beinahe enthauptete Schwester gesehen. Mir war klar, dass ich womöglich im Knast landen würde, also habe ich das Messer entsorgt.«

»Sie wollten also die Mordwaffe vor der Polizei verstecken.«

Angela räuspert sich diskret, weshalb Nicolas etwas länger überlegt, bevor er antwortet.

»Ich weiß nicht, ob das die Mordwaffe war. Aber da das Messer blutig war, bin ich davon ausgegangen.«

Simon starrt erst ihn und dann Angela an, schreibt etwas auf seinen Notizblock und startet nach einem zustimmenden Nicken von Hellberg einen neuen Versuch. »Bei der Leibesvisitation fanden die Kollegen in Ihrer Innentasche eine Weihnachtsmütze. Wie kommt das?«

Nicolas blinzelt, bemüht sich, die Fassung zu bewahren, und überlegt, was er darauf antworten soll. Schließlich hat die alte Tante hinter den Gardinen alles gesehen, und sie hat vor Jasmines Wohnung mit Simon gesprochen. Er beschließt, von der Auseinandersetzung mit dem Weihnachtsmann zu erzählen. Als er mit seiner Schilderung fertig ist, lehnt Simon sich mit verschränkten Armen zurück. Dabei zeichnen sich die Brustmuskeln deutlich sichtbar unter dem T-Shirt ab.

»Das klingt ja wie dieser Film *Meine schöne Bescherung*.«

»Genau«, sagt Nicolas, als ihm klar wird, welchen Film Simon meint. »Der Typ war sternhagelvoll.«

Hellberg strafft sich, fixiert Nicolas mit einem Blick und ergreift zum ersten Mal das Wort. »Und wer ist dieser Weihnachtsmann? Es wäre schön, wenn wir ihn befragen könnten.«

»Ich weiß nicht. Ich glaube, irgendein Nachbar.«

»Dann erzählen Sie uns doch mal, wie er aussah.«

Nicolas beschreibt den verdammten Weihnachtsmann, so gut er kann. Das kann ihm trotz allem nützen. »Sie müssen ihn überprüfen«, sagt Nicolas abschließend. »Wer weiß, vielleicht war er es.«

Ein schwaches Lächeln spielt um Simons Mundwinkel. »Das werden wir auf jeden Fall.«

John Hellberg bleibt neutral. Lediglich ein leises Schnauben verrät, dass er Nicolas kein bisschen glaubt.

Während der restlichen Vernehmung antwortet er so knapp wie möglich. Als die Frage kommt, wie Jasmine sich eine so teure Wohnung leisten konnte, zuckt er mit den Schultern. Dasselbe hat er sich auch schon gefragt, obwohl er eine Vermutung hat. Er weiß nur, dass die Wohnung einem Rentnerehepaar gehört, und erwähnt dies gegenüber den Beamten.

Simon macht sich Notizen und stellt weitere Fragen. Als er fertig ist, klappt er den Block zu und verlässt zusammen mit seinem Kollegen den Raum.

Erst jetzt bemerkt Nicolas Angelas wütenden Blick.

Sie schiebt betont laut ihren Stuhl nach hinten, richtet sich zu ihrer vollen Größe auf und rückt ihr Halstuch zurecht. »Gibt es sonst noch etwas, das Sie mir verschwiegen haben? Einen weiteren Weihnachtsmann, der noch auftauchen kann?«

Nicolas schüttelt den Kopf und schluckt alles hinunter, was er vielleicht erwähnen sollte, aber nicht jetzt. Erst will er abwarten, wohin das mit dem Weihnachtsmann führt.

9

Glaub ja nicht, dass du mir noch etwas bedeutest. Gut, dass endlich Schluss ist. Du verdammtes Schwein! Vögelt sie besser als ich? Frohe Weihnachten, du Arschloch!

Mit dröhnenden Kopfschmerzen scrollt Ebba durch die Textnachrichten, die sie am Tag zuvor nachweislich an Jens geschickt hat. Natürlich erinnert sie sich, dass ihre Ergüsse nicht besonders intelligent waren. Aber gleich so viele? Über die letzte Nachricht ärgert sie sich mehr als über die anderen. *Bitte verzeih mir, ruf mich an.*

Wie verzweifelt muss man sein?

Jens hat auf keine einzige geantwortet.

Ebba wirft das Handy beiseite, verkriecht sich unter der Bettdecke und schließt die Augen. Sieht man mich nicht, gibt es mich nicht. In Wirklichkeit verhält es sich leider nicht so. Das destruktive Gedankenkarussell dreht sich munter weiter. Ist Jens' neue Freundin besser im Bett? Über schlechten Sex hat er eigentlich nie geklagt. Im Gegenteil – manchmal haben sie es richtig krachen lassen und Stellungen ausprobiert, bei denen der gelenkigste Yogafreak vor Neid erblasst wäre. Aber warum sonst hat er sie verlassen? Vielleicht, weil ihre Arbeit sie zeitlich zu sehr beansprucht hat? Zum Ende hin auf jeden Fall, das sieht sie inzwischen ein. Der berühmte Rucksack, den sie während der achtjährigen Beziehung täglich mit nach Hause schleppte, war bis obenhin voller Scheiße gewesen.

»Können wir zur Abwechslung mal über etwas anderes als diesen Oliver reden?«, hatte Jens sie während eines Samstagsfrühstücks mit Marmeladenbrötchen gefragt. »Langsam kann ich es nicht mehr hören. Wenn du den Job nicht mehr verkraftest, musst du kündigen.«

Das hatte sie auch getan. Aber da war alles bereits zu spät – Jens vögelte eine andere, mit Armen voller Tattoos und einer gepiercten Augenbraue. Unwillkürlich fragt Ebba sich, ob die Tussi auch zwischen den Beinen ein Piercing hat, verdrängt die widerwärtige Vorstellung jedoch, als ihr etwas einfällt. Sie zerrt die Decke weg und schaut in den Flur hinaus. Dieser Traum, den sie hatte. Angela Köhler und ihr Jobangebot. Sie stützt sich auf die Ellenbogen und sieht die Anwältin im Pelzmantel und in den hochhackigen Schuhen vor sich. Das war kein Traum. Angela war tatsächlich hier gewesen.

Sie klemmt sich ein Kissen hinter den Rücken und klickt sich durch die Nachrichten, um sich zu vergewissern, dass sie nicht gerade dabei ist, verrückt zu werden. Mit einer gewissen Erleichterung stellt sie fest, dass der Mord in Alvik ganz oben auf sämtlichen Nachrichtenseiten steht.

Bekannter Profifußballer wegen Mordverdachts festgenommen, lautet eine Schlagzeile. *Brutaler Mord in Stockholm, Djurgården unter Schock*, verkünden ein paar andere.

In einer Live-Übertragung vom Tatort berichtet ein Reporter mit karierter Schiebermütze, dass Nicolas Moretti in der Nähe von Alvik, wo seine Schwester tot in ihrer Wohnung aufgefunden worden war, festgenommen wurde und dass die Polizei bisher kein Motiv bekannt gegeben hat.

Ebba vergrößert das Bild. Seltsam, dass die Medien bereits den vollen Namen preisgeben. Aber wie gewöhnlich liegt das vermutlich an einer undichten Stelle.

Der Reporter schwafelt über Morettis Hintergrund und seine Vorstrafen wegen Drogendelikten. Dann hält er einem Mann das Mikrofon hin, und Ebba dreht es den Magen um, als sie sieht, wer es ist.

John Hellberg.

Sie starrt auf ihn, den arroganten Blick, das selbstsichere Lächeln. Muss plötzlich daran denken, wie ein Mensch, der eigentlich nicht schlecht aussieht, sich aufgrund seiner Persönlichkeit in einen schleimigen Kotzbrocken verwandeln kann.

Sie stellt den Ton lauter, als er die Schultern unter der Markenjacke strafft, in die Kamera blickt und über den Fall berichtet.

»Ja, es ist richtig, dass wir eine tote Frau haben und dass es deutliche Anzeichen für einen Mord gibt. Ja, es ist richtig, dass wir Nicolas Moretti, den Bruder des Mordopfers, festgenommen haben. Nein, leider kann ich aus ermittlungstechnischen Gründen nicht mehr dazu sagen. Ja, ja, nein. Aber ich bin vollkommen überzeugt, dass wir diesen Fall aufklären werden. Wir haben starke Beweise, die dafürsprechen.« Er lächelt, ein Grinsen, das Ebba zu hassen gelernt hat. »Sagen wir es mal so: Wenn unser Verdächtiger nicht verurteilt wird, habe ich im Dezernat für Schwerkriminalität nichts zu suchen. Der Fall ist nach polizeilicher Einschätzung aufgeklärt, wie man zu sagen pflegt.«

Ebba schnaubt verächtlich. Nach polizeilicher Einschätzung aufgeklärt! Wie tollpatschig muss man sein, einen Verdächtigen im Voraus zu verurteilen, noch dazu in einer Live-Sendung? Sie klickt sich weiter durch die Nachrichten. Selbstverständlich hat Hellberg es fertiggebracht, sich überall zu dem Fall zu äußern. »Der Fall ist nach polizeilicher Einschätzung aufgeklärt« ist seine stehende Redewendung sowie: »Wir haben starke Beweise«.

Je mehr sie liest, desto mehr löst es etwas in ihr aus – einen Rausch, wie sie ihn seit einer Ewigkeit nicht mehr verspürt hat.

Ohne auch nur daran zu denken, aus dem Bett aufzustehen, ruft sie erneut die Live-Sendung auf und zoomt das Haus heran, das hinter dem Reporter und Hellberg zu erkennen ist. Ein grünes Mehrparteienhaus. Welche Adresse hatte Angela ihr genannt? Väktarstigen irgendwas?

10

Ebbas Herz schlägt immer heftiger, je weiter sie sich Jasmines Wohnung nähert. Vor der Haustür flattert das blau-weiße Absperrband im eisigen Wind und hält Unbefugte vom Tatort ab.

Ist Hellberg immer noch hier? Oder ein anderer ihrer früheren Kollegen? Gerade will sie kehrtmachen, doch dann erblickt sie ein Stück weiter Angela Köhler, die ihr zuwinkt. Sie steht neben dem schwarzen Van der Kriminaltechniker und unterhält sich mit jemandem. Als Ebba näher kommt, erkennt sie den Mann. Es ist Peter Borg, ein Kollege, mit dem sie im Laufe der Jahre öfter zu tun hatte. Er grüßt sie erstaunt.

»Ebba? Bist du wieder zurück?«

»Sie arbeitet jetzt für mich«, sagt Angela.

Obwohl sie sich noch längst nicht entschieden hat, verzichtet Ebba auf eine Erwiderung. Sie ist hauptsächlich gekommen, um die Lage zu checken und um zu sehen, was der Job beinhaltet und ob er überhaupt für sie infrage kommt.

»Aha … und wie geht's dir so?«, fragt Peter und sieht nicht so aus, als könne er sich einen Reim auf die Konstellation Angela Köhler und Ebba Tapper machen.

Angela trägt ein eng anliegendes grünes Kleid, neue hohe Schuhe, mit denen sie im Schneematsch herumstapft, und

71

denselben Pelzmantel wie vorhin. Der Kontrast könnte nicht größer sein – Ebba in ihren zerschlissenen Jeans und der Steppjacke, noch dazu total verkatert, obwohl sie vor dem Verlassen ihrer Wohnung ein Konterbier getrunken hat. Aber wenigstens wärmt der Alkohol sie von innen, und um auf Nummer sicher zu gehen, lutscht sie diskret eine Minzpastille. Sie ist sich vollkommen im Klaren darüber, dass sie Angela in Sachen Eleganz nicht das Wasser reichen kann. Andererseits können das nur wenige.

»Gut«, sagt sie zu Peter und müht sich ein Lächeln ab. »Mir geht's gut. Ich habe das Juraexamen abgelegt und will jetzt etwas anderes ausprobieren.«

»Echt? Das wusste ich nicht.«

»Ich kann es auch kaum glauben.« Ebba hofft, dass er ihr keine weiteren Fragen zu ihrem Examen stellt, das inzwischen Staub angesetzt hat. Warum hat sie es überhaupt erwähnt? Aber sie weiß, warum. Es klingt gut, wie etwas, das sie schon lange machen wollte. Und für einen kleinen Teil von ihr fühlt es sich auch so an. Schließlich hat sie den Polizeidienst quittiert, um einen neuen Anfang zu wagen, wie es so schön heißt.

Peter weiß ja nicht, was sie in den letzten zehn Monaten wirklich gemacht hat.

Gesoffen. In Kneipen abgehangen. Von ihrem Freund den Laufpass bekommen. Gesoffen. Etliche Stunden auf eine Gesprächstherapie verschwendet – alles für die Katz. Gesoffen.

Nein, das hier klingt besser. Ermittlerin in der Anwaltskanzlei Köhler.

Angela zieht den Pelzmantel enger. »Sind Sie langsam fertig? Können wir reinkommen?«

Peter wirft einen Blick in Richtung Haus. »Das muss ich erst mit Lena klären, aber in der Zwischenzeit könnt ihr euch draußen umsehen.«

»Wie großzügig.« Angela zittert gekünstelt vor Kälte und wischt halb geschmolzene Schneeflocken von ihrem Pelzmantel. Dann trippelt sie zum Absperrband und hebt es an, damit Ebba darunter hindurchschlüpfen kann. »Ich bin froh, dass Sie gekommen sind. Wir beide werden zusammen eine Menge erreichen.«

»Die Nachrichten sagen etwas anderes. Der Fall ist nach polizeilicher Einschätzung aufgeklärt und sämtliche Beweise deuten auf Ihren Mandanten als Täter hin.«

»Unseren Mandanten.« Angela sieht Ebba durchdringend an. »Wenn Polizisten glauben, alles sei in trockenen Tüchern, lehnen sie sich mit einer Tüte Donuts zurück. Das müssten Sie eigentlich wissen. Und wie ich bereits gesagt habe, hat die Polizei so viele fatale Fehler begangen, dass ich kaum weiß, wo ich anfangen soll.«

Plötzlich klickt es hinter ihnen, als ein junger Mann mit Kamera sie fotografiert. Ebba zieht sich die Kapuze ihrer Steppjacke tiefer ins Gesicht, da sie lieber nicht in die Zeitung kommen will. Angela tut das genaue Gegenteil – sie strafft sich, streicht sich die Haare zurecht und posiert, als würde sie über den roten Teppich schreiten. Ebba tritt näher an das Haus heran, und als Angela zu ihr aufschließt, schildert sie die Details zu Nicolas Morettis Festnahme, während sie die grüne Holzfassade, die Fenster und die mit Raureif überzogenen Blumenbeete inspizieren.

»Saß er wirklich hier am Tatort in einem Streifenwagen? Über eine Stunde?«

Angela nickt. »Ich war wegen eines anderen Mandanten auf der Polizeiwache, als sie mit ihm hereinkamen. Da ich seine Schwester zuvor getroffen hatte, wusste ich, wer er war. Ansonsten kenne ich mich mit Fußball nicht so gut aus. Aber Jasmine hatte jedenfalls Probleme mit einem Stalker, und den müssen wir finden, bevor die Polizei uns zuvorkommt.«

»Ein Stalker? Sie kannten sie also?«

»Ja, genau. Sie hat mich kontaktiert und um Rat gefragt, wie sie den Kerl loswird. Das fing vor gut einem halben Jahr an. Er stand regelmäßig draußen vor ihrer Wohnung und hat zu ihrem Fenster hochgeschaut. Und dann hat er ihr von einem Prepaid-Handy Penisbilder und andere Liebeserklärungen dieser Art geschickt. Später bekommen Sie von mir alles, was ich über ihn habe.«

»Und Sie glauben, er könnte der Täter sein?«

»Er ist unser Ass, aber wir haben noch zwei weitere. Einen Betrunkenen, der gestern Abend Nicolas und Jasmine von der Kneipe nach Hause gefolgt ist, und einen Weihnachtsmann, der ein wenig später bei Jasmine geklingelt hat.« Angela blockt Ebbas Fragen mit einer Handbewegung ab. »Die Details erzähle ich Ihnen später. Jetzt schauen wir uns erst mal den Tatort an.«

Durch einen Torbogen gelangen sie in den Innenhof, der größtenteils im Schatten einer alten Eiche liegt, die ihn vor den Blicken der Nachbarn in den umliegenden Häusern abschirmt. Im Sommer ist das bestimmt ein dicht belaubter Garten mit Klettergewächsen, die sich an der Fassade entlangschlängeln.

»In welchem Stock ist ihre Wohnung?«, fragt Ebba.

»Im ersten. Aber sie hat einen eigenen Eingang vorne an der Straße.«

»Dann gehört dieser Balkon auch dazu.« Ebba deutet auf einen Balkon mit Schmiedeeisengeländer direkt über einer Holzterrasse und überlegt, ob sie dort hochklettern könnte. Vielleicht mithilfe der Gartenmöbel, die sie unter einer Plane vermutet. Aber nein, selbst wenn sie sich auf ein Möbelstück stellen würde, blieben immer noch mindestens zwei Meter bis zum unteren Rand des Balkongeländers. Vielleicht an der Dachrinne? Nein. Erstens ist sie zu weit weg und zweitens ist sie zu verrostet, um das Gewicht eines Menschen zu tragen.

»Die Haustür war verschlossen und ein Zeuge hat gesehen, wie Nicolas sie aufgebrochen hat«, sagt Angela. Anscheinend ist sie mit Ebbas Ermittlungsansatz einverstanden.

»Und die Balkontür? War die auch verschlossen?«

»Nein. Laut der ersten Streife am Tatort war sie zu, aber nicht abgeschlossen.«

Ebba inspiziert die Umgebung. Nirgendwo findet sie Schuhabdrücke, und falls es welche gab, hat der Schneematsch sie beseitigt. Plötzlich sieht sie ein kleines Loch im Blumenbeet neben der Fassade, schräg unter dem Balkon. Sie geht dorthin, tritt mit dem Stiefel eine Ranke weg und entdeckt ein paar Dezimeter daneben ein zweites Loch. Der Abstand zwischen den beiden könnte zu einer Leiter passen.

Ebba späht erneut zum Balkon empor. Dabei fällt ihr ein Armierungseisen auf, das aus der Hauswand herausragt und an dem etwas hängt – ein Stofffetzen, der im Wind flattert. Jemand kann definitiv dort emporgeklettert sein.

Sie unternimmt einen Rundgang über das Grundstück, sieht hinter einem Müllhäuschen nach, inspiziert den Zaun, das Areal rund um den Fahrradständer, den Grillplatz und den Sandkasten. Schließlich findet sie, wonach sie gesucht hat. An der Rückwand eines Abstellraums, halb versteckt hinter einem Gebüsch, lehnt eine Leiter.

Ebba trägt sie zu Jasmines Balkon und hält sie über die Löcher im Blumenbeet.

Angela taucht neben ihr auf und atmet tief ein, als könne sie schon den Sieg riechen. »Die passt perfekt.« Sie ruft den Kriminaltechniker Peter Borg herbei. »Das müssen Sie sorgfältig dokumentieren.«

Peter blickt sowohl beschämt als auch beeindruckt drein. »Das habe ich übersehen.«

»Und schaut mal da.« Ebba deutet auf das Armierungseisen ein Stück unter dem Balkon. »Seht ihr, dass da etwas hängt? Das kann ein Stofffetzen von der Kleidung des Täters sein, der beim Klettern hängen geblieben ist.«

Angela und Peter schauen zu Ebbas Fund hoch.

»Dieses Beweisstück werde ich ebenfalls sicherstellen«, sagt er.

Ebba wendet sich an Angela. »Was hatte Nicolas Moretti an?«

»Nichts Lilafarbenes, soviel ich weiß. Das ist doch lila, oder? Auf lange Entfernung sehe ich nicht so gut.«

»Lila wie Rote-Bete-Salat«, sagt Ebba. Sie hat immer noch den Geschmack des Erbrochenen im Mund, das sie heute Morgen in der Toilette hinterlassen hat.

Wann geht der verdammte Kater endlich weg? Sie sehnt sich nach einem Drink, nach etwas Hochprozentigem. Ihre Hände zittern und sie fühlt sich hundeelend. Vielleicht kommt das daher, dass sie lange nicht mehr an einem Tatort war und sich in Gegenwart von Menschen befindet, die es gewohnt sind, andere zu überprüfen und zu durchschauen.

Okay, ich habe gestern getrunken. Vielleicht ein bisschen zu viel, aber tut das nicht gelegentlich jeder? Und ich habe Textnachrichten an meinen Ex-Freund geschickt. Aber das weiß nur ich. Und natürlich Jens und seine Neue. Sind die beiden gerade zusammen und lesen sie? Lachen sie darüber? Lachen sie über mich?

Plötzlich spürt sie einen Druck auf der Brust und ist dankbar, als sie Angela in die Wohnung folgt und sich auf etwas anderes konzentrieren kann. Soll Jens sich doch zum Teufel scheren.

»Hatte sie Kohle?«, fragt Ebba beim Anblick der stilvoll eingerichteten Wohnung. »Ich dachte, sie ging auf die Uni.«

»Das ist richtig. Auf die Handelshochschule.«

»Wie konnte sie sich dann diese Bude leisten? Hat sie reiche Eltern?«

»Ihr Vater ist Giorgio Moretti, der ehemalige Mannschaftskapitän der Fußballnationalmannschaft der Männer. Zurzeit ist er Jugendtrainer und sitzt in den Aufsichtsräten mehrerer Unternehmen.«

Ebba ist beeindruckt. »Sie haben im Laufe des Vormittags viel herausgefunden.«

Angela lächelt. »Man muss der Polizei immer einen Schritt voraus sein.«

»Vielleicht zahlt der Vater die Miete«, sagt Ebba, während sie sich vorsichtig durch die Wohnung bewegt, als wolle sie die Totenruhe des Mordopfers nicht stören. Auf einem Couchtisch steht eine Schale mit Nüssen, und um diese herum verstreut liegen Nussschalen und ein paar gelbe Pillen. Bestimmt Benzos oder Ecstasy, Genaueres wird die Analyse zeigen. Die Leiche wurde abtransportiert, aber das geronnene Blut auf dem Sofa und die Blutspritzer auf dem Teppich zeugen von dem, was hier passiert ist.

Angela tritt heran und stellt sich neben sie. »Sie saßen hier und haben sich zugedröhnt, und dann ist Nicolas auf ihrem Schoß eingeschlafen. Als er aufwachte, war sie tot und er lag in ihrem Blut. Er geriet in Panik und fing an, die Spuren seiner Anwesenheit zu beseitigen. Dann verließ er fluchtartig die Wohnung, vergaß jedoch sein Handy. Das war der Grund, weshalb er das Türfenster eingeschlagen hat. Er wollte das Handy holen.«

Ebba denkt eine Weile über Angelas Schilderung nach. »Und Sie glauben ihm? Sie halten ihn für unschuldig?«

»Diese Frage höre ich ständig. Und wissen Sie was? Es ist mir egal.«

»Aber Sie haben doch bestimmt ein Bauchgefühl?«, fragt Ebba ein wenig verwundert.

»Nein. Weil ich weiß, dass meine Mandanten lügen, wie alle Menschen. Wie oft haben Sie schon geglaubt, jemanden zu kennen, nur um später einzusehen, dass Sie sich gründlich in ihm getäuscht haben?«

Wieder huscht Jens vor ihrem geistigen Auge vorbei. Ihr toller Freund, der sich davonmachte, als sie ihn am meisten brauchte.

»Wie gut kennen Sie mich zum Beispiel?«, fährt Angela fort. »Sie wissen, dass ich Anwältin bin, und eine außerordentlich gute noch dazu. Aber bin ich wirklich die Person, für die Sie mich halten? Habe ich kriminelle Freunde? Werde ich von Zwangsgedanken geplagt? Suche ich mir gelegentliche Sexpartner, um mich selbst zu erniedrigen? Onaniere ich daheim vor meinem Nachbarn? Für mich zählt nur eines: Solange wir beweisen können, dass er unschuldig ist, dann ist er es auch.« Sie macht auf dem Absatz kehrt, setzt ihre Wohnungsinspektion fort und lässt Ebba mit ihrem Standpunkt allein. Solange wir beweisen können, dass er unschuldig ist.

Angela glaubt Nicolas Moretti also nicht, oder doch? Ungeachtet dessen will sie ihn verteidigen, weil sie an die Sache glaubt, und daran, dass sie eine Chance hat zu gewinnen.

Glaubt Ebba das auch? Sie will es zumindest, vor allem aus moralischen Gründen. Doch als ehemalige Polizistin ist sie leider geneigt, John Hellberg zuzustimmen.

Sämtliche Beweise deuten auf Nicolas Moretti als Täter. Der Fall ist nach polizeilicher Einschätzung aufgeklärt.

Aber noch existiert kein rechtskräftiges Urteil, und wenn sie Angelas Jobangebot annimmt, ist es ihre Aufgabe, den Tatverdächtigen zu vertreten. Besteht die Möglichkeit, dass Nicolas Moretti nicht der Täter war? Tatsächlich gibt es Dinge, die darauf hindeuten. Die Leiter, die anscheinend jemand an die Fassade gelehnt hat, der Stofffetzen, der an dem Armierungseisen hängen geblieben ist.

Ist eine dritte Person über den Balkon in die Wohnung gestiegen und hat Jasmine ermordet, während Nicolas auf ihrem Schoß schlief? Nicht wahrscheinlich, aber durchaus möglich.

Ebba geht zum Balkon, inspiziert den Türgriff und stellt fest, dass er sich von außen öffnen lässt. Die erste Streife am Tatort hat bezeugt, dass die Tür unverschlossen war. Jemand kann also auf diesem Weg hereingekommen sein, jemand mit lila Kleidung.

Plötzlich hört Ebba etwas rasseln, dreht sich zur Küche um und entdeckt den Vogelkäfig, der von der Decke hängt. Sie geht hin und mustert den Papagei, dessen Augen genauso grau sind wie seine Federn. Nur der Schwanz ist knallrot.

»Hier haben wir unseren Zeugen, unseren allerbesten Zeugen.« Ebba reckt die Nase zum Käfig, so weit sie sich traut. »Sag was. Was ist hier drinnen passiert? Wer hat dein Frauchen ermordet?«

»Fuck you!«

Ebba schreckt zurück. Mit einer Antwort hat sie nicht gerechnet, und schon gar nicht mit dieser.

»Wie bitte?«

»Fuck you!«

Angela lacht vom Sofa aus, wo sie die Polster und Kissen untersucht. »Der hat es bestimmt faustdick hinter den Ohren.«

»Aber stellen Sie sich nur vor, er hat gesehen, was hier ablief. Das hat er doch sicher. Stellen Sie sich vor, was er uns erzählen könnte.«

»So funktioniert das nicht. Einem Papagei das Sprechen beizubringen, dauert lange. Außerdem können sie nur ein paar bestimmte Sätze lernen.«

»Wirklich? Vielleicht ist dieser hier ein Genie, ein Einstein.« Ebba betrachtet erneut den Papagei und überlegt, was er wohl gesehen hat. Versteht er eigentlich, was passiert ist? Ist er traurig, weil sein Frauchen tot ist?

»Wer kümmert sich jetzt um ihn?«, fragt sie.

»Wahrscheinlich kommt er in einen Zoo oder wird eingeschläfert. Ich weiß nicht.«

»Fuck you!« Der Papagei hüpft im Käfig herum, als hätte er verstanden, was Angela soeben gesagt hat.

Eingeschläfert. Das Schicksal, das dem Vogel droht, tut Ebba in der Seele weh. Es muss doch jemanden geben, der sich seiner annimmt. Ein Familienangehöriger von Jasmine, ein Tierfreund.

Einen Augenblick überlegt sie, es selbst zu tun. Aber sie hat noch nie ein Haustier gehabt, und momentan schafft sie es kaum, sich um sich selbst zu kümmern.

Sie verlässt den Papagei und begibt sich ins Bad. Im Waschbecken entdeckt sie Reste von verdünntem Blut, auf dem Teppich einen rotbraunen Fleck. Hat Nicolas hier Blut von sich abgewaschen? Auch die Handtücher weisen verdächtige Flecken auf. Warum hinterließ er so viele Spuren, wenn er, wie er behauptet, in Panik die Flucht ergriff?

Angela steckt den Kopf herein. »Um die Formalitäten kümmern wir uns später. Ich muss noch etwas anderes erledigen.«

Ebba sieht sie fragend an.

»Ihr Anstellungsvertrag. Ich beschäftige Sie als angestellte Juristin. Auf diese Weise besitzen Sie eine eingeschränkte Vertretungsvollmacht für unsere Mandanten, aber unter uns gesagt sind Sie Ermittlerin. Sie erledigen die Vorarbeiten und ich trete vor Gericht auf.«

Ebba zieht die Schultern hoch, eine Geste, die, wie sie glaubt, ein »Okay« ausdrückt. Eigentlich weiß sie es nicht genau, schließlich ist sie nur gekommen, um sich ein Bild zu machen. Obwohl, wenn sie ehrlich ist, spielt Hellbergs dämlicher Auftritt in der Live-Sendung eine gewisse Rolle. Stell dir vor, wie er sich blamieren wird, wenn ihnen die Meisterleistung gelingt – Freispruch für Nicolas Moretti. Denn man wird ihn freilassen müssen. Außerdem hält sie die Einsamkeit nicht mehr aus. Sie muss etwas zu tun haben, auch wenn ihr momentan der Sinn nicht besonders nach Gesellschaft steht.

Sie gehen hinaus in den Flur, und bevor sich ihre Wege trennen, erhält Ebba ihre ersten Aufträge als Mitarbeiterin der Kanzlei Köhler.

»Versuchen Sie, noch vor der Polizei den Finnen zu finden, der den beiden auf dem Nachhauseweg von der Kneipe gefolgt ist. Und den Weihnachtsmann, der an der Tür geklingelt hat. Über den Stalker wissen nur wir Bescheid, der kann warten. Die beiden anderen sind wichtiger.«

Ebba nickt. Sie befindet sich wieder in einem festen Arbeitsverhältnis, hat eine Stelle als angestellte Juristin in der Anwaltskanzlei Köhler.

11

Ebba steht vor der Kneipe in Traneberg und tritt auf dem Fußabstreifer aus Fichtenzweigen den Schneematsch von ihren Stiefeln ab. Beim Eintreten schlagen ihr Wärme und verschiedene Gerüche entgegen – nach Bier, klammen Kleidungsstücken und süßem Schwedenpunsch. Sie lässt den Blick durch das Lokal wandern. Die dunkle Holzvertäfelung, eine mit Bieretiketten dekorierte Wand und kirschrote Ledersofas mit dazu passenden karierten Tischdecken sorgen für eine heimelige Atmosphäre. Obwohl die Kneipe erst vor fünf Minuten geöffnet hat, haben sich bereits Gäste an den Tischen niedergelassen. Offenbar hatten sie schon draußen gewartet, verzweifelt nach Alkohol. Das ist Ebba auch. Sie setzt sich auf einen Barhocker am Tresen, bestellt einen Bourbon und mustert den Barkeeper, während er ihren Drink in ein niedriges Glas einschenkt. Mit den grauen Haaren und dem wettergegerbten Gesicht sieht er aus, als betreibe er das Lokal seit undenklichen Zeiten.

Sie leert das Glas in einem Zug und schiebt es zurück, damit er ihr nachschenkt.

»Anstrengender Vormittag?«, fragt er ohne verurteilenden Ton.

Als der Barkeeper mit der Flasche wiederkommt, wirft Ebba einen prüfenden Blick auf die goldbraune Flüssigkeit und spürt, wie der Inhalt des ersten Glases in ihrem Körper brennt und langsam die Angst erstickt, die von ihr Besitz ergriffen hat. Sie verzichtet auf eine Antwort und fragt ihn stattdessen, ob er gestern gearbeitet hat.

»Jepp.« Er beugt sich zu einer Kiste mit Bierflaschen herab und verstaut sie im Kühlschrank.

»Am Abend? Bis das Lokal geschlossen hat?«

»Mir gehört der Laden, ich arbeite immer.«

»Ich untersuche den Mord, der gestern Nacht hier in der Nähe passiert ist. Vielleicht haben Sie davon gehört?«

»Ja, ich habe in den Nachrichten etwas darüber gesehen.« Er hält mit ein paar Flaschen im Arm inne und mustert sie skeptisch. Ebba versteht, warum. Er hält sie für eine Polizistin, und eine Polizistin sollte im Dienst eigentlich keinen Alkohol trinken.

Er sagt jedoch nichts. Vielleicht ist er nachsichtig gegenüber menschlichen Schwächen, vielleicht ist er trinkende Polizisten gewöhnt. Oder er ist einfach nur zufrieden damit, einer erbärmlichen jungen Frau einen Bourbon zu verkaufen. Solange sie die Rechnung bezahlt, kann es ihm egal sein, wer sie ist.

Ebba nippt an dem Whiskey. Sie darf nicht zu viel trinken, zumindest nicht so viel, dass es auffällt. »Waren gestern Abend viele Gäste hier?«

»Einige.«

»Ein Typ war mit seiner Schwester hier, sie sind italienischer Abstammung. Erinnern Sie sich an sie?«

»Ich weiß, wer er ist. Der Fußballspieler. Er wurde festgenommen.« Der Barkeeper zeigt ihr eine der Flaschen. Auf dem Etikett steht *Moretti*. Dann trifft ihn anscheinend die Erkenntnis, und er reißt die Augen auf. »Ist sie tot? Die Frau, die mit ihm hier war? Ist sie das Mordopfer?«

Ebba nickt. »Sie war seine Schwester. Jasmine hieß sie.«

Der Barkeeper verstaut die letzten Flaschen im Kühlschrank und schließt die Tür. »Dann ist sie also tot«, wiederholt er, als wolle er sich selbst dabei helfen, es zu verstehen. »Seltsam. Ich meine, dass sie erst gestern hier war und jetzt tot ist.«

»Ist Ihnen etwas Besonderes aufgefallen? Was haben die beiden gemacht? Haben sie mit jemandem gesprochen?«

»Sie waren nicht so lange hier. Aber irgendwann gab es auf der Toilette Terz mit einem anderen Gast, und dann sind sie gegangen.«

»Wer war der andere Gast?«

»Ein Stammi. Rantanen heißt er. Die meisten nennen ihn Ranta oder den Barfußmann. Er geht nämlich immer barfuß in Holzschuhen, wissen Sie? Selbst wenn es draußen minus zwanzig Grad kalt ist.«

»Dann wohnt er vielleicht hier in der Nähe?«

»Ich bezweifle, dass er überhaupt einen festen Wohnsitz hat. Tagsüber hängt er in Kneipen ab. Ich glaube, er pennt überall und nirgends.«

Ebba führt das Glas zum Mund, doch dann fällt ihr ein, dass sie es ruhig angehen muss, und stellt es wieder ab. »Wissen Sie, wo er sonst noch regelmäßig verkehrt?«

»Er hält sich meistens hier in der Umgebung auf, in Alvik, beim Thailänder dort oben auf dem Hügel, Sie wissen schon.« Der Barkeeper deutet mit dem ganzen Arm hinauf nach Traneberg, und Ebba weiß, welches Lokal er meint. Polizisten holen sich dort regelmäßig ihr Mittagessen.

»Wann ist er gestern gegangen?«

»Gleich nach den beiden, so gegen neun, genau weiß ich es nicht. Aber Sie glauben doch nicht etwa, dass Ranta …«

Ebba macht eine abwehrende Handbewegung. »Ich glaube gar nichts, ich versuche lediglich herauszufinden, was sie gestern gemacht haben. Aber was war da auf der Toilette los?«

»Keine Ahnung. Allerdings ist Ranta leicht reizbar, da muss nichts Besonderes passiert sein.«

Ein neuer Gast ruft den Barkeeper herbei. Als dieser sich von Ebba abwendet, nimmt sie noch einen kleinen Schluck von ihrem Bourbon und genießt die beruhigende Wirkung des Alkohols, der ihr hilft, die Eindrücke von den Ereignissen des frühen Morgens zu verarbeiten. Normalerweise steht sie erst um diese Zeit auf und isst Knäckebrot mit Kaviaraufstrich zum Frühstück, während andere bereits zu Mittag essen. Dann greift sie zur Flasche, um in die Gänge zu kommen, schaut sich irgendeine Fernsehserie an oder erledigt anfallende Besorgungen und Termine – Therapeut, Apotheke, Arbeitsamt. Verdammt, was war diese Alte im Arbeitsamt doch für eine Meckertante.

»Haben Sie sich um eine Stelle bemüht? Wo haben Sie sich beworben? Jetzt, wo Sie nur noch zu fünfzig Prozent krankgeschrieben sind, müssen Sie sich eine Stelle suchen.«

Zum Glück muss sie nicht mehr dorthin.

Ein weiterer Gast zieht die Aufmerksamkeit des Barkeepers auf sich, ein dunkelhäutiger Mann, der sich ein paar Barhocker weiter an den Tresen gestellt hat. Zu ihrem Verdruss zückt er eine Polizeimarke.

»Simon Weyler vom Dezernat für Schwerkriminalität. Wie Sie vielleicht wissen, geschah gestern Nacht in Alvik ein Mord. Unseren Informationen zufolge war das Opfer, eine Frau, im Laufe des Abends zusammen mit ihrem Bruder hier. Dürfte ich Ihnen ein paar Fragen stellen?«

Ebba mustert ihn so unauffällig wie möglich. Dezernat für Schwerkriminalität. John Hellberg muss ihn wohl nach ihrem Ausscheiden in die Abteilung geholt haben.

Die runden, leicht hervorstehenden Augen des Barkeepers huschen zwischen ihr und Simon hin und her. Offenbar fällt es ihm schwer, sich auf das Ganze einen Reim zu machen.

»Arbeiten Sie beide zusammen, oder was?«

Simons Blick fällt erst auf sie, dann auf ihr Glas. »Nein, das glaube ich nicht.«

»Doch, eigentlich schon«, sagt Ebba und bemüht sich, genauso selbstbewusst zu klingen wie Angela. »Ich bin angestellte Juristin in der Anwaltskanzlei Köhler, und Nicolas Moretti ist unser Mandant.« Sie hebt das Glas, nur um festzustellen, dass nichts mehr drin ist. Nachdem sie den letzten Tropfen geleert hat, stellt sie es wieder hin. Angestellte Juristin. Wie komisch das klingt, als hätte sie gelogen. Gleichzeitig hört es sich unglaublich gut an. Schließlich ist sie Juristin, und Juristen schauen gewöhnlich auf Polizisten herab. Trotzdem fühlt sie sich unterlegen und fragt sich, warum. Sie muss sich wohl erst daran gewöhnen.

Simon rückt näher und setzt sich neben sie. Er sieht wesentlich besser aus als die Männer, die sonst in Kneipen zu ihr Kontakt suchen. Braune Augen mit forschendem Blick, pralinenbraune Haut. Vermutlich ist ein Elternteil afrikanischer Herkunft. Er ist groß, und seine Körperhaltung deutet darauf hin, dass er viel Sport treibt. Gekleidet ist er in einer dickeren Softshelljacke und einer Cargohose mit vielen Taschen. Ein praktisches und typisches Outfit für einen Zivilbullen, der sich unauffällig in der Menge bewegen will.

»Sie gehören also zur gegnerischen Seite«, sagt er.

»So kann man es wohl auch sehen.«

Er streckt ihr die Hand entgegen. »Simon Weyler, Dezernat für Schwerkriminalität.«

Ebba schüttelt sie. »Das habe ich mitbekommen.« Sie wendet sich an den Barkeeper. »Könnte ich bitte noch einen haben?«

»Und für mich ein Mineralwasser«, fügt Simon hinzu. »Und Sie? Haben Sie auch einen Namen?«

»Ebba.« Sie schluckt. »Ebba Tapper.«

»Ebba Tapper.« Simon sieht aus, als ließe er sich jeden einzelnen Buchstaben auf der Zunge zergehen. »Der Name kommt mir bekannt vor.«

»Ehemalige Kollegin im Dezernat für Schwerkriminalität«, fügt sie hastig hinzu. »Ich habe vor knapp einem Jahr den Dienst quittiert und arbeite jetzt als Juristin.«

Simons charmante Miene erstarrt. »Ja, genau, von Ihnen habe ich gehört.«

»Vermutlich nichts Positives. Trotzdem herzlichen Glückwunsch.«

Simon runzelt die Stirn.

»Zu Ihrem neuen Job im Dezernat für Schwerkriminalität. Ich nehme an, Sie haben meine Stelle bekommen.«

Simon sieht sie durchdringend an. Dann winkt er dem Barkeeper und deutet auf Ebbas Glas. »Für mich auch einen, bitte.«

Während der Barkeeper sie bedient, sitzen sie schweigend da, als grüble jeder über den anderen. Jedenfalls trifft das auf Ebba zu. Wie hat Hellberg diesen Typen aufgetrieben? Ebba hat ihn noch nie zuvor gesehen oder von ihm gehört. Kommt er frisch von der Polizeiakademie?

»Stimmt es, was man über Sie erzählt?« Simon fingert am Glasrand herum.

»Ihr habt anscheinend ziemlich wenig zu tun, wenn ihr immer noch über mich redet«, erwidert Ebba.

Simon legt die Arme auf den Tresen. »Okay, wenn Sie für Frau Köhler arbeiten, wie Sie sagen, dann werden wir uns künftig wohl öfter sehen.«

Ebba beißt sich auf die Unterlippe. »Das werden wir.«

»Ich glaube allerdings, nicht für lange. Schließlich ist der Fall sonnenklar.«

»Sagen Sie das nicht.«

»Ach wirklich? Haben Sie außer Nicolas Moretti sonst noch Verdächtige?«

Ebba glaubt, in Simons Gesicht ein amüsiertes Lächeln zu erkennen, obwohl er es im Glas verbirgt, während er an dem Whiskey nippt.

»Habt ihr den Mann mit dem Nikolauskostüm gefunden?«, fragt sie.

»Noch nicht. Ein paar Nachbarn haben uns einen Namen genannt, aber an der Adresse macht niemand auf.«

Ebba zieht die Augenbrauen hoch. »Dafür gibt es vielleicht einen Grund. Müsstet ihr euch nicht Zutritt zu seiner Wohnung verschaffen und ihn vernehmen?«

»Soviel ich weiß, liegt gegen ihn kein Verdacht vor.«

»Kann ich seine Adresse haben?«

»Moment mal! Führen Sie eigene Ermittlungen durch?«

Ebba zuckt mit den Schultern. »Wir überprüfen natürlich die Informationen, die wir bekommen. Außerdem verfolgen wir beide das gleiche Ziel. Schließlich will keiner von uns, dass ein Unschuldiger wegen Mordes verurteilt wird, oder?«

Dieses Mal gelingt es Simon nicht, sein Lächeln zu verbergen. »Sie glauben also, dass er unschuldig ist und dass jemand anders seiner Schwester die Kehle durchgeschnitten hat, während er auf ihrem Schoß lag und schlief.«

»Er ist unter Drogeneinfluss weggeratzt«, fügt Ebba hinzu und stellt gleichzeitig fest, dass Simons Vorderzähne ein wenig auseinanderstehen, was ihn charmanter aussehen lässt, als ihr lieb ist. »Wenn es Ihnen keine Umstände macht, würde ich die Adresse gerne jetzt haben.«

Simon nickt, vielleicht mehr für sich selbst statt als bejahende Geste. Doch schließlich holt er Stift und Notizblock aus einer Beintasche, schreibt die Adresse auf und gibt Ebba den abgerissenen Zettel.

»Danke.« Sie wirft einen Blick darauf und steckt ihn ein.

Simon deutet mit einem Kopfnicken in Richtung Barkeeper. »Hat er etwas Interessantes erzählt? Ich vermute, Sie haben ihn bereits befragt.«

»Er hat lediglich bestätigt, dass die beiden gegen neun Uhr hier waren.«

»Und welchen Eindruck haben sie gemacht? Haben sie gestritten oder waren sie gut drauf? Haben sie Weihnachten gefeiert?«

»Nein, da war nichts Besonderes.«

»Ist es nicht seltsam, dass sie an Heiligabend hier waren? Schließlich lebt ihre Familie hier in Stockholm. Ihr Vater ist der Fußballtrainer Giorgio Moretti.«

Ebba gibt mit einem Brummen zu erkennen, dass sie das weiß.

»Und dessen Frau sowie Nicolas' und Jasmines jüngerer Bruder.«

Sie nickt, als wisse sie das ebenfalls, obwohl sie noch nicht dazu gekommen ist, sich mit Nicolas Morettis Familienverhältnissen zu beschäftigen.

»Ich war dort und habe die Todesnachricht überbracht«, sagt Simon, trinkt einen weiteren Schluck und starrt tief ins Glas.

Ebba kann sich vorstellen, was er denkt. Familienangehörigen die Todesnachricht zu überbringen, ist die beschissenste Aufgabe der Welt. Man blickt in ihre bleichen Gesichter und sieht darin die Panik, die von ihnen Besitz ergreift, sobald ihnen dämmert, dass der Fremde vor der Tür die Wahrheit sagt. Obwohl sie diese nur schwer verdauen können.

»Wie war das?«, fragt sie.

»Es waren ja gleich zwei schlimme Nachrichten auf einmal. Ihre Tochter wurde umgebracht und ihr Sohn wird der Tat verdächtigt. Sie können es sich ja denken. Schöne

Weihnachtsbescherung, sozusagen.« Simon trinkt noch einen Schluck. »Sie waren vollkommen am Boden zerstört, vor allem der Junge.«

»Wie alt ist er?«

»Vierzehn. Aber die Familie war ein bisschen seltsam. Die Mutter, oder vielmehr die Stiefmutter, wollte für Nicolas einen guten Strafverteidiger besorgen, während der Vater dagegen war. Er meinte, der Bursche müsse sich mit der ihm zugewiesenen Pflichtverteidigerin begnügen.«

»Aha. Aber über Angela Köhler kann man sich wohl nicht beklagen?«

Simon schnaubt. »Vielleicht nicht. Aber ist es nicht merkwürdig, dass der Vater kein größeres Interesse daran hatte?«

»Er stand wohl unter Schock. Und sein Sohn steht trotz allem unter dem Verdacht, seine Tochter ermordet zu haben. Vielleicht war er deshalb der Ansicht, der Sohn müsse allein klarkommen. Wie hätten Sie reagiert?«

»Wenn er meint, der Sohn müsse allein klarkommen, hört sich das so an, als traue er ihm durchaus einen Mord zu.«

Die Erkenntnis bricht wie eine Woge über Ebba herein. Mit dieser Antwort hat sie nicht gerechnet. Stimmt das wirklich? Hält Giorgio Moretti seinen Sohn für fähig, die eigene Schwester zu ermorden? Sie muss unbedingt mit den Morettis reden und sich selbst ein Bild darüber verschaffen, wer sie sind, wer Nicolas ist, und sich anhören, was sie über ihn zu sagen haben.

Sie wechselt das Thema. »Haben Sie einen Kommentar zu Nicolas' Festnahme und den ersten Maßnahmen Ihrer Kollegen am Tatort?«

Simon lacht, ohne im Geringsten amüsiert zu wirken. »Sie klingen wie eine Journalistin.«

»Das bleibt unter uns.«

»Es war vielleicht nicht der gelungenste Einsatz. Nichts, womit ich prahlen würde.«

»Wer hat die Festnahme durchgeführt?«

»Jeder macht mal einen Fehler.«

»Ich bewundere Ihre Loyalität, aber ich werde es sowieso herausfinden, wenn ich die Polizeiberichte lese. Sagen Sie es mir doch einfach gleich.«

Simon beugt sich näher an sie heran und mustert sie aufmerksam. »Tarja Lundquist und Robin Andersson.«

Ebba hebt das Glas, begnügt sich diesmal jedoch damit, am Inhalt zu riechen, denn sie darf sich wie gesagt keinen Rausch antrinken. Tarja Lundquist. Ebba ist mit ihr ein paar Mal Streife gefahren. Schon damals war sie dafür bekannt, den einfachsten Weg zu gehen und sich so oft wie möglich vor dem Schreiben von Berichten zu drücken. Ebba erinnert sich vor allem an einen Vorfall, wo Tarja so tat, als hätte sie sich verfahren, nur um nicht als Erste zu einem Raubüberfall auf ein Geschäft zu gelangen. Schließlich wurden sie trotzdem von ihrem Einsatzleiter dazu auserwählt, die Anzeige aufzunehmen. Der Vorgesetzte hatte Tarja durchschaut, und Ebba hatte sich geschämt und sich geärgert, dass sie nicht den Mut gehabt hatte, gegenüber ihrer Kollegin deutlich Stellung zu beziehen. Sie kann sich gut vorstellen, dass es Robin Andersson heute ähnlich geht. Ebba kennt ihn nicht, vermutlich ist er ein Neuer.

»Wenn ich es richtig verstehe, hat Nicolas den gesamten Einsatz über eine Stunde lang vom Streifenwagen aus mitverfolgt?«

»Ja, so ungefähr.«

»Und Tarja und Robin ist nicht aufgefallen, dass das Mordopfer in der Wohnung und der Betrunkene in ihrem Streifenwagen denselben Nachnamen hatten?«

»Das ist an uns vorbeigeschlüpft.«

An uns. Er weist seinen Kollegen keine Schuld zu. Was für ein Gentleman.

Simon fährt mit seiner Schilderung fort und erweckt in Ebba den Eindruck, als suche er nach einer Erklärung für den Fehler. »Es dauerte eine Weile, bis Jasmine identifiziert wurde, da die Wohnung an sie untervermietet war. Und dann haben sie den Namen verpasst, als er über Funk durchgegeben wurde, weil sie mit etwas anderem beschäftigt waren.«

»Ja, an einem Tatort, an dem ein Mord begangen wurde, kann es stressig zugehen.«

»So ungefähr.«

Plötzlich quietscht die Eingangstür und ein hochgewachsener Mann betritt das Lokal. Seine Gummizughose hebt den Kugelbauch unvorteilhaft hervor, aber das Auffällige an dem Mann ist der Umstand, dass er zu den Holzschuhen keine Socken trägt. Er trampelt die Treppenstufen hinunter und lässt sich schnaufend auf einen Stuhl am erstbesten freien Tisch plumpsen.

Ebba juckt es am ganzen Körper. Sie schielt zu Simon hinüber und fragt sich im Stillen, ob er nicht bald geht. Schließlich muss er seine Arbeit machen. Einen Mord aufklären.

Der Barfußmann grölt irgendetwas über den Weihnachtsbaum, dass dieser ordentlich etwas von Tschernobyl abbekommen haben muss. Ebba hat keine Ahnung, mit wem er spricht, wahrscheinlich mit sich selbst oder mit allen, aber der finnische Akzent fällt ihr auf. Noch ein Hinweis, dass es sich offenbar um den Mann handelt, den sie sucht.

Sie lächelt Simon an. Geh schon, geh endlich.

Aber Simon bleibt sitzen. Vielleicht findet er sie nett? Oder zumindest interessant. Doch dann weist sie den Gedanken von sich. Vermutlich ist er nur neugierig auf sie. Sie kann sich das Gerede auf dem Revier gut vorstellen, kann förmlich John Hellbergs nerviges Geschwätz hören.

»Dass Ebba Tapper überhaupt noch mit sich leben kann, nach allem, was passiert ist. Stellt euch vor, wie es sich für sie anfühlen musste, den Eltern des Jungen in die Augen zu sehen. Sie ist zu hart mit ihm umgesprungen, viel zu hart. In diesem Beruf braucht man ein bisschen Fingerspitzengefühl.«

Anschließend erzählt er etwas Lustiges, etwa: »Erinnert ihr euch an den Typ, der eine aufblasbare Puppe gevögelt hat? Der, bei dem wir in die Wohnung gestürmt sind, weil es im Treppenhaus nach Gras gerochen hat? Hahaha! Er saß gestern in der Arrestzelle, hatte Damenunterwäsche an und darunter einen zusammengerollten Strumpf, damit sein Pimmel größer wirkt.«

Alle erinnern sich und lachen über Hellbergs Witz. Schließlich sorgt der Chef dafür, dass seine Leute sich bei der Arbeit wohlfühlen. Vorausgesetzt, sie stellen sich mit ihm gut und kratzen nicht an seinem Ego.

Der Barkeeper kommt zu Ebba und reißt sie aus ihren Gedanken. Als sie zu ihm aufblickt, deutet er mit einem Kopfnicken auf den Barfußmann.

»Das ist Ranta, der Typ, nach dem Sie gefragt haben.«

»Wer ist er?«, fragt Simon, nachdem der Barkeeper sich wieder entfernt hat. »Warum haben Sie sich nach ihm erkundigt?«

Bevor Ebba sich eine Antwort zurechtgelegt hat, steht Ranta auf und schwankt mit O-beinigem Gang in Richtung Toiletten. Sie legt eine Hand auf Simons Arm.

»Warten Sie einen Moment.«

Ebba geht Ranta nach, hört, wie jemand in einer der Kabinen die Spülung betätigt und stöhnt, als sei diese grundlegende Tätigkeit eine Herkulesaufgabe. Sie bückt sich und schaut unter der Tür hindurch, um sicher zu sein. Zwei Fersen mit aufgesprungener Haut in einem Paar Holzschuhe. Jepp, das ist er.

Sie vertreibt sich die Wartezeit, indem sie sich im Spiegel betrachtet. Pfui Teufel, wie furchtbar sieht sie nur aus! Sie macht das Beste aus der Situation, wischt die Mascara unter dem einen Auge weg und klatscht sich auf die Wangen, um ein bisschen Farbe zu bekommen. Dann öffnet Ranta die Kabinentür und blickt konzentriert auf seinen Hosenschlitz. Als er Ebba sieht, murmelt er, dass sie ihm im Weg steht, schiebt sie zur Seite und geht zur Tür.

»Entschuldigen Sie!«

Ranta blickt über die Schulter nach hinten, und Ebba stellt sich ungefähr so wie vorhin beim Barkeeper vor – als Ermittlerin in dem Mordfall, der sich letzte Nacht ereignet hat.

»Wenn ich richtig verstehe, waren Sie gestern hier, genau wie die Frau, die ermordet wurde, und der Mann, der der Tat verdächtigt wird.« Während sie Jasmine und Nicolas beschreibt, starrt Ranta sie an.

»Ja, die waren hier«, nuschelt er. »Sie haben hier drinnen gekokst.«

»Woher wissen Sie das?«

»Ich bin doch nicht von gestern.«

Nein, das bist du wirklich nicht. Ebba spricht den Gedanken nicht laut aus, sondern versucht weiterhin, ihm Informationen zu entlocken. »Haben Sie gesehen, wann sie gegangen sind?«

Ranta packt den Türgriff mit seiner kräftigen Faust und öffnet die Tür einen Spalt.

»Hallo, warten Sie. Ich muss mit Ihnen reden.«

»Worüber?« Er dreht sich um.

»Laut Zeugenaussagen gab es hier drinnen eine Auseinandersetzung zwischen Ihnen und den beiden, und anschließend sind Sie ihnen gefolgt. Stimmt das?«

Ranta verengt die Augen zu Schlitzen. »Was zum Teufel sagst du da, Mädchen?«

»Ich würde nur gern wissen, wohin Sie gegangen sind, nachdem Sie hier waren.«

»Nein, das willst du nicht. Du behauptest, dass ich sie umgebracht habe. In deiner Welt kann es nämlich nur ich gewesen sein, und nicht ein bekannter Fußballspieler.«

Als Ranta die Tür ein Stück weiter öffnet, packt Ebba ihn am Ärmel seiner Jacke. »Ich behaupte gar nichts. Ich will nur wissen, was passiert ist, ob sie miteinander gestritten haben oder ob Ihnen etwas Besonderes aufgefallen ist, als Sie ihnen gefolgt sind.«

Ranta reißt sich los, dreht sich um und geht an ihr vorbei. Verschwindet in einer Kabine. Kommt mit einer Klobürste in der Hand zurück.

»So hat man mich behandelt!«

Ebba duckt sich, als er die Bürste auf sie wirft, hört hinter sich einen Schrei und stellt fest, dass er von Simon kommt.

Bräunliches Wasser tropft von seinem Gesicht. Offenbar hat die Klobürste ihn getroffen. Er wischt das Schlimmste weg, geht auf Ranta los und drückt ihm die flache Hand ins Gesicht.

Ebba hätte Simon von einem Nahkampf mit dem Barfußmann abgeraten, denn der ist größer und schwerer. Aber irgendwie gelingt es ihm, Ranta zu Fall zu bringen. Anschließend geht es grober zu. Ranta packt Simon, schlingt Beine und Arme um ihn und wälzt sich mit ihm herum wie ein erfahrener Ringer.

Simon ringt nach Luft und hat keine Chance.

Als Ranta ihn mit beiden Händen würgt, eilt Ebba Simon zu Hilfe und versetzt dem Finnen einen Tritt gegen den Arm, doch nichts geschieht. Sie setzt zu einem weiteren Tritt an und zielt diesmal auf den Kopf, hält jedoch inne, als sie das Pfefferspray an Simons Gürtel sieht. Sie reißt die Dose aus dem Holster und sprüht Ranta eine Ladung ins Gesicht.

Der Finne kneift die Augen zusammen und blinzelt, hält Simon jedoch weiterhin mit eisernem Griff fest. Dessen Gesichtsfarbe wechselt zwischen mehreren Rottönen.

Ebba leert die gesamte Dose in Rantas Gesicht und wirft sie weg, als er immer noch keine Reaktion zeigt. Sie tastet nach der Sig Sauer in Simons Hüftholster. Da. Sie packt den Griff und will die Waffe just in dem Moment ziehen, als Ranta Simon loslässt und ihn wegschubst. Simon wälzt sich herum und bleibt röchelnd auf dem Boden liegen, die Hände um den Hals. Er ist nicht in der Lage, Ebba zu helfen, als Ranta sich aufrappelt und ihr breitbeinig gegenübersteht. Sie sind allein. Ebba und der größte Mann der Welt. Sie wirft einen Blick auf Simon und die Pistole, die immer noch in seinem Holster steckt. Als Ranta sich plötzlich umdreht und zu einem Waschbecken davontrottet, ist Ebba verwundert und gleichzeitig erleichtert. Er dreht den Wasserhahn auf, beugt sich vor und spült die Augen mit Wasser aus. Dabei murmelt er: »Scheiß Weiber!«

Offensichtlich hat das Pfefferspray gewirkt.

12

Ein paar Minuten später blinken Blaulichter vor der Kneipe. Vier Uniformierte führen Ranta in Handschellen zu einem der Streifenwagen, einer legt ihm die Hand auf den Kopf und drückt ihn auf den Rücksitz. Ebba sieht von der Türöffnung aus zu und ärgert sich darüber, dass die Polizei sich die Person unter den Nagel gerissen hat, die Jasmine ermordet haben könnte. Jetzt kann sie ihn nicht mehr gründlich befragen und herausfinden, wo er sich zur Tatzeit befand.

Sie geht zum Toilettenraum zurück, wo Simon inzwischen Rantas Platz am Waschbecken eingenommen hat.

»Fühlen Sie sich besser?«, fragt sie bestimmt zum zehnten Mal. Nicht, dass sie ein schlechtes Gewissen hat, weil er mit in die Drecksarbeit gezogen wurde, so etwas gehört eben dazu. Aber trotzdem …

Simon dreht den Kopf zu ihr und blinzelt sie mit geröteten Augen an. »Warum haben Sie mir nichts von Rantanen erzählt? Schließlich habe ich Ihnen auch die Adresse von dem Weihnachtsmann gegeben.«

Ebba zuckt entschuldigend die Achseln. »Ich bin einfach nicht dazu gekommen.«

Simon schnaubt, dreht sich zum Waschbecken um und spült weiter seine Augen aus. »Und ich dachte, Sie sagten, wir hätten bei dieser Ermittlung das gleiche Ziel.«

»Haben wir das wirklich? Mir kommt es so vor, als hättet ihr euch bereits auf einen Verdächtigen eingeschossen.«

Simon tastet nach dem Papiertuchspender. »Es lässt sich ja wohl kaum abstreiten, dass die Beweislage bei Nicolas Moretti erdrückend ist.«

Ebba hat keine Lust, sich noch mehr anzuhören, und geht wieder hinaus. Angela hatte recht. Die Polizei wird einen Scheiß tun, um andere potenzielle Tatverdächtige zu ermitteln, darum müssen Angela und sie sich selbst kümmern. Und vielleicht war ihre Kontaktaufnahme zu Ranta doch nicht vergebens gewesen. Immerhin hat sie ihn dazu gebracht, sein Gewaltpotenzial in Gegenwart eines Polizisten zu demonstrieren. Jetzt bleibt es abzuwarten, was er bei seiner Vernehmung aussagen wird. In der Zwischenzeit gibt es noch zwei weitere Personen, die Ebba finden muss – den Weihnachtsmann und den Stalker.

Draußen vor dem Fenster hält ein Zivilfahrzeug. Ebba holt ihre Jacke, auf die der Barkeeper aufgepasst hat, und verlässt eilig das Lokal durch eine Seitentür, die zu dem während der Wintermonate geschlossenen Außenbereich führt. Sie will nicht riskieren, womöglich John Hellberg über den Weg zu laufen. Früher oder später wird eine Begegnung sich nicht vermeiden lassen, aber später ist ihr lieber.

Sie geht zu ihrem Auto, einem blauen Ford Fiesta, den sie einen Block weiter geparkt hat. Bevor sie losfährt, steckt sie sich eine Minzpastille in den Mund. Die Einsicht, dass sie nach ihrem Alkoholkonsum eigentlich nicht fahren sollte, verdrängt sie. Aber da sie nur äußerst ungern die öffentlichen Verkehrsmittel nutzt, bleibt ihr nichts anderes übrig. Alle diese Leute, die sich auf engem Raum drängen, unangenehm riechen oder sie anstarren. Und so viel hat sie nun auch wieder nicht getrunken, nur ein paar Schlückchen.

Ein paar Minuten später betritt sie das Treppenhaus an der Adresse, die Simon ihr gegeben hat. Der Mann heißt Roland Nilsson und wohnt im Erdgeschoss. Um möglichst kein quietschendes Geräusch zu verursachen, hebt Ebba vorsichtig die Klappe des Briefschlitzes und horcht. Das Aroma frisch gebrühten Kaffees, das Klappern von Porzellan und das Geräusch fließenden Wassers dringen zu ihr. Jemand ist also zu Hause. Sie macht die Klappe zu, klingelt und wartet. Als niemand aufmacht, pocht sie an der Tür und ruft durch den Briefschlitz: »Hallo, hier ist …« Sie hält inne. Früher, als sie sich als Polizistin zu erkennen geben konnte, war alles so einfach. Aber was soll sie jetzt sagen, um die gleiche Autorität auszustrahlen? Sie verschärft ihren Ton. »Es geht um einen Mord, der in der Nähe geschehen ist und in dem ich ermittle. Wir haben bereits mit sämtlichen Nachbarn gesprochen. Würden Sie bitte so freundlich sein und aufmachen?«

Drinnen wird es auf einmal still – das Wasser läuft nicht mehr und niemand klappert mit Porzellan. Aber es öffnet auch niemand die Tür. Hat sie sich verhört? Nein, der Kaffeeduft ist unverkennbar. Ebba drückt erneut auf den Klingelknopf, doch als weiterhin keiner aufmacht, geht sie um das Haus herum in den Innenhof. Dort sucht sie die eingezäunte Terrasse, die zu der Wohnung gehört, und betritt sie durch die Tür im Zaun. Sie drückt das Gesicht gegen die Fensterscheibe und schirmt die Augen mit den Händen gegen das blendende Tageslicht ab. Beim Anblick des halb nackten Mannes auf der anderen Seite der Glasscheibe schreckt sie zurück. Das Einzige, was seinen stark behaarten Körper bedeckt, ist ein Paar Joggingshorts.

Ebba deutet auf den Türgriff und formt mit den Lippen das Wort »aufmachen«.

»Wer sind Sie?«

Ebba fährt herum und blickt in ein zerfurchtes Frauengesicht.

»Oh, Verzeihung.« Ebba tritt ein paar Schritte zur Seite, um nicht zwischen der Terrassentür und der Frau eingezwängt zu werden. Sie trägt einen braunen Trenchcoat und sieht alles andere als erfreut aus. »Wohnen Sie hier?«

»Wer sind Sie?«, wiederholt die Frau.

Ebba schildert ihr Anliegen so ruhig wie möglich. Was ihre Person angeht, belässt sie es bei vagen Angaben, sagt lediglich, dass sie in dem Mordfall ermittelt, der sich letzte Nacht ereignet hat, und die Befragung der Nachbarschaft durchführt. Das grimmige, stark geschminkte Gesicht der Frau entspannt sich ein wenig und weicht einem Ausdruck des Erstaunens, gepaart mit einem Hauch Entsetzen.

»Ein Mord? Das wusste ich nicht! Hier in der Gegend?«

Als Ebba ihr von Jasmine Moretti berichtet, wirkt die Frau noch bestürzter.

»Sie mietet die Wohnung von Curt und Berit, aber die sind jetzt in Portugal. Curt leidet nämlich an Schuppenflechte, da tut ihm die Sonne gut.«

Nachdem sie das mit Portugal und der Sonne losgeworden ist, stellt die Frau sich als Eva Nilsson vor, zündet sich eine Zigarette an und pafft mit eingefallenen Lippen daran, während sie die Nachricht verarbeitet. »Also, ich kenne Jasmine eigentlich nicht. Wir grüßen uns, wenn wir uns begegnen, und wechseln höchstens mal ein paar Worte über das Wetter. Herrgott, ich kann es nicht fassen, dass sie tot ist.«

»Ja, das ist furchtbar«, sagt Ebba. »Und wir müssen sämtliche Anwohner in der näheren Umgebung befragen, aber … ich nehme an, der dadrinnen ist Ihr Mann. Er hat nicht aufgemacht, als ich geklingelt habe.«

Eva verdreht die Augen und bittet Ebba, ihr zu folgen. Sie gehen ums Haus herum, und Ebba deutet mit einem Kopfnicken auf die Reisetasche in Evas Hand. »Waren Sie verreist?«

»Ja, nein, äh, das kann man nun nicht behaupten.«

»Wie meinen Sie das? Für uns ist es wichtig zu wissen, ob Sie zu Hause waren und vielleicht etwas gesehen oder gehört haben.«

Eva hält Ebba die Haustür auf und sucht für einen Moment nach einer Antwort. »Das ist etwas heikel, wissen Sie? Roland und ich, wir durchlaufen gerade eine Scheidung, und deshalb möchte ich am liebsten nicht darüber reden.« Sie geht weiter zur Wohnungstür, an der Ebba vorhin geklingelt hat, schließt auf und führt sie in einen Flur, in dem es immer noch nach frisch gebrühtem Kaffee riecht.

Sie finden Roland im Schlafzimmer vor. Er sitzt zurückgelehnt und mit verschränkten Armen in einem Doppelbett und sieht sich ein Hockeyspiel im Fernsehen an. Während der Minuten, die seit ihrer Begegnung am Fenster verstrichen sind, hat er den Anstand besessen, sich ein T-Shirt überzustreifen. Es ist verwaschen und durchlöchert, aber besser als nichts. Eva erklärt ihm, dass Ebba von der Polizei sei. Ebba grüßt ihn mit einem Lächeln und lässt sich nichts anmerken. Schließlich hat nicht sie das behauptet, sondern Eva. Erst als Roland begreift, dass es um den Mord geht, reißt er den Blick vom Fernseher los.

»Jasmine? Die wurde ermordet? Wann war das?«

»Irgendwann letzte Nacht«, antwortet Ebba. »Aber zunächst würde ich gern wissen, warum Sie auf mein Klingeln nicht reagiert haben.«

Roland schnaubt. »Das tue ich nie. Es gibt so viele Betrüger, die einem irgendwas andrehen wollen.«

»Okay«, sagt Ebba, obwohl sie ihm nicht glaubt. »Waren Sie gestern zu Hause?«

»Ja.«

»Den ganzen Abend und die ganze Nacht?«

»Ja.«

Ebba geht weiter ins Zimmer hinein und kann jetzt die Alkoholfahne des Mannes riechen. Sie kann sich vorstellen, wie verkatert er sich fühlt, ungefähr so wie sie selbst. Vielleicht hat er sich ebenfalls nach dem Aufwachen übergeben und sich ein Konterbier genehmigt. Ihr Blick bleibt an etwas Rotem hängen, das unter dem Fußende des Bettes hervorlugt. Als sie näher an das Bett herantritt und genauer hinsieht, erkennt sie ein Nikolauskostüm und daneben einen weißen Bart. Sie bemüht sich, ihre Erregung zu verbergen.

»Oder nein, ich war draußen und habe eine kleine Runde gedreht«, verbessert Roland sich, als er sich über die Bettkante beugt und ihm klar wird, was Ebba gesehen hat. »Als Weihnachtsmann verkleidet. Die Janssons, die wohnen hier in der Nachbarschaft, wollten einen Weihnachtsmann für ihre Kleinen, und da habe ich Ja gesagt. Und dann bin ich noch zu ein paar anderen gegangen.«

»Zu wem genau?«

Roland fährt mit der Hand durch seine fettigen Haare. »Ehrlich gesagt, weiß ich das nicht mehr, ich war nämlich ein bisschen angesäuselt, wie man so schön sagt.«

Eva stößt einen lauten Seufzer aus, und Ebba ahnt den Scheidungsgrund.

»Haben Sie auch bei Jasmine geklingelt?«

»Ich kann mich schwach daran erinnern, ja.«

»Wissen Sie, wann?«

»Ich habe keinen blassen Schimmer.«

»Hat sie aufgemacht? War sonst noch jemand bei ihr?«

»Ja, da war so ein Typ in ihrem Alter. Ich glaube, es gab vielleicht eine kleine Auseinandersetzung, mir tut nämlich der Rücken höllisch weh.« Er reibt sich das Kreuz. »Ich weiß nicht, vielleicht bin ich hingefallen, auf jeden Fall lag ich plötzlich auf dem Gehsteig.«

»Was war der Grund für die Auseinandersetzung?«

»Ich weiß nicht, wie gesagt, ich war betrunken, aber es war wohl keine große Sache.«

Eva seufzt erneut, diesmal lange und voller Abscheu.

»Wissen Sie, wann Sie wieder zu Hause waren?«, fragt Ebba.

Roland fasst sich an das runde Kinn, auf dessen Haut alles glänzt, was die Poren ausgeschieden haben. »Schwer zu sagen. Aber ich bin gegen Mitternacht auf dem Sofa aufgewacht und hatte einen höllischen Durst.«

Ebba bückt sich nach dem Nikolauskostüm. Gegen Mitternacht. Sie hat keine Ahnung, ob Roland die Wahrheit sagt oder ob er überhaupt auf die Uhr gesehen hat, aber ungeachtet dessen könnte er derjenige sein, den sie sucht – die Person, die möglicherweise über den Balkon in Jasmines Wohnung gestiegen ist. Sie zieht behutsam an dem Kostüm, dreht den Stoff um und sucht nach irgendeiner Form von Beweis. Aber das Einzige, was sie mit bloßen Augen sieht, ist Schmutz.

»Haben Sie vielleicht eine Papiertüte?«, fragt sie Eva.

»Ja, klar. Wofür brauchen Sie die?«

»Ich werde das Nikolauskostüm beschlagnahmen.«

»Aber …« Roland schwingt die Beine über die Bettkante und steht auf. »Sie glauben doch nicht, dass ich …«

Ebba weicht ein paar Schritte zurück. »Reine Routine«, sagt sie und hofft, dass die beiden nicht besonders mit Polizeiarbeit vertraut sind. »Da Sie mit Jasmine kurz vor ihrem Tod Kontakt hatten, müssen wir die Kleider untersuchen, die Sie zu dem Zeitpunkt anhatten. Aber das tun wir hauptsächlich, damit wir Sie als Verdächtigen ausschließen können.«

»Aber stellen Sie sich vor, Sie finden etwas, das …«

Ebba sieht ihn forschend an. »Was könnten wir finden?«

»Irgendwas.« Rolands Blick huscht zwischen Ebba und seiner Frau hin und her. »Ich meine, wir hatten wie gesagt eine Auseinandersetzung, und plötzlich lag ich auf der Straße.«

»Jasmine auch?«, fragt Ebba.

»Nein, das glaube ich nicht, aber …«

»Dann haben Sie nichts zu befürchten«, sagt Ebba und bittet Eva erneut um die Papiertüte.

Während Eva nach dem Gewünschten sucht, sieht Ebba sich die Schürfwunde näher an, die sie an Rolands Hand entdeckt hat. Sie fragt ihn, woher diese kommt.

»Ich weiß nicht. Das muss wohl passiert sein, als ich hingefallen bin.«

»Okay.« Ebba holt ihr Handy hervor und tippt auf die Kamera-App. »Ich muss die Verletzung dokumentieren. Wenn Sie bitte die Hand ausstrecken würden … ja, so, gut.« Sie schießt ein paar Fotos aus verschiedenen Winkeln. Am liebsten würde sie ihn am ganzen Körper untersuchen, ist sich jedoch darüber im Klaren, dass sie bereits die Grenzen des Zulässigen weit überschritten hat, selbst wenn sie immer noch Polizistin wäre. Schließlich besteht gegen Roland kein Verdacht, zumindest noch nicht.

Sie nimmt die Tüte entgegen, mit der Eva zurückkommt, und faltet sie geräuschvoll auseinander. Dann verstaut sie darin das Nikolauskostüm, den falschen Bart und sogar ein Paar lehmverkrustete Stiefel aus dem Flur, die Roland, wie er widerwillig zugibt, am Vortag getragen hat. Sie inspiziert die Sohlen und ärgert sich darüber, dass das miese Wetter etwaige Schuhabdrücke unterhalb von Jasmines Balkon beseitigt hat. Aber vielleicht findet sie an den Schuhen etwas anderes, das von Interesse sein könnte.

Ebba bedankt sich, geht zu ihrem Wagen zurück und setzt sich. Betrachtet die Tüte mit den beschlagnahmten Gegenständen, die sie auf den Beifahrersitz gestellt hat.

Überlegt, wie sie mit dieser Aktion durchkommt. Sie öffnet das Handschuhfach, nimmt einen Flachmann heraus, schraubt den Verschluss ab und genehmigt sich einen Whiskey. Besonders klug ist das nicht, denkt sie, aber es sind ja nur ein paar Schlückchen. Sie braucht den Alkohol, um den restlichen Tag und die Vernehmung von Nicolas, die in gut einer halben Stunde stattfinden soll, zu bewältigen. Am liebsten würde sie darauf scheißen und einfach nach Hause fahren. Sie hat keine Lust auf ein Wiedersehen mit ihren ehemaligen Kollegen, vor allem nicht mit Hellberg. Wobei *keine Lust* eine Untertreibung ist – sie hat eine Riesenangst. Aber nach ihrer Blitzaktion bei Roland Nilsson bleibt ihr kaum etwas anderes übrig.

Sie legt den Flachmann zurück ins Handschuhfach, steckt sich eine Minzpastille in den Mund und fährt los. Ihr Ziel: das Polizeirevier am Sundbybergsvägen in Solna.

13

Ebba betritt das Polizeirevier und geht zum Empfang. Es kostet sie eine gewisse Anstrengung, die Frau hinter der Glasscheibe zu überzeugen, dass sie für eine Anwaltskanzlei arbeitet und gekommen ist, um der Vernehmung ihres Mandanten beizuwohnen. Die Frau holt den Dienststellenleiter, der sich als Jonas Berg entpuppt, ein Kollege, mit dem sie hier und da im Laufe vieler Jahre zusammengearbeitet hat. Jonas sieht sie verdutzt über den Rand seiner Brille an und holt wiederum Simon, der ein gutes Wort für sie einlegt, während er auf einem Proteinriegel herumkaut. Ebba kann die Geschmacksrichtung auf der Verpackung erkennen – gesalzenes Karamell. Wie kann jemand nur glauben, dass diese Riegel einen Nutzen bringen?

»Kommt Angela nicht?«, fragt Simon und blinzelt immer noch unnatürlich häufig. Eine Nachwirkung des Pfeffersprays.

»Doch. Ist sie noch nicht hier?«

»Nein, ich habe sie nicht gesehen. Was haben Sie da?« Er deutet auf die Tüte in ihrer Hand.

»Nichts Besonderes«, erwidert sie und ist sich nicht sicher, wie sie die Sache mit dem Nikolauskostüm handhaben soll. »Aber vielleicht brauche ich bei einer Sache Ihre Hilfe.«

»Okay«, sagt er achselzuckend, geht durch den Empfangsbereich voran und dann vorbei an Büros mit überwiegend unbesetzten Schreibtischen. Am ersten Weihnachtsfeiertag arbeiten nur die, die müssen. Im Korridor, der zum Arrestbereich führt, grüßt sie kurz im Vorbeigehen zwei ehemalige Kollegen, eilt jedoch weiter. Sie hat keine Lust zu erklären, was sie hier macht.

»Sie sind vorhin einfach verschwunden«, sagt Simon und hält seine Karte über das Lesegerät an der Tür zur Arrestaufnahme, worauf ein Summen ertönt. Der Erste, den Ebba sieht, als die Tür sich öffnet, ist John Hellberg.

»Ich hätte Ihre Zeugenaussage benötigt«, fährt Simon fort.

»Das kann bis nachher warten«, murmelt Ebba, den Blick fest auf Hellberg gerichtet. Ihr ehemaliger Chef unterhält sich mit einem Wärter namens David Lind, einem Muskelpaket mit Blumenkohlohren, der früher immer ein Auge auf sie geworfen hatte.

Als die beiden Ebba erblicken, verstummt das Gespräch. Sie grüßen, David mit fröhlichem Lächeln, während das von Hellberg aufgesetzt wirkt.

»Oh, sieh mal einer an. Ebba Tapper. Ich habe gehört, dass Sie auf dem Weg hierher sind.«

Ebba zwingt sich, die Hand auszustrecken, und lässt Hellbergs unsanften Händedruck über sich ergehen.

»Sie sind also inzwischen angestellte Juristin? Sieh an.« Er mustert sie eindringlich, lässt die Sekunden langsam verstreichen und sorgt dafür, dass sie sich schlechter fühlt, als ihr ohnehin schon zumute ist. »Dann werden wir uns öfter sehen. Ich freue mich darauf.«

Ebbas Herz pocht so heftig unter ihrer Jacke, dass sie Angst hat, man könnte es hören. Trotzdem bringt sie ein »Ich auch« hervor, ohne dass ihre Stimme zittert.

Hellberg verschränkt die Arme vor der Brust und tritt einen Schritt näher an sie heran, ohne einen Diskretionsabstand einzuhalten. Aus purer Willenskraft bleibt Ebba stehen und versucht ihr Unbehagen zu unterdrücken, das ihr genauso unangenehm ist wie der Nikotingeruch in Hellbergs Kleidern, sowie die Wut darüber, dass er ihr die Schuld an der Tragödie mit Oliver in die Schuhe geschoben hat. Obwohl sie sich wegen der Sache immer noch Vorwürfe macht, war er immerhin ihr Chef und mindestens ebenso daran beteiligt wie sie. Zumindest, wenn sie Angela Glauben schenken kann.

»Hat Simon Ihnen schon gesagt, dass Sie unter Verdacht stehen, eine Straftat begangen zu haben?«

Ebba neigt den Kopf nach hinten, um Hellberg besser sehen zu können, und setzt eine selbstsichere Miene auf, doch ein Zucken unter einem Auge droht die Fassade zu zerbrechen.

»Nicht? Simon hat soeben Anzeige gegen Sie erstattet, weil Sie sein Pfefferspray an sich genommen und gegen den Finnen während dessen Festnahme eingesetzt haben, diesen Timo Rantanen. Gegen Sie liegt also ein Verdacht auf Körperverletzung vor.« Hellberg legt ihr eine Hand auf die Schulter und massiert sie mit dem Daumen. »Aber machen Sie sich keine Sorgen, das wird sich bestimmt lösen.«

»Das war Notwehr«, sagt Simon, den Blick auf den Boden gerichtet. »Aber Sie wissen ja, wie das läuft, man muss so einen Vorfall melden.«

Ebba weicht ein Stück vor Hellberg zurück. »Ich weiß genau, wie das läuft. Habt ihr ihn schon vernommen? Hat er ein Alibi?«

»Vielleicht«, erwidert Simon und hebt den Blick. »Er behauptet, er hätte ein paar Runden zwischen Alviks Torg und Traneberg gedreht. Zuerst wollte er einen Kumpel in Alvik besuchen, aber der war nicht zu Hause. Dann ist er zurück in die Kneipe, doch dann fiel ihm ein, dass er eigentlich mit der U-Bahn zur Haltestelle Telefonplan fahren wollte, wo ein anderer Kumpel wohnt. Wir werden es überprüfen, und wenn es stimmt, können wir ihn als Verdächtigen ausschließen.«

»Das werden wir wohl«, sagt Hellberg grinsend und entblößt eine gebleichte Zahnreihe. »Er hat Jasmine Moretti nicht umgebracht, dessen sind wir uns alle voll bewusst.«

»Aha«, sagt Ebba und umklammert die Tüte fester. Soll sie von den Kleidern darin erzählen, oder wird dieser Schuss nach hinten losgehen? Nach kurzer Überlegung kommt sie zu dem Schluss, dass sie es genauso gut hinter sich bringen kann. Schließlich hat die Beschlagnahmung bereits stattgefunden, und früher oder später werden sie sowieso davon Wind bekommen.

»Ach, da wäre noch was«, sagt sie vorsichtig. »Ich habe Roland Nilsson erreicht, den ihr gesucht habt. Er war gestern den ganzen Abend allein. Seine Frau war verreist, oder besser gesagt, sie hat bei einer Freundin über...«

»Wie haben Sie das geschafft?«, fällt Hellberg ihr mit einem misstrauischen Seitenblick auf Simon ins Wort.

»Ich habe in der Nachbarschaft an Türen geklopft, genau wie ihr«, erwidert sie, da sie nicht die Absicht hat, Simon anzuschwärzen. Schließlich braucht sie ihn auf ihrer Seite, vor allem jetzt. »Es fiel ihm schwer, mir zu schildern, was genau er gestern Abend gemacht hat. Deshalb wäre es gut, wenn ihr ihn gründlich vernehmt, und auch die Nachbarn, bei denen er Weihnachtsmann gespielt hat.«

Ein schnaubendes Lachen von Hellberg. »Das brauchen Sie uns nicht zu erzählen.«

»Ich habe bereits mit den meisten Nachbarn gesprochen«, sagt Simon. »Offenbar war der Typ sternhagelvoll.«

»Ja, er hatte eine ziemliche Fahne.«

Hellberg schnuppert in Ebbas Richtung und murmelt wie ein ungeschickter Bauchredner: »Da kenne ich noch jemanden.«

Sie ignoriert den Seitenhieb, fühlt sich jedoch verunsichert. Riecht sie nach Alkohol?

»Ich …« Ebba hält die Tüte hoch. »Ich habe ein paar Sachen beschlagnahmt, weil das für die Ermittlungen wichtig sein kann.«

»Sie haben *was*?«

Im gleichen Augenblick geht die Tür zum Arrestbereich auf. Ebba atmet erleichtert auf, als sie Angela sieht. Die Anwältin kommt mit stolzierenden Schritten zu ihnen.

»Entschuldigen Sie, dass ich ein paar Minuten zu spät komme. Heute war viel los.«

Hellberg tritt einen Schritt zur Seite, damit Angela sich zu ihnen gesellen und an der Unterhaltung teilnehmen kann. »Ebba hat uns soeben erzählt, dass sie den berüchtigten Weihnachtsmann gefunden hat.«

»Aha.« Angela wirft Ebba einen strengen Blick zu, der jedoch schnell weichere Züge annimmt. »Das ist gut. Was hat er gesagt?«

Ebba befeuchtet die Lippen und schildert das Ganze noch einmal, bis zu dem Augenblick der Beschlagnahmung.

»Das Nikolauskostüm lag auf einem Haufen auf dem Boden, und ich dachte, es könnte Spuren enthalten. Hätte ich es nicht an mich genommen, hätte er es womöglich verschwinden lassen.«

»Vollkommen richtig«, sagt Hellberg. »Das Problem ist nur, dass Sie dazu nicht befugt sind.«

»Das Wichtigste ist wohl, dass wir es haben«, kontert Angela. »Es müsste doch möglich sein, etwas Nettes ins Protokoll zu schreiben. Sie wollen doch ohnehin zu ihm und ihn vernehmen. Bei der Gelegenheit hätten Sie das Kostüm sowieso an sich genommen. Oder?«

»Wieso sollten wir das? Gegen den Mann liegt nichts vor.«

»Aber Sie wissen, dass er und Nicolas Moretti in eine Rangelei verwickelt waren. Das nennt man Körperverletzung und ist eine Straftat, noch dazu eine, von der Sie Kenntnis hatten. Haben Sie deswegen Anzeige erstattet? Nicht? Dann haben Sie ein Dienstvergehen begangen. Aber inzwischen waren Sie so schlau, Material, das für den Fall relevant ist, zu beschlagnahmen.«

Hellberg fährt sich mit der Hand über das nach hinten gegelte, vor Pomade glänzende Haar und sieht aus, als wolle er Angela erwürgen. »Okay«, sagt er schließlich und reißt Ebba die Tüte aus der Hand. »Aber tun Sie das nie wieder.«

Angela blickt mit straffem Lächeln auf die Uhr an der Wand. »Wir benötigen fünf Minuten allein mit unserem Mandanten, bevor Sie ihn vernehmen.« Sie schickt sich an, nach dem Wärter zu rufen, doch Ebba kommt ihr zuvor.

»Das mache ich«, sagt sie und eilt in Richtung David davon, der in seinem Kabuff sitzt. Sie ist froh, Hellberg für einen Moment zu entkommen.

Unterwegs steckt sie sich eine neue Minzpastille in den Mund.

»Ich nehme an, ich soll Moretti holen«, sagt David, als er sie sieht. Er fährt mit dem Finger über die Liste mit den Namen der Inhaftierten und bleibt bei Nummer vierzehn stehen. Aus dem Augenwinkel liest Ebba »Nicolas Moretti«.

David betrachtet sie mit forschendem Blick. »Übrigens, schön, dich zu sehen, aber ich checke nicht richtig, was hier läuft.«

»Ich auch nicht. Aber seit heute arbeite ich als angestellte Juristin in der Kanzlei Köhler.«

»Ah, wie schön.«

»Ich erzähle dir ein anderes Mal mehr darüber.«

»Bin gespannt.«

Ebba geht mit ihm zu der Zelle, hauptsächlich, um von John Hellberg wegzukommen. Obwohl sie es hasst, hier zu sein, verspürt sie dennoch eine gewisse Sehnsucht, während sie durch den langen, von Türen gesäumten Korridor schreitet, voller

Erinnerungen an all die Jahre, die sie hier gearbeitet hat. Aber sowohl das Leben als auch Hellberg wollten etwas anderes.

Vor Tür Nummer vierzehn holt David einen Schlüsselbund aus der Tasche und steckt einen Schlüssel ins Schloss. Doch anstatt aufzuschließen, sieht er Ebba verschmitzt an. »Hübsches Foto, das du auf Instagram reingestellt hast.«

»Welches Foto?«

»Das, auf dem du rote Unterwäsche trägst und so einen Push-up-BH, wo man alles sieht. Und ich meine, wirklich alles.«

Ebbas Hand tastet reflexartig nach dem Handy in ihrer Tasche. Sie möchte herausfinden, wovon er redet. Aber bevor sie es hervorholen kann, öffnet David die schwere Tür zu Nicolas Morettis Zelle.

14

Nicolas sitzt schweigend in dem Vernehmungszimmer, in dem die Luft sich schon nach kurzer Zeit stickig anfühlt, und blickt auf seine Anwältin Angela Köhler und die angestellte Juristin Ebba Tapper, die ihn aus der Zelle geholt hat. Letztere hat offenbar früher bei der Polizei gearbeitet, was ihn zunächst beunruhigt hatte. Schließlich wollen Polizisten Verdächtige hinter Schloss und Riegel bringen und nicht freibekommen. Aber Angela hat die letzten paar Minuten nur Gutes über sie berichtet und beteuert, dass ihre Erfahrung als ehemalige Ermittlerin im Dezernat für Schwerkriminalität sich als Vorteil erweisen würde, wenn es darum ging, seine Unschuld nachzuweisen.

Aber bin ich wirklich unschuldig?

Nicolas kann nicht aufhören, darüber zu grübeln, was in Jasmines Wohnung passiert ist. Warum lag das blutige Messer genau dort auf dem Teppich, wo er gesessen hat? Warum war die Haustür verschlossen? Wie kam der wirkliche Mörder herein? Von dem Zeitpunkt an, wo er gemeinsam mit Jasmine auf dem Sofa saß und Nüsse knackte, ist alles schwarz, bis zu dem Augenblick, als er in einem Blutbad auf ihrem Schoß aufwachte.

Doch irgendwo in seinem Unterbewusstsein weiß er, dass er es nicht getan hat. Er hätte Jasmine niemals töten können.

Er wischt sich den Schweiß von der Stirn und stellt fest, dass Ebba und Angela absolute Gegensätze sind. Ebba ist mehr wie er selbst, ungefähr in seinem Alter, trägt normale Jeans und ein einfaches T-Shirt. Hübsch? Ja, durchaus. Aber sie sieht ziemlich heruntergerockt aus und wirkt eher schweigsam – sie hat ihn lediglich gegrüßt und kurz ihre Rolle erklärt. Angela hatte ergänzt, dass Ebba und sie im Team arbeiten, und Nicolas hat das Gefühl, dass die Anwältin diejenige ist, die gesehen und gehört werden möchte. Er schätzt Angela auf Anfang fünfzig. Was ihren Kleidungsstil und ihre Art betrifft, wirkt sie deutlich strikter als Ebba.

Als Simon Weyler und dieser andere Polizist hereinkommen und ihm gegenüber Platz nehmen, hebt Nicolas den Blick. Sie fragen ihn, ob er etwas zu trinken möchte und ob er auf die Toilette muss, bevor sie mit der Vernehmung beginnen. Nicolas verneint beides.

»Na dann«, sagt Simon und schreibt etwas auf einen Notizblock. »Zunächst möchte ich Ihnen zum Geburtstag gratulieren, obwohl er vielleicht nicht gerade unter optimalen Voraussetzungen stattfindet.«

Nicolas' Augen füllen sich mit Tränen, und er blinzelt, um sie unter Kontrolle zu halten. Er hatte vollkommen vergessen, dass er und Jasmine heute ihren dreißigsten Geburtstag haben – wobei dies jetzt nur noch für ihn gilt. Die Erkenntnis verursacht ihm gar körperliche Schmerzen, die ihn derart lähmen, dass er nicht mehr weiterweiß. Gleichzeitig beschleicht ihn ein ungutes Gefühl. Er hat seine Zwillingsschwester verloren, genau wie die Wahrsagerin vorausgesagt hat. Bei dem Gedanken läuft es ihm kalt den Rücken herunter. Wie konnte es passieren, dass diese Weissagung eintraf? Wo er doch nicht an so etwas glaubt.

»Wie sieht's aus?«, fragt Simon. »Ist es in Ordnung, wenn wir weitermachen?«

Nicolas wischt eine flüchtige Träne von der Wange und nickt. Soll er der Polizei von der Weissagung erzählen? Er wirft einen Blick auf Simon, der in einem Stapel Papiere blättert, und auf den anderen Bullen, der eingebildet und feindselig wirkt. John Irgendwas heißt er. Nein, sie würden ihn für verrückt halten, wenn er ihnen mit so etwas kommen würde.

Er hört Simon zu, wie dieser ihm erklärt, worum es bei der Vernehmung geht, und beantwortet erneut die Frage, wie er sich zu dem Tatvorwurf äußern möchte, mit kaum hörbarer Stimme: »Ich bin unschuldig.«

»Dann würde ich gern mit der Kneipe beginnen, in der Sie und Jasmine gestern waren. Warum haben Sie uns nicht von dem Finnen erzählt, mit dem Sie im Toilettenraum in eine Auseinandersetzung gerieten?«

Nicolas blickt verstohlen zu Angela, worauf diese zustimmend nickt. Sie hatte ihn vor der Vernehmung auf diese Frage vorbereitet.

»Ich habe nicht daran gedacht«, sagt er. »Für mich war das keine richtige Auseinandersetzung. Er hat mich blöd angemacht und ist uns gefolgt, als wir das Lokal verließen.«

»Blöd angemacht? Worum ging es da?«

Nicolas sieht ein, dass man in seinen Blutproben den Nachweis von Drogenkonsum finden wird. Da kann er genauso gut gleich mit der Wahrheit herausrücken. Er blinzelt gegen das grelle Licht der Leuchtstoffröhre an der Decke. Sein Kopf droht zu platzen, und er würde sich am liebsten etwas Dunkles darüberziehen, egal was.

»Wir haben uns in einer der Toilettenkabinen jeder eine Line reingezogen«, sagt er. »Und als wir herauskamen, wollte er was davon abhaben. Er hat gecheckt, was wir dadrinnen gemacht haben. Und dann hat Jasmine eine Klobürste auf ihn geworfen.«

Belustigtes Lächeln im Vernehmungszimmer. Nur John verzieht keine Miene.

»Und was geschah dann?«, fragt Simon.

»Wir sind gegangen.«

»Und dann ist er Ihnen gefolgt?«

»Offensichtlich. Anfangs haben wir es nicht gemerkt, aber dann sind wir stehen geblieben, weil ein Eisblock auf die Straße gefallen …« Nicolas hält inne. Ein Eisblock. Der hätte einen von ihnen treffen und töten können – ein frühes Omen, dass etwas passieren würde. Warum kam ihm dieser Gedanke nicht schon da? »Also, da fiel ein Eisblock von einem Dach und hätte uns beinahe getroffen. Und da haben wir gesehen, dass er uns gefolgt ist.«

»Was haben Sie dann gemacht?«

»Wir sind einfach weitergegangen.«

»Hat er was gesagt? Ist er Ihnen hinterhergerannt?«

»Nein, er hat kein Wort gesagt. Aber er ist uns bis zum Alviks Torg gefolgt. Von da an habe ich ihn nicht mehr gesehen, aber es war ziemlich dunkel.«

»Er hat Sie also nicht eingeholt?«

»Nein, auf einmal war er weg.«

»Ich verstehe.« Simon notiert etwas auf seinem Block und bittet Nicolas, alles noch einmal von Anfang an zu schildern, von seinem Besuch in der Kneipe bis zu seiner Festnahme. Das Ganze dauert bestimmt eine Stunde, nicht, weil Nicolas besonders viel sagt, sondern weil Simon teilweise absurde Fragen stellt, die sich nur schwer beantworten lassen. Er will genaue Uhrzeiten wissen, wer sich sonst noch in der Kneipe aufhielt, wie sie aussahen und was sie machten. Simon notiert sich diese Details, während Johns Aufgabe anscheinend darin besteht, dafür zu sorgen, dass Nicolas sich unwohl fühlt. Er glotzt ihn die ganze Zeit an und mustert ihn, als wäre alles, was Nicolas sagt, eine Lüge. Als Nicolas auf die tätliche Auseinandersetzung mit dem Weihnachtsmann zu sprechen kommt, wirft Simon ein, dass sie ihn gefunden haben.

»Oder vielmehr Ebba«, sagt er und deutet mit einem Kopfnicken auf sie. »Wir sind noch nicht dazu gekommen, uns seine Version des Vorfalls anzuhören. Bleiben Sie dabei, dass er aggressiv wurde, als Sie ihm keinen Schnaps gaben, dass er nicht gehen wollte und es bei dieser Gelegenheit zu einem Handgemenge kam?«

»Ja, aber er hat damit angefangen.«

»So halten wir es im Protokoll fest. War das seine Weihnachtsmütze, die Sie bei Ihrer Festnahme bei sich hatten?«

»Ja.«

»Wie kamen Sie in deren Besitz?«

»Er hat sie wohl verloren. Sie lag im Flur, als ich …«

»Als Sie was?«

Die Frage kommt von John. Nicolas murmelt irgendwas darüber, dass er unter Schock stand und in Panik geriet. Der Typ macht ihm Angst. Vielleicht ist diese Nummer, die die beiden abziehen, nur ein Spiel. Guter Bulle, böser Bulle oder so ein Scheiß. Nicolas kommt sich vor wie bei einem Pokerspiel – er mit gemischten Farben und einer Sieben als höchster Karte, der böse Bulle mit einem Royal Flush.

»Wieso sind Sie in Panik geraten?«

Simon übernimmt wieder. Schön.

»Ich hatte soeben meine Schwester tot aufgefunden. Ermordet.«

Simon legt eine kurze Pause ein und trinkt ein paar Schlucke Wasser. »Können Sie uns Ihr Verhältnis zu Jasmine beschreiben?«

Nicolas zuckt die Achseln. »Es war gut, wir haben uns ziemlich oft gesehen.«

»Und was haben Sie gemacht, wenn Sie sich sahen?«

»Alles Mögliche.«

»Haben Sie gemeinsam Drogen genommen?«

»Nein, ich habe damit aufgehört. Oder, na ja …« Nicolas schweigt und hört selbst, wie abgedroschen das klingt. »Ich war auf dem Weg, clean zu werden, habe einen festen Job und so.«

»Was für einen Job?«

»In der Geschäftsstelle vom Djurgården IF. Den hat mir mein Vater vermittelt.«

»Okay. Haben Sie einen guten Draht zu Ihrem Vater?«

»Geht so.«

»Können Sie uns das näher erläutern? Wenn ich richtig verstehe, ist Ihre Mutter tot und Ihr Vater lebt mit einer neuen Frau zusammen.«

»Mhm.«

»Und die beiden haben einen vierzehnjährigen Sohn, Ihren Halbbruder.«

»Er heißt Douglas.« Nicolas ballt reflexartig die Fäuste. »Ich bezeichne ihn nie als Halbbruder, er ist mein Bruder.«

»Haben Sie gestern zusammen mit Ihrer Familie Heiligabend gefeiert?«, fährt Simon fort, ohne Nicolas' Berichtigung zur Kenntnis zu nehmen.

Er schüttelt den Kopf.

»Warum nicht?«

»Wir hatten einfach keine Lust.«

»Jasmine hat also auch nicht zusammen mit dem Rest der Familie gefeiert?«

»Nein.«

»Ist etwas Besonderes vorgefallen? Etwas, das einen Keil in die Familie getrieben hat?«

Nicolas schließt die Augen und sieht Douglas vor sich. Er würde ihm jetzt gern in die Augen sehen, ihn umarmen und ihm klarmachen, dass er Jasmine nicht umgebracht hat. Douglas darf so etwas nicht glauben.

Mühsam presst er seine Antwort hervor. »Nein, nichts dergleichen. Es hat sich einfach nicht ergeben.«

»Entschuldigen Sie bitte, wenn mich das wundert, aber in meiner Welt fühlt es sich seltsam an, wenn eine Familie nicht zusammen Weihnachten feiert, vor allem, wenn alle in derselben Stadt wohnen. Oder gibt es etwas, wovon ich nichts weiß? Vielleicht haben Sie und Ihre Schwester mit jemand anderem gefeiert? Hat Jasmine zum Beispiel einen festen Freund?«

»Nein.«

»Sie hatten also einfach keine Lust.«

»Richtig.«

Simon und John wechseln schnell einen Blick, bevor Simon das Thema wechselt. »Jasmine war Studentin, und wenn meine Berechnungen stimmen, kann ich mir schwer vorstellen, wie sie das finanziell stemmen konnte. Ihre Wohnung kostet mehr, als sie über Studienförderungsmittel und Studienkredite erhielt. Soviel ich weiß, hatte sie keine sonstigen Einkünfte. Wissen Sie, woher sie das Geld bekam?«

Angela rutscht nervös auf dem Stuhl hin und her, und Nicolas fällt wieder ein, was sie ihm zuvor gesagt hat. Dass bloß kein weiterer Weihnachtsmann auftaucht. Vielleicht sollte er mit dem, was er weiß, erst mal hinter dem Berg halten. Gleichzeitig will er den Polizisten helfen, ihnen einen alternativen Täter liefern und ihnen klarmachen, dass er Jasmine nicht umgebracht hat.

»Ich weiß, dass jemand ihre Miete bezahlt hat.« Er reibt sich die Hände auf dem Schoß. »Wer das war, weiß ich nicht, nur, dass sie sich öfter mit ihm traf.«

»Sie meinen, ein fester Freund?«

»Nicht direkt, also, ich weiß nicht genau.«

»Haben Sie einen Namen und eine Adresse? Können Sie ihn beschreiben?«

»Nein.«

»Aber dieser Mann bezahlt also Jasmines Miete. Was bekam er als Gegenleistung?«

Nicolas kocht innerlich vor Wut. Auch die Entzugserscheinungen setzen ihm physisch und psychisch zu. Genau das wollte er vermeiden – Jasmine vor der Polizei und allen, die an diese Informationen herankommen, mit Schmutz zu bewerfen. Es ist nicht ihre Schuld, dass sie in dieser Situation gelandet ist. Ihm hätte es genauso gehen können. Immerhin verloren sie ihre Mutter, als sie acht Jahre alt waren, und nachdem alles den Bach runterging, war nichts mehr wie zuvor.

»Das müssen Sie Jasmine selbst fragen. Mehr weiß ich nicht.«

Simon beugt sich über den Tisch und dreht den Stift zwischen den Fingern. »Wissen Sie, wer Philip Stenhammar ist?«

Nicolas überlegt eine Weile. Der Name kommt ihm bekannt vor. »Ich glaube, er hat mit Jasmine zusammen studiert. Wieso?«

»Erzählen Sie mir einfach nur, was Sie über ihn wissen.«

»Nicht mehr als den Namen.«

»Sie kennen also die Namen von sämtlichen Studienkollegen?«

»Nein, aber die beiden haben in ihrer Freizeit öfter gemeinsam etwas unternommen. Also, Genaues weiß ich nicht. Sie hat ihn nur hin und wieder erwähnt.«

Nicolas bekommt mit, dass Angela und Ebba sich verstohlene Blicke zuwerfen und dass Ebba nickt, als mache sie sich im Hinterkopf eine Notiz. *Philip Stenhammar. Den werde ich überprüfen.*

»Für heute bin ich erst mal zufrieden.« Simon wendet sich an John. »Haben Sie noch irgendwelche Fragen?«

John verneint mit demselben vielsagenden Blick wie zuvor, als wolle er sagen: Ich weiß, dass Sie Ihre Schwester umgebracht haben.

»Und Sie, Nicolas? Wollen Sie noch etwas loswerden? Gibt es noch etwas zu klären?«

Aus dem Augenwinkel nimmt Nicolas Angelas Kopfschütteln wahr. Aber eine Frage hat er trotzdem. »Was ist mit Jasmines Papagei? Kümmert sich jemand um ihn?«

15

Sobald die Vernehmung beendet ist und Ebba zusammen mit Angela in Richtung Arrestaufnahme geht, holt Ebba ihr Handy hervor und ruft Instagram auf. Was war das für ein Foto, das David angeblich gesehen hat? Sie scrollt die Seite herunter, doch bevor sie etwas findet, nimmt Angela sie beiseite und bleibt außer Hörweite zweier Beamter stehen, die gerade einen Festgenommenen durchsuchen. Die Anwältin blickt wütend und verbissen drein.

Schmeißt sie mich jetzt raus? Gleich am ersten Tag?

»Wie konnten Sie nur so bescheuert sein, das Nikolauskostüm und die Stiefel zu beschlagnahmen? Ich hatte Ihnen gesagt, Sie sollen mit dem Mann reden und dafür sorgen, dass er nicht die Gelegenheit bekommt, sich ein Alibi zurecht-zulegen. Was davon haben Sie nicht verstanden?«

»Aber ... ich musste improvisieren, das Kostüm lag ja da, direkt vor ...«

»Stellen Sie sich vor, Hellberg hätte Sie angezeigt.«

»Hat er aber nicht. Und wenn die kriminaltechnische Untersuchung Spuren von Jasmine findet, ist das zu unserem Vorteil.«

»Ich weiß.« Angela sieht sie an, als würde sie ein ungezo-genes Kind maßregeln. »Aber dann ist die Gefahr groß, dass

Hellberg sich darauf beruft, dass die Beschlagnahmung nicht regelkonform war. Und gegen Sie liegt bereits eine Anzeige wegen Körperverletzung vor. Außerdem bekommt Nicolas jetzt eine weitere Anzeige. Hellberg sitzt garantiert schon eifrig vor dem Computer und bastelt sie zusammen.«

Ebba blickt verlegen zu Boden und sieht ein, dass ihr Bemühen, einen guten ersten Eindruck zu machen, fehlgeschlagen ist.

Angela legt ihr eine Hand auf den Arm und sagt in sanfterem Ton: »Machen Sie sich keine Sorgen, ich biege es wieder zurecht. Und was die Anzeige gegen Sie betrifft, so werde ich dafür sorgen, dass der Staatsanwalt auf unserer Seite steht.«

»Danke. Ich wollte echt keine Probleme verursachen.«

»Jetzt hören Sie mir gut zu. Frauen müssen zusammenhalten. Für mich zählt nichts anderes. John Hellberg ist nicht klüger als Jasmines Papagei. Typen wie er sind mir schon öfter begegnet. Sie lassen den großen Zampano raushängen, aber wenn etwas schiefgeht, geben sie anderen die Schuld.«

Eine Woge der Dankbarkeit überkommt Ebba. Das erste Mal seit Langem arbeitet sie mit jemandem zusammen, der Hellberg durchschaut hat.

Angela schlüpft in ihren Pelzmantel, den sie über dem Arm trägt. »Jetzt sollten wir uns stattdessen auf den Mann konzentrieren, der Jasmines Miete bezahlt. Für mich klingt das eindeutig nach Prostitution. Aber suchen Sie vorher erst einmal Philip Stenhammar, Jasmines Studienkollegen, und finden Sie heraus, warum die Polizei sich für ihn interessiert.«

»Mach ich«, sagt Ebba. Sie ist ebenfalls neugierig, was es mit dem Mann auf sich hat.

»Das mit der Anzeige biege ich zurecht«, wiederholt Angela, zwinkert ihr zu und geht in Richtung Ausgang.

Sobald sie durch die Tür verschwunden ist, geht Ebba wieder auf Instagram und ruft das Profil *Miss Secret* auf. Dort entdeckt sie das Foto mit der roten Unterwäsche, das David erwähnt hat. Er hatte recht. Man sieht alles. Die Brüste fallen förmlich aus dem BH heraus und der Slip ist so dünn, dass er eigentlich keinerlei Zweck erfüllt. Sie schaltet das Display aus und spürt, wie sie am ganzen Körper errötet.

Verdammte Ester.

Normalerweise geht sie nicht auf das Profil ihrer Zwillingsschwester. Aber nach Davids spitzer Bemerkung will sie wissen, was Ester sich diesmal ausgedacht hat.

»Ich kann doch nichts dafür, dass die Leute uns verwechseln«, lautet jedes Mal ihre Standardausrede, wenn Ebba sie darauf hinweist, dass diese pornomäßigen Fotos für sie gelinde gesagt problematisch sind.

Früher hat Ebba öfter ihre Frisur und Haarfarbe geändert, um Ester so unähnlich wie möglich zu sehen. Aber im letzten halben Jahr hat sie nicht die Energie dazu gehabt. Jetzt haben ihre Haare dieselbe blonde Nuance wie die von Ester und sind zu einem Bob geschnitten. Esters Haare sind ein bisschen länger, aber für Männer spielt die Haarlänge kaum eine Rolle, wenn sie sich mit dem Smartphone in der Hand einen runterholen.

Ebba blickt zur Tür, als diese sich öffnet und Simon von seinem Gespräch mit dem Dienststellenleiter zurückkommt.

»Wollen Sie sich wirklich um den Papagei kümmern?«

Ebba zuckt mit den Schultern. »Wer soll es sonst tun?«

»Dann bekommen Sie ihn sofort. Er befindet sich im Abstellraum.«

»Habt ihr ihn schon dorthin gebracht?«

»Offensichtlich. Vermutlich gab es außer Ihnen noch andere, denen er leidgetan hat.«

Ebba folgt Simon zu dem Kämmerchen, wo in Gewahrsam genommene Tiere untergebracht werden, bis ihre Besitzer sich wieder um sie kümmern können. Was in diesem Fall nicht geschehen wird.

»Also, ich springe vorübergehend ein, bis wir eine dauerhafte Lösung finden«, sagt Ebba. Damit, dass sie das Tier so schnell bekommt, hat sie nicht gerechnet. Eigentlich war es ihr nur darum gegangen, sich mit Nicolas gutzustellen und sein Vertrauen zu gewinnen. Was frisst so ein Vogel eigentlich? Mit einem gewissen Unwillen hebt sie den Käfig hoch, worauf der Papagei nervös mit den Flügeln schlägt. »Ganz ruhig, alles wird gut.«

»Sie können es sich nicht anders überlegen«, sagt Simon. »Es gibt kein Rückgaberecht. Das ist ein Graupapagei. Wissen Sie etwas über diese Art?«

»Nein, aber ich kann mich informieren.«

»Sie sind Herdentiere und nicht gern allein.«

Ebba antwortet mit einem Lächeln und wechselt das Thema, bevor Simon ihr womöglich sagt, sie solle sich noch einen anschaffen. »Sagen Sie, dieser Philip Stenhammar, nach dem Sie bei der Vernehmung gefragt haben … warum interessieren Sie sich für ihn?«

»Das werden Sie noch früh genug erfahren«, sagt Simon und verlässt den Abstellraum.

Ebba eilt ihm nach und spricht mit seinem Rücken. »Ich verstehe, dass Sie sauer sind, weil ich Ihnen das mit der Konfrontation im Toilettenraum verschwiegen habe. Aber ich wollte zuerst mit Ranta reden und schauen, wer er ist, damit ihr ihn bei euren Ermittlungen nicht einfach unter den Tisch fallen lasst.«

»Schön. Was Sie können, kann ich auch.«

»Ach bitte. Geben Sie mir etwas zu Philip Stenhammar.«

Simon winkt desinteressiert ab. »Das hier ist eine polizeiliche Ermittlung, und Sie sind keine Polizistin.«

»Fuck you.«

Ebba hebt den Käfig und betrachtet den Papagei, der darin herumstolziert und sich nicht bewusst ist, dass er soeben

Ebbas Herz gewonnen hat. »Und ob. Fuck you. Was sollen wir jetzt deiner Ansicht nach machen? Philip Stenhammar finden, meinst du nicht? Ja, das machen wir. Scheiß auf Simon. Soll er sich doch zum Teufel scheren.«

Sie verlässt mit ihrem neuen Freund das Polizeirevier und geht zu ihrem Auto, wo sie den Käfig mit Einstein – auf diesen Namen hat sie den Vogel soeben getauft, ein passender Name für ein Genie – auf den Beifahrersitz stellt. Dann startet sie den Motor, schaltet das Gebläse an und holt ihr Smartphone hervor. Die Suche nach Philip Stenhammar liefert ihr drei Kandidaten hier in Stockholm, die vom Alter her zu Jasmine passen. Sie wendet sich an Einstein.

»Mit welcher Adresse sollen wir anfangen? Bergshamra, Fisksätra oder Östermalm?«

Einstein steckt den Schnabel zwischen den Gittern hindurch. Ebba hält ihm vorsichtig einen Finger hin, zieht ihn jedoch schnell wieder zurück, als der Papagei danach schnappt. Sie will gerade mit ihm schimpfen, sieht aber plötzlich, wie jemand zum Parkplatz geht.

Simon. Er öffnet einen schwarzen Volvo mit der Fernbedienung, und Ebba fällt auf, dass er unter der Jacke viereckig wirkt. Er trägt eine schusssichere Weste. Also ist er immer noch im Dienst und irgendwohin unterwegs, vielleicht zu Philip Stenhammar.

Ebba umklammert das Lenkrad, wartet, bis der Volvo auf die Straße biegt, und fährt ihm nach.

16

Ebba parkt ein paar Hundert Meter hinter Simon am Bordstein und beobachtet ihn, wie er aussteigt und zu einem der Hochhäuser mit der weißgrauen Fassade im Stadtteil Gärdet hochblickt. Er geht zur Haustür und drückt dagegen. Dann telefoniert er auf dem Handy, vermutlich mit der Leitstelle, um nach dem Türcode zu fragen. Aber ein paar Minuten später kommt ein älterer Herr aus dem Gebäude, und Simon schlüpft hinein.

Ebba wendet sich an Einstein. »Warte hier, ich komme gleich wieder.« Gerade als sie ihr Auto abschließt, sieht sie einen jungen Mann in einem dunkelblauen Mantel etwas weiter weg den Gehsteig entlanggehen, die Hände tief in den Taschen vergraben. Um den Hals trägt er ein graues Tuch, das farblich mit der gerippten Mütze übereinstimmt.

Kann das Philip Stenhammar sein? Der Typ ist groß und hager und wirkt ungefähr so alt wie der Philip, der laut Onlineverzeichnis Eniro hier wohnt – rund fünfundzwanzig.

Ebba bleibt auf der anderen Straßenseite, halb verborgen hinter parkenden, vereisten Autos, und beobachtet ihn, wie er durch dieselbe Tür wie Simon geht.

Sie überquert die Straße schräg und zieht an der Haustür, obwohl sie weiß, dass diese verschlossen ist. Sieht sich auf dem

Boden um, grabscht eine Handvoll Kieselsteine und wirft sie gegen den untersten Balkon, durch dessen Fensterscheibe die wechselnden Farben eines Fernsehbildes nach draußen scheinen. Als nichts geschieht, wirft sie erneut ein paar Steinchen. Diesmal bewegt sich ein Schatten hinter dem Fenster, kurz darauf quietscht eine Balkontür. Doch genau in dem Moment, als eine Person im Türspalt erscheint, reißt jemand die Haustür auf.

Der Mann in dem dunkelblauen Mantel, der vorhin ins Haus gegangen ist, rennt auf die Straße hinaus. Aus dem Treppenhaus dringt das Geräusch schneller Schritte, die versuchen, den Flüchtigen einzuholen. Ebba rennt dem Mann hinterher, biegt um eine Hausecke und nimmt eine Abkürzung quer über einen Spielplatz. Als sie bis auf wenige Meter an ihn herangekommen ist, taucht vor ihnen eine Kreuzung auf. Während der Mann kurz stehen bleibt und anscheinend überlegt, welche Richtung er einschlagen soll, bringt Ebba ihn mit einem Hechtsprung zu Fall. Der Typ wälzt sich auf dem Boden und Ebba wirft sich im selben Moment auf ihn, als Simon die beiden einholt. Der Kerl leistet keinen Widerstand und versucht nicht einmal mehr zu entkommen. Vielleicht, weil Simon schreit, dass er Polizist ist, vielleicht aber auch, weil er einsieht, dass er keine Chance hat.

Ein paar Minuten später stehen sie unter dem Dach über dem Eingang zu einem Minimarkt, wo sie vor den Blicken neugieriger Nachbarn sicher sind. Wie sich herausstellt, handelt es sich bei dem jungen Mann tatsächlich um Philip Stenhammar. Simon fragt Ebba nicht, was sie hier macht. Anscheinend akzeptiert er stillschweigend, dass sie zusammenarbeiten, ungeachtet dessen, auf welcher Seite sie stehen.

»Warum sind Sie davongelaufen?«, fragt Simon, während er schnaufend Atem holt.

Philip schüttelt Dreck von der Mütze und zieht sie sich über die gewellten, halblangen Haare. »Ich dachte, Sie wären jemand anders.«

»Wer?«

»Ich weiß nicht. Sie standen vor meiner Wohnung und haben verdächtig ausgesehen. Was wollen Sie?«

Ebba kann sich ein Schmunzeln nicht verkneifen, sorgt aber dafür, dass nur Simon es sieht, nicht Philip.

»Es geht um Ihre Studienkollegin Jasmine Moretti.«

»So etwas Ähnliches dachte ich mir, also …« Philip senkt den Blick. »Jetzt wo ich weiß, wer Sie sind.«

»Sie wissen also, was passiert ist?«

»Was glauben Sie denn? Die Leute reden über nichts anderes.«

»Und was genau sagen die Leute?«, fragt Ebba. Sie weiß immer noch nicht, warum die Polizei sich ausgerechnet für Philip Stenhammar interessiert.

»Dass ihr Bruder sie umgebracht hat.« Philip wendet sich an Ebba. »Schließlich hat die Polizei ihn doch festgenommen, oder?«

»Jasmine hat Sie gestern angerufen«, unterbricht Simon. »Nur ein paar Stunden vor ihrem Tod. Was wollte sie?«

Philip blinzelt ein paar Mal, überlegt anscheinend, was er antworten soll. »Nichts Besonderes. Sie wollte mir frohe Weihnachten wünschen.«

»Dann kannten Sie beide sich ziemlich gut?«

»Ja, kann man wohl so sagen. Wir sehen uns oft in den Vorlesungen und so, manchmal gehen wir zusammen einen Kaffee trinken. Oder vielmehr, gingen …«

Simon legt Philip eine Hand auf die Schulter und lässt ihn verarbeiten, dass Jasmine tatsächlich nicht mehr lebt.

»Waren Sie bloß miteinander befreundet oder hatten Sie eine Beziehung?«

»Nein, ich bin Single.«

»Okay, also nur befreundet?«

Philip nickt und wischt sich über die Nase.

»Wissen Sie, welches Motiv ihr Bruder gehabt haben könnte, sie zu töten?«

»Oder jemand anders«, wirft Ebba ein.

Philip sieht abwechselnd beide an. »Was jetzt? Kann es jemand anders gewesen sein?«

»In diesem frühen Stadium ermitteln wir in alle Richtungen«, sagt Simon und fordert Ebba mit einem warnenden Blick auf zu schweigen. »Alles, was Sie über Jasmine wissen, kann uns weiterhelfen. Hat sie Ihnen etwas erzählt? Hatte sie irgendwelche Probleme? Zum Beispiel Drogen- oder Alkoholmissbrauch.«

»Nicht, dass ich wüsste. Also, vielleicht hat sie hin und wieder was geraucht, aber das macht wohl jeder.«

»Ich nicht.« Simon nimmt die Hand von Philips Schulter. »Wo hat sie das Haschisch herbekommen? Das meinten Sie wohl, oder?«

Philip senkt erneut den Blick. »Ich weiß nicht. Wenn wir zusammen abhingen, lief nichts in dieser Richtung.«

»Okay. Waren Sie schon mal in ihrer Wohnung?«

»Ein paar Mal.«

»Haben Sie sich nicht gewundert, wie sie sich die Bude leisten konnte? Ich meine, Sie beide leben doch wohl von Studienkrediten?«

»Ja, aber darüber habe ich nie nachgedacht. Vielleicht hat ihr Vater die Miete bezahlt oder so. Also, ich würde Ihnen gern helfen, aber Sie haben ja bereits einen Verdächtigen festgenommen. Nicolas Moretti ist für seinen Drogenkonsum bekannt, und außerdem hat er seine ganze Kohle verzockt. Nicht, dass ich die genauen Hintergründe kenne, aber vielleicht ist bei ihm eine Sicherung durchgebrannt.«

»Kennen Sie ihn?«

»Nein, wir sind uns nie begegnet, aber ich weiß ganz genau, wer er ist, und Jasmine hat mir von ihm erzählt. Das muss echt krass für ihn gewesen sein, erst gut bezahlter Profifußballer und jetzt völlig abgebrannt.«

Simon wartet, während zwei Mädchen im Teenageralter den Laden betreten, und setzt die Befragung fort, sobald die Schiebetüren hinter ihnen zugleiten.

»Wie haben Sie Heiligabend verbracht und was haben Sie anschließend gemacht?«

»Tja, was macht man schon an Heiligabend? Ich war bei der buckligen Verwandtschaft. Wir haben uns *Kalle Anka* angeschaut und Weihnachtsschinken gegessen.«

»Wo genau?«

»Bei meinen Großeltern in Hässelby.«

»Haben Sie dort übernachtet?«

»Nein.« Philip schiebt mit der Schuhspitze einen Zigarettenstummel herum. »Mein Vater hat mich kurz nach zehn nach Hause gefahren. Also war ich wohl so gegen elf daheim.«

»Und das kann er bestätigen?«

»Absolut.«

Sie befragen Philip noch eine Weile und notieren sich die Namen einiger Studienkollegen von der Handelshochschule, mit denen Jasmine Umgang hatte, sowie die Telefonnummer seines Vaters. Simon geht ein Stück weg, um ihn sofort anzurufen. Währenddessen versucht Ebba, dem Burschen weitere Informationen zu entlocken.

»Hat Jasmine etwas über ihre Familie gesagt? Ich meine, ob etwas Besonderes vorgefallen ist?«

»Nein, über solche Dinge sprach sie selten. Aber da ihr Bruder sie umgebracht hat, muss irgendwas faul gewesen sein.«

»Na ja, noch ist er wie gesagt nicht rechtskräftig ver-urteilt ...« Sie lässt den Satz unvollendet ausklingen, als Simon zurückkommt.

»Da ging niemand ran.« Er wirft Philip einen anklagenden Blick zu. »Haben Sie mir die richtige Nummer gegeben?«

»Das müssten Sie doch wohl nachprüfen können. Glauben Sie, ich lüge?« Er reibt sich die Arme. »Mir wird langsam kalt. Sind wir bald fertig?«

Simon deutet mit einem Kopfnicken in Richtung Straße. »Sie können gehen.«

»Was glauben Sie?«, fragt Ebba eine Weile später auf dem Rückweg zu ihren Autos. »War er mit seinem Vater zusammen, als Jasmine ermordet wurde?«

»Keine Ahnung. So ein Mist, echt, dass niemand rangegan-gen ist. Ich versuche es noch mal.« Simon holt das Handy aus der Jackentasche und ruft an, während er gleichzeitig mit der Fernbedienung den Volvo öffnet. »Und jetzt ist besetzt.«

Sie wechseln einen vielsagenden Blick.

»Können wir davon ausgehen, dass er mit seinem Sohn tele-foniert?«, sagt Ebba. »Wir hätten ihn mitnehmen sollen.«

»Wir?«

»Okay«, lenkt Ebba ein. »Sie hätten ihn mitnehmen sollen.«

»Aus welchem Anlass?«

»Aus irgendeinem. Sie sind Polizist. Lassen Sie sich was einfallen.«

Simon salutiert zum Scherz. Ebba schüttelt den Kopf und geht.

»Bis dann, Tapper«, ruft er ihr nach.

Ebba dreht sich um und geht zu ihm zurück. »Kommen Sie noch auf einen Drink mit?« Sie sieht ihm die Verwunderung an, er ist genauso baff wie sie. Welcher Teufel hat sie geritten? »Na ja«, versucht sie ihre Einladung zu rechtfertigen, »ich wollte noch in der Kneipe in Traneberg vorbeischauen. Man weiß nie, ob man nicht eine neue Spur findet, schließlich waren die beiden dort, bevor …« Sie breitet die Hände aus. »Tja.«

Simon lächelt sie einen Moment an. »Tut mir leid, aber ich muss morgen fit sein. Ein anderes Mal vielleicht.«

Als sie allein auf dem Gehsteig steht und sieht, wie die Rücklichter von Simons Volvo im Winternebel immer kleiner werden, ärgert sie sich über sich selbst. Warum hat sie ihm so eine Frage gestellt? Er ist nicht einmal nett. Sie sieht auf die Uhr ihres Handys und überlegt, stattdessen bei den Morettis vorbeizuschauen, aber dafür ist es schon zu spät. Das muss sie auf morgen verschieben.

17

Ebba parkt ihren Ford in einer Seitenstraße, von der aus man
die weiße Fassade der Villa der Morettis hinter einer schneebe-
deckten Mauer sehen kann. Die Trunkenheit von gestern sitzt
ihr noch in den Knochen und lässt sie schwitzen. Als sie nach
Simons Abfuhr nach Hause kam, hatte sie nicht vorgehabt,
etwas zu trinken, doch aus diesem Vorsatz wurde nichts. Streng
genommen hatte Simon sie in zweierlei Hinsicht abblitzen lassen – er hatte es auch abgelehnt, bei den Ermittlungen tiefer zu
graben. Vermutlich hat er Angst, etwas zu finden, das Nicolas
entlastet.

Sie legt die Hand auf den Türgriff und zögert. Möchte
gleichzeitig aussteigen und im Auto sitzen bleiben. Sich vor
ihrer Umgebung verstecken – vor dem Typ mit dem Dackel
drüben bei den Parkbänken, vor der idyllischen Familie, die mit
Kindern auf Schlitten vorbeispaziert. Schließlich öffnet sie das
Handschuhfach und holt den Flachmann hervor. Spürt, wie der
Whiskey in ihrer Kehle brennt und sich über den Blutkreislauf
in ihrem Körper verteilt. Die Erleichterung legt sich wie ein
verschwommener Schleier über ihre Augen.

Ebba steckt sich eine Minzpastille in den Mund und versucht zum fünften Mal an diesem Vormittag, Angela anzurufen, doch die geht auch diesmal nicht ran. Als die Mailbox

anspringt, drückt sie das Gespräch weg und wirft einen Blick auf den Vogelkäfig neben sich.

»Na, bist du bereit, deine Großeltern zu treffen?«

Einstein ignoriert sie.

Sie nimmt den Käfig, steigt aus und geht mit wachsendem Unbehagen in der Brust in Richtung Villa. Wie wird Jasmines Familie auf ihren Besuch reagieren? Trauernde Eltern, die vermutlich immer noch unter Schock stehen.

Das eiserne Gartentor quietscht beim Öffnen. Feiner Schnee überzieht wie eine Staubschicht den Kiesweg. Eine Treppe führt zur Haustür empor. Auf der einen Stufe steht ein rosa Flamingo auf einem Bein, eine Art Verzierung aus Plastik. Ebba senkt den Käfig auf dessen Höhe.

»Guck mal, Einstein, ein Kumpel.«

Keine Reaktion.

»Nein, du magst so etwas nicht, was?«

Ebba drückt auf den Klingelknopf. Das schrille Läuten lässt den Papagei im Käfig herumhüpfen. Während sie beruhigend auf ihn einredet, hört sie im Haus Schritte. Die massive Eichentür geht auf und ein grauhaariger Mann erscheint, dessen geschwollene Augen auf eine schlaflose Nacht hindeuten. Giorgio Moretti. Ebba erkennt ihn aus dem Fernsehen und anderen Medien wieder. Der Mann ist groß und stattlich, obwohl sein Gesicht heute keine Autorität, sondern lediglich Tragik ausstrahlt. Er sieht erst Ebba, dann den Papagei im Käfig fragend an.

»Ich heiße Ebba Tapper und arbeite für die Anwaltskanzlei Köhler.« Da sie das Gefühl hat, dass er nichts mit ihr zu tun haben will, fügt sie eilig hinzu: »Ich wollte Sie fragen, ob Sie einen Augenblick Zeit haben. Es geht um Jasmine und Nicolas. Es tut mir schrecklich leid, dass ...«

»Anwaltskanzlei Köhler?«, fällt er ihr ins Wort. »Sind Sie Nicolas' Strafverteidigerin?«

135

»Eigentlich nicht, aber ich arbeite für Angela Köhler, die Ihren Sohn vertritt.«

»Dann gibt es nichts zu besprechen.« Giorgio zieht die Tür wieder zu, aber Ebba schafft es, rechtzeitig einen Fuß in die Türöffnung zu klemmen.

»Bitte. Ich habe Jasmines Papagei dabei und möchte Sie fragen, ob Sie sich vielleicht um ihn kümmern können. Sonst wird er womöglich eingeschläfert.«

Giorgio starrt sie durch den schmalen Türspalt an. »Ist das ihr Papagei?«

»Ja, der war in ihrer Wohnung, als wir …« Ebba ringt nach Worten, die nicht zu detailliert klingen. »Als wir uns gestern die Wohnung angesehen haben.«

»Ist das nicht Aufgabe der Polizei?«

»Schon, aber wir haben den Tatort aufgesucht, um uns ein eigenes Bild von den Geschehnissen zu machen.«

»Nicolas hat meine Tochter ermordet.«

»Wir sind uns dessen nicht so sicher wie die Polizei. Es gibt Indizien, die darauf hindeuten, dass es jemand anders gewesen sein könnte, eine dritte Person, die sich Zutritt zu der Wohnung verschafft hat.«

Plötzlich taucht jemand hinter Giorgio auf und legt eine feingliedrige Hand auf seinen Arm.

»Natürlich sollten wir sie hereinlassen. Du willst doch sicher wissen, was sie zu sagen hat.«

Giorgio zögert einen Moment, kommt jedoch schließlich der Bitte seiner Frau nach. Als Ebba den geräumigen Flur betritt, stellt die Dame sich als Vera Moretti vor. Unter der locker sitzenden Bluse bewegt sie sich auf eine schwebende Weise, die Ebba an eine Ballerina erinnert, die ihr Gewicht nach vorne auf die Zehen verlagert. Vera ist schätzungsweise zehn Jahre jünger als ihr Mann, und obwohl auch ihre Augen Anzeichen einer schlaflosen und verweinten Nacht aufweisen, tut das ihrer

Schönheit keinen Abbruch. Ihr heller Teint kontrastiert mit den roten Haaren, die sie lose zu einem Knoten im Nacken zusammengebunden hat.

Vera geht voran in die Küche und sagt mit sanfter Stimme über ihre Schulter hinweg: »So, was ist Ihre Theorie zu dem, was passiert ist, wenn Nicolas nun doch nicht der Täter sein sollte?«

»Ja, wie gesagt besteht die Möglichkeit, dass jemand anders in die Wohnung eingedrungen ist. Außerdem haben wir mit zwei Männern gesprochen, die im Laufe des Abends in eine Auseinandersetzung mit Jasmine und Nicolas gerieten.«

»Das würde haargenau zu Nicolas passen«, kommentiert Giorgio abfällig.

Vera deutet auf einen sesselähnlichen Barhocker neben der Kochinsel, und Ebba nimmt darauf Platz. »Ich habe Nicolas zwar nur einmal während einer Vernehmung getroffen, aber trauen Sie Ihrem Sohn wirklich zu, dass er seine eigene Schwester ermordet? Ihre Tochter?«

Giorgio bekommt einen leeren Blick, dann blinzelt er und sieht aus, als würde er gleich zusammenbrechen. »Er ist ein Junkie und hat sie in die Scheiße mit reingezogen.«

»Aber glauben Sie wirklich, dass er es war?«

Giorgio hält sich eine geballte Faust vor den Mund, dreht Ebba den Rücken zu und beugt sich keuchend über das Spülbecken. Vera tritt zu ihm und streichelt seinen Arm. Ebba wartet einen Moment, ehe sie fragt: »Wissen Sie, ob Jasmine irgendwelche Feinde hatte?«

Giorgio und Vera schütteln beide den Kopf.

Ebba wechselt das Thema und erkundigt sich nach dem Mann, der Jasmines Miete bezahlt hat.

»Wissen Sie, wer er ist?«

»Nein. Warum sollte das jemand tun? Sie bekam einen Studienkredit und konnte die Wohnung selbst bezahlen.«

»Die Miete beträgt gut fünfzehntausend Kronen im Monat. Dafür reicht der Studienkredit nicht.«

»Was wollen Sie damit andeuten?«

»Nichts. Ich würde nur gern wissen, wer ihr geholfen hat und warum.«

»Keine Ahnung.«

Vera geht zu Ebba und setzt sich auf den Barhocker neben ihr. »Die Situation ist für meinen Mann äußerst schwierig, ich hoffe, Sie können das verstehen. Für mich selbstverständlich auch, ich bin völlig am Boden zerstört.« Sie wischt sich eine Träne aus dem Augenwinkel. »Aber für Giorgio ist es natürlich noch viel schlimmer. Sie wissen vielleicht, dass ich nicht Jasmines und Nicolas' richtige Mutter bin?«

Ebba nickt, als verstehe sie, obwohl sie keinerlei Erfahrung damit hat, Stiefmutter zu sein. Aber es gibt wohl einen Grund, warum es »meine Kinder, deine Kinder« heißt.

Vera starrt ins Leere. »Ich kann mir nur zu gut vorstellen, was er durchmacht. Man stelle sich vor, es hätte Douglas erwischt.«

Ebba schluckt, will weg von hier, will die Trauer über den schlimmsten Verlust, der Eltern treffen kann, nicht stören. Aber sie muss ihnen noch ein paar Fragen stellen.

»Kennen Sie einen Philip Stenhammar? Ein Studienkollege von Jasmine.«

»Nein, den Namen habe ich nie gehört.« Vera richtet ihren Blick auf Giorgio. »Kennst du diesen Philip Stenhammar?«

Er macht eine abweisende Handbewegung.

Eine Bewegung im Wohnzimmer veranlasst Ebba, den Kopf zur Seite zu drehen. Ein Junge im Teenageralter, dessen Augen genauso geschwollen sind wie die seiner Eltern, tappt in Richtung Küche. Er hat einen helleren Teint als Nicolas und Jasmine. Offenbar hat Veras helle, sommersprossige Haut auf ihn abgefärbt.

»Komm, Liebling.« Vera streckt die Arme nach ihm aus, und er lässt sich in sie fallen. »Wir reden gerade darüber, was passiert ist.« Sie gibt ihm einen Kuss auf das gewellte Haar. »Sei so lieb und geh wieder in dein Zimmer. Okay?«

»Ich wollte nur meine Antibiotika nehmen.«

»Mach das, Herzchen.«

»Was ist mit deinem Arm passiert?«, fragt Ebba mit Blick auf den großen Verband an Douglas' Unterarm.

»Er hat sich eine Schürfwunde zugezogen und konnte nicht aufhören, an der Kruste herumzufummeln«, sagt Vera, während der Junge zum Kühlschrank geht und ihm eine Flasche Saft entnimmt.

»Unser Sohn Douglas«, erklärt Vera mit schwachem Lächeln. »Er ist ziemlich geknickt.«

»Das kann ich verstehen.« Angesichts der Tatsache, dass Nicolas' kleiner Bruder in der Nähe ist, senkt Ebba ein wenig die Stimme. »Jasmine hat also nie ihren Kommilitonen Philip Stenhammar erwähnt?«

»Nicht, soweit ich mich erinnere, nein.«

»Okay. Wann hatten Sie zuletzt Kontakt mit Jasmine?«

»Tja, schwer zu sagen. Das ist schon eine Weile her. Weißt du, wann das war?«, fragt sie Giorgio.

Er schüttelt den Kopf und greift in die Luft, um sich an etwas festzuhalten, das nicht vorhanden ist. Offenbar ist er einem Zusammenbruch näher als zuvor.

»Wenn ich richtig verstehe, war Ihr Verhältnis zu Nicolas nicht so gut. Wie kommt das?«

»Ach so, nein.« Vera klemmt sich eine Haarsträhne hinters Ohr. »Nicolas sehen wir nicht mehr so oft, er hat ja wie gesagt ein Drogenproblem. Aber Jasmine kam manchmal zu Besuch.« Sie wendet sich an Douglas, der gerade Wasser ins Spülbecken laufen lässt und den Finger in den Strahl hält. »Weißt du, wann sie zuletzt hier war? Das muss wohl schon ein paar Wochen her sein, als du beim Fußballtraining warst?«

Douglas sieht über die Schulter hinweg erst seine Mutter, dann seinen Vater an und antwortet mit einem kaum wahrnehmbaren Nicken. Dann wendet er sich wieder dem Wasserstrahl zu und füllt, als er mit der Temperatur zufrieden zu sein scheint, das Glas mit dem konzentrierten Saft. Er wirkt, als hätte er absolut keine Lust zu reden.

»Wenn wir richtig verstehen, hat Jasmine ebenfalls Drogen genommen«, sagt Ebba so diplomatisch wie möglich.

Giorgio schielt unruhig zu Douglas, ein stiller Hinweis, dass Ebba in der Gegenwart des Jungen nicht über so etwas reden sollte. »Das war nicht dasselbe. Nicolas war ein Junkie, Jasmine hat vielleicht hin und wieder etwas probiert.«

»Aber die beiden haben an dem Abend, an dem Jasmine ums Leben kam, zusammen Drogen genommen.«

Keine Antwort, nur angespanntes Schweigen. Ebba verfolgt das Thema nicht weiter.

»Mich wundert noch etwas anderes. Gestern war Heiligabend. Warum haben Sie nicht zusammen mit Jasmine und Nicolas gefeiert?«

»Das hat sich einfach nicht ergeben«, antwortet Vera. »Wir wollten am nächsten Tag feiern, da haben die beiden nämlich Geburtstag, aber ...«

»Haben Sie ihnen etwas gekauft?«

Vera runzelt die Stirn.

»Als Geburtstagsgeschenk, meine ich.«

»Nein, noch nicht. Das wollten wir eigentlich gestern machen.«

»An Heiligabend?«

»Es gibt viele Geschäfte, die da geöffnet haben.«

Douglas kommt mit dem Glas in der Hand zur Kochinsel und schaut in den Papageienkäfig.

»Wie heißt er?«

»Einstein. Na ja, so habe ich ihn getauft.« Ebba gibt sich Mühe, ihre Verwunderung darüber zu verbergen, dass anscheinend keiner von ihnen wusste, dass Jasmine einen Papagei besaß. Laut Vera war Jasmine erst vor ein paar Wochen hier.

Seltsam. Aber Ebba verzichtet auf einen Kommentar. Schließlich möchte sie das Ehepaar Moretti nicht unnötig vor den Kopf stoßen.

»Können Sie sich um ihn kümmern?«, fragt Ebba erneut, als wäre dies die selbstverständlichste Sache der Welt.

Douglas sieht seine Eltern bittend an.

»Das geht leider nicht«, sagt Vera. »Ich leide unter einer Allergie.«

»Bitte«, bettelt Douglas.

Giorgio fährt mit den Händen durch die grauen Haare. »Hör jetzt bitte auf deine Mutter.«

Douglas lässt die Schultern hängen und nestelt am Gitter des Käfigs herum.

Ebba erhebt sich von dem Barhocker. »Okay, dann mache ich mich mal auf den Weg zurück in die Stadt. Falls Ihnen noch was einfällt, können Sie mich gern anrufen.« Sie reicht Giorgio eine von Angelas Visitenkarten, auf die sie mit Kugelschreiber ihre eigene Handynummer notiert hat.

»Was sollte das sein?«, fragt Vera.

»Alles, was auf irgendeine Weise zur Aufklärung des Falles beitragen kann. Vielleicht hat die Polizei recht, und Nicolas ist der Täter. Aber wenn er es nicht ist, braucht er Ihre Hilfe.« Sie nimmt den Käfig, geht in den Flur und wirft über die Schulter einen Blick nach hinten, um sich zu verabschieden. Aber niemand ist ihr gefolgt. Sie öffnet die Haustür und tritt ins Freie. Als sie die Tür schließen will, sieht sie, wie Douglas ihr aus der Küche einen bittenden Blick nachwirft. Ein Anflug von schlechtem Gewissen versetzt ihr einen Stich. Hat sie dem Jungen falsche Hoffnungen gemacht? Hat sie ihm den Eindruck vermittelt, sie könne seinen großen Bruder tatsächlich freibekommen?

Behutsam schließt sie die Tür hinter sich. Während sie durch den Garten eilt, fällt ihr auf, dass der in der Einfahrt parkende Tesla vorne einen Schaden hat – der rechte Scheinwerfer ist zersprungen. Offenbar hatte es jemand eilig.

Ein Flattern im Käfig erinnert sie an den Papagei, den sie nicht loswurde.

»Frierst du?«, fragt sie mit übertriebener Fürsorge. »Willst du ins Auto?«

»Fuck you.«

Bevor Ebba einsteigt, kratzt sie das Eis weg, das sich erneut auf der Windschutzscheibe ihres Fords gebildet hat. Sie dreht das Gebläse auf und fixiert den Käfig mit dem Sicherheitsgurt. Schließlich versucht sie erneut, Angela anzurufen. Diesmal geht die Anwältin ran.

»Ich hatte viel um die Ohren«, erklärt sie ihre Unerreichbarkeit und gibt Ebba keine Gelegenheit, von ihrem Besuch bei Nicolas' Eltern zu berichten. Stattdessen reitet sie weiterhin auf Jasmines Stalker herum.

»Jetzt, wo wir mit allen anderen Verdächtigen ins Leere gelaufen sind, müssen wir uns auf ihn konzentrieren. Jasmine kam vor gut einem halben Jahr zu mir und bat mich um Hilfe wegen eines Kerls, der sie drangsaliert hat. Und nun ist es Ihre Aufgabe zu beweisen, dass er der Täter ist.«

Ebba bläst warme Atemluft auf die Hand, in der sie ihr Smartphone hält, und will einwenden, dass der Stalker womöglich ebenfalls unschuldig ist, aber Angela textet sie weiter mit Informationen zu.

»Er fuhr einen blauen Sportwagen, einen Honda Civic, dessen Kennzeichen am Anfang ein R und in der Mitte eine

Zwei hatte. Und dann war da noch ein T, aber sie wusste nicht mehr, an welcher Stelle.«

»Und das war vor ungefähr einem halben Jahr?«

»Da fing es an, aber am vierzehnten Oktober hat sie sich erneut bei mir gemeldet. An dem Tag stand er im Hof und hat zu ihrem Fenster emporgestarrt. Und einmal hat sie ihn in ihrem Viertel zusammen mit seiner Freundin gesehen. Wir können deshalb davon ausgehen, dass er in ihrer Nähe wohnt.«

»Freundin?«

»Ja, Jasmine meinte, die beiden hätten wie ein Paar ausgesehen. Sie haben Händchen gehalten und herumgeturtelt. Aber Sie wissen ja, wie Männer sind, eine Frau reicht ihnen nicht als Bestätigung.«

»Aber Jasmine hat sich wohl nie mit ihm getroffen? War er ein Ex?«

»Nein, nein. Zumindest hat sie mir nichts gesagt. Aber wir müssen natürlich für alles offen sein.«

»Wie sah er aus?«

»Schlank, aschblonde Haare, um die dreißig, Tattoos am rechten Arm. Angeblich ein Totenkopf und ein Spinnennetz. Mehr habe ich nicht. Ich hoffe wirklich, dass Sie ihn finden, das kann entscheidend für uns sein.«

Sie beenden das Gespräch, und Ebba lehnt sich gegen die Kopfstütze. Angela hat *für uns* gesagt, aber mich gemeint. Es ist entscheidend für mich, dass ich den Stalker aufspüre, sonst fliege ich raus.

Wie soll sie diese Aufgabe lösen? Die Kraftfahrzeugbehörde benötigt das komplette Kennzeichen, nicht nur Teile davon. Ein R, ein T und eine Zwei. Soll sie in Jasmines Nachbarschaft herumschnüffeln und hoffen, dass der Sportwagen in absehbarer Zeit auftaucht? Keine Chance, so viel Zeit hat sie nicht. Hätte sie Zugang zur polizeilichen Datenbank, könnte sie das unvollständige Kennzeichen eingeben, Vorschläge zu möglichen Fahrzeugen erhalten und anschließend deren Halter ermitteln. Mit großem Widerwillen erweckt sie das Display ihres Handys erneut zum Leben. Sie weiß, wen sie anrufen und um Hilfe bitten muss.

18

Er sitzt auf demselben Barhocker wie bei ihrer letzten Begegnung in dieser Kneipe. Der Mann, der Ebbas Job und vermutlich auch ihren Schreibtisch übernommen hat. Vielleicht benutzt er das alte Radio, das sie dort vergessen hatte, als sie hastig ihre Sachen zusammenpackte und fluchtartig ihren Arbeitsplatz verließ. Hoffentlich rauscht es immer noch, wenn in der Nähe ein Mobiltelefon klingelt.

Ebba rutscht auf den Hocker neben ihm, winkt den Barkeeper heran und bestellt das gleiche Getränk, das vor Simon steht – einen Bourbon. Als sie ihn bekommt, trinkt sie einen Schluck, stellt das Glas auf den Tresen und fährt mit dem Finger den Rand entlang. Spürt die schweigsame Bedächtigkeit, die zwischen ihnen in der Luft hängt, während sie den Blick durch das Lokal schweifen lässt. Ranta ist heute nicht da, dafür ein paar Typen seines Schlages, die hier regelmäßig abzuhängen scheinen, und einige Paare, die sich statt eines Weihnachtsessens für eine Pizza oder ein Plankstek – ein Filet auf einem Holzbrett mit Kartoffelpüree und Gemüse – entschieden haben.

Nach einem weiteren Schluck: »Sie wollten sich mit mir treffen.«

Simon rückt näher an sie heran und flüstert ihr ins Ohr: »Sie hätten mir von Rantanen berichten sollen.«

Ebba dreht ihm den Kopf zu, bis ihr Gesicht nur etwa zehn Zentimeter von seinem entfernt ist. »Und Sie mir von Philip Stenhammar.«

Sie trinkt weiter. Da hatte also der Schuh gedrückt, als sie ihn gestern gefragt hatte, ob er noch auf einen Drink mitkommen wolle. »Ich habe wie gesagt meine Zweifel, ob wir überhaupt auf das gleiche Ziel hinarbeiten.«

»Ich nicht. Wir wollen beide den Mörder von Jasmine Moretti überführen.«

»Natürlich. Und wir beide wollen doch den wirklichen Täter finden?«

»Sicher. Aber mal im Ernst, glauben Sie denn, dass Ihr Mandant unschuldig ist?«

»Wenn sich beweisen lässt, dass jemand anders es war, ja, dann ist er unschuldig.«

Simon lehnt sich ein kleines Stück zurück. »Und der Typ, dem der blaue Sportwagen gehört, ein Honda Civic Type R? Verdächtigen Sie jetzt ihn?«

Ebba versucht, sich ihren Eifer nicht anmerken zu lassen, ist sich jedoch ihrer geweiteten Augen vollkommen bewusst. »Haben Sie ihn gefunden?«

»Wieso ist er wichtig? Was hat er mit den Ermittlungen zu tun?«

»Sie haben ihn also gefunden.«

Simon bemüht sich, ernst dreinzublicken, doch seine Augen funkeln neckisch.

»Kommen Sie schon«, fordert sie ihn auf. »Wenn Sie mir mehr zu den Ermittlungen verraten, erzähle ich Ihnen, warum ich mich für den Typ mit dem Sportwagen interessiere.«

Simon lacht. »Vergessen Sie nicht, dass ich derjenige bin, der auf der Information sitzt.«

»Haben wir uns nicht gerade erst darauf geeinigt, dass wir beide den richtigen Täter überführen wollen?«, kontert Ebba. »Geben Sie mir endlich etwas.«

Simon führt das Glas an die Lippen und scheint nachzudenken, während er am Whiskey nippt. »Der Weihnachtsmann hat Nicolas wegen Körperverletzung angezeigt.«

Ebba seufzt. »Das ist mein Verdienst. Hellberg muss ihn wohl angerufen haben, sobald er das Nikolauskostüm bekommen hatte. Sonst noch was?«

»Nein, nichts Besonderes. Abgesehen von dem Typ mit dem Sportwagen.«

»Wie lange wollen Sie mich noch auf die Folter spannen?«

»So lange, bis Sie mir sagen, warum Sie sich für ihn interessieren.«

»Okay.« Ebba sieht ein, dass sie nachgeben muss. Damit, dass Angela davon nicht begeistert sein wird, muss sie sich später auseinandersetzen. »Jasmine wurde von einem Stalker belästigt. Sie hat Kontakt mit Angela aufgenommen und in der Angelegenheit ihre Hilfe gesucht. Vielleicht verstehen Sie jetzt, warum er wichtig ist. Es ist nämlich durchaus möglich, dass er Jasmine umgebracht hat.«

»Moment.« Simon hebt eine Hand und wirkt, als versuche er, das Ganze zu verstehen. »Wollen Sie damit sagen, dass Jasmine und Angela sich kannten?«

»Na ja, sie hatten Kontakt wegen der Sache mit dem Stalker.«

»Warum haben Sie nichts gesagt? Das ist eine äußerst wichtige Information.«

»Wirklich? Wenn man euch hört, bekommt man den Eindruck, dass ihr Moretti schon längst als schuldig abgestempelt habt. Außerdem habe ich die Informationen über den Stalker erst heute erhalten.«

Simon stützt sich mit den Ellenbogen auf den Tresen und atmet laut durch seine ineinander verschränkten Hände. »Künftig machen wir es so ... keine Geheimnisse mehr voreinander. Okay?«

»Einverstanden. Keine Geheimnisse mehr.«

»Wie hat er sie belästigt?«

»Manchmal stand er vor ihrer Wohnung und hat zum Fenster hochgeschaut. Und er hat ihr Penisbilder geschickt. Ich kenne nicht alle Details, aber Angela hat es dokumentiert.«

»Warum hat sie sich an Angela gewandt?«

»Ich weiß nicht. Vermutlich hat sie sich von ihr Unterstützung und Rat erhofft. Schließlich ist Angela für ihren Einsatz für Frauenrechte bekannt, und außerdem ist sie verdammt fit in dem, was sie tut. So verwunderlich ist es also wohl nicht, oder?«

Simon streckt eine Hand nach seiner Jacke aus, die an einem Haken unter dem Tresen hängt, wühlt in der Innentasche herum und reicht Ebba schließlich eine Klarsichthülle, die ein paar Blatt Papier enthält. Zuoberst erkennt Ebba einen Kraftfahrzeugregisterauszug zu einem blauen Honda Civic. Sie überfliegt schnell die Information. Der Fahrzeughalter heißt Andreas Kilic und wohnt laut Einwohnermelderegister im Gustavslundsvägen in Alvik, knapp einen halben Kilometer von Jasmines Wohnung entfernt. Zu ihrem Entzücken ist er wegen mehrerer Delikte vorbestraft, darunter Cyberkriminalität, Betrug und – was am meisten heraussticht – sexueller Missbrauch von Minderjährigen. Ebbas Handflächen fangen an zu schwitzen. Sexueller Missbrauch von Minderjährigen! Plötzlich ist der Stalker als potenzieller Täter hochaktuell. Wer zu so etwas fähig ist, ist zu allem fähig. Sie blättert weiter durch die Papiere und prüft die Angaben zur Person und ein Passfoto des Mannes. Alles deckt sich mit der Beschreibung, die Angela von Jasmine erhalten hat – zweiunddreißig Jahre alt, schmales Gesicht mit eingefallenen Wangen, aschblonde Haare.

Ebba fixiert Simon mit ihrem Blick. »Sie müssen sich Jasmines Handy vornehmen und auf Nachrichten untersuchen, die er ihr geschickt hat, Penisbilder und so. Auch diejenigen, die sie gelöscht hat. Ihr habt doch das Handy beschlagnahmt, oder?«

»Selbstverständlich.«

»Habe ich Penisbilder gehört?« Jemand, der nach frisch gewaschenen Haaren riecht, drängt sich zwischen Ebba und Simon. »Davon kriege ich mehrere am Tag.«

Ebba starrt auf ihre Schwester.

»Schau nicht so entsetzt.« Ein Lächeln umspielt Esters knallrote Lippen. »Du hast doch gesagt, dass du hierherkommst, aber ich wusste nicht, dass du ein Date hast.«

»Das ist auch keins.« Ebba verflucht sich dafür, dass sie Ester angerufen hat, während sie daheim vorbeischaute, um sich umzuziehen. »Wir arbeiten zusammen.«

»Sie sind also Anwalt?« Ester streift eine flauschige Jacke mit Leopardenmuster ab und schenkt Simon einen beeindruckten und gleichzeitig koketten Blick.

»Er ist Polizist«, sagt Ebba.

»Das ist genauso gut.« Ester streckt Simon die Hand entgegen und macht aus der Tatsache, dass sie und Ebba Zwillinge sind, eine lächerliche und fast schon peinliche Show.

»Klar sehen wir gleich aus, aber ich habe mehr Kurven, mein Schwesterherz ist so dürr geworden. Und ich habe etwas längere Haare und längere Fingernägel.« Ester hält die Hand hoch und präsentiert kleine Kunstwerke mit Weihnachtsmotiv ganz oben an den Fingerspitzen.

»Und mehr Botox«, ergänzt Ebba.

»Na klar. Das solltest du auch probieren.« Ester fährt mit dem Zeigefinger über Ebbas Stirn. »Dann würdest du diese

Sorgenfalten loswerden. Übrigens, was trinkt ihr?« Sie inspiziert Ebbas und Simons Gläser, schüttelt den Kopf und ruft den Barkeeper herbei. »Für mich bitte einen Cosmopolitan.« Sie wendet sich wieder an Ebba. »Aber trotz unserer Unterschiede kann uns niemand auseinanderhalten, wenn wir es nicht wollen.«

»Leider nicht.«

»Das mit dem neuesten Foto tut mir schrecklich leid.« Ester zieht eine entschuldigende Grimasse. »Aber das ist mein Job.« Sie dreht sich zu Simon um. »Oder? Ich kann doch nichts dafür, dass die Leute uns nicht unterscheiden können.«

Sie lacht, als Simon verständnislos dreinblickt, kramt in ihrer Handtasche und holt ihr Handy hervor. »Ich zeige es Ihnen.«

»Nein, nein, nein.« Ebba streckt die Hand nach dem Mobiltelefon aus, doch Ester weicht zurück. »Es ist wohl besser, wenn er es sieht, sonst denkt er womöglich auch, dass du das bist. Und ich bin tatsächlich stolz auf dieses Foto.«

Ebbas Wangen laufen knallrot an, als ihre Schwester Simon das Handy vors Gesicht hält. Sie ist zwar nicht diejenige, die in knapper roter Unterwäsche posiert, aber trotzdem.

»Darf ich mal sehen?« Simon nimmt Ester das Smartphone aus der Hand und betrachtet das Foto genauer. »Doch, ich stimme zu … Sie beide sehen sich unglaublich ähnlich.«

Ester wackelt in einer Art exotischem Tanz mit den Hüften. »Ich bin doch hübsch, oder?«

»Absolut.« Simon hebt den Blick, schaut aber nicht auf Ester, sondern auf Ebba.

Ebba versteckt ihre glühenden Wangen in ihrem Whiskeyglas, trinkt ein paar Schlucke und lässt den Bourbon für ein paar Sekunden die Scham vertreiben. Obwohl sie nicht die Frau auf dem Foto ist, kommt sie sich begafft vor. Sie streckt die Hand nach dem Mobiltelefon aus.

»Reicht das nicht langsam?«

Mit teilnahmsvoller Miene gibt Simon ihr das Gerät, und Ebba reicht es an Ester weiter. Am liebsten hätte sie das Ding zertreten, aber was bringt das? Sämtliche Fotos, die Ester leicht bekleidet zeigen, bleiben für immer und ewig im Internet. Und auf den Netzhäuten der Leute.

»Du musst aufhören, diesen Scheiß ins Netz zu stellen.«

»Tut mir leid, Schwesterherz, ich bin Influencerin, das ist mein Broterwerb.«

»Kannst du nicht etwas anderes von dir posten? Zum Beispiel vegetarische Rezepte, Einrichtungstipps oder was auch immer?«

»Da ist die Konkurrenz zu hart. Ich dagegen bin meine eigene Marke, ich bin einzigartig.«

»Bist du nicht. Du siehst schließlich genauso aus wie ich. Kapierst du das nicht?«

»Wow. Du musst nicht gleich so zickig werden.«

Ebba beißt die Zähne zusammen, trinkt ihren Whiskey aus und bestellt einen neuen. Entschuldigt sich bei Simon. »Wir müssen uns weiter über den Stalker unterhalten.«

Doch Simon winkt nur ab. Der unerwartete Besuch scheint ihn nicht im Geringsten zu stören. Geduldig beantwortet er sämtliche Fragen, die Ester ihm über seine Arbeit als Polizist stellt. Haben Sie schon jemanden erschossen? Wie fühlt es sich an, einen Mörder festzunehmen? Wie viele Leichen haben Sie schon gesehen?

Ebba reibt sich die Schläfen. Herrgott, sie klingt wie ein Kind. Um das Ganze einigermaßen ertragen zu können, trinkt sie noch ein bisschen mehr. Nach einer Weile beendet Ester die Polizeifragen und wechselt zu einem Thema, das ihr mehr am Herzen liegt.

»Welcher Körperteil hat die meisten Nervenfasern … ein Penis oder eine Klitoris?«

Simon wirft den Kopf nach hinten und lacht schallend. »Das dürfte wohl der Erstgenannte sein, da wir Männer leichter kommen.«

»Ha! Das ist falsch, falsch, falsch.« Unter dem Einfluss des Alkohols wird Ester lauter und fuchtelt mit dem Zeigefinger in der Luft herum. »Ihr glaubt, dass ihr leichter kommt. Aber ihr habt keinen blassen Schimmer, wie eine Klitoris funktioniert. Ein Penis hat nämlich dreitausend Nervenfasern, eine Klitoris jedoch …«, Ester hält acht Finger vor Simon hoch, »achttausend.«

»Was Sie nicht sagen!«

»Genau. Achttausend Nervenfasern, von denen ihr Männer nicht wisst, wie ihr sie bearbeitet. Für euch ist die Klitoris entweder eine Türklingel oder ein Rubbellos. *What the heck.* Was mögen Sie eigentlich?«

»Ich?«

»Ja, Sie. Wenn ich vor Ihnen auf die Knie gehe, was soll ich dann machen?«

Simon verzieht das Gesicht und bringt kein Wort hervor, obwohl der Alkohol seine Zunge eigentlich gelöst haben sollte.

Ester kniet vor ihm nieder. »Sie wollen, dass ich Ihnen einen blase, oder? So funktionieren wir Frauen auch.«

»Hör endlich auf!« Ebba erhebt sich und hält sich am Tresen fest, als der Boden unter ihr schwankt. »Ich muss mal auf die Toilette. Passt ihr auf meine Sachen auf?« Sie hört nicht, was die beiden antworten, nur, dass sie lachen. Auf dem Weg zur Toilette stößt sie gegen einen Tisch und entschuldigt sich bei zwei Männern, deren Bier über die Tischdecke schwappt. Sie geht weiter und hebt aus Vorsicht die Füße, um nicht über etwas zu stolpern.

Im Toilettenraum schlägt ihr der Geruch von Urin und einer süßlichen Duftkerze entgegen.

Während sie in der Hocke pinkelt, hört sie ein entferntes Piepen im Ohr. Sie sollte jetzt nichts mehr trinken, sondern nach Hause gehen.

Trotzdem sitzt sie eine Weile später mit einem neuen Glas Whiskey in der Hand am Tresen und erinnert sich daran, dass sie eigentlich längst gehen wollte. Aber es ist gemütlich, und Esters Gerede klingt nicht mehr so albern wie vorhin, sondern sogar interessant. Mag sein, dass der Promillegehalt im Blut einen gewissen Anteil daran hat.

Sie plaudern und stoßen mit ein paar anderen Gästen an, machen Selfies und singen auf einer erhöhten Bühne Karaoke. Jemand spendiert eine Runde, sie stoßen erneut an und Ebbas Glas fällt klirrend zu Boden. Simon hilft dem Barkeeper, die Scherben zusammenzukehren.

Ihr ist übel.

Plötzlich ist sie im Freien, und etwas reibt an ihrem Rücken. Die Wimpern kleben zusammen. Warum tun sie das?

Sie blinzelt zur Deckenlampe empor und eine Woge von Unbehagen überrollt sie. Die Lampe ist ein weißer Ball mit Federn. Das ist ihre Lampe, die in ihrem Schlafzimmer.

Was ist passiert? Wie bin ich nach Hause gekommen?

19

Durch die Eingangstüren zum Landgericht in Solna sieht Ebba, dass Simon bereits da ist. Er unterhält sich mit John Hellberg und einem Anzugträger. Ebba wäre ihnen – und komischerweise vor allem Simon – gern aus dem Weg gegangen. Die Angst, die durch ihren Körper pulsiert, strömt zusammen mit Schweiß und dem am gestrigen Tag konsumierten Alkohol aus ihren Poren. Sie hat nach wie vor keine Ahnung, wie sie nach Hause gekommen ist, vermutet jedoch, dass Simon ihr dabei geholfen hat. Ester war bisher auf dem Handy nicht erreichbar, und Simon wollte sie nicht anrufen, da sie den gestrigen Abend lieber nicht ansprechen wollte. Das einzig Positive: Sie hat keine Textnachrichten an Jens geschickt.

Ebba atmet tief durch, reißt sich zusammen, betritt das Gebäude und grüßt das Trio mit einem Kopfnicken. Simon erwidert die Geste, während Hellberg sie anglotzt. Der Dritte im Bunde, der sich als Stefan Hermansson entpuppt, ein Staatsanwalt, mit dem Ebba schon öfter zu tun gehabt hat, sieht sie verblüfft und mit hochgezogener Augenbraue an, ehe er Hellberg einen fragenden Blick zuwirft.

Ihr müsst üben, diskreter zu sein, Jungs.

Um das Trio zu meiden, geht Ebba direkt zur Infotafel und sieht nach, in welchem Saal der Haftprüfungstermin stattfindet.

Sie spürt die Blicke der Männer in ihrem Rücken und weiß genau, worüber sie reden – auf jeden Fall, was Hellberg und Hermansson angeht. Die beiden spielen nach Dienstschluss zusammen Unihockey und überhäufen sich gegenseitig mit Lobhudeleien, die keiner von ihnen verdient.

Ist sie wieder zurück? Hat sie nicht den Dienst quittiert, nachdem dieser Typ ins Gras gebissen hat? Ja, aber sie ist nicht bei uns, sie spielt jetzt Anwältin.

Hoffentlich stimmt Simon nicht in diesen Altherrenchor ein.

Ein Blick über die Schulter zeigt ihr, dass sie über eine Bemerkung von Hellberg lachen. Simon lacht mit.

Danke für den gestrigen Abend. Vielen, vielen Dank.

Ebba tut das Kreuz weh, und sie betastet die Schramme, die sie entdeckt hat, als sie heute Morgen zu sich kam. Bin ich hingefallen oder was? Was auch immer passiert ist, sie wird sich nie wieder betrinken. Keine Chance.

Die Uhr am Empfang zeigt fünf vor neun, und Ebba fragt sich, wo Angela bleibt. Sie denkt doch wohl nicht etwa, dass ich den Haftprüfungstermin ohne sie schmeißen kann? Bei der bloßen Vorstellung flimmert es ihr vor den Augen. Was soll ich sagen? Wie soll ich meine Taktik auslegen?

Sie strafft sich, als Hermansson sich von dem Grüppchen löst und mit wiegenden Schritten auf sie zukommt.

»Ebba Tapper. Ich habe gehört, Sie arbeiten jetzt in der Kanzlei Köhler.«

»Ja, seit vorgestern«, presst sie zwischen trockenen Lippen hervor.

»Sieh mal einer an. Schön, dass Sie wieder da sind. Ich verstehe, was Sie womöglich durchmachen mussten, aber wie ich sehe, haben Sie sich wieder aufgerappelt.« Er mustert sie eindringlich und wartet anscheinend darauf, dass sie ihm erzählt, was sie in letzter Zeit gemacht hat. »Und wo steckt Angela?«, fragt er, als sie auf seine Bemerkung nicht reagiert.

»Sie kommt bald.«

»Aha ... bald. Die Verhandlung beginnt in ein paar Minuten.« Hermansson holt sein Handy aus der Brusttasche seines Anzugs und hält es ihr vors Gesicht.

Ebba weicht einen Schritt zurück und erwidert mit zurückgehaltener Irritation in ihrer Stimme: »Ich weiß, wie spät es ist.« Dann sieht sie genauer auf das Display und erkennt Ester in abgeschnittener Jeans, BH und mit Weihnachtsglitzerschmuck im Haar.

»Sie sehen wirklich reizend aus.« Hermansson zwinkert ihr zu. Anscheinend kommt er sich wie ein Fünfundzwanzigjähriger vor, obwohl er etwas über fünfzig ist. Er widmet seine Aufmerksamkeit wieder dem Foto, mit einem Grunzen, das seinen beträchtlichen Bauchumfang schwabbeln lässt. Plötzlich verstummt er, als die Eingangstür aufgeht und Angela in ihren üblichen hochhackigen Schuhen hereinstolziert.

Hermanssons pockennarbiges Gesicht rückt näher an das von Ebba heran. Die übertriebene Menge Rasierwasser, die er aufgetragen hat, ist ihr unangenehm. »Sie hat noch vier Minuten gut. Wahrscheinlich musste sie alle ihre blauen Flecken überschminken. Wissen Sie, die Frau mag es auf die harte Tour. Deshalb trägt sie immer ein Halstuch.« Er wickelt sich einen imaginären Schal um den Hals, zieht daran und schneidet eine Grimasse, als würde jemand ihn erwürgen. Dann wendet er sich von Ebba ab und gesellt sich wieder zu Hellberg und Simon.

Ebba sieht ihm nach. Was war das denn? Ein Versuch, sie vor dem Haftprüfungstermin aus dem Konzept zu bringen? Sie im Hinblick auf Angela zu verunsichern, die Frau, die er gerade so überschwänglich mit Handschlag begrüßt?

Ebba wischt sich kleine Schweißtropfen von der Oberlippe, bevor Angela sich aus Hermanssons festem Griff löst und mit gestresster Miene zu ihr kommt.

»War der Gefangenentransport schon da?«

»Sieht nicht so aus. Jedenfalls habe ich ihn nicht gesehen.«

»Nicht gesehen? Es gehört zu Ihren Aufgaben, unseren Mandanten wissen zu lassen, dass wir für ihn hier sind.«

»Aber ich glaube nicht, dass er schon angekommen ist. In diesem Fall müsste wohl ...«

»Wie laufen Sie eigentlich herum?«, fällt Angela ihr ins Wort und mustert das grüne T-Shirt, das Ebba unter der Steppjacke trägt. »Sie sind jetzt Juristin, nicht Polizistin.«

Ebba öffnet den Mund, um sich zu verteidigen, schließt ihn jedoch wieder, als Angela plötzlich lächelt. »Aber ich hatte schon geahnt, dass Sie in so einem Outfit auftauchen. Also habe ich Ihnen etwas zum Umziehen mitgebracht.« Sie klopft auf ihre Handtasche. »Kommen Sie.«

Verwirrt folgt sie Angela in eine Ecke nahe dem Eingang, wo ein Schild auf Toiletten hinweist. Im Vorbeigehen stellt sie fest, dass die Jungs sich um Hermansson geschart haben, auf dessen Mobiltelefon starren und über etwas lachen, Simon eingeschlossen.

Dieser Mistkerl!

In der Damentoilette reicht Angela ihr eine weiße Bluse mit Bindekragen. Ebba bedankt sich und zieht sich um. Zwischendurch hält sie verstohlen nach blauen Flecken an Angelas Hals Ausschau – kein leichtes Unterfangen angesichts des Polokragens, der aus dem Pelzmantel hervorragt. Nicht, dass sie Hermanssons dummem Geschwätz glaubt, aber trotzdem. Bei genauerem Nachdenken fällt Ebba ein, dass Angela stets Kleider trägt, die den Hals verbergen. Hat Hermansson womöglich recht? Steht Angela auf sadomasochistische Sexspiele?

»Ich weiß, wer der Stalker ist«, sagt sie, um ihre Gedankengänge über solch höchst belanglosen Dinge zu durchbrechen.

»Gut. Was hat er in der Mordnacht gemacht?«

»Das weiß ich noch nicht, ich habe erst eben herausgefunden, wer er ist.«

»Dann haben Sie nichts. Kommen Sie wieder zu mir, wenn Sie wissen, dass er kein Alibi hat.«

Angela holt eine Kaugummipackung aus der Tasche, entnimmt ihr einen Streifen und gibt ihn Ebba.

Während sie zusammen mit Angela hinausgeht, steckt sie sich mit einem Anflug von schlechtem Gewissen einen Kaugummi in den Mund. Gerade will sie ihrer Chefin eine Lüge auftischen, dass sie gestern nur ein bisschen Wein getrunken hat, als ihr beim Anblick von Vera Moretti das Wort im Hals stecken bleibt. Nicolas' Stiefmutter geht mit den tänzelnden Schritten einer Ballerina die Treppe zu dem Gerichtssaal hoch, wo der Haftprüfungstermin stattfinden soll. Ebba eilt ihr nach und holt sie ein, als sie auf einer Wartebank Platz nimmt, den grauen Wollmantel öffnet und sich ihres Schals entledigt.

»Wie geht's?«, fragt Ebba. Nach einem Augenblick der Verwirrung scheint Vera wieder einzufallen, wer sie ist. »Wussten Sie nicht, dass … dass die Haftprüfung unter Ausschluss der Öffentlichkeit stattfindet?«

»Doch, aber ich wollte trotzdem hierherkommen, damit Nicolas sieht, dass ich hier bin, falls …« Vera streicht sich eine Haarsträhne hinter das Ohr und fummelt an dem Knoten in ihrem Nacken herum. »Wissen Sie, ich habe darüber nachgedacht, was Sie gesagt haben, nämlich, dass er vielleicht doch nicht der Täter ist … dass es jemand anders gewesen sein kann.«

»Ich verstehe. Und Giorgio?«

Vera schüttelt den Kopf, und ihr Schweigen spricht Bände. Giorgio hat seine Meinung über seinen Sohn nicht geändert.

Eine Stimme aus der Lautsprecheranlage informiert darüber, dass es Zeit für den Termin ist. Zu ihrer Erleichterung sieht Ebba, wie Nicolas in Begleitung zweier Wärter den Saal durch einen Seiteneingang betritt. Vera steht auf und hebt die Hand, um ihrem Stiefsohn zuzuwinken, lässt sie jedoch auf halbem Weg wieder sinken.

Ebba sieht Vera mitleidig an. »Wir reden später weiter. Jetzt werden wir dadrinnen alles tun, was in unserer Macht steht.«

20

Nicolas setzt sich an den langen, schmalen Tisch und legt die Hände in den Schoß, damit niemand sehen kann, dass er Handschellen trägt, obwohl die Richterin dies natürlich bereits weiß.

Angela Köhler und Ebba Tapper sitzen links und rechts neben ihm. Ihre Düfte kollidieren in seiner Nase – Alkoholfahne und Parfüm. Erstere kommt vermutlich von Ebba, da sie unauffällig einen Kaugummi kaut.

Im Ernst jetzt. In ihrer weißen Bluse sieht sie heute zumindest anwaltlicher aus als beim letzten Mal. Aber ist sie fachlich fit genug, um ihn zu verteidigen? Er beschließt, ihr eine Chance zu geben. Wenn er das Ganze richtig verstanden hat, erledigt Ebba die Drecksarbeit draußen auf der Straße, während Angela ihn vor Gericht vertritt. Das klingt plausibel, hoffentlich ergänzen die beiden sich gut und bekommen ihn frei. Obwohl er einsieht, dass seine Chancen gering sind, hat er sich die letzten Tage ehrlich gesagt kaum darum geschert. Das Einzige, was ihn beschäftigt hat, ist die Tatsache, dass Jasmine tot ist. Diese Erkenntnis, die sich mit jedem Tag tiefer in sein Bewusstsein gegraben hat, hat ihn mehr oder weniger apathisch gemacht. Er wird seine Schwester nie wiedersehen, die einzige Person, die ihn verstand, die wusste, was er durchgemacht hatte. Mit wem soll er jetzt alles teilen? Er hat niemanden mehr, nur Douglas, aber den sieht er nur selten.

Beim Betreten des Gerichtssaals hat er Vera durch die Türöffnung gesehen, aber nicht Giorgio, seinen eigenen Vater. Nicolas weiß nicht, was mehr schmerzt – dass Jasmine nicht mehr lebt oder dass Giorgio ihn abermals im Stich lässt. Glaubt er wirklich, dass ich sie umgebracht habe? Und was mag Douglas wohl denken? Nicolas wünscht, er könnte mit ihm reden. Aber der Tag wird kommen, und dann wird er ihm erzählen, was in Jasmines Wohnung passiert ist, wird offen zugeben, dass sie Drogen genommen haben. Und er wird ihn über seinen Missbrauch und seine Spielsucht aufklären, wird zu erklären versuchen, wie er sein Leben so vollständig ruinieren konnte und was die Ursache dafür war.

Vielleicht wird Douglas verstehen.

Die Richterin ist eine zierliche und unscheinbare Frau, doch vermutlich verbirgt sich hinter dem ungeschminkten Gesicht ein harter Kern, den sie sich im Laufe der Jahre notgedrungen aneignen musste. Mit ihrer Frisur tut er sich schwer, da sie ihn an eine alte Lehrerin in der Unterstufe erinnert – die knapp über der Schulter abgeschnittenen Haare reichen in unnatürlich gebogener Form unters Kinn. Ein solcher Look sollte heutzutage verboten sein.

Nach einer kurzen Einleitung darüber, worum es in dem Verfahren geht, erteilt sie dem Staatsanwalt das Wort.

Stefan Hermansson, den Nicolas bei seiner Ankunft im Gericht flüchtig wahrgenommen hat, streckt sich am Tisch schräg gegenüber. Neben ihm sitzen die Polizisten Simon Weyler und John Hellberg.

Der Feind. Diese Leute wollen ihn für einen Mord, den er nicht begangen hat, hinter Schloss und Riegel bringen.

Der Staatsanwalt räuspert sich. »Da Nicolas Moretti dringend des Mordes an seiner Schwester Jasmine Moretti tatverdächtig ist, sehe ich keine andere Möglichkeit, als Untersuchungshaft zu beantragen. Es besteht vor allem Verdunkelungsgefahr. Die Ermittlungen stehen erst am Anfang, und es besteht die Gefahr, dass der Angeklagte Beweise beseitigt oder auf eine andere Weise die Ermittlungen behindert.«

In schöner Regelmäßigkeit wirft Stefan Hermansson einen Blick auf seine Unterlagen.

»Nicolas Moretti wurde am fünfundzwanzigsten Dezember um zwei Uhr siebenundvierzig morgens am Ulvsundavägen wegen Trunkenheit in polizeilichen Gewahrsam genommen, knapp einen Kilometer von der Adresse entfernt, wo das Opfer brutal ermordet und später mit durchgeschnittener Kehle aufgefunden wurde. Bei der Leibesvisitation stellte sich heraus, dass der Angeklagte Blut an seinen Kleidern hatte sowie eine Nikolausmütze in seiner Jackeninnentasche, an der sich ebenfalls Blut befand. Laut Aussage eines Busfahrers stieg Nicolas Moretti mit besagter Mütze auf dem Kopf um 02.41 Uhr am Alviks Torg in den Bus, also nur ein paar Hundert Meter von der Wohnung des Mordopfers entfernt, und stieg am Ulvsundavägen aus, wo er später von der Polizei in Gewahrsam genommen wurde. Am selben Ort wurde außerdem in einem Gebüsch die mutmaßliche Tatwaffe, ein blutiges Messer, gefunden. Die Waffe wurde zur Analyse ins Nationale Forensische Zentrum geschickt, und wir warten auf das Testresultat. Und ich möchte hinzufügen, dass die Zeitangaben mit dem Tod des Opfers übereinstimmen.«

Nicolas rutscht nervös auf dem Stuhl hin und her und verflucht seine Dummheit. Warum habe ich das Messer mitgenommen? Warum habe ich nicht einfach 112 angerufen? Gleichzeitig fallen ihm Angelas Worte ein: »Sie hatten gerade Ihre beinahe enthauptete Schwester gesehen und standen unter Schock.« Während er dem Staatsanwalt mit halbem Ohr zuhört, ziehen Erinnerungsbilder von dem Blutbad, in dem er aufgewacht ist, vor seinem geistigen Auge vorbei.

»Es gibt sogar mehrere Zeugen, die den Angeklagten außerhalb der Wohnung, in der die Tat geschah, gesehen haben. Unter anderem eine Nachbarin, die ihn an dem Abend zusammen mit dem Mordopfer durch ihr Fenster gesehen hat. Dieselbe Zeugin hat auch beobachtet, wie Roland Nilsson als Weihnachtsmann verkleidet um 22.15 Uhr bei dem Opfer geklingelt hat. Laut ihrer Aussage kam es zwischen Herrn Nilsson und dem Angeklagten zu einer tätlichen Auseinandersetzung, bei der erstgenannte Person von dem Angeklagten auf die Straße geschubst wurde und hinfiel.«

Nicolas dreht die Hände, worauf die Handschellen auf der Haut reiben. Schon wieder diese alte Tante.

»Im Zusammenhang mit diesem Vorfall wird gegen Herrn Moretti separat Anzeige wegen Körperverletzung erstattet. Es gibt in diesem Fall also noch eine Menge zu untersuchen. Unter anderem müssen DNA-Analysen an dem Messer, verschiedenen Gegenständen in der Wohnung des Mordopfers, an der Leiche sowie an den Kleidern und am Körper des Angeklagten durchgeführt werden. Eine vollständige Obduktion hat ebenfalls noch nicht stattgefunden. Laut einem ersten rechtsmedizinischen Befund starb das Opfer jedoch an einer Schnittwunde am Hals. Diese ist die einzige frische Verletzung, abgesehen von einer Quetschung am linken Mittelfinger, für die wir zum gegenwärtigen Zeitpunkt keine Erklärung haben. Allem Anschein nach gibt es keine Abwehrverletzungen, was darauf hindeutet, dass das Opfer schlief, als der Täter ihr die Schnittwunde zufügte. Außer diesen zwei Observationen an der Leiche des Opfers wurde ein blauer Fleck am rechten Oberschenkel festgestellt, der vermutlich eine Woche alt ist.«

Die Richterin notiert etwas auf ihrem Block, während der Staatsanwalt darauf hinweist, dass die Anklageerhebung innerhalb von zwei Monaten erfolgen kann. Nicolas ist nicht mehr fähig, sich zu konzentrieren, bekommt aber noch mit, dass die Voruntersuchung nicht mehr Zeit in Anspruch nehmen sollte, da der Angeklagte auf der Flucht festgenommen wurde.

Nicolas schließt die Augen und hofft, bald aus diesem Albtraum zu erwachen, der schlimmer ist als alles, was er bisher durchmachen musste.

»Dann möchte ich in aller Deutlichkeit sagen, dass ich vollkommen anderer Ansicht bin.«

Als Angelas scharfe Stimme durch den Saal hallt, schlägt Nicolas die Augen auf.

»Mein Mandant erklärt sich des Mordes an seiner Schwester Jasmine Moretti für nicht schuldig. Wie die Testresultate zeigen werden, standen sowohl er als auch Jasmine unter dem Einfluss von Alkohol, Kokain und Tabletten. Um welche Tabletten es sich genau handelt, ist zum gegenwärtigen Zeitpunkt unklar. Die beiden waren an dem Abend zusammen, und mein Mandant schlief auf dem Sofa ein, oder ist eingepennt, wie er es mit eigenen Worten ausdrückte. Zu diesem Zeitpunkt war Jasmine noch am Leben, aber als er mehrere Stunden später aufwachte, lag er blutverschmiert mit dem Kopf auf ihrem Schoß. Wie reagierte er daraufhin? Was ist eine normale Reaktion in so einem Fall? Wie hätten Sie reagiert?« Angela sieht nacheinander das Trio am anderen Tisch an – Simon Weyler, John Hellberg und Stefan Hermansson. Auch Nicolas selbst sowie Ebba Tapper, die Richterin, deren Name ihm entfallen ist, sogar die Protokollführerin, die fleißig auf eine Computertastatur hämmert, werden mit einem durchdringenden Blick bedacht.

»Was ist eine normale Reaktion auf ein ungewöhnliches Ereignis?«, fährt Angela fort. »Wie Sie und ich wissen oder wissen müssten, reagieren Menschen verschieden auf stressige Situationen. Nehmen wir zum Beispiel eine Frau, die vergewaltigt wird. Vielleicht schreit sie und setzt sich zur Wehr, aber es kann genauso gut sein, dass sie vor Angst gelähmt ist und sich völlig still verhält. Oder vielleicht spielt sie sogar mit, weil sie keine andere Option sieht. Sie fürchtet um ihr Leben. Nicolas reagierte in Panik, er sah ein, dass man ihn des Mordes verdächtigen würde. Deshalb versuchte er, seine Spuren zu beseitigen, und nahm das Messer mit. War sein Verhalten dumm? Absolut. Aber seltsam? Nein.«

Angela legt eine Pause ein und sieht erneut jeden Einzelnen im Raum an.

»Es gibt Indizien, die darauf hindeuten, dass Nicolas Jasmine nicht ermordet hat und dass es einen anderen Täter geben könnte.«

Nicolas sieht, wie John Hellberg ein Gähnen unterdrückt, aber er glaubt an Angela, muss an sie glauben.

»Die Balkontür in Jasmines Wohnung war unverschlossen, und es existieren Abdrücke im Erdboden unter dem Balkon, die darauf hindeuten, dass dort eine Leiter stand, die im Innenhof gefunden wurde. Außerdem hat ein Kriminaltechniker einen Stofffetzen sichergestellt, der an einem Armierungseisen unter dem Balkon hing. Der Stoff könnte von einem Kleidungsstück stammen, das vermutlich demjenigen gehörte, der die Leiter hochgeklettert und über den Balkon in die Wohnung gelangt ist. Die Farbe des Stoffes war lila mit gelben Punkten.«

Angela schiebt den Stuhl zurück und steht auf, um ihren nächsten Worten mehr Nachdruck zu verleihen.

»Wer kann die Person sein, die Jasmine Moretti ermordet hat? Die ihr kaltblütig die Kehle durchgeschnitten und sie buchstäblich hingerichtet hat? Würde ein Bruder seiner Schwester so etwas antun? Wir sind schließlich nicht im Irak.« Sie macht eine Kunstpause und lässt ihre Worte einsinken.

Buchstäblich hingerichtet. Nicolas läuft ein kalter Schauer über den Rücken. Wer hat seine Schwester so brutal ermordet und sie wie ein Tier abgeschlachtet, ohne dass sie eine Chance hatte, sich zu wehren?

»Ich werde Ihnen jetzt zwei alternative Täter präsentieren«, sagt Angela und hält zwei gespreizte Finger hoch. »Zum einen haben wir Timo Rantanen, den Jasmine im Toilettenraum der Kneipe, die sie zusammen mit ihrem Bruder kurz vor dem Mord besuchte, provoziert hat, indem sie eine Klobürste auf ihn warf. Besagter Rantanen griff sogar Polizeiinspektor Simon Weyler einen Tag später an und ist ein nachweislich äußerst gewalttätiger Mensch.« Sie richtet den Blick auf Simon, und Nicolas fragt sich, wovon sie spricht. Hat der Finne sich mit einem Bullen angelegt?

»Dieser Vorfall wurde zur Anzeige gebracht. Außerdem ist Rantanen mehrfach wegen schwerer Körperverletzung vorbestraft. In einem Fall brach ein Mann sich das Rückgrat und ist heute an den Rollstuhl gefesselt. Rantanen gibt zu, dass er Jasmine und Nicolas auf dem Heimweg von der Kneipe in Traneberg gefolgt ist. Aber was machte er danach? Bisher ist es der Polizei nicht gelungen, den Freund am Telefonplan zu erreichen, zu dem Rantanen angeblich gefahren ist.«

Angela geht hinter Nicolas' Rücken ein paar Schritte auf und ab und bestärkt ihn in dem Mut, den er während ihrer Rede gefasst hat.

»Dann haben wir Roland Nilsson, den sogenannten ›Weihnachtsmann‹, der mit Nicolas in eine tätliche Auseinandersetzung geriet, als er an der Tür klingelte und einen Schnaps haben wollte. Unter Berücksichtigung der Aussage meines Mandanten lässt sich auch bei Roland Nilsson nachweislich eine ausgeprägte Neigung zur Gewalt feststellen. Er war am Abend allein zu Hause und hatte daher die Möglichkeit, zurückzukehren, sich über den Balkon Zutritt zu der Wohnung zu verschaffen und sich an denen zu rächen, die ihm eine Abfuhr erteilt hatten. Er hat Jasmine möglicherweise ermordet und dafür gesorgt, dass sämtliche Beweise auf Nicolas Moretti hindeuten, der k. o. auf dem Sofa lag.«

Angela verzieht das Gesicht.

»Ob nun einer dieser beiden oder jemand anders die Tat begangen hat … es besteht kein Grund, Untersuchungshaft über meinen Mandanten zu verhängen.« Sie setzt sich wieder, ein Zeichen, dass sie fertig ist.

Die Richterin bittet um eine Minute Bedenkzeit, bevor sie ihre Entscheidung bekannt gibt.

Nicolas verlässt der Mut. Eine Minute. Mehr Zeit benötigt sie nicht, da sie sich offenbar bereits entschieden hat.

21

Leichte Schneeflocken wirbeln durch die Luft und landen auf dem kalten Asphalt vor dem Gerichtsgebäude. Ebba schlägt den Kragen ihrer Steppjacke hoch und blickt sich nach Vera Moretti um, um sie über den Ausgang der Haftprüfung zu informieren. Doch die Frau ist anscheinend schon weggefahren.

Stattdessen wendet sie sich an Angela, um mit ihr abzustimmen, wie es weitergehen soll, aber die Anwältin ist bereits auf dem Weg zu einem himmelblauen Porsche, neben dem ein junger Mann auf sie wartet.

Hat Angela einen Sohn? Ebba weist den Gedanken von sich, als der breitschultrige Jüngling die Arme um Angelas Taille legt und sie küsst. Ebba kann den Blick nicht abwenden. Der Typ sieht mindestens zwanzig Jahre jünger als Angela aus, ein Stureplan-Yuppie in trendigem Blouson. Warum ist sie überrascht? Vielleicht, weil sie sich an Angelas Seite eher einen grauhaarigen Geschäftsmann oder Ähnliches vorgestellt hat, nicht einen jungen Schnösel.

»Was habe ich gesagt?« Der strenge Geruch von Hermanssons Rasierwasser steigt in Ebbas Nase, als er an ihr vorbeigeht und grinsend in die gleiche Richtung blickt wie sie. Arschloch! Angelas Privatleben hat nichts mit ihrem Beruf zu tun, würde sie ihm am liebsten nachrufen, lässt es aber bleiben. Während sie zu ihrem Auto geht, das auf der anderen Straßenseite parkt, sieht sie den Porsche spielerisch durch den Schneematsch davonschlingern und fragt sich, wohin die beiden unterwegs sind. Müsste Angela nicht ins Büro fahren und ihr helfen, Nicolas Moretti freizubekommen?

Die Entscheidung der Richterin, die Untersuchungshaft anzuordnen, kam nicht unerwartet, war aber trotzdem eine Niederlage.

»Alles nach Plan«, hatte Angela gesagt, als sie zusammen den Gerichtssaal verließen. »Die Richterin hätte ein Dienstvergehen begangen, wenn sie anders entschieden hätte. Aber jetzt haben wir bis zur nächsten Verhandlung zwei Wochen Zeit, und wir haben viel auf unserer Seite.«

Ebba hatte sich im Stillen gefragt, was Angela mit »viel« meinte. Den Stalker, von dem sie wissen, wer er ist, aber sonst nicht viel mehr? Roland Nilsson, dessen Rolle in der ganzen Sache sich erst herausstellen wird, wenn die Analyse des Nikolauskostüms abgeschlossen ist? Timo Rantanen, der angeblich ein Alibi hat, nämlich den Freund, den er besucht haben will?

Die Richterin hatte sogar beschlossen, dass Nicolas sich einer Paragraf-7-Untersuchung unterziehen solle, früher bekannt unter der Bezeichnung »kleine psychologische Untersuchung«. Mit einem gewissen Bangen fragt sie sich, wie das wohl ausgehen wird. Sie möchte die Vorstellung ungern zu Ende denken, aber Nicolas wirkt nicht besonders stabil.

Als sie merkt, dass ihr jemand nachläuft, dreht sie sich um. Simon. Er packt sie am Ärmel ihrer Jacke.

»Sind Sie heute wirklich in der Lage, Auto zu fahren?« Sein Ton klingt ernst, aber in seinen Augen nimmt sie ein lausbubenhaftes Funkeln wahr.

Sie geht weiter Richtung Auto. »Wie schön, dass Sie jetzt *mit* mir reden, nicht nur *über* mich.«

»John gefällt es nicht, dass wir beide zusammenarbeiten. Das hat er mir ausdrücklich gesagt.«

»Wir arbeiten zusammen? Das ist ja was ganz Neues.« Ebba lächelt grimmig. »Was hat Hermansson Ihnen auf seinem Handy gezeigt?«

Sie schnaubt, als Simon versucht, sich mit einem fragenden Blick aus der Affäre zu ziehen.

»Fotos von meiner halb nackten Schwester.« Inzwischen ist sie bei ihrem Auto angelangt und will die Tür öffnen, aber Simon drückt dagegen.

»Okay. Ich verstehe, dass Sie das nicht besonders lustig finden, aber John kann manchmal so verdammt kategorisch sein. Bei ihm ist alles entweder schwarz oder weiß. Ich wollte nur … ach, verdammt noch mal!«

Ebba reißt die Tür auf, steigt ein und unterdrückt den Impuls, noch mehr aufzubrausen. Sie weiß, was für ein Blender Hellberg ist, wie alle zu ihm aufschauen, wie schwierig es sein kann, gegen den Strom zu schwimmen.

»Helfen Sie mir bei den Ermittlungen zu Andreas Kilic?«, fragt sie in ruhigerem Ton. »Ich fahre jetzt dorthin.«

»Zu ihm nach Hause? Nee, das schaffe ich nicht.«

»So viel zu unserer guten Zusammenarbeit.«

»Das ist es nicht. Aber ich muss noch ein Vernehmungsprotokoll schreiben und ein paar andere liegen gebliebene Dinge erledigen. Und morgen ist wieder ein Feiertag. Außerdem hat Jasmine keine Anzeige wegen Stalking erstattet. Wir haben nichts gegen ihn in der Hand. Was wollen Sie konkret tun?«

»Schon gut. Ich fahre allein hin.«

Simon seufzt. »Aber ich verspreche, dass ich Jasmines Handy auf Penisbilder überprüfen werde.« Er lächelt schelmisch und boxt ihr gegen die Schulter. »Solche, wie Ihre Schwester sie mehrmals am Tag bekommt.«

Ebba sieht Simon verstohlen an. Offenbar versucht er, die Stimmung aufzulockern. Aber die Erinnerung an Ester und den gestrigen Abend verdirbt ihr die Laune. Sie weiß nicht, warum, weiß nur, dass irgendetwas passiert ist, etwas, an das sie sich nicht erinnert. Deshalb will sie jetzt von hier weg und sich in ihrem Auto einschließen, nur mit ihrer Gedächtnislücke als Gesellschaft.

»Es ist besser, wenn wir zuerst etwas auf dem Handy finden.« Simon scheint zu kapieren, dass sie nicht über den gestrigen Abend reden will. »Fotos oder Drohungen irgendwelcher Art, dann können wir ihn hochnehmen.«

»Natürlich. Tun Sie das.« Ebba steckt den Schlüssel in das Zündschloss und dreht ihn um.

»Warten Sie.« Simon legt erneut seine Hand auf ihren Ärmel und drückt diesmal fester. »Alles okay zwischen uns?«

Die Berührung löst in ihr eine panikartige Reaktion in Form eines Kälteschauers aus. »Warum sollte es das nicht sein?«, erwidert sie, obwohl sie ahnt, dass er sich auf den feuchtfröhlichen Abend in der Kneipe bezieht.

Was ist da passiert? Möchte sie das überhaupt wissen?

»Okay.« Zu ihrer Erleichterung wechselt Simon das Thema. »In diesem Fall habe ich etwas für Sie. Wir haben den Mann gefunden, der Jasmines Miete bezahlt hat. Allerdings haben wir ihn bereits vernommen und können ihn als Verdächtigen ausschließen.«

»Wann habt ihr ihn befragt?«

»Gestern.«

»Also bevor wir uns in der Kneipe gesehen haben? Warum sagen Sie mir das erst jetzt?«

»Ich konnte nicht riskieren, dass Sie während der Haftprüfung auf ihn Bezug nehmen. Dann hätte John gemerkt, dass die Info von mir kam.«

Ebba schüttelt den Kopf. Wieder mal hat er ihr eine Information vorenthalten.

»Was hat er gesagt? Hatte er ein Alibi?«

»Er behauptet, er sei bei seiner Familie gewesen. Schließlich war Heiligabend, also klingt es ziemlich plausibel. Aber ich werde es mir natürlich von seiner Frau bestätigen lassen. Ich habe ihm versprochen, es so diskret wie möglich zu machen. Er sagte, er und Jasmine wären lediglich Freunde gewesen und hätten keine sexuelle Beziehung gehabt. Angeblich hat er ihr die Miete bezahlt, weil er gern anderen Menschen hilft.«

Ebba verdreht die Augen.

»Ich weiß, wie sich das anhört«, sagt Simon. »Aber auch wenn er Sex mit ihr hatte, macht ihn das nicht automatisch zum Mörder.«

»Wie heißt er?«

»Christer Tillman.«

»Alter? Adresse? Wo arbeitet er?«

Obwohl es ihn Überwindung zu kosten scheint, rückt Simon heraus, dass Christer Tillman dreiundfünfzig Jahre alt und Geschäftsführer einer Zeitarbeitsfirma mit Niederlassung mitten in der Stockholmer City ist.

Ebba schlägt erneut die Tür zu, und Simon zieht gerade noch rechtzeitig die Hand zurück, bevor sie eingeklemmt wird.

Sie parkt rückwärts aus und biegt auf die Fahrbahn. Holt den Flachmann aus dem Handschuhfach, klemmt ihn zwischen die Beine und öffnet ihn mit einer Hand. Verflucht ihren Vorsatz, nie wieder zu trinken. Sie zittert am ganzen Körper und erleidet einen kalten Schweißausbruch. Sie braucht einen Schluck, nur einen einzigen. Doch dann denkt sie an das Versprechen, das sie sich selbst gegeben hat. Es kann nicht so weitergehen mit dem Kontrollverlust und den Gedächtnislücken. Sie verflucht Simon, schraubt den Verschluss zu und legt den Flachmann zurück. Es ist alles seine Schuld. Außerdem hätte er ihr bereits gestern von Tillman berichten sollen. Allerdings hat sie sich genauso verhalten, indem sie ihm nichts von Rantanen erzählt hat. Und dann endete das Ganze in dem Tumult, bei dem Simon eine Klobürste ins Gesicht bekam.

Ebba kann sich ein Grinsen nicht verkneifen und singt leise Monty Pythons »Always Look On The Bright Side Of Life« vor sich hin, während sie zu der Adresse des Stalkers in Alvik fährt.

Nachdem sie dort angekommen ist, sucht sie das Viertel nach seinem Honda ab, und als sie ihn nicht findet, parkt sie ihr Auto und stellt sich in die Tiefgarageneinfahrt unter dem mehrstöckigen Haus, in dem er wohnt. Sie hat Glück und gelangt nach nur ein paar Minuten hinein. Den Honda findet sie in der hintersten Ecke zwischen einem Audi und einem Saab.

Wie soll sie reagieren, falls er auftaucht – ihn observieren oder ansprechen? Sie beschließt, sich bedeckt zu halten und abzuwarten, was er macht und wie er sich verhält. Bevor sie ihn konfrontiert, muss sie sich ganz sicher sein, dass er die richtige Person ist. Während sie wartet, surft sie auf ihrem Smartphone, wird jedoch von unfreiwilligen Gedanken an den gestrigen Abend abgelenkt. Wann ging Ester nach Hause? Warum geht sie nicht ans Telefon? Eine Tür, die von der Tiefgarage ins Treppenhaus führt, quietscht mehrmals, als Leute kommen und gehen, aber keiner passt zu der Personenbeschreibung von Andreas Kilic. Wie lange soll sie warten? Höchstens eine Stunde. Sie wechselt aus der Sitz- in die Stehposition, streckt sich, vertreibt sich die Zeit, indem sie alle roten Autos zählt, und setzt sich wieder.

Die Tür quietscht erneut. Ebba fokussiert den Blick, als ein junges Paar die Garage betritt. Der Mann ist schlank und könnte vom Alter her Andreas Kilic sein. Ob er aschblonde Haare hat, lässt sich schwer erkennen, da sein Schädel kahl rasiert ist, aber ansonsten sieht der Mann aus wie auf dem Passfoto, das Ebba gesehen hat. Der Umstand, dass die Freundin einen Kinderwagen schiebt, verwirrt sie. Angela hat nie etwas von einem Kind erwähnt. Sie wartet still, während die kleine Familie weitergeht. Als der Mann den Honda mit der Fernbedienung öffnet, weiß sie, dass er wirklich der Gesuchte ist.

Das Paar verstaut den Kinderwagen im Kofferraum – offenbar kein leichtes Unterfangen. Sie klappen ihn umständlich zusammen und versuchen, im Auto Platz zu schaffen. Vielleicht ist es Zeit, sich ein größeres Fahrzeug anzuschaffen? Aber vielleicht braucht ein Stalker einen aufgemotzten Sportwagen mit großer flügelartiger Heckklappe?

Das Kind trägt eine rosa Mütze und scheint ein paar Monate alt zu sein. Die Freundin fixiert es in einem rückwärtsgewandten Kindersitz und nimmt selbst auf dem Rücksitz Platz.

Sobald der Honda die Tiefgarage verlassen hat, ruft Ebba Angela an. Während es am anderen Ende klingelt, fällt ihr ein, dass es nichts Neues gibt. Ebba hat lediglich den Stalker mit eigenen Augen gesehen, kann jedoch nichts Konkretes berichten, wie ihre Chefin ausdrücklich von ihr verlangt hat. Gerade will sie das Gespräch wegdrücken, als Angela sich meldet.

»Gut, dass Sie anrufen. Ich brauche Sie bei Nicolas' Vernehmung heute um eins. Man hat mir soeben telefonisch den Termin mitgeteilt, aber ich bin verhindert. Das schaffen Sie doch, oder?«

»Ja, sicher.«

»Und sehen Sie zu, dass Sie fit sind. Da die Vernehmung so hastig anberaumt wurde, hat die Polizei bestimmt neue Informationen, zu denen sie Nicolas befragen wollen. Nehmen Sie sicherheitshalber eine Packung Kaugummi mit. Übrigens, weshalb rufen Sie an?«

Ebba riecht an ihrem Atem, bevor sie Angela von der Tiefgarage, Andreas Kilic und seiner Familie erzählt.

»Er hat ein Kind, das nur ein paar Monate alt ist. Glauben Sie wirklich, dass er es ist?«

174

»Jasmine können wir jetzt wohl nicht mehr fragen«, sagt Angela. »Aber sie hat ihn mit diesem Auto gesehen. Und jetzt, wo Sie es sagen … sie hat mir erzählt, dass die junge Frau, die sie mit ihm zusammen gesehen hat, schwanger aussah. Außerdem passt die Personenbeschreibung. Haben Sie seine Tattoos gesehen?«

»Nein, er hatte eine Jacke an.«

Schweigen am anderen Ende. Ebba kann Angelas Unmut förmlich spüren.

»Beim nächsten Mal versuche ich, näher heranzukommen«, fügt sie hinzu.

»Tun Sie das. Wenn die Tattoos stimmen, können wir ganz sicher sein. Und das mit dem neugeborenen Kind könnte erklären, warum er Jasmine in den letzten Monaten nicht belästigt hat. Sein Fokus lag woanders, könnte man sagen.«

»Woher wissen Sie, dass er sie in den letzten Monaten nicht gestalkt hat?«

»Sie hat mir versprochen, sich bei mir zu melden, falls es noch mal passiert. Das hat sie jedoch nicht getan.«

»Aber wenn er, wie Sie sagen, seine ganze Zeit seinem Kind widmet, warum sollte er dann ganz plötzlich Jasmine umbringen?«

Angela schweigt erneut einen Augenblick, bevor sie antwortet: »Das herauszufinden, ist Ihre Aufgabe. Irgendetwas muss passiert sein, etwas, das in ihm eine solche Verzweiflung ausgelöst hat, dass er sich zu dem Mord gezwungen sah. Wir müssen nur herausfinden, was.«

22

Ebba und Nicolas sitzen einander gegenüber im Vernehmungszimmer und schwitzen in ihren Klamotten. Er in einem zu
großen T-Shirt, sie in der Bluse, die Angela ihr geliehen hat.
Diese ist unter den Armen zu eng, und Ebba windet sich, damit
das Kleidungsstück bequemer sitzt. Aber eigentlich ist nicht
die Bluse das Hauptproblem. Ebba braucht den Flachmann
draußen im Auto, braucht ihn so dringend, dass sie an nichts
anderes denken kann.

Aber warum schwitzt Nicolas? Ebba vermutet, dass er ähnlich wie sie gerade einen Entzug durchmacht – allerdings nicht
vom Alkohol, sondern von Drogen. Er ist blass und tut sich
schwer, still zu sitzen, rutscht auf dem Stuhl hin und her, fährt
mit den Fingernägeln über die Tischplatte, kratzt sich am Kinn.
Die beiden haben zehn Minuten allein miteinander, ehe die
Vernehmung beginnt, und Ebba weiß nicht einmal mehr, was
sie sagen soll.

Sie versucht es mit: »Sie haben sich bei der Haftprüfung
gut verhalten.«

»Und Sie haben müde ausgesehen.«

Ebba wickelt sich eine Haarsträhne um den Zeigefinger,
doch dann fällt ihr ein, dass diese Geste sie vermutlich unsicher

wirken lässt, und sie hört damit auf. »Ich war gestern noch auf Achse, aber es wurde nicht allzu spät.«

Nicolas nimmt die Hand vom Kinn und sieht sie anklagend an.

»Also, ich habe mich nur mit meiner Schwester getroffen.« Soll sie ihm sagen, dass Simon auch dabei war? Nein, das würde ihm vermutlich nicht gefallen. »Sie kann manchmal ganz schön schwierig sein, wir sind Zwillinge, und ich musste ... ach, lassen wir das.«

»Sie haben auch eine Zwillingsschwester?« Nicolas' Augen blitzen auf, als es ihm zu dämmern scheint, dass er gar keine Zwillingsschwester mehr hat.

»Oh, Verzeihung, ich habe nicht daran gedacht, dass ...« Ebba senkt verlegen den Blick.

»Schon gut«, sagt Nicolas.

Ebba lächelt, so gut sie kann, und beendet den Small Talk. Darin sind sie beide sowieso nicht besonders gut. »Ich habe Jasmines Stalker gefunden. Er heißt Andreas Kilic. Sagt Ihnen der Name was?«

Nicolas schüttelt den Kopf. Ebba beschreibt ihn und erwähnt, dass er in Alvik wohnt, aber Nicolas hat immer noch keine Ahnung. Also fährt sie mit Christer Tillman fort, dem Mann, der Jasmines Miete bezahlt hat.

»Ich habe nicht selbst mit ihm gesprochen, aber die Polizei hat ihn vernommen. Er behauptet, dass er und Jasmine nur Freunde waren.«

»Dann wird es wohl so gewesen sein.«

Ebba mustert Nicolas' teilnahmslose Miene. Der Unsinn, den Christer Tillman verzapft hat, müsste auch in seinen Ohren unwahrscheinlich klingen.

»Ich glaube, die beiden hatten eine sexuelle Beziehung. Was meinen Sie?«

»Das müsste sich wohl herausfinden lassen.«

»Vielleicht. Aber haben Sie sich nicht selbst gefragt, warum jemand Jasmines Miete bezahlt hat? Haben Sie Ihre Schwester nie gefragt?«

»Nein.«

»Aber Sie sagten doch, dass Sie beide sich nahestanden.«

»Ja, aber über solche Dinge haben wir nie gesprochen.«

Ebba betrachtet die kahlen Wände und fragt sich, ob Nicolas schon immer so wortkarg war. »Ich war gestern bei Ihren Eltern.« Sie hofft, damit das stockende Gespräch wieder in Gang zu bringen.

Etwas in Nicolas' Augen verändert sich, sie wirken auf einmal wärmer und goldbrauner. »Wie geht es Douglas?«

»Ich hatte den Eindruck, dass es ihm den Umständen entsprechend gut ging. Er hatte nur irgendeine Wunde am Unterarm, die sich entzündet hat.«

»Was für eine Wunde?«, fragt Nicolas, diesmal lauter.

»Ihre Mutter meinte, es sei eine Schürfwunde. Angeblich hat Douglas daran herumgefummelt, bis sie sich entzündete. Nichts Schlimmes also.«

Nicolas schluckt, und sein Kehlkopf hüpft dabei auf und ab. »Vera ist nicht meine Mutter.«

»Ja, ich weiß. Darf ich fragen, wie Ihre richtige Mutter starb?«

»Sie bekam einen Schlaganfall.«

»Das tut mir leid. Ich weiß nicht recht, was ich sagen soll. Ist das lange her?«

»Zweiundzwanzig Jahre.« Nicolas beugt sich über den Tisch näher an Ebba heran. »Darf ich Sie um einen Gefallen bitten?«

»Na klar.«

»Könnten Sie bitte irgendwann mit Douglas reden und ihm sagen, dass ich Jasmine nicht ...« Er vergräbt das Gesicht in den Händen, und als er wieder aufblickt, scheint es, als erfordere dies eine große Anstrengung. »Sagen Sie ihm, dass ich unschuldig bin.«

Ebba mustert ihn und möchte ihm klarmachen, dass sie nicht einfach ohne konkreten Anlass bei den Morettis vorbeischauen kann, aber als sie die Panik in Nicolas' Augen sieht, verzichtet sie darauf.

»Das wäre vielleicht möglich. Ich muss sowieso noch mit Ihrem Vater und Vera über ein paar Dinge sprechen, die aufgetaucht sind. Wobei ich Ihrem Bruder womöglich nicht direkt sagen kann, dass Sie unschuldig sind, aber na ja, Sie verstehen …«

»Danke. Sagen Sie ihm, dass ich ihn liebe und … und dass er auf sich aufpassen soll.«

Ebba nickt, obwohl sie vermutlich zu viel versprochen hat. »Übrigens, gibt es noch etwas, was ich über Ihre Familie wissen sollte? Ich meine, wie es aussieht, sehen Sie sich nicht so oft, haben nicht zusammen Heiligabend gefeiert, und niemand wusste, dass Jasmine einen Papagei besaß.«

Nicolas starrt ins Leere und scheint gerade etwas erwidern zu wollen, als die Tür aufgeht und Simon den Raum betritt. Er begrüßt beide, gibt Ebba förmlich die Hand und nimmt neben ihr Platz. Dann legt er eine Mappe vor sich auf den Tisch und lässt es gemütlich angehen, indem er Nicolas fragt, ob er sich in der Zelle ein wenig ausruhen konnte, ob er zu Mittag gegessen hat und ob er einen Kaffee möchte. Ebba muss gestehen, dass Simon mehr Talent für Small Talk besitzt, obwohl Nicolas auf sämtliche Fragen nur mit einem Kopfschütteln antwortet.

»Dann wollen wir mal.« Simon drückt auf die Taste eines Aufnahmegeräts und beginnt mit den obligatorischen Angaben zur Uhrzeit, zum Ort und zum Datum. »Schildern Sie mir bitte die Ereignisse des Abends, an dem Jasmine ermordet wurde, von Anfang an und so detailliert wie möglich.«

»Aber ich habe doch bereits alles gesagt.«

»Und ich würde es gern noch einmal hören.«

Nicolas atmet tief durch. Dann erzählt er, wie alles in der Kneipe begann und was während des restlichen Abends geschah.

Ebba vergleicht im Geiste Nicolas' Geschichte mit dem ersten Mal, als er sie erzählt hat, und ist erleichtert, dass die beiden Versionen nach wie vor übereinstimmen. Weder abweichende Details noch irgendwelche neuen Personen kommen darin vor.

Nicolas' Aussage dauert gut eine halbe Stunde. Als er fertig ist, nimmt Simon ein unbeschriebenes Blatt Papier aus der Mappe und legt es zusammen mit einem Kugelschreiber vor Nicolas auf den Tisch.

»Schreiben Sie bitte einen Satz, irgendeinen beliebigen.«

»Warum?«

»Tun Sie es einfach.«

Nicolas kratzt sich an der Brust, greift zum Kugelschreiber und lässt die Spitze einen Augenblick auf dem Papier ruhen, bevor er schreibt.

Ebba liest die Worte verkehrt herum und bekommt eine Gänsehaut.

Derjenige, der meine Schwester ermordet hat, muss ein Psychopath sein.

Er legt den Stift weg und schiebt das Blatt zu Simon.

»Danke.« Simon steckt es in die Mappe und fährt mit der Vernehmung fort, ohne auf das soeben Gelesene einzugehen. »Sie sind ehemaliger Fußballer. Vermissen Sie das manchmal?«

Nicolas sieht Simon teilnahmslos an. »Absolut.«

»Mit welchem Fuß kicken Sie besser? Mit dem rechten oder dem linken?«

»Mit dem rechten.«

»Sind Sie mit dem linken auch gut?«

Nicolas blickt verstohlen zu Ebba, doch die wundert sich genauso wie er über diese seltsamen Fragen.

»Spielt das eine Rolle?«

»Ich bin einfach nur neugierig. Ich selbst bin mit dem linken Fuß grottenschlecht, aber ich vermute, dass Sie als Profispieler mit beiden zurechtkommen.«

»Vermutlich.«

»Okay, machen wir weiter. Jasmines Obduktion wurde soeben beendet, und wie Sie bereits bei der Haftprüfung gehört haben, hatte sie eine Quetschung am linken Mittelfinger. Ich würde Ihnen gern ein Foto zeigen, wenn das okay ist?«

»Am …«

»Nur am Finger.« Simon schiebt Nicolas ein Foto zu. Nach anfänglichem Zögern beugt er sich vor.

Ebba tut das Gleiche. Der Finger auf dem Foto hat jegliche Farbe verloren, mit Ausnahme dreier bläulicher Striche, die parallel über die Fingerkuppe verlaufen.

»Wissen Sie, wie Jasmine sich diese Quetschung zugezogen hat?«, fragt Simon.

Nicolas sinkt in den Stuhl zurück. »Nein, keine Ahnung.«

»Haben Sie gesehen, ob sie die Verletzung schon hatte, bevor Sie eingeschlafen sind?«

»Das weiß ich nicht, ich habe nicht darauf geachtet.«

Simon nimmt das Foto wieder an sich, steckt es in die Mappe und öffnet den obersten Knopf seines Polohemds. »Diese gelben Pillen, die Sie und Ihre Schwester eingeworfen haben … Sie sagten, Sie hätten gedacht, es wären Benzos gewesen. Das stimmt aber nicht. Die Testergebnisse zeigen, dass sie unter anderem MDPV enthielten. Sie wissen, was das ist?«

Nicolas' Augen weiten sich ein wenig, und Ebba fragt sich, ob das von Verwunderung oder Schock herrührt. Vermutlich beides. Methylendiox… ach was, sie weiß nicht mehr, wofür die Abkürzung steht, aber die Droge ist lebensgefährlich. In den letzten Jahren tauchte sie in den verschiedensten Formen auf – Kristalle, Pulver, Pillen. Es gab mehrere Todesfälle, die daher rührten, dass Personen unter ihrem Einfluss starke

181

Halluzinationen bekamen, sich für Superman hielten und versuchten, einen heranfahrenden Zug mit bloßen Händen zu stoppen, oder Ähnliches.

Für wen hielt Nicolas sich, als er sich in Jasmines Wohnung befand? Welche Wirkung hatte die Droge auf ihn?

Simon formuliert Ebbas Gedanken laut. »Wie reagierten Sie auf diese Pillen?«

Nicolas' Blick huscht nervös hin und her. »Da war nichts Besonderes. Mir wurde nur ein bisschen schwindlig, und dann bin ich eingepennt.«

Ebba spürt, dass er lügt, dass mehr passiert sein muss. Aber als Simon nachhakt, verneint er dies und bleibt bei der Version, dass er einschlief und sich an nichts mehr erinnert.

Simon blättert in den Dokumenten in der Mappe weiter. »Eine Sache muss ich noch erwähnen.« Er lässt einen Moment verstreichen, ehe er fortfährt. »Jasmine war in der sechsten Woche schwanger.«

Ebba setzt sich aufrecht, als wolle sie sich vergewissern, dass sie richtig gehört hat.

Simon mustert Nicolas gründlich. »Ich verstehe, wenn es für Sie zum jetzigen Zeitpunkt schwierig ist, so etwas zu hören, aber ich möchte Sie trotzdem fragen, ob Sie eine Ahnung haben, wer der Vater sein könnte.«

Nicolas starrt ins Leere und schüttelt kaum merklich den Kopf.

»Wir werden natürlich einen Vaterschaftstest machen, um herauszufinden, wer es ist, aber haben Sie vielleicht eine Vermutung?«

»Nein.«

Ein Durcheinander an Gedanken wirbelt durch Ebbas Kopf – der Bourbon, den sie am gestrigen Abend getrunken hat, ihre bruchstückhafte Erinnerung, wie sie nach Hause gelangt ist, und das, was Simon gerade gesagt hat.

Jasmine war schwanger.

Was, wenn der Stalker Andreas Kilic der Vater des Kindes ist? Dann hätte er ein Motiv, Jasmine zu töten. Er hat sie zu einem Zeitpunkt geschwängert, als das erste Kind von ihm und seiner Freundin unterwegs war. Um die Beziehung mit der jungen Frau zu retten, die Ebba in der Tiefgarage gesehen hat, brachte er Jasmine um. Aber nein, laut Angela hatten Andreas und Jasmine vermutlich nichts miteinander. Ganz sicher war sie jedoch nicht. »Wir müssen für alles offen sein«, hatte Angela gesagt. Aber naheliegender war vielleicht die Möglichkeit, dass Christer Tillman der Vater war – der Mann, der angeblich nur deshalb Jasmines Miete bezahlte, weil er gern anderen Menschen half. Was für ein Klischee. Den gleichen Spruch hört man in Interviews mit Bewerbern für die Polizeiakademie: Ich möchte Menschen helfen.

Seid doch lieber ehrlich und sagt: Ich möchte mit eingeschaltetem Blaulicht durch die Gegend rasen und Verbrecher jagen.

Oder in Christer Tillmans Fall: Ich will vögeln.

Ebba fällt es schwer, während der restlichen Vernehmung still zu sitzen. Es wird Zeit, dass sie Christer Tillmans Weihnachtsruhe stört.

23

Christer Tillmans Zeitarbeitsfirma befindet sich im fünften Stock eines Hochhauses im Stockholmer Zentrum. Als Ebba aus dem Fahrstuhl tritt, erblickt sie direkt vor sich eine Rezeptionistin, die hinter einer Empfangstheke mit futuristischem Design sitzt. Das Jackett der jungen Dame verschmilzt farblich mit der grau melierten Wand dahinter.

»Kann ich Ihnen helfen?«

Ebba erklärt ihr Anliegen, und nach einem kurzen Gespräch über die Gegensprechanlage kommt ein Anzugträger aus einem aquariumartigen Raum, der sich an den Empfangsbereich anschließt. Ebba ist überrascht, wie attraktiv er aussieht, und vermutet, dass er südeuropäischer Herkunft ist. Die Haare und der Bart sind dunkel, obwohl das Grau überwiegt.

Ebba reicht ihm die Hand. »Ich komme von der Anwaltskanzlei Köhler. Soviel ich weiß, hat die Polizei neulich mit Ihnen über einen Fall gesprochen, in dem sie ermittelt.« Sie sieht ihn herausfordernd an und hat den Eindruck, dass er genau weiß, wovon sie spricht.

»Kommen Sie bitte in mein Büro«, sagt er mit gespieltem Wohlwollen und weist sie in den Raum, aus dem er gekommen ist.

Das Erste, was ihr ins Auge fällt, ist das eingerahmte Foto auf dem robusten Schreibtisch, das zwei spielende Kinder, eine gut aussehende Frau und ihn selbst zeigt.

Wie niedlich. Ein echter Familienvater.

Sie nehmen auf Ledersesseln Platz. Christer Tillman fragt, ob sie ein Glas Wasser möchte, und als sie Ja sagt, schenkt er ihr aus einer auf seinem Schreibtisch stehenden Karaffe ein. Ihr Mund ist so trocken, dass er sich staubig anfühlt, und bevor sie mit der Taktik beginnt, die sie sich während der Autofahrt hierher zurechtgelegt hat, muss sie erst einmal die Zunge befeuchten.

»Wie Sie sich bestimmt denken können, geht es um den Mord an Jasmine Moretti.«

Er lächelt, doch die reservierten Falten in seinem Gesicht deuten darauf hin, dass er über ihren Besuch nicht gerade erfreut ist.

»Sie haben gegenüber der Polizei ausgesagt, dass Sie und Jasmine keine sexuelle Beziehung hatten. Wir beide wissen jedoch, dass das nicht stimmt.«

Christer Tillman greift zu seinem Glas und trinkt äußerst langsam. Offensichtlich versucht er, Zeit zu gewinnen, um sich zu sammeln.

Ebba nutzt die Gelegenheit, um ebenfalls einen Schluck zu trinken. Jedes Wort, das sie jetzt sagt, muss richtig interpretiert werden. »Der Obduktionsbericht ist heute gekommen. Daraus geht hervor, dass Jasmine in der sechsten Woche schwanger war.«

Christer Tillman läuft Wasser aus dem einen Mundwinkel. Er wischt es mit dem Handrücken weg und starrt auf das Foto auf dem Schreibtisch. Sein Blick bleibt so lange daran haften, dass Ebba Zeit hat, sich bewusst zu machen, wie riskant ihr Bluff ist. Aber als er sich ihr wieder zuwendet, sieht sie an seiner Miene, dass es sich gelohnt hat.

»Ich kann es mir nicht leisten, meine Familie zu verlieren«, sagt er mit glasigen Augen. »Ich erzähle Ihnen, was Sie wollen, wenn Sie sie nur aus dieser Sache heraushalten.«

»Wussten Sie, dass sie schwanger war?«

Christer Tillman nickt. »Sie hat es mir vor ein paar Wochen gesagt. Aber ich habe sie nicht getötet, das schwöre ich.«

»Wie lange hatten Sie eine sexuelle Beziehung mit ihr?«

»Seit letztem Sommer. Wir haben uns über das Internet kennengelernt.«

»Auf welcher Seite?«

Christer Tillman lockert den Krawattenknoten. Auf seiner Stirn glänzt inzwischen der Schweiß. »SugarDeLuxe.« Sein Blick gleitet zu der Rezeptionistin, als wolle er ihr telepathisch mitteilen, sie solle hereinkommen und ihn erinnern, dass er gleich einen wichtigen Termin hat.

»Sugar wie in …« Ebba sieht ihn fragend an.

»Sie wissen, was das heißt.«

»Nein«, lügt Ebba. Sie möchte es von ihm selbst hören.

»Ich war ihr … Sugardaddy.«

»Ich verstehe. Das war also der Grund, weshalb Sie ihre Miete bezahlt haben?«

Er nickt erneut.

»Können Sie mir sagen, wie die Beziehung aussah, nach welchen Regeln sie ablief?«

»Na ja, wir haben uns ein paar Mal die Woche gesehen, sind zusammen essen oder ins Theater gegangen, was man halt als Paar so macht. Sie hat studiert und war knapp bei Kasse, also habe ich ihr Dinge bezahlt, die sie haben wollte … Kleider, Schmuck, Kosmetikbehandlungen, eine Mitgliedschaft im Fitnessstudio und so.«

»Und dann wurde sie schwanger. Wie haben Sie darauf reagiert?«

»Ich war natürlich beunruhigt, schließlich hatte sie mir gesagt, sie nehme die Pille. Aber dann haben wir viel darüber gesprochen und überlegt, was wir machen sollen. Eigentlich hatten wir eine schöne Beziehung, auch wenn Sie das vielleicht nicht glauben, und wir einigten uns auf eine Abtreibung. Sie brauchte nur noch etwas mehr Bedenkzeit.«

Ebba lächelt schwach. Plötzlich ist sie für ihr eigenes Leben dankbar, so miserabel und traurig es auch sein mag.

»Sie glauben, dass ich sie umgebracht habe. Aber ihr Bruder sitzt doch deswegen in Untersuchungshaft, oder?«

»Ich weiß nur, dass es irgendjemand getan hat, und ich möchte herausfinden, wer.«

Christer Tillman fährt mit den Fingern über die Bartstoppeln. Plötzlich scheint er draufzukommen, wer Ebba eigentlich ist. »Sie verteidigen ihn. Klar, dass Sie versuchen, den Verdacht auf jemand anders zu lenken.« Er erhebt sich aus dem Sessel, und sein Ton klingt jetzt schärfer. »Ich glaube, Sie sollten jetzt lieber gehen.«

»Wo waren Sie an Heiligabend?«

»Das habe ich bereits der Polizei gesagt.«

Ebba mustert ihn einen Augenblick und sieht ein, dass sie nicht mehr aus ihm herausbekommt. Also steht sie auf und geht zur Tür, die er sperrangelweit geöffnet hat. Aber gerade als sie hinausgehen will, schließt er sie wieder.

»Wenn es jemanden gibt, den Sie sich genauer unter die Lupe nehmen sollten, dann diesen Irren, der vor etwa einer Woche außerhalb von Jasmines Wohnung auf mich losging. Ein Typ, der mit ihr auf die Uni ging, Philip heißt er. Schauen Sie mal hier.« Christer Tillman zeigt ihr beide Handflächen, die voller alter Schürfwunden sind. »Das habe ich ihm zu verdanken. Er hat mich auf den Asphalt geschubst, als ich mich gerade ins Auto setzen wollte. Der Idiot hat mir draußen aufgelauert.«

»Worum ging es?«

»Ich weiß nicht. Er war wohl in sie verliebt oder so. Aus irgendeinem Grund hat sie ihm von ihrer Schwangerschaft erzählt, obwohl sie mir versprochen hatte, dass das unter uns bleibt.« Christer Tillman öffnet erneut die Tür und gibt Ebba vor den Augen der Rezeptionistin die Hand, als hätte er gerade einen erfolgreichen Geschäftstermin hinter sich.

Ebba schüttelt seine Hand, bedankt sich laut und deutlich für das nette Gespräch und eilt zum Fahrstuhl. Die Informationen, die sie erhalten hat, fielen deutlich ergiebiger aus als erwartet.

24

Sobald Ebba hinaus auf die Straße tritt, ruft sie Angela an. Während es am anderen Ende klingelt, gleitet ihr Blick zu der Skybar auf der anderen Straßenseite empor. Haben Jasmine und Christer Tillman sich dort oben getroffen? Ein typischer Ort für einen Mann, der eine junge Frau beeindrucken will, noch dazu ganz in der Nähe seines Büros. Da Angela nicht rangeht, versucht sie es stattdessen bei Simon. Besetzt.

Mit zügigen Schritten geht sie zu ihrem Auto, das sie eine Straße weiter geparkt hat, leicht euphorisch angesichts dessen, was sie erfahren hat. Christer Tillman war Jasmines Sugardaddy, machte ihr ein Kind und geriet aus irgendeinem Grund in eine tätliche Auseinandersetzung mit Philip Stenhammar. Sie setzt sich ins Auto und lehnt sich gegen die Kopfstütze. Geschafft!

Christer Tillman ist auf ihren Bluff hereingefallen. Dafür musste sie nichts weiter tun, als die Fakten der Reihe nach zu präsentieren und ihn in dem Glauben zu lassen, dass seine Vaterschaft bereits erwiesen war.

Ihr Handy klingelt, und sie geht ran. Simon. Er ist wütend, das hört sie sofort.

»Ich habe soeben einen Anruf von Christer Tillman erhalten. Wissen Sie eigentlich, was Sie da angerichtet haben?«

»Ich habe ihn dazu gebracht, zuzugeben, dass er und Jasmine eine sexuelle Beziehung hatten. Er war ihr Sugardaddy.«

»Sie haben ihm gesagt, er sei der Vater des Kindes. Das Ergebnis des DNA-Tests liegt doch noch gar nicht vor, verdammt noch mal!«

»Das habe ich überhaupt nicht gesagt. Er kam von sich aus darauf.« Ebba beobachtet die Leute, die draußen vorbeigehen. Sie starren auf ihre Handys und sind gestresst von dem Menschengewühl oder dem kalten Wind, der ihnen ins Gesicht peitscht. Währenddessen hält Simon ihr eine Standpauke darüber, dass sie die Ermittlungen sabotiert hätte. Jetzt können sie Christer Tillman bei der bevorstehenden Vernehmung nicht mehr so leicht auflaufen lassen, indem sie ihn dazu bringen, zu lügen und seine Glaubwürdigkeit zu verlieren. *Falls* sich tatsächlich herausstellen sollte, dass er der Vater ist.

»Es kann trotz allem jemand anders sein«, sagt er zum Schluss.

»In diesem Fall hätten wir noch einen Verdächtigen«, kontert Ebba.

»Wir brauchen nicht noch mehr Verdächtige. Wir haben bereits einen, und er heißt Nicolas Moretti.« Simon flucht leise vor sich hin. »Warum höre ich Ihnen überhaupt zu?«

»Weil Sie auch das Gefühl haben, dass etwas nicht stimmt.«

»Da irren Sie sich aber gewaltig. Gegen Nicolas liegen ausreichend Beweise für eine Verurteilung wegen Mordes vor. Ich höre Ihnen einzig und allein deshalb zu, weil ich wissen will, warum. Warum hat er seine Zwillingsschwester umgebracht? Was war sein Motiv?«

»Ich weiß auf jeden Fall, was für ein Motiv Christer Tillman gehabt haben könnte. Jasmine war schwanger von ihm und er hatte eine Riesenangst vor den Konsequenzen.«

»Wenn er überhaupt der Vater ist. *Wenn.*«

Ebba schweigt einen Augenblick und wartet, bis Simon sich beruhigt hat. »Christer Tillman hat mir noch etwas äußerst Interessantes erzählt. Philip Stenhammar hat ihn vor etwa einer Woche außerhalb von Jasmines Wohnung angegriffen. Er vermutete, dass dies etwas mit der Schwangerschaft zu tun hatte. Ich fahre jetzt dorthin und rede mit ihm.«

»Der Studienkollege? Das werden Sie nicht tun.«

»Treffen Sie mich vor seiner Wohnung, wenn Sie dabei sein wollen.« Sie drückt das Gespräch weg. Auf dem Weg in den Stadtteil Gärdet, wo Philip Stenhammar wohnt, schielt sie jedes Mal, wenn Simon versucht, sie zu erreichen, auf ihr Handy. Schließlich spricht er auf ihre Mailbox: »Warten Sie auf mich. Ich komme.«

Als zufällig ein Anwohner die Haustür öffnet, huscht sie hindurch, wartet aber unten im Treppenhaus. Es ist besser, Simon nicht noch mehr in Rage zu bringen.

Ein paar Minuten später taucht der Volvo auf der anderen Straßenseite auf. Simon schlägt die Tür zu und blickt sich mit unruhiger Miene nach ihr um. Als er sie bei der Eingangstür stehen sieht, geht er darauf zu.

»Jetzt wird es verdammt noch mal Zeit, dass Sie runterkommen, Tapper.«

Ebba lässt die Haustür los, sodass er gezwungen ist, das letzte Stück zu rennen, bevor sie ihm vor der Nase zufällt. Dann eilt sie die Treppe hoch, Simon dicht auf ihren Fersen.

»Sie lehnen sich gefährlich weit zum Fenster hinaus. Sie haben keine Ahnung, wie viel Ärger Sie wegen dieser Nummer bekommen.«

Ebba klingelt an Philips Tür und hört Schritte. Der Spion wird dunkel, als jemand von innen sein Auge davorhält.

»Hören Sie mir überhaupt zu?«, zischt Simon dicht hinter ihr.

»Seien Sie still.« Als niemand aufmacht, pocht sie gegen die Tür. »Philip, wir möchten Ihnen nur ein paar weitere Fragen stellen.«

Wieder erklingen Schritte. Nach einer Weile öffnet Philip die Tür, ein Badehandtuch um die Hüften geschlungen. Auf seiner flaumigen Brustbehaarung glänzen Wassertropfen.

»Ich dachte, wir hätten schon alles geklärt.«

Ebba tritt in den Flur. »Wenn Sie diesmal die Wahrheit sagen, schaffen wir es vielleicht.«

Er führt sie in die Zweizimmerwohnung, die mit Hightech-Kram gefüllt ist. Ein riesiger Fernseher, mindestens 65 Zoll, eine Spielekonsole mit einer Menge verschiedener Steuerungselemente, ein Crosstrainer und andere futuristisch anmutende Geräte, deren Zweck Ebba nicht einmal kennt.

»Vom Studieren wird man eindeutig reich.« Ebba lässt den Blick durch das restliche Wohnzimmer schweifen, in dem fast alles in Schwarz gehalten ist. Eine Ledercouch mit Glastisch davor. Zwei Drehsessel, die schweineteuer aussehen, ein über ein Sitzkissen geworfenes Markenhemd.

Philip lehnt sich an eine Säule, die das Wohnzimmer von der Küche trennt, und verschränkt die Arme. »Was wollen Sie wissen?«

»Woher kennen Sie Christer Tillman?«

Philip blickt auf das Badehandtuch herab und zieht den Knoten fest. »Ich nehme an, er hat Ihnen von unserer kleinen Auseinandersetzung erzählt.«

Ebba nickt und wartet darauf, dass er fortfährt.

»Das Arschloch hat ihr einen Braten in die Röhre geschoben und ihr gedroht, sie müsse ihm das ganze Geld zurückzahlen, das er ihr ausgelegt hat, wenn sie nicht abtreiben lässt.«

»Und Sie sind sicher, dass es sein Kind war?«

»Das hat sie jedenfalls gesagt.«

»Vielleicht ist es Ihres?«

»Was reden Sie da? Wir waren nur Freunde.«

»Das hat Tillman am Anfang auch gesagt. Aber Sie können sich bestimmt denken, dass wir einen Vaterschaftstest durchgeführt haben.«

Simon zieht den Mund zusammen. Offenbar kostet es ihn Mühe, sie nicht zu korrigieren.

Im Gegensatz zu Christer Tillman fällt Philip leider nicht auf den Bluff herein.

»Das Kind ist garantiert nicht von mir«, sagt er grinsend.

»Ich habe mit Ihrem Vater gesprochen«, sagt Simon. »Er bestätigt, dass er Sie an Heiligabend nach Hause gebracht hat, aber nicht um zehn Uhr, wie Sie behaupten. Es war schon um acht.«

Plötzlich geht eine Tür auf und ein junger Mann in Joggingshorts und mit nacktem Oberkörper kommt aus dem Schlafzimmer. Asiatisches Aussehen, Tattoos auf der Brust. Auch er sieht aus, als hätte er soeben geduscht – von den Spitzen der schulterlangen Haare perlen schwere Wassertropfen ab. »Er war den ganzen Abend mit mir zusammen«, sagt er mit stetem Blick. »Er kam irgendwann nach neun zu mir und blieb die ganze Nacht.«

Ebba und Simon wechseln einen Blick miteinander und stoßen gleichzeitig einen Seufzer aus. Wie konnten sie übersehen, dass Philip Besuch hatte? Anscheinend sein Freund, der außerdem gehört hat, worüber sie redeten, und ihm jetzt ein Alibi liefert.

»Ihnen ist hoffentlich klar, dass das Vertuschen einer Straftat eine ernste Angelegenheit ist?«, sagt Ebba.

»Philip hat niemanden ermordet, und ich lüge nicht. Er war die ganze Nacht bei mir.«

Simon sieht Philip eindringlich an. »Um kurz vor neun haben Sie sich mit Jasmine vor der ICA-Filiale am Alviks Torg getroffen.«

Philips Blick huscht nervös hin und her. Sein Freund starrt ihn verwundert an.

Ebba dagegen überrascht diese neue Information nicht. Wie oft hat Simon schon Dinge vor ihr verheimlicht?

Simon tritt näher an Philip heran, bis ihn nur noch eine Armlänge von ihm trennt. »Die Überwachungskamera am Geldautomaten hat Sie beide gefilmt. Auf dem Video sieht man, wie Jasmine Geld abhebt und es Ihnen gibt.«

Philip weicht ein Stück zurück. »Sie hat mir Geld für ein Mittagessen geschuldet, okay?«

»Ein Mittagessen, das zweitausend Kronen gekostet hat und ausgerechnet an Heiligabend zurückgezahlt werden musste?« Simon packt Philip am Arm. »Es ist keine Straftat, wenn man jemandem Geld schuldet oder etwas verkauft. Aber lügen Sie mich nicht an, sonst nehme ich Sie wegen Körperverletzung an Christer Tillman und Mord an Jasmine Moretti fest.«

Philip reißt sich los, geht im Zimmer auf und ab und tritt gegen Sachen, die ihm im Weg stehen – einen Barhocker, eine weggeworfene Socke neben dem Sofa und eine E-Gitarre, die krachend zu Boden fällt. »Okay, ich erkläre es Ihnen«, sagt er, nachdem das Vibrieren der Saiten verklungen ist. »Ich habe ihr Kokain vertickt, das war der Grund für unsere Treffen. Sie wollte hin und wieder welches, und ich habe es ihr beschafft. Aber mit ihrem Tod habe ich nichts zu tun. Ich war den ganzen Abend bei meinen Eltern und anschließend bei Maximilian.«

»Und die gelben Pillen?«, fragt Ebba und denkt an Nicolas' Blutprobe, in der MDPV nachgewiesen wurde.

Philip blickt verständnislos drein. »Welche Pillen? Ich habe ihr Kokain verkauft, sonst nichts.«

Ebbas Handy klingelt. Als sie Angelas Nummer auf dem Display sieht, lässt sie Simon allein weitermachen und verdrückt sich ins Treppenhaus.

»Wie lief Nicolas' Vernehmung?«

»Gut, glaube ich.«

»Das hoffe ich. Was haben Sie?«

»Die Polizei hat den Obduktionsbericht erhalten. Jasmine war schwanger.«

»Wer ist der Vater?«, fragt Angela und klingt kein bisschen verwundert.

Seltsam. Aber so ist sie nun mal. Faktenorientiert.

»Das wissen sie noch nicht. Aber ich glaube, es ist Christer Tillman.«

»Wer?«

Ebba fällt ein, dass sie Angela noch nichts von dem Mann erzählt hat, der Jasmines Miete bezahlt hat. Sie schildert ihr das Wichtigste in knappen Worten, ohne groß ins Detail zu gehen, was das Gespräch in seinem Büro betrifft.

»Hat er ein Alibi?«, fällt Angela ihr ins Wort.

Alibi. Das Einzige, wofür Angela sich interessiert. Anscheinend geht es ihr nur darum, der Polizei einen weiteren Verdächtigen zu liefern.

»Er behauptet, dass er den ganzen Heiligabend bei seiner Familie war, aber Simon überprüft das gerade.«

»Simon. Sie sind ja richtig vertraut mit ihm geworden. Was sagt Simon noch?«

Ebba ignoriert die Stichelei. »Nicht viel. Es war eine seltsame Vernehmung. Er stellte eine Menge Fragen über Nicolas' Fußballkarriere, zum Beispiel, ob er mit dem rechten oder linken Fuß gekickt hat. Aber eigentlich hatte ich das Gefühl, dass er wissen wollte, ob Nicolas Rechts- oder Linkshänder ist. Er hat ihn nämlich gebeten, etwas auf ein Blatt Papier zu schreiben.«

Schweigen am anderen Ende. Als Angela wieder spricht, ärgert Ebba sich darüber, dass sie nicht von allein auf das Offensichtliche gekommen ist.

»Vielleicht hat sich herausgestellt, dass derjenige, der Jasmine die Kehle durchgeschnitten hat, Linkshänder war. Das ist ungewöhnlicher als Rechtshänder und lässt sich als Teil einer Indizienkette verwenden. Was ist Nicolas?«

Ebba überlegt. Er saß ihr gegenüber und nahm den Stift mit …

»Rechts. Er schrieb mit der rechten Hand.«

»Gut. Aber Sie müssen den Obduktionsbericht beschaffen, damit wir mit Sicherheit wissen, was die Polizei herausgefunden hat.«

»Aber den bekommen wir doch erst, wenn die Voruntersuchung beendet ist.«

»So lange sollte unser Mandant nicht in Untersuchungshaft verbleiben müssen. Wozu, glauben Sie, habe ich Sie eingestellt? Ich will den Bericht heute. Finden Sie eine Lösung.«

Ebba bleibt noch eine Weile im Treppenhaus stehen, nachdem Angela das Gespräch weggedrückt hat. Wie soll sie diese Aufgabe lösen? Wenn sie Simon unverblümt fragt und er sie abblitzen lässt, ist sie am Arsch. Sie geht zurück in die Wohnung, bleibt in der Türöffnung zum Wohnzimmer stehen und hört zu, wie Simon Philip über Jasmines Drogenkonsum befragt. Die beiden haben auf dem Sofa Platz genommen, und bei Philip klingt es so, als wäre das Ganze nur ein Partyding und kein Suchtproblem.

»Sie hat nur was genommen, wenn sie gefeiert hat, sonst nicht. Na ja, oder wenn sie an der Uni eine schwierige Prüfung hatte und die ganze Nacht lernen musste.«

Simon macht sich auf einem Block Notizen und wirft Ebba einen Blick zu. »Ich habe, was ich brauche. Möchten Sie noch etwas fragen?«

»Nein. Ich verlasse mich auf Sie«, sagt sie ein wenig gekünstelt und hofft, dass er versteht, was sie wirklich meint – nämlich, dass er der Letzte auf dieser Welt ist, dem sie vertraut.

Sie bedanken sich bei Philip und gehen die Treppe hinunter.

»Wann hatten Sie vor, mir von dem Überwachungsvideo vom Alviks Torg zu erzählen?«, fragt Ebba, als sie hinaus auf die Straße treten.

Simon zieht den Reißverschluss seines Jackenkragens hoch. »Sie wissen doch, dass ich Sie nicht in alles einweihen kann. John sitzt mir ständig im Nacken.«

»Moment. Haben Sie nicht gesagt, dass wir zusammenarbeiten?«

»Schon, aber ...«

»Ich verstehe. Zu Ihren Bedingungen.«

»Nein, aber ...« Simon blickt zu dem wolkenverhangenen Himmel empor, als suche er dort nach einer übermenschlichen Kraft. »Sie müssen verstehen, dass Sie Verteidigerin sind und ich Polizist. Aber da Sie nicht lockerlassen ... es gibt ein weiteres Überwachungsvideo. Timo Rantanen wurde am Abend des Mordes von einer Kamera am Hauptbahnhof gefilmt. Seine Version dessen, was er nach seinem Kneipenbesuch gemacht hat, stimmt also. Er hat bei einem Freund in Alvik geklingelt, doch der war nicht zu Hause. Dann ging er zurück in die Kneipe, überlegte es sich anders und fuhr mit der U-Bahn zu einem anderen Kumpel.«

Er schüttelt den Kopf und geht zu seinem Volvo. »Tut mir leid, aber damit ist eure Theorie geplatzt, dass Ranta Jasmine ermordet hat.«

Eine Woge der Enttäuschung schwappt über Ebba hinweg. Schon wieder ist ihnen ein potenzieller Tatverdächtiger durch die Lappen gegangen. Doch sie suhlt sich nicht zu lange in einer depressiven Stimmung. Immerhin bleiben noch Roland Nilsson, Christer Tillman und Andreas Kilic übrig.

»Haben Sie schon Jasmines Handy überprüft?«, ruft sie und läuft Simon hinterher. »Haben Sie anzügliche Bilder von dem Stalker gefunden?«

»Kein einziges.« Er schließt den Wagen mit der Fernbedienung auf, öffnet die Tür und dreht sich zu ihr, die Arme auf dem Türrahmen. »Da war nichts von Andreas Kilic ... keine Textnachrichten und keine Fotos. Auch keine, die sie gelöscht hat.«

»Sind Sie sicher?«

»Ich bin alles durchgegangen. Nur gut, dass ich nicht auf Ihre Linie eingeschwenkt bin und ihn festgenommen habe.«

Ebba ignoriert den Seitenhieb. »Komisch. Kann es sein, dass sie mehrere Handys besaß?«

»In ihrer Wohnung befanden sich keine.«

Ebba wischt mit der Hand eine dünne Eisschicht von der Windschutzscheibe und überlegt krampfhaft, was hier nicht stimmt. Jasmine hat schließlich Angela von den Nachrichten erzählt. Warum ist dann nichts auf ihrem Handy?

»Hat sie die Nachrichten und Fotos vielleicht auf ihrem Computer erhalten, per E-Mail?«

Simon schüttelt den Kopf. »Alle ihre Geräte sind synchronisiert. Was auf den Computer gelangt, erscheint auch auf dem Handy. Aber am Montag wissen wir hoffentlich mehr. Dann nehmen die Forensiker sich den Computer vor.«

»Apropos Computer.« Ebba tritt einen Schritt näher an Simon heran. »Wäre es möglich, dass wir das schon jetzt tun? Laut Christer Tillman lernten die beiden sich über eine Seite kennen, die sich SugarDeLuxe nennt, und ich will nachschauen, ob das stimmt.«

»Jetzt? Ich habe alle Hände voll zu tun. Ich muss zurück aufs Revier und die Anzeige schreiben, die Christer Tillman gegen Sie gestellt hat.«

»Was zum Teufel ... hat er mich angezeigt? Weswegen?«

»Der genaue Tatbestand wurde noch nicht richtig geklärt.«

Ebba überlegt blitzschnell. »Dann ist es ja gut, wenn ich mitkomme. Damit die Angelegenheit geklärt wird, meine ich.«

»Ach wirklich?«

Ebba fixiert ihn mit ihrem Blick. »Es ist nach fünf an einem Freitag, außerdem ist heute ein Brückentag. Kein Schwein wird da sein, schon gar nicht Hellberg. Er ist bestimmt schon nach der Mittagspause verschwunden.« Sie äfft Hellbergs dunkle Stimme nach. »Ich muss nur mal eine Kleinigkeit erledigen. Wenn was ist, erreicht ihr mich auf dem Handy.«

Simon lächelt. Anscheinend hat er den Spruch schon öfter gehört. Ebba weiß, dass sie kurz davorsteht, ihn zu überreden. Nicht, dass sie besonders scharf darauf ist, ihren früheren Arbeitsplatz zu besuchen. Aber sie ist scharf auf den Obduktionsbericht.

25

Das Erste, was Ebba beim Betreten der Bürolandschaft im Dezernat für Schwerkriminalität ins Auge fällt, ist ihr altes Radio, das rauscht, sobald in der Nähe ein Handy klingelt. Es steht auf der Fensterbank neben ihrem Schreibtisch, der jetzt mit Simons Sachen vollgestopft ist. Offenbar ist er ordnungsliebender als sie. Dokumente und Mappen sind ordentlich in einem Gestell mit ausziehbaren Fächern aufgereiht, die Kugelschreiber stecken in einem Stiftehalter, der Locher und der Tacker stehen schräg nebeneinander, als wären sie Ziergegenstände. Und genau wie sie vorausgesagt hatte, ist niemand da, bis auf ein paar Drogenfahnder, die sie beim Verlassen des Fahrstuhls am anderen Ende der Etage gesehen hat.

»Ich könnte jetzt einen Kaffee vertragen«, sagt Ebba und wirft einen verstohlenen Blick auf das Aktenschränkchen unter dem Schreibtisch. Bewahrt er dort die Voruntersuchungsmappe zum Mordfall Jasmine Moretti auf?

»Sie wissen, wo die Kaffeemaschine ist.« Simon setzt sich auf seinen Bürostuhl. »Sie können mir gern auch eine Tasse machen, dann logge ich mich währenddessen in Jasmines Computer ein.«

Ebba bohrt die Fingernägel in die Handflächen. Scheiße. »Kennen Sie ihr Passwort?«

»Das habe ich von Nicolas bekommen. *Twinsforever.* Süß.«

»Da sehen Sie mal. Er hat Ihnen das Passwort gegeben, weil er weiß, dass er nichts zu verbergen hat.«

Simon verzieht das Gesicht, aber Ebba gibt nicht auf.

»Ist die kriminaltechnische Untersuchung von Roland Nilssons Nikolauskostüm schon fertig?«

»Was glauben Sie? Das hat das Nationale Forensische Zentrum doch erst vorgestern erhalten, und außerdem ist Weihnachtszeit.«

»Sorry, ich war einfach nur neugierig. Aber konnten Sie schon Christer Tillmans Frau befragen?«

»Ja, sie war über ihren Mann nicht gerade erfreut, kann ich sagen. Aber sie bestätigt, dass sie den ganzen Heiligabend zusammen waren und kurz nach elf Uhr abends von Vasastan nach Upplands-Väsby gefahren sind. Jetzt warten wir auf das Überwachungsvideo von der Mautstation in Norrtull. Wenn das Auto darauf zu sehen ist, können Sie ihn ebenfalls von der Liste streichen, ob er nun der Vater des Kindes ist oder nicht.«

»Er kann einen Auftragsmörder angeheuert haben«, sagt Ebba.

»Klar doch. Seine Sekretärin. Wollten Sie nicht Kaffee holen?«

»Ja, aber das wäre tatsächlich möglich. Dass völlig normale Leute auf einen Auftragsmörder zurückgreifen, ist schon vorgekommen. Na ja, völlig normal ist vielleicht etwas übertrieben, aber Sie wissen, was ich meine. Nehmen Sie zum Beispiel diesen Anwalt, der erschossen wurde. Seine Ex-Frau hatte einen ...« Sie bricht mitten im Satz ab, als sie feststellt, dass Simon ihr nicht mehr zuhört, weil er konzentriert auf der Tastatur herumtippt.

Ebba macht sich frustriert auf den Weg in die Küche. Bereits im Flur hat sie das Gefühl, dass es angebrannt riecht. Da hat wohl mal wieder jemand vergessen, die Kaffeemaschine auszuschalten. Als sie die Küche betritt, sieht sie, dass sie mit ihrer Vermutung richtiglag. Sie schüttet das bisschen Kaffee aus, das am Boden der Kanne übrig geblieben ist, und füllt die Maschine mit Wasser. Als sie gerade die Kanne ausspülen will, fällt ihr ein, dass sie diesen Scheiß nicht mehr machen muss. Sie stellt die Kanne weg und schaltet den Wasserkocher ein. Mit zwei Tassen Instantkaffee kehrt sie zu Simon zurück und stellt ihm eine Tasse hin.

»Bitte«, sagt sie und sieht, dass es ihm gelungen ist, sich Zugang zu Jasmines Computer zu verschaffen.

»Danke. Wie hieß noch mal diese Seite, über die Tillman und Jasmine sich kennengelernt hatten?«

»SugarDeLuxe.«

Simon tippt den Namen in die Suchleiste und klickt sich weiter zur Homepage. Zu Ebbas Überraschung ist sie äußerst professionell gemacht, mit einer Frau im Businesskostüm als Hintergrundfoto. Das gesamte Design strahlt Stil und Eleganz aus.

Ebba liest die Zeile, die als Erstes erscheint: *Schwedens Nummer eins für außereheliche Affären.*

Simon scrollt ein bisschen nach unten.

Holen Sie sich aus einer Beziehung, was Sie wirklich wollen. Mit einem Sugardaddy oder Sugarbaby brauchen Sie nicht länger zu träumen, sondern können stattdessen sämtliche Vorteile genießen.

»Eine reine Pornoseite, allerdings mit prächtigerer Fassade.« Ebba bläst in den Kaffeebecher. »Könnten Sie sich so etwas vorstellen?«

»Ich? Sind Sie verrückt? Wer sich hier anmeldet, weiß, dass es um den Kauf sexueller Dienstleistungen geht. Das ist schlicht und einfach kriminell. Außerdem gibt es viele Minderjährige, die auf solchen Seiten ausgenutzt werden. Ich glaube nämlich kaum, dass die Kerle sich damit begnügen, den Mädels einen

Big Mac zu spendieren oder mit ihnen intelligente Konversation zu betreiben.«

»Genauso verhielt es sich mit Tillman. Er hat sich auch nicht damit begnügt, lediglich für Jasmines Miete aufzukommen. Versuchen Sie mal, sich einzuloggen, manchmal erscheint der Benutzername automatisch.«

Simon bewegt den Cursor in das entsprechende Feld und gibt den Anfang ihres Namens ein: *jas…*, aber nichts geschieht.

»Weiter komme ich leider nicht, aber der IT-Forensiker wird das am Montag erledigen.«

»Sollen wir das ganze Wochenende warten?« Ebba deutet auf das Outlook-Symbol. »Schauen Sie doch mal bei ihren E-Mails nach.«

Simon klickt auf den Posteingang, und sie gehen zusammen die Absender durch: die Handelshochschule, diverse Online-Shops, das Amt für Studien- und Ausbildungsförderung, ein Nagelstudio. Nichts von Interesse. Ebba überfliegt die restlichen Mails, bis ihr Blick auf einer Nachricht haften bleibt, die interessant klingt – eine Abtreibungsklinik am Sveavägen.

»Öffnen Sie die hier.« Sie hält den Zeigefinger auf den Bildschirm.

Sie lesen gleichzeitig den Inhalt und erfahren, dass Jasmine für den dritten Januar einen Termin in der Klinik reserviert hat.

»Wenn Tillman tatsächlich der Vater ist, fällt damit sein Motiv weg«, sagt Simon.

»Welche Öffnungszeiten hat die Klinik? Ist sie jetzt offen?«

Simon geht auf die Homepage. »Zu spät. Wenn Sie hingehen und mit denen reden wollen, müssen Sie bis Montag warten. Aber vielleicht wollen Sie sich auch selbst beraten lassen?« Etwas an seinem Blick verändert sich. Von kollegial zu … na ja, was eigentlich? Als wäre zwischen ihnen etwas Spezielles vorgefallen. Er legt ihr eine Hand auf den Arm. Die Berührung löst in ihr ein bohrendes Unbehagen aus, das sich im ganzen Körper ausbreitet.

Was war eigentlich in der Kneipe passiert?

Ebba zieht den Arm weg und tut so, als sei nichts geschehen. Sie deutet erneut auf den Bildschirm. »Können Sie das hier ausdrucken?«

»Die Mail?«, fragt er mit einem Blick, der etwas Verletztes in sich hat. »Was wollen Sie damit?«

»Ich will sie einfach nur haben.«

»Natürlich.« Er klickt auf Drucken, steht auf und geht hinaus in den Flur, wo sich der Drucker befindet.

Genau, wie sie gehofft hatte. Kaum ist Simon durch die Tür verschwunden, blättert sie durch die Mappen auf dem Schreibtisch, doch das Gesuchte ist nicht darunter. Ihre Schläfen pochen vor Frust. Sie legt sie zurück und probiert das Aktenschränkchen. Verschlossen. Wo ist der Schlüssel? Sie selbst hatte ihn immer bei den Büroklammern. Sie hebt den Halter hoch und wühlt darin herum. Kein Schlüssel. Just in dem Moment, als Simon zurückkommt, stellt sie ihn zurück.

»Hier.« Er gibt ihr den Ausdruck. »Sind wir jetzt zufrieden? Wie gesagt, ich muss noch eine Anzeige schreiben.« Er kehrt ihr den Rücken zu und drückt deutlich sein Missfallen darüber aus, dass sie mit ihm nicht über das, was zwischen ihnen passiert ist, reden will. Aber sie weiß nicht, was das war. Ein Unwohlsein gärt in ihr und nistet sich in ihrer Brust ein. Haben sie etwas getan, das sie nicht hätten tun sollen? Aber dann müsste sie sich an etwas erinnern, wenigstens an ein winziges Detail.

»Okay«, sagt sie, als ihr kein weiterer Vorwand mehr einfällt, um sich an seinem Arbeitsplatz aufzuhalten. »Dann müssen Sie schon mitkommen und mich rauslassen. Ich habe schließlich keine Zugangskarte.«

Das Lächeln, das er ihr schenkt, ist schwer zu deuten, aber sie sieht ein, dass sie die Sache besser hätte handhaben sollen. Was auch immer sie getan hat.

Er geht zwischen den Schreibtischen voraus, und Ebba überlegt fieberhaft. Sie muss eine Möglichkeit finden, weiterzusuchen, muss Zeit gewinnen. Plötzlich fällt ihr die Wand mit den Fahndungsfotos ins Auge, auf denen überwiegend junge Männer mit gespielt harten Blicken zu sehen sind. Beim Vorbeigehen grabscht sie sich eines der Fotos und stopft es in die Gesäßtasche ihrer Jeans.

»Ich muss nur noch schnell auf die Toilette«, sagt sie, als er ihr die Glastür aufhält, und verzieht dabei das Gesicht. »Liegt wohl am Kaffee.«

Simon hebt den linken Arm auf Augenhöhe und blickt mit grimmiger Miene auf seine Armbanduhr.

»Sie können ja schon mal Ihre Dienstwaffe wegbringen«, schlägt sie als Antwort auf seinen ungenierten Seitenhieb vor. »Damit ich nicht unnötig Ihre Zeit in Anspruch nehme.«

»Okay.« Simon verdreht sichtlich genervt die Augen.

Er macht sich auf den Weg zum Waffenraum, aber Ebba verharrt noch eine Sekunde und fängt die Tür auf, bevor sie ins Schloss fällt. Sie holt das Foto aus der Tasche, zieht die Klebefolie auf der Rückseite ab und drückt sie über den Riegel. Höchst unsicher darüber, ob diese Konstruktion funktioniert, macht sie die Tür hinter sich zu und schließt zu Simon auf. Sie hofft, dass sie mit ihrer Aktion keinen Alarm ausgelöst hat, aber es bleibt still. Auf Höhe der Garderobe biegt sie in Richtung Toiletten ab und wartet, bis Simon im Waffenraum verschwindet, ehe sie zurück ins Büro läuft. Als sie an der Tür zieht und feststellt, dass der Trick mit der Klebefolie funktioniert hat, atmet sie erleichtert aus. Mit einem Herzklopfen, das man womöglich im ganzen Revier hört, begibt sie sich zu Simons Arbeitsplatz und sieht im Stiftehalter und unter der Schreibtischunterlage nach. Als Nächstes fährt sie mit der Hand über die Oberseite des Aktenschränkchens, und siehe da – der Schlüssel liegt dort. Sie schließt die oberste Schublade auf, durchsucht sie, dann die zweite. In der dritten findet sie schließlich die gesuchte Mappe mit der Aufschrift *Mordfall Jasmine Moretti*. Sie wirft einen Blick zur Tür, versichert sich, dass Simon sich nicht auf dem Rückweg befindet, und blättert durch die Dokumente, bis sie auf den Obduktionsbericht stößt. Sie überfliegt ihn, so schnell sie kann, und schielt erneut zur Tür. Kein Simon. Sie fährt mit dem Finger über den Text und verharrt an der Stelle, nach der sie sucht.

Der Schnitt über den Hals des Mordopfers verläuft von rechts nach links und lässt zusammen mit dem kriminaltechnischen Beweis, demzufolge der Täter hinter dem Sofa stand, auf dem das Opfer saß, die Schlussfolgerung zu, dass der Täter das Messer (beschlagnahmter Gegenstand 4), gleichzeitig die Mordwaffe, in der linken Hand hielt.

Ebba holt ihr Handy hervor und fotografiert die Seite. Anschließend legt sie alles in die Schublade zurück und schließt sie ab. Im selben Moment vernimmt sie draußen im Flur Stimmen. Ein Mann und eine Frau lachen über irgendetwas. Ebba blickt zur Tür und erstarrt, als sie sieht, wer auf der anderen Seite der Glastür mit seiner Zugangskarte herumfummelt.

John Hellberg. Neben ihm steht eine junge Frau in Polizeiuniform.

Ebba tritt reflexartig einen Schritt zur Seite und behält die Tür im Blick, während sie sich langsam bückt und unter den Schreibtisch kriecht. Wenn sie Glück hat, haben die beiden sie nicht gesehen. Wenn sie Glück hat, ist Hellberg so sehr mit seiner blonden Begleiterin beschäftigt, dass ihm Ebbas Manipulation des Türschlosses nicht auffällt. Wenn sie Glück hat, sind die beiden nur hier, um etwas zu holen, und verschwinden gleich wieder.

Sie kauert sich zusammen, so gut es geht. Das eine Knie ruht auf einer verstaubten Mehrfachsteckdose. Jetzt kann sie die beiden nicht mehr sehen, hört sie jedoch umso deutlicher.

»Wie ist es, Ramberg als Chef zu haben? Spielt er immer noch Militär?«

Die Polizistin lacht. »Ja, kann man so sagen, manchmal ist er ein bisschen streng.«

»Ein bisschen? Der Typ bügelt sogar seine Unterhosen.«

Die junge Frau lacht erneut, aber nicht mehr so selbstsicher wie zuvor. »Wo haben Sie diese Fotos, von denen Sie mir erzählt haben?«

»Ach ja. Kommen Sie mit, ich zeige sie Ihnen.«

Ebba entnimmt dem darauffolgenden Gespräch, dass die beiden vor der Fotowand stehen und versuchen, einen Mann zu identifizieren, den die junge Polizistin neulich verfolgt hat. Es geht um einen Raubüberfall und um einen Typ, der in ein Naturschutzgebiet geflüchtet ist.

Vorsichtig lugt Ebba aus ihrem Versteck hervor. Hellberg steht hinter der Frau und deutet auf ein Foto. Dabei tritt er viel näher an sie heran, als angemessen wäre.

Ebba zieht mit rasendem Puls den Kopf wieder zurück und schließt die Augen. Sie weiß genau, was Hellberg von der Tussi will. Sie spürt ein unangenehmes Kribbeln in dem einen Bein, muss aber noch eine Weile stillhalten und Hellbergs Nähe ertragen. Es fühlt sich nämlich so an, als wäre sie diejenige, die er begrapschen, gegen die Wand drücken und ...

Plötzlich geht eine Tür auf. Im Zimmer erklingen Schritte.

»Simon? Arbeiten Sie noch?«

Ebba hält den Atem an. Wird Simon erwähnen, dass sie hier ist? Sie atmet lautlos aus, als er antwortet: »Ich musste noch ein Protokoll zu der Vernehmung von Nicolas Moretti heute Nachmittag schreiben.«

»Warum? Das kann auch noch bis Montag warten. Der Bursche läuft uns schließlich nicht davon. Sie glauben doch wohl nicht, dass der Staatsanwalt auf die Idee kommt, ihn laufen zu lassen, nur weil Angela Köhler sich dieses Märchen von einem Fassadenkletterer à la Spider-Man mit lila und gelben Klamotten aus dem Ärmel geschüttelt hat.«

»Nein, deshalb habe ich das nicht …«

»Die Alte tickt nicht ganz sauber, Simon. Kein Wunder, dass sie und Tapper sich gefunden haben. Die passen gut zusammen, sind beide gleich durchgeknallt. Scheiß drauf. Gehen Sie nach Hause und genießen Sie das Wochenende.«

Ebba bleibt reglos sitzen und hört, wie die junge Polizistin die Gelegenheit nutzt und sich aus dem Staub macht. Hellberg lästert weiterhin über die beiden »Hexen« Köhler und Tapper, doch seine und Simons Stimme verebben, als sie das Zimmer verlassen. Sobald die Tür hinter ihnen ins Schloss fällt, kriecht sie unter dem Schreibtisch hervor, eilt hinaus in den Flur, so schnell es mit einem eingeschlafenen Bein geht, und weiter zum Toilettenraum. Sie schließt sich in einer Kabine ein und setzt sich auf den Klodeckel. Die abflauende Anspannung und alles, was sie gehört hat, lassen ihre Hände so heftig zittern, dass sie aneinanderschlagen. Oder vielmehr, was sie nicht gehört hat. An Hellbergs blöde Sprüche ist sie gewöhnt. Aber Simons Schweigen? Warum hat er nichts zu ihrer Verteidigung gesagt?

Sie weiß nicht, wie lange sie dort gesessen hat. Nach einer Weile klopft jemand an der Tür. Simon.

Sie schließt auf und kommt heraus. Sieht Simon mit dramatischem Blick an und tut so, als hätte sie kein Wort von Hellbergs verbaler Attacke mitbekommen. »Ist er jetzt weg? Ich habe ihn gesehen, als ich aus der Toilette kam, und mich wieder eingeschlossen.«

»Gut gemacht. Es ist wohl am besten, wenn wir jetzt gehen.«

Sie verlassen das Gebäude und verabschieden sich mit einem unverbindlichen »Wir hören voneinander«. Das ist ihr ganz recht. Für Montag hat sie sich einen Besuch in der Abtreibungsklinik am Sveavägen vorgenommen. Und das macht sie am liebsten ohne Simon.

26

Das Wartezimmer der Abtreibungsklinik ist eingerichtet wie ein gemütliches Wohnzimmer. Pastellfarbene Sofas, Sprossenstühle und Beistelltische, auf denen sich Hochglanzmagazine über schöneres Wohnen und angsteinflößende Gesundheitszeitschriften stapeln. Zehn Tipps, wie man nach Weihnachten abnimmt und wieder in Form kommt. Ein Versuch, eine familiäre Atmosphäre zu schaffen, damit die verlorenen Seelen, die hier sitzen und warten, sich einigermaßen wohlfühlen, obwohl sie eine schwerwiegende und lebenswichtige Entscheidung treffen müssen. Abtreiben oder nicht. Tod oder Leben.

Ebba hatte das Wochenende damit verbracht, Andreas Kilic, Jasmines Stalker, zu observieren. Hatte vor seiner Wohnung in Alvik gestanden und sich den Arsch abgefroren. War ihm und seiner Familie mit dem Auto gefolgt, nur um herauszufinden, dass er die Eltern der Freundin in einer Villa in Hässelby besuchte. Da konnte sie sich den Versuch einer Kontaktaufnahme abschminken. Ihre beste Chance, an ihn heranzukommen, ergab sich am Samstagnachmittag, als er ausnahmsweise mal allein seine Wohnung verließ. Sie folgte ihm zu Fuß zu einem Tabakwarenladen am Alviks Torg. Als er an der Kasse bezahlt hatte und nach draußen gehen wollte, sah sie ihre

Chance. Doch dann tauchte irgendein Typ auf, den er kannte, und machte ihr einen Strich durch die Rechnung.

Nach diesem gescheiterten Vorhaben war sie in ihre Wohnung in Mariehäll zurückgekehrt und hatte den Abend mit Netflix und einem unwürdigen Verlangen nach der Flasche verbracht. Aber sie widerstand der Versuchung und nahm stattdessen Einstein als Amateurpsychologen in Anspruch, was sich als Geniestreich erwies – er hörte ihr geduldig zu und warf nur hin und wieder ein »Fuck you« dazwischen. Der Sonntag verlief genauso – sie observierte Andreas Kilic, ohne an ihn heranzukommen. Am Abend dann eine erneute Therapiesitzung mit Einstein und eine Serie auf Netflix.

Nachdem sie ein Rezept für einen darmreinigenden Smoothie überflogen hat, ist sie an der Reihe. Sie geht zum Empfangstresen, wo eine zierliche junge Frau in weißem Kittel sie sanft ansieht.

»Wie kann ich Ihnen helfen?«

Ebba nimmt eine straffe Haltung an und trägt ihr Anliegen in bestimmtem Ton vor, obwohl sie leise spricht, damit die beiden anderen Frauen, die sich im Wartezimmer aufhalten, sie nicht hören können. »Ich bin wegen einer Ermittlung hier, an der ich mitarbeite … der Mord in Alvik an Heiligabend, von dem Sie vielleicht gehört haben.«

Der Blick der Rezeptionistin verrät Interesse. »Sie meinen diesen Nicolas Moretti, der beschuldigt wird, seine Schwester getötet zu haben?«

»Richtig. Ich muss Ihnen ein paar Fragen stellen, weil herauskam, dass Jasmine Moretti, das Mordopfer, bei Ihnen einen Termin für eine Abtreibung gebucht hat. Ich muss bestätigen, dass das stimmt, und mit dem Arzt reden, mit dem sie sich getroffen hat.«

»Okay. Haben Sie ihre Personennummer?«

Ebba leiert die Ziffern herunter, während die Rezeptionistin, die laut ihrem Namensschild Stina heißt, sie in ihren Computer eintippt. Plötzlich halten ihre Finger auf der Tastatur inne. »Übrigens ... wie war doch gleich Ihr Name und für wen arbeiten Sie?«

Ebba hatte schon befürchtet, dass die ärztliche Schweigepflicht ein Problem sein könnte. Vermutlich ist das Stina gerade eingefallen.

»Verzeihen Sie, wenn ich mich undeutlich ausgedrückt habe. Ebba Tapper, Dezernat für Schwerkriminalität. Sie können gern meinen Dienstausweis sehen.« Sie langt in ihre Handtasche und berührt ihren ungültigen Polizeiausweis, zögert jedoch, ihn vorzuzeigen. Will sie eine zusätzliche Anzeige riskieren, diesmal wegen Amtsanmaßung? Gewiss, ein Bagatelldelikt im Vergleich zu Körperverletzung und allem anderen, was inzwischen gegen sie vorliegt, aber trotzdem.

»Ach ja, einen Moment noch.«

Ebba sieht Stina an, deren Blick an dem Bildschirm haftet. »Ich sehe gerade, dass Jasmine sich noch mit keinem Arzt getroffen hat. Sie hatte lediglich einen Termin für ein erstes Beratungsgespräch gebucht, ihn aber am zweiundzwanzigsten Dezember abgesagt.« Stina wirkt erleichtert, vermutlich, weil es ihr nun erspart bleibt, eine Mordermittlung aus Rücksichtnahme auf formelle Verschwiegenheitsregeln zu behindern. »Ich kann Ihnen also leider nicht weiterhelfen.«

»Es gibt hier also niemand, mit dem sie gesprochen hat und dem sie erzählt haben könnte, wer der Vater des Kindes ist?«

»Nein, sie hat den Termin online reserviert und abgesagt.«

Ebba bedankt sich für die Hilfe und geht zum Ausgang. Ihre Hand steckt immer noch in der Tasche und umklammert das Lederetui mit dem Dienstausweis.

Jasmine hat also ihren Termin abgesagt. Daraus folgt, dass sie sich dafür entschieden hat, das Kind zu behalten, egal, was

Christer Tillman, oder wer auch immer der Vater war, davon hielt. Ein lupenreines Motiv.

Sie ruft Angela an und erzählt ihr alles. Die Anwältin bittet sie, in die Kanzlei zu kommen und mit ihr die weitere Vorgehensweise zu besprechen.

»Sie waren ja noch nicht hier. Außerdem müssen wir noch Ihren Arbeitsvertrag unterschreiben und ein paar andere kleinere Unannehmlichkeiten regeln.«

Klick.

Auf dem Weg zu ihrem Wagen starrt Ebba auf ihr Handy. Welche anderen Unannehmlichkeiten?

27

Auf der Kungsgatan sind nur wenige Menschen unterwegs – typisch für eine Hauptstadt während der Brückentage. Vorbeifahrende Autos spritzen Schneematsch auf den Gehsteig und sorgen dafür, dass die wenigen Fußgänger ihre Kleidung inspizieren und näher an den Hausfassaden entlanggehen, wo Schilder in den Schaufenstern der Geschäfte mit Preisnachlässen werben.

Wie sich herausstellt, befindet sich die Kanzlei Köhler in einem Altbau auf der Höhe des beliebten Cafés Vete-Katten. Nachdem Angela ihr über die Gegensprechanlage die Haustür geöffnet hat, nimmt Ebba die breite Steintreppe in den ersten Stock und betritt das aus drei großen Zimmern mit hohen Fenstern bestehende Büro.

Ebba fällt sofort das eisblaue Halstuch auf, das Angela sich um den Hals geschlungen hat, und fragt sich insgeheim, ob sich darunter die Würgemale verbergen, die von wilden Sexspielen mit Lederpeitschen und Ballknebeln herrühren, oder was man sonst so verwendet, wenn man auf Derartiges steht. Nicht, dass Ebba sich so etwas bei Angela vorstellen kann, aber wie heißt es doch so schön ... stille Wasser sind tief. Sofort wischt sie den Gedanken beiseite und ärgert sich über sich selbst. Wie kann sie sich nur von Hermanssons billigem Versuch, Angela durch den

Dreck zu ziehen, beeinflussen lassen? Das Halstuch ist hübsch und dient bestimmt einem anderen Zweck, als blaue Flecken zu verbergen. Vor allem passt es gut zu den Blautönen ihres eng anliegenden Kleides.

Sie gehen in Angelas Büro, das sich in der Mitte befindet und Verbindungstüren zu den beiden anderen Zimmern aufweist. Soweit man durch die Türöffnungen erkennen kann, wirken sie leer und ungenutzt. Ob sie vielleicht eines davon als ihr eigenes Büro bekommen wird?

»Sind Sie allein hier?« Ebba fragt sich im Stillen, ob es nicht eine Anwaltsgehilfin oder etwas in der Art geben müsste. Soweit sie sich erinnert, besteht die Kanzlei Köhler nicht nur aus Angela.

»Ja.« Angela holt ein Dokument und einen Kugelschreiber vom Schreibtisch und gibt sie Ebba. »Hier haben Sie Ihren Arbeitsvertrag, aber bevor Sie ihn unterschreiben, würde ich gern von Ihnen wissen, warum ich Sie erneut vor John Hellberg in Schutz nehmen musste.«

Ebba überlegt, was Angela meint.

»Schauen Sie nicht so verwundert. Er hat angerufen und sich beschwert, Sie hätten gegenüber Christer Tillman gewisse Dinge behauptet.«

Aha, das war also die Unannehmlichkeit – Ebbas weiße Lüge. Sie entschuldigt sich für die Regelüberschreitung auf ähnliche Weise, wie sie es bei Simon getan hat.

»Immerhin hat er zugegeben, dass er und Jasmine eine sexuelle Beziehung hatten. Und wir wissen jetzt, dass sie den Abtreibungstermin abgesagt hat. Das gibt ihm ein Motiv.«

»Wir haben nichts, solange das Ergebnis des Vaterschaftstests noch nicht vorliegt.«

Ebba kaut auf der Unterlippe. »Aber selbst wenn sich herausstellt, dass jemand anders der Vater ist … Tillmann

215

dachte, das Kind könne von ihm sein. Und das hat ihm eine Heidenangst eingejagt.«

Angela tritt näher an Ebba heran und legt den Kopf schief. »Seine Frau bestätigt, dass er den ganzen Heiligabend mit der Familie verbracht hat.«

Ebba geht die Luft aus. »Wir werden sehen, ob das stimmt, sobald wir das Überwachungsvideo von der Mautstation bekommen.«

Angelas Miene nimmt weichere Züge an. »Ich weiß Ihr Engagement zu schätzen. Hinter der kaputten Fassade steckt trotz allem noch ein bisschen Power.« Sie streicht Ebba mit zwei Fingerkuppen über die Wange. »Sie trinken zu viel. Sie müssen besser auf sich achten.«

Die Berührung lässt Ebba erstarren. Gleichzeitig kämpft sie gegen die Tränen. Angela sorgt sich um sie. Wann hat das jemand zuletzt getan?

Inzwischen sind Angelas Finger am Kinn angelangt. Sie hebt Ebbas Kopf ein wenig an und zwingt sie, ihr in die Augen zu sehen.

»Machen Sie sich keine Gedanken wegen der Anzeigen gegen Sie. Ich kümmere mich darum. Frauen müssen zusammenhalten. Das ist meine Devise.«

Ebba nickt, ohne zu wissen, warum. Sie versteht nicht ganz, was Angela meint. Aber die Unterstützung tut gut. Wenigstens lässt Angela sie nicht im Stich.

Im Gegensatz zu John Hellberg.

Angela lässt sie los, und der kurze Moment der Vertrautheit verschwindet genauso schnell, wie er gekommen ist. »Wir müssen dem Gericht einen neuen Verdächtigen präsentieren, jemanden ohne Alibi, der Zweifel daran weckt, dass Nicolas Moretti wirklich der Täter war. Roland Nilsson wird diesem Anspruch niemals genügen, es sei denn, die Kriminaltechniker finden an dem Nikolauskostüm irgendwelche Spuren.«

Während die beiden weiterhin über den Fall diskutieren, geht Angela mit verschränkten Armen im Zimmer auf und ab. Ebba liefert einen detaillierteren Bericht darüber, was sie in den letzten Tagen herausgefunden hat. Nachdem die Einstellungsformalitäten erledigt sind, bekommt Ebba das Zimmer rechts von Angelas Büro zugewiesen. Es ist groß wie ein Saal, und wenn man sich darin bewegt, hallt es auf unheimliche Weise, was vielleicht an dem fehlenden Teppich liegt. Dagegen zeugt eine dunkle, rechteckige Fläche auf dem Fischgrätenparkett davon, dass früher einmal einer unter dem Schreibtisch gelegen hatte. Plötzlich geht die Fantasie mit ihr durch, und sie stellt sich vor, wie jemand in diesem Raum ermordet, in den Teppich gerollt und zu einem wartenden Auto hinuntergetragen wurde. Mit der Erkenntnis, dass sie sich in letzter Zeit zu viele Filme angeschaut hat, setzt sie sich auf einen orangen Stuhl aus Plexiglas, dessen Rückenlehne knackt, als sie sich zurücklehnt. Sie stellt fest, dass die Lehne einen Sprung hat, und fragt Angela, ob sie einen anderen Stuhl haben kann.

»Leider nicht.« Angela blickt von einem Stapel Papiere auf ihrem Schreibtisch auf, die sie mit einem Leuchtstift in der Hand liest. »Ich habe erst neulich ein paar Möbel verkauft, weil ich neue bestellt habe. Sie müssen sich leider solange damit begnügen.«

»Sicher, das ist kein Problem.« Ebba geht zu ihrem neuen Arbeitsplatz zurück, der sich auch ohne Teppich und Möbel unglaublich luxuriös anfühlt – allein schon deshalb, weil sie ein eigenes Zimmer mit höhenverstellbarem Schreibtisch hat. Sie setzt sich an den Computer und schreibt die Notizen ins Reine, die sie sich bisher zu dem Fall gemacht hat – die Vernehmungen von Timo Rantanen und Roland Nilsson, der Besuch bei Nicolas' Eltern, die Observierung des Stalkers Andreas Kilic und das Gespräch mit Christer Tillman. Als sie nach ein paar

Stunden damit fertig ist, schaut sie noch einmal bei Angela herein.

»Ich dachte, Sie hätten vielleicht Lust, etwas zu Mittag zu essen. Hier in der Nähe gibt es ein gutes Sushi-Restaurant.«

»Danke, aber ich treffe mich gleich mit einem Mandanten.«

»Sicher, vielleicht ein anderes Mal. Darf ich fragen, worum es geht?«

Angela lächelt, doch ihr Blick verrät, dass sie nicht darüber reden möchte. »Wir können zusammen runtergehen«, sagt sie stattdessen, stopft ein paar Sachen in ihre Handtasche, hängt sich den Pelzmantel über den Arm und geht an Ebba vorbei, ohne sie eines Blickes zu würdigen.

Okay, verstehe, ich bin ja nur angestellte Juristin. Mit einem Gefühl der Unterlegenheit in der Brust folgt sie Angela ins Treppenhaus.

Auf stinkvornehm macht sie auch noch, die alte Schachtel. Hochhackige Schuhe mitten im Winter, eine Handtasche von Louis Vuitton, perfekt gestylte Haare, perfekt geschminkt und in Luxusparfüm getränkt. Ebba steigt der Duft in die Nase, als Angela ihr die Haustür aufhält.

Beim Hinaustreten auf die Straße zerrt Angela plötzlich so heftig an ihrem Arm, dass sie zur Seite stolpert. Aber als sie ihr Gleichgewicht wiedererlangt, stellt sie fest, dass es gar nicht Angela war, sondern eine Frau, die ihr direkt ins Gesicht schreit.

»Sie haben mein Kind getötet! Ich will, dass Sie verstehen, dass Sie meinen Oliver auf dem Gewissen haben. Verstehen Sie das? Sie haben ihn getötet!«

Der Speichel der Frau spritzt Ebba ins Gesicht. Sie weicht zurück und erkennt nach einem Augenblick der Verwirrung Olivers Mutter. Nach kurzem Überlegen fällt ihr der Name wieder ein. Maria. Maria Sandgren. Die Frau ist ihr bei Olivers Vernehmungen oft begegnet, aber nicht mehr, nachdem er sich das Leben genommen hatte. Maria ist schlanker, als Ebba sie in Erinnerung hat, und sieht müder aus. Und dann ist da noch dieser irre Blick.

Ebba will sich losreißen, davonlaufen, im Erdboden versinken, nur um Marias Wutausbruch zu entgehen. Aber sie bleibt wie angewurzelt stehen – ihre Beine versagen den Dienst, ihr Blickfeld trübt sich, und das Einzige, was sie wahrnimmt, ist Marias Mund, der sich bewegt.

»Sie haben ihn getötet! Sie haben ihn getötet!«

Eine Autotür wird zugeschlagen und ein schlaksiger Mann überquert die Straße. Tom, Marias Mann. Er packt seine Frau von hinten und versucht, sie zu beruhigen. »Komm schon, das bringt doch nichts.«

»Sie hat unseren Sohn umgebracht! Wie kannst du nur zulassen, dass sie ganz normal weiterlebt. Und Sie!« Maria wirbelt zu Angela herum. »Sie haben gesagt, dass die Polizei die Ermittlung unter aller Sau geführt hat und dass Ebba Tapper wegen eines Dienstvergehens hätte belangt werden müssen. Mindestens! Aber jetzt arbeiten Sie beide auf einmal zusammen, sie ist Juristin in Ihrer widerlichen Kanzlei!«

Angela geht ein paar Schritte auf Tom und Maria zu und deutet mit dem ausgestreckten Arm auf deren BMW.

»Bringen Sie sie weg! Auf der Stelle! Sofort!«

»Und eine Rassistin sind Sie noch dazu!« Maria hängt in Toms Armen und spuckt auf Angelas graue Pumps.

Angela schaut kurz auf ihre Schuhe, ehe sie die beiden mit energischen Handbewegungen verscheucht. »Ins Auto, bevor das Ganze aus dem Ruder läuft!«

Schließlich gelingt es Tom, Maria ins Auto zu bugsieren. Ebba krümmt sich zusammen und ringt nach Luft. Sie will nur noch weg von all den Leuten, die wegen des Tumultes stehen geblieben sind und sie anstarren, von dem Mann, der sie mit dem Handy filmt. Sie taumelt zur Haustür und spürt, wie Angela sie von hinten stützt und ins Treppenhaus schiebt. Drinnen lehnt sie sich gegen die Informationstafel, schließt die Augen und holt tief Atem. Sie versucht zu verstehen, was da draußen geschehen ist, was Maria gesagt hat – dass sie wegen eines Dienstvergehens hätte belangt werden müssen. Schließlich blickt sie zu Angela auf, die sich auf eine Treppenstufe gesetzt hat und ihren Schuh mit einem Taschentuch säubert.

»Als Sie mich rekrutiert haben, sagten Sie, Sie seien von meiner Arbeit beeindruckt gewesen. Und dass Hellberg und der Staatsanwalt daran schuld seien, was mit Oliver passiert ist.«

Angela hält inne und erwidert Ebbas Blick. »Das habe ich auch so gemeint. Aber Sie müssen verstehen, dass Oliver Sandgren mein Mandant war. Also habe ich gesagt, was seine Eltern hören wollten und hören mussten, nachdem sie gerade ihren Sohn verloren hatten.«

»Und da war es am einfachsten, mir die Schuld zu geben?«

»Moment! Ich habe Sie nicht intern angeschwärzt. Dafür können Sie sich bei Hellberg bedanken. Was ich damals zu meinen Mandanten gesagt habe, gehört nicht hierher. Nach Marias und Toms Auffassung war die Polizei an allem schuld, und in diesem Fall waren Sie die Polizei. Sie waren diejenige, mit der die beiden in Berührung kamen, und Sie waren diejenige, die Oliver vernommen hat.«

Ebba bohrt die Fingernägel in ihre Handflächen. Ja, sie hatte Oliver vernommen. Der Verdacht hatte auf Vergewaltigung einer Minderjährigen gelautet. Der Sex war einvernehmlich geschehen, aber das ein Jahr jüngere Mädchen war damals erst vierzehn gewesen.

»Ich hätte protestieren sollen«, sagt Ebba mit kläglicher Stimme und kämpft gegen die Tränen an. »Schließlich hatte ich das Gefühl, dass es keine Vergewaltigung im eigentlichen Sinn war.«

»Ich bin mir sicher, dass die Eltern des Mädchens das auch wussten. Trotzdem entschieden sie sich zu einer Anzeige, als sie einsahen, dass ihr reizendes Töchterchen Sex gehabt hatte. Sie waren diejenigen, die das Karussell in Gang gesetzt haben. Hellberg hat es weitergedreht, und als es hart auf hart kam, hat er dafür gesorgt, dass Sie den Kopf hinhalten mussten. Sie haben lediglich Anweisungen von oben befolgt.« Angela legt das Taschentuch mit angewiderter Miene auf die Treppenstufe. »Unsere Rechtsprechung im Hinblick auf Vergewaltigung ist wirklich haarsträubend, wenn es um verliebte Teenager geht. Das ist das Erste, was ich meinem Sohn beibringen würde, wenn ich einen hätte. Lass die Hose an, bis ihr beide sexual-mündig seid, und dann am besten auch noch.«

Ebba versucht zu lächeln, aber beim Gedanken an Marias Hasstirade bringt sie nur ein leichtes Zucken der Mundwinkel zustande.

Oliver ist tot, und in Marias und Toms Augen wird Ebba immer die Schuld daran tragen. Schließlich hatte sie sein Zimmer auf den Kopf gestellt und nach gebrauchten Kondomen und anderen Indizien für eine Vergewaltigung gesucht. Und sie hatte ihn immer wieder dazu gedrängt, im Beisein der Eltern den intimen und höchst privaten Augenblick mit seiner Freundin detailliert zu schildern. Wie er vor lauter Nervosität am Kondom herumgefummelt hatte. Wie die Freundin ihm geholfen hatte. Dass er zu schnell gekommen war und sie darüber gelacht hatten. Details, die ein Fünfzehnjähriger niemandem erzählen will, schon gar nicht seinen Eltern.

»Hören Sie auf, sich darüber Gedanken zu machen.« Angela steht auf und streicht ihr Kleid zurecht. »Es ist eine furchtbar tragische Geschichte, aber wir wissen beide, dass der Staatsanwalt die Entscheidung darüber gefällt hat, was Sie tun sollten. Und er war derjenige, der sich Hellbergs Forderung nicht widersetzt hat.«

Ebba nickt. So richtig überzeugt ist sie nicht, aber es fühlt sich trotzdem gut an, dass Angela für sie Partei ergreift, obwohl sie zu Olivers Eltern offenbar etwas ganz anderes gesagt hat.

»Übrigens«, sagt Angela, »dieses Sushi-Restaurant, das Sie vorhin erwähnt haben. Ist das gut?«

»Ja, aber wollten Sie nicht zu einem Mandanten?«

Angela lockert das Halstuch, das während des Handgemenges verrutscht ist. »Der kann warten.« Sie lächelt und bindet sich das Tuch erneut um, während sie zur Haustür geht.

Ebba blickt ihr nach und kann es nicht lassen, auf den blauen Fleck zu starren, der zum Vorschein kommt – ein länglicher, lila Strich um den Hals.

Hermansson hatte also recht. Nächster Gedanke: Woher weiß er es?

28

Da die Windschutzscheibe ihres Autos wieder von innen beschlagen ist, wischt Ebba ein Guckloch mit dem Handschuh frei. Schließlich muss sie sehen können, ob Andreas Kilic aus seiner Wohnung kommt.

Nach dem Mittagessen mit Angela fuhr sie direkt hierher, da sie nicht wusste, wohin sie sonst sollte. Sie hatte keine Lust, nach Hause zu fahren und sich aufs Sofa zu legen, solange die Sache mit Oliver in ihrem Kopf herumschwirrte. Da war es schon besser, etwas Nützliches zu tun und jemanden zu observieren.

Sie sitzt bereits seit zwei Stunden hier. Der Versuchung, mal schnell den Schnapsladen ums Eck aufzusuchen, hat sie zum Glück widerstanden. Mit dem Unfug ist jetzt Schluss. Dass sie gerade einen tätlichen Angriff hinter sich hat, ist keine ausreichende Entschuldigung, obwohl ihr Gehirn mehrmals versucht hat, ihr genau dies einzureden.

Ebba umklammert das Lenkrad, damit ihre Hände aufhören zu zittern. Der Gedanke, dass Angela sie geopfert hat, um vor Maria und Tom besser dazustehen, lässt sie nicht los. Gewiss, sie kannten sich zu dem Zeitpunkt noch nicht richtig, und Ebba sieht ein, dass Angela langfristige Beziehungen zu ihren Mandanten aufbauen muss. Beim Mittagessen hatte sie viel darüber geredet.

»Eines müssen Sie sich merken. Man muss zu seinen Mandanten ein starkes Vertrauensverhältnis aufbauen und ein Wir-gegen-sie-Gefühl schaffen. Nur so bringt man die Leute dazu, dass sie wiederkommen und die Kanzlei weiterempfehlen.«

Ebba hatte genickt, sich ein Lachsröllchen mit Wasabi in den Mund gesteckt und Angelas Worte verinnerlicht. Trotzdem wird sie das Gefühl nicht los, dass sie irgendwie hereingelegt wurde. Und was meinte Maria mit ihrer Bemerkung, Angela sei Rassistin? Hat das etwas mit diesem Shitstorm wegen eines Postings über Flüchtlingskinder zu tun, von dem Angela ihr erzählt hat? Ebba wollte ihr dazu keine Fragen stellen. Bestimmt war Maria damit nur herausgeplatzt. Schließlich war sie hysterisch und aufgebracht gewesen.

Ebba wischt erneut mit dem Handschuh über die Scheibe und blickt durch das Guckloch hinaus. Kein Andreas Kilic. Ihre Gedanken wandern zurück zu Angela, dem Halstuch und dem verdächtigen blauen Fleck. Hat Stefan Hermansson wirklich recht? Steht Angela auf die harte Tour? Würgespiele. Ist es das, was sie und ihr junger Liebhaber miteinander treiben?

Ebba schaltet auf einen anderen Radiosender um, einen, auf dem im Moment keine Werbung läuft. Spielt es eigentlich eine Rolle, was Angela in ihrer Freizeit macht? Ebba gelangt zu dem Schluss, dass die Aktivitäten ihrer Chefin weder kriminell noch unangemessen sind, sondern vielmehr höchst privat. Die Antwortet lautet also nein. Die Würgemale haben sie lediglich schockiert, und sie sollte sie aus dem Gedächtnis löschen, genauso wie die Frage, woher Hermansson angeblich darüber Bescheid weiß.

Als sich die Haustür vor ihr öffnet, beugt sie sich näher an das Guckloch heran.

Komm schon. Ja!

Andreas Kilic kommt heraus, eine Sporttasche über die Schulter gehängt, und verschwindet um eine Hausecke. Ebba springt aus dem Auto und läuft ihm nach. Das Zielobjekt spaziert in Richtung altes Alviker Gewerbegebiet. Inzwischen hat sich die Dunkelheit über die Stadt gelegt, und auf der anderen Seite des Wassers glitzern die Lichter von Fredhäll über den Klippen.

Wohin geht er? Kurz darauf erhält sie die Antwort. Das Logo der Fitnessstudiokette World Class leuchtet über einem Eingang ein Stück weiter, und dort geht Kilic hinein.

Ebba bleibt auf dem Gehsteig stehen. Das könnte ihre beste Chance sein, aber sie hat keine Sportbekleidung dabei. Scheißegal. Sie gibt ihm ein paar Minuten, damit er in den Umkleideraum gehen kann, dann folgt sie ihm ins Studio. Von einem Regal mit der Aufschrift »Ausverkauf« nimmt sie ein schwarzes Oberteil und ein Paar Tights und begibt sich zur Rezeption, wo sie die Kleidungsstücke und ein Probetraining bezahlt. In der Damenumkleide zieht sie sich um und wischt den gröbsten Schneematsch von ihren Sneakers. Dann geht sie zwischen Hantel stemmenden Muskelprotzen hindurch und entdeckt Andreas Kilic auf einem Rudergerät, wo er sich aufwärmt. Leider trägt er ein langärmeliges Sportshirt, sodass sie nicht sehen kann, ob er Tattoos am rechten Arm hat. Ebba setzt sich auf das Rudergerät daneben, steckt die Füße in die Schlaufen und startet das Menü auf dem Bedienfeld, um die gewünschte Entfernung und Anzahl der Kalorien einzustellen. Nach nur ein paar Minuten in hohem Tempo trieft sie vor Schweiß und schnauft wie eine alte Kettenraucherin. Ihr letztes Training liegt bestimmt schon ein Jahr zurück, aber es tut ihr gut. Je mehr sie sich anstrengt, desto wirksamer verscheucht sie die Gedanken an den tätlichen Angriff auf sie und Angela.

Zehn Minuten später ist sie völlig erledigt. Sie ruht sich kurz aus, steigt von dem Gerät und macht ein paar Übungen auf einer Matte in der Nähe, während sie darauf wartet, dass Andreas Kilic sein Training beendet. Hoffentlich zieht er das Sweatshirt aus, denn nur so kann sie sich vergewissern, dass sie hinter der richtigen Person her ist. Aus der Entfernung beobachtet sie ihn genauer. Er ist kein Muskelprotz, sondern sieht eher wie ein Langstreckenläufer aus. Im Gesicht hat er einige Leberflecken. Als Ebba das Gefühl hat, dass ihre Bauchmuskeln am Limit sind, steigt er endlich von dem Rudergerät und streift das Sweatshirt über den Kopf. Darunter trägt er ein weißes T-Shirt. Ebba mustert seine Arme und hält vergebens nach einem Totenkopf und einem Spinnennetz Ausschau. Sie erhebt sich von der Matte und geht näher heran. Fehlanzeige.

Zunehmend frustriert setzt sie sich auf eine Bank. Allem Anschein nach ist Andreas Kilic nicht der richtige Kandidat. Jasmines Beschreibung zufolge war der Stalker tätowiert. Mist!

Ebba blickt ihm zerstreut hinterher, während er aus einer Wasserflasche trinkt, sich den Schweiß von der Stirn wischt und ein paar Gewichte für die Beinpresse holt. Plötzlich fällt ihr etwas anderes auf seinem Arm auf – bleiche Narben.

Ebba überlegt fieberhaft. Die Narben befinden sich auf dem rechten Arm, wo die Tattoos hätten sein müssen.

Offenbar hat er sie weglasern lassen. Jetzt sieht sie es. Die Narben sind bleiche Motive eines Spinnennetzes und eines Totenschädels.

Nächste Schlussfolgerung: Er muss sie im Laufe der letzten paar Monate entfernt haben.

Wie hätte Jasmine sie sonst gesehen?

Von echter Neugier erfüllt, geht Ebba zu Andreas Kilic. »Hallo, Entschuldigung.«

Er dreht den Kopf zu ihr.

»Ich habe zufällig gesehen, dass Sie Ihre Tattoos entfernt haben, und überlege mir, dasselbe mit diesem hier zu machen.« Sie zieht das eine Hosenbein hoch und zeigt ihm einen blauschwarzen Delfin am Fußknöchel, den sie sich während eines Urlaubs auf Zypern tätowieren ließ. Damals hatte sie sich im fortgeschrittenen Teenageralter befunden, doch heute würde sie das Tattoo ehrlich gesagt gern loswerden. »Ich frage mich nur, ob das wehtut?«

»Nein, nicht besonders«, antwortet er freundlicher als erwartet. »Ungefähr so, wie wenn man ein Gummiband gegen die Haut schnalzen lässt. Außerdem bekommt man eine Betäubungscreme.«

»Aha, das klingt ja nicht so schlimm. Wie lange dauert es, bis die Stelle verheilt ist?«

»Ein paar Wochen nach jeder Behandlung.«

Ebba verzieht das Gesicht. »Sind mehrere nötig?«

»Bei mir waren es drei.«

Sie beugt sich vor und sieht sich die Narben genauer an. »Aber das sieht ja nicht schlecht aus. Wie lange liegt die letzte Behandlung zurück?«

»Das war im Frühjahr, also vor acht oder neun Monaten.«

»Okay.« Ebba versucht ihm anzusehen, ob er lügt, aber warum sollte er? Schließlich weiß er nicht, was sie im Schilde führt. »Können Sie den Laden empfehlen, wo Sie waren?«

»Absolut. Er liegt in der Götgatan. Ich weiß nicht mehr, wie er heißt, aber da dürfte es wohl nicht so viele geben.«

»Danke, dann gehe ich dorthin.« Soll sie ihn fragen, ob er Jasmine Moretti kennt, und schauen, was er antwortet und wie er reagiert? Aber jetzt, wo sie weiß, dass die Tattoos weggelasert wurden, verzichtet sie darauf, denn irgendetwas ist an der Sache faul. Jasmine kann sie unmöglich vor einem halben Jahr gesehen haben, wie sie behauptet hat, denn da hatte Andreas Kilic sie bereits entfernen lassen.

29

»Sie hat gelogen. Jasmine muss die Geschichte mit Andreas Kilic erfunden haben, aber warum? Ich verstehe das nicht.«

Ebba und Simon sitzen einander gegenüber in einem engen Café auf Södermalm und nippen an ihren Caffè Latte. Hinter der Theke bereiten zwei hippe Baristas die bestellten Getränke zu und servieren sie auf eine Art und Weise, dass Ebba sich fragt, ob sie früher mal Barkeeper waren. Sie bewegen sich im Takt zu der Weihnachtsmusik und reichen den Gästen die gewünschten Kaffeekreationen mit flirtenden, auf Trinkgeld erpichten Blicken.

Andreas Kilic hatte, was seine Tattoos anging, die Wahrheit gesagt. Die Laserklinik in der Götgatan, die Ebba gleich nach dem Besuch des Fitnessstudios aufsuchte, bestätigte dies. Die letzte Behandlung hatte vor neun Monaten stattgefunden. Ebba hatte sofort Angela angerufen und die Information an sie weitergegeben, aber die hatte ebenfalls keine plausible Erklärung dafür, warum Jasmine gelogen haben sollte.

»Sie muss die Tattoos gesehen haben«, hatte Angela gesagt. »Aber wenn er sie entfernt hat, wie Sie sagen, bedeutet dies, dass sie ihn schon viel länger kannte.«

Simon rührt mit einem Löffel in seinem Becher und bläst in regelmäßigen Abständen auf das heiße Getränk. »Ich glaube,

Angela ist auf der richtigen Spur. Die beiden müssen sich vor mehr als neun Monaten kennengelernt haben, als er noch die Tattoos hatte. Aber dann ist wohl etwas passiert, was sie stinksauer gemacht hat.«

Ebba nickt. »Vielleicht wollte sie ihm aus irgendeinem Grund an den Karren fahren.«

»Er hat mit ihr Schluss gemacht«, überlegt Simon laut. »Sagten Sie nicht, er sei erst kürzlich Vater geworden? Er hat sich ganz einfach für eine andere entschieden.«

»Aber wieso hat sie dann eine Strafverteidigerin aufgesucht und behauptet, er hätte sie belästigt? Wenn sie auf Rache aus war, wie die Tussi in dem Film *Eine verhängnisvolle Affäre*, hätte sie auch zur Polizei gehen können.«

Simon stützt die Ellenbogen auf den Tisch und reibt sich die Wangen. »Ich sehe das genauso wie Sie, aber trotzdem stimmt das nicht. Alles deutet darauf hin, dass die beiden sich überhaupt nicht kannten. Es gibt keine digitalen Spuren zwischen ihnen, keine Textnachrichten, keine Nacktfotos, nichts. Aber wie Sie schon sagten, warum hat sie gelogen?«

»Oder sie waren äußerst diskret«, sagt Ebba. »Vermutlich ist er fremdgegangen, und als die Freundin schwanger wurde, hat er mit Jasmine Schluss gemacht. Und als sich herausstellte, dass Jasmine ebenfalls schwanger war, geriet er in Panik.«

»Aber sie war ja erst in der sechsten Woche schwanger«, gibt Simon zu bedenken. »Wenn Jasmine sich vor sechs Wochen mit ihm getroffen hat, hätte sie sehen müssen, dass die Tattoos nicht mehr da waren. Vor allem, wenn sie Sex hatten.«

Ebba stützt das Kinn auf die Hände und sieht ein, dass Simon recht hat. »Vielleicht hat sie einfach nur vergessen, es Angela zu erzählen. Schließlich hatten sie eine Zeit lang keinen Kontakt«, sagt sie, obwohl sie selbst nicht richtig daran glaubt. Irgendetwas ist an der ganzen Sache faul, sie weiß nur nicht, was.

»Wir müssen auf das Ergebnis des Vaterschaftstests warten, bevor wir diese Spur weiterverfolgen«, sagt Simon. »Außerdem waren Sie neulich überzeugt, dass Christer Tillman der Vater ist.«

»Ja, sicher. Aber eigentlich kann das jeder Beliebige sein, wir wissen schließlich nicht, mit wem sie sich getroffen hat. Habt ihr nichts Interessantes in ihrem Computer gefunden?«

»Wer weiß, vielleicht haben wir das.« Simon lehnt sich mit einem zufriedenen Grinsen zurück und verschränkt die Hände vor der Brust.

»Was jetzt? Wollen Sie es mir nicht sagen?«

Er zuckt die Achseln und macht auf hochnäsig. Eigentlich sollte sie sich nicht aufregen … wer sich auf das Spiel einlässt und so. Aber es fällt ihr schwer zu vergessen, was am Freitag auf dem Polizeirevier geschah – dass Simon nicht für sie einsprang, als John Hellberg gegen sie und Angela vom Leder zog.

»Ihr Chef hält Angela und mich anscheinend für Hexen«, sagt sie, obwohl sie weiß, dass das Timing nicht gerade optimal ist. Aber die Sache hat sie das ganze Wochenende beschäftigt. »Warum haben Sie nichts gesagt? Warum haben Sie Hellberg lästern lassen?«

Simon blickt verwirrt drein, doch dann setzt er sich aufrecht hin und mustert sie eindringlich. Plötzlich kapiert sie, dass sie sich auf irgendeine Weise bloßgestellt hat.

»Woher wissen Sie, worüber Hellberg und ich geredet haben? Waren Sie nicht auf der Toilette?«

»Doch«, antwortet sie und sieht ihren Fehler ein. »Aber ich bin nicht sofort in die Kabine gegangen, also habe ich einen Teil mitbekommen.«

»Wie passend. Ich habe nämlich überlegt, warum ich den Schlüssel zu dem Aktenschränkchen nicht mehr finde, wo die Unterlagen zum Mordfall Jasmine Moretti liegen. Und dann fiel Åsa auf, dass jemand an der Tür zum Büro Klebefolie am

Schloss befestigt hat.« Simon stützt das Kinn auf die Hände. »Unter den Kollegen hat das für einen Riesenwirbel gesorgt, müssen Sie wissen. Man hat über einen Einbruch und alles Mögliche spekuliert, aber niemand vermisst etwas. Außer mir, oder?«

Ebba kratzt nervös an einer Kruste auf ihrer Hand herum. Wie konnte sie nur so tollpatschig sein? Mit rot angelaufenen Wangen holt sie den Schlüssel aus der Jackentasche und legt ihn auf den Tisch.

Simon nimmt ihn an sich und inspiziert ihn auf Augenhöhe. »Ich habe nicht vor, Sie zu fragen, warum Sie die Unterlagen zur Voruntersuchung durchlesen wollten. Mir ist klar, dass sie für Sie und Angela von Interesse sind. Aber machen Sie so etwas nie wieder, sonst melde ich Sie.«

»Danke«, murmelt sie.

»Sie brauchen sich nicht zu bedanken. Ich habe meinetwegen die Klappe gehalten. Was glauben Sie wohl, wie Hellberg reagiert hätte, wenn er herausgefunden hätte, dass ich Sie ins Büro gelassen habe? Das hässliche Entlein, sozusagen. Oder …«, verbessert er sich. »Ich will damit nicht sagen, dass Sie hässlich sind, nur dass …« Panik im Blick, während er nach den richtigen Worten sucht.

»Dass ich eine Ausgestoßene bin«, sagt Ebba.

»Genau. Sie sind auf keinen Fall hässlich.«

Er sagt es so laut, dass der Typ und die junge Frau am Nebentisch verstohlen zu ihnen hinüberblicken. Und eine innere Stimme sagt ihr, dass sein merkwürdiges Benehmen nichts mit seinem Versprecher zu tun hat, sondern mit dem Abend, an dem sie zusammen etwas getrunken haben. Ihr ist nicht entgangen, wie er sie angesehen hat, mit Blicken, die nicht ausschließlich kollegial sind. Oder es kommt ihr nur so vor. Wer ist sie schon, dass sie sich das Recht nimmt, darüber zu urteilen, ob sich jemand merkwürdig benimmt? Schließlich war sie diejenige, die Simon ausgenutzt hat, um an den Obduktionsbericht zu gelangen.

»Wir haben ihr Profil auf SugarDeLuxe gefunden«, sagt er eine Weile später, als sie ihn noch einmal an Jasmines Computer erinnert. »Ihr Profilname lautet *Sunflower*, und sie ist seit knapp zwei Jahren dabei. Die letzten Monate hat sie auf der Seite mit vier Männern kommuniziert, und einer von ihnen hat sich anscheinend mit ihr am Tag vor Heiligabend getroffen. Jemand, der sich Mr Goal nennt.«

»Am Tag vor ihrer Ermordung«, stellt Ebba fest.

»Ja, aber wir wissen nicht sicher, ob das Treffen wirklich stattgefunden hat, nur dass sie sich an diesem Tag um fünfzehn Uhr zu einem Date in der Lounge des Radisson-Hotels in der Vasagatan verabredet haben.«

»Lässt sich herausfinden, wer hinter dem Profil steckt?«

»Man kann die IP-Adresse ermitteln, aber das dauert eine Weile, besonders jetzt während der Brückentage. Die Mitgliedschaft hat er übrigens mit Bitcoin bezahlt, der Weg bleibt uns also verschlossen.«

»Ich habe eine Idee.« Ebba trinkt ein paar Schlucke von ihrem Caffè Latte und überlegt, ob ihr Plan wirklich so gut ist. Aber was soll's? »Ich richte mir auf der Seite ein Profil ein und werde ganz einfach ein Sugarbaby. Und dann kontaktiere ich Mr Goal und verabrede mich mit ihm zu einem Date. Dann haben wir ihn.«

Simon starrt sie an. »Das werden Sie nicht tun.«

Ebba holt ihr Smartphone hervor und ruft SugarDeLuxe auf. »Warum nicht? Das dürfte wohl kaum illegal sein.«

»Nein, aber unangemessen. Und womöglich auch gefährlich. Wir wissen schließlich nicht, was für ein Idiot er ist.«

»Genau, und das müssen wir herausfinden. Wie soll ich mich nennen? Hot Mama? Nein. Mr Goal steht wohl mehr auf spirituelle Namen. Wie wär's mit … Kissing Butterfly?«

Simon öffnet den Mund, um zu protestieren, hat jedoch alle Hände voll damit zu tun, seinen Caffè Latte vor einem Haufen vorbeidrängender Teenager zu schützen, die den Becher mit ihren Rucksäcken umzustoßen drohen. Sobald die Gefahr vorüber ist, beugt er sich vor und sieht Ebba mit ernster Miene an. »Haben Sie das auch wirklich gründlich durchdacht?«

»Ja, und ich habe dafür nicht länger als eine Minute gebraucht. Und wenn es so weit ist, folgen Sie mir unauffällig.«

Simon schnaubt. »Dann hoffen wir mal, dass er nicht antwortet. Was für Fotos wollen Sie überhaupt hochladen?«

Fotos? Daran hatte sie nicht gedacht. Solche Männer begnügen sich nicht mit irgendwelchen. Wenn Mr Goal anbeißen soll, muss sie schon etwas mehr zeigen. Selfies, auf denen sie in aufreizender Kleidung posiert, am besten, wo der Schulterträger auf einer Seite herunterrutscht und … Dann kommt ihr eine Idee. »Ich klaue welche von meiner Schwester.« Sie kontert Simons neu aufflammende Proteste mit dem Hinweis, dass Ester bestimmt nichts dagegen hat und dass sie ihr ohnehin noch ein paar Gefallen schuldet. Sie registriert sich als neues Mitglied und füllt das Profil aus, während Simon ein weiteres Detail zu Jasmines Computer preisgibt.

»Wir haben noch etwas gefunden. Jasmine war Mitglied in einer ACA-Gruppe, falls Sie wissen, was das ist.«

»Nein, davon habe ich noch nie gehört.«

»Ich davor auch nicht, aber ich habe die Buchstaben gegoogelt. ACA steht für Adult Children of Alcoholics. Wenn ich es richtig verstehe, folgen sie dem Zwölf-Schritte-Programm der Anonymen Alkoholiker und wenden es auch auf andere Bereiche an. Es geht also nicht immer nur um Alkohol- oder Drogensucht. Jasmine war in der Gruppe ›Sexual Abuse‹.«

Ebba schaut von ihrem Smartphone auf. »Sexueller Missbrauch. Glauben Sie, dass sie damit konfrontiert war?«

»Sonst wäre sie wohl nicht einer solchen Gruppe beigetreten. Als Sugarbaby gerät man sicher an einige Schweine.«

»Vermutlich.« Ebba lässt sich die neue Information durch den Kopf gehen. Das muss sie mit Angela besprechen. Sie macht mit ihrem Profil weiter, runzelt bei einer Frage die Stirn und sieht Simon an. »Was für eine Figur habe ich?«

»Darauf antworte ich lieber nicht. Ich fürchte nämlich, dass das irgendwann gegen mich verwendet wird. Wollten Sie nicht Fotos von Ihrer Schwester nehmen?«

»Ja, aber nur eine Nahaufnahme, herangezoomte Titten oder so. Hier soll man sich mit Worten beschreiben. Übrigens, wie sah Jasmine aus? Mr Goal hat bestimmt einen gewissen Geschmack. Sie war wohl schlank, hatte aber trotzdem Kurven.«

»Ich glaube schon.«

»Das genügt.« Ebba trägt die restlichen Informationen ein und formuliert anschließend eine erste Nachricht an Mr Goal. *Hi. Du machst einen sympathischen Eindruck. Erzähle mir bitte mehr über dich.* Sie liest den Text ein paar Mal, löscht ihn und formuliert ihn neu: *Hallo Daddy. Du klingst wie ein interessanter Mann, und ich glaube, wir beide können zusammen richtig viel Spaß haben. Melde dich. Kuss.*

»Haben Sie heute Abend schon was vor?«, fragt Simon, nachdem sie die Nachricht abgeschickt hat.

»Es ist bereits Abend«, sagt sie mit Blick auf die dunkle Straße draußen.

»Ich muss Sie für eine Weile ausleihen. Antworten Sie mir nur mit ja oder nein.«

»Mich ausleihen?« Ebba steckt das Smartphone in die Tasche. Eigentlich mag sie keine Überraschungen, aber vielleicht will er die Dinge zwischen ihnen wieder ins rechte Lot bringen und sie zum Abendessen einladen oder etwas in der Art. Soll sie ihm diese Chance geben?

30

Sie bummeln durch Södermalm und vertreiben sich die Zeit bis um zwanzig Uhr.

Draußen ist es stockfinster, und Ebba kommt es vor, als befänden sie sich in einer Schneekugel, zusammen mit sämtlichen anderen Menschen, die einkaufen, in die glitzernden Schaufenster gucken und sich in einem gemütlichen Café eine Pause gönnen. Ein Märchenland.

Ebba weiß noch immer nicht, wohin sie gehen. Simon hüllt sich in Schweigen, und für einen Moment hat sie überlegt, auf das Ganze zu pfeifen und nach Hause zu fahren. Aber sie weiß, wie das enden würde – mit einem Kampf gegen die Flasche und einer erneuten Therapiesitzung mit Einstein. Da kann sie woanders mehr Spaß haben.

Eine Weile später bleibt Simon an einer Kreuzung stehen und deutet auf ein Kellerlokal ein Stück weiter.

»Da ist es, aber ich gehe zuerst hinein und Sie kommen in fünf Minuten nach.«

»Wieso können wir nicht zusammen reingehen?«, fragt sie ein bisschen verwundert und irritiert zugleich.

»Sie werden es verstehen.« Er hält eine Hand hoch und spreizt die Finger. »Fünf Minuten.«

Mit einem lauten Seufzer macht Ebba ihm unmissverständlich ihre Irritation klar. »Hoffentlich gibt es dadrinnen Alkohol«, sagt sie einfach so dahin. Gute Vorsätze zu vergessen, ist leicht.

Er steuert auf das Kellerlokal zu, geht an einer Pizzeria vorbei, dann eine Treppe hinunter und verschwindet durch eine Tür. Fünf Minuten. Ebba schaut auf die Uhr ihres Handys und stellt fest, dass sie soeben eine Nachricht erhalten hat.

Mr Goal hat ihr auf SugarDeLuxe geantwortet.

Euphorie durchströmt ihren Körper. Mit zitterndem Zeigefinger öffnet sie die Nachricht. *Klar können wir uns treffen und ein bisschen Spaß haben. Wie wäre es mit einem Champagnerlunch morgen um 13 Uhr im Riche?*

Ebba starrt auf die Nachricht. Morgen? Morgen ist Silvester. Scheißegal. Diese Chance darf sie sich nicht entgehen lassen. Sie schreibt eine Antwort: *Gern. Ich komme an die Bar und trage ein Paillettenkleid.*

Sie steckt das Handy weg. Passt sie eigentlich noch in das Kleid hinein? Aber das lässt sich lösen. Jetzt muss sie Simon davon berichten. Sie eilt auf die Kellertür zu und hält sich am Geländer fest, als sie die rutschige Treppe hinuntergeht. Nachdem sie das Lokal betreten hat, versucht sie, sich zu orientieren und sich darüber klar zu werden, wo sie sich befindet. Eine Gruppe Menschen sitzt mitten im Raum im Kreis versammelt. Alle sind still und starren sie an. Was ist das hier? Ebba hatte eine Bar erwartet, vielleicht ein Restaurant. Gerade will sie kehrtmachen, als sie Simon auf einem der Stühle erblickt. Auch er sieht sie an, lässt sich jedoch nicht anmerken, dass er sie kennt.

Eine Frau in bunten Kleidern und mit spiritueller Aura kommt auf sie zu. Schmale Schultern, federleichter Gang.

»Willkommen. Wie ich sehe, sind Sie neu hier. Nehmen Sie Platz, ich hole Ihnen einen Stuhl.«

»Äh, nein danke, ich glaube, ich bin hier falsch.«

»Haben Sie keine Angst.« Die Frau legt Ebba eine Hand auf die Schulter. »Beim ersten Mal fällt es allen schwer. Setzen Sie sich zu uns. Sie brauchen uns nichts zu erzählen, wenn Sie nicht möchten. Sie können einfach nur zuhören.« Die Augen der Frau funkeln vor Wohlwollen, was bei Ebba das genaue Gegenteil bewirkt. Am liebsten würde sie davonlaufen.

In was hat Simon sie hineingezogen? Ein Treffen der Anonymen Alkoholiker? Dieses Arschloch!

Ich trinke nicht mehr, verdammt noch mal!

Sie sieht ihn scharf an, aber er blickt stur in eine andere Richtung.

Also gut, wenn du es so willst.

Ebba setzt sich auf einen Stuhl, den die Frau zwischen eine Dunkelhäutige in den Zwanzigern mit Afrolook und einen Mann um die vierzig gestellt hat. Die Gruppe besteht aus elf Teilnehmern, eine bunte Mischung. Ein Schlipsträger mit über die Glatze gekämmten Haaren, ein magerer Mann mit Spitzbart, eine alltägliche Frau im Blümchenkleid, ein Typ mit Käppi, dessen eines Bein unkontrolliert zittert. Alt und Jung. Aber so verhält es sich eben mit dem Alkoholismus – es kann jeden erwischen. Die Frau im bunten Kleid ist anscheinend die Gruppenleiterin. Sie eröffnet das Treffen, nachdem sie sich vergewissert hat, dass es acht Uhr ist und dass alle außer einer Lina, die heute verhindert ist, anwesend sind.

»Dann möchte ich Sie beide noch mal herzlich willkommen heißen.« Ihr Blick fällt abwechselnd auf Simon und Ebba, die vier Stühle auseinandersitzen. »Da Sie zu uns gefunden haben, haben Sie sicher schon etwas über unsere Zwölf Schritte gelesen. Ich möchte Sie alle noch einmal daran erinnern, dass Verschwiegenheit und Anonymität unsere geistige Grundlage sind. Was hier drinnen gesagt wird, bleibt vertraulich, und wir alle tragen die Verantwortung dafür, dass nichts außerhalb dieses Raumes weiterverbreitet wird. Man darf seinen Vornamen nennen oder einen erfinden. Ich selbst heiße Charlotta.« Sie sieht Simon an, der sich mit seinem richtigen Namen vorstellt, dann Ebba, die ebenfalls auf ein Alias verzichtet. Trotzdem hat sie nicht vor, etwas zu sagen oder wiederzukommen.

»Dann fange ich mit einem Auszug aus dem Ersten Buch Moses, Kapitel 19, Vers 1–38 an.« Charlotta liest von einem losen Blatt in ihrer Hand ab. »Aber ehe sie sich legten, kam ein Pöbelhaufen – alle Männer der Stadt Sodom, Jung und Alt – und umgab das Haus. Und sie riefen Lot und sprachen zu ihm: ›Wo sind die Männer, die zu dir gekommen sind diese Nacht? Gib sie heraus, dass wir ihnen beiwohnen.‹ Lot ging heraus zu ihnen und schloss die Tür hinter sich zu und sprach: ›Ach, liebe Brüder, tut nicht so übel. Ich habe zwei Töchter, die wissen noch von keinem Manne. Die will ich euch herausgeben, und dann tut mit ihnen, was euch gefällt. Aber diesen Männern tut nichts, denn sie sind Gäste in meinem Haus.‹«

Als Charlotta verstummt und das Blatt unter den Stuhl legt, blickt Ebba sich um. Versucht zu verstehen, worum es hier eigentlich geht, aber niemand nimmt von ihr Notiz. Stattdessen starren die meisten ins Leere, manche lustlos, eine wischt sich Tränen aus den Augen.

Charlotta verfällt in einen schärferen Ton. »Wir alle, die hier sitzen, haben zu Hause sexuellen Missbrauch erlebt. Was können wir tun, um uns gegenseitig zu helfen?«

Ebba fixiert Simon erneut mit ihrem Blick. Sexueller Missbrauch. Am liebsten würde sie zu ihm gehen, ihm einen Rempler verpassen und ihn fragen, was er mit dieser Aktion bezweckt. Aber dann dämmert ihr, dass es nicht um sie, sondern um Jasmine geht. Schließlich hatten sie erst vorhin im Café darüber gesprochen. Jasmine war in einer ACA-Gruppe gewesen, die sich Sexual Abuse nannte. Das muss diese hier sein. Mit neu gewecktem Interesse und erhöhter Aufmerksamkeit hört sie Charlotta zu.

»Wenn Sie einer Person ein Geschenk für den Augenblick geben wollen, lindern Sie ihren Schmerz. Wenn Sie ihr ein Geschenk fürs Leben geben wollen, helfen Sie ihr, sich dem Schmerz zu stellen und ihn anzunehmen.« Charlotta blickt sich unter den Teilnehmern um. »Wer möchte den Anfang machen?«

Eine rundliche Frau mit ergrautem Haar hebt die Hand. Ebba schätzt ihr Alter auf sechzig. Runzelige Arbeiterhände und die vergilbtesten Zähne, die sie je gesehen hat. Die Frau heißt Tuja.

»Ich habe meinen Bruder letzte Woche besucht, wie ich mir vorgenommen hatte. Aber ich habe mich nicht getraut, ihn zu konfrontieren. Ich habe es einfach nicht geschafft, und jetzt wird wohl nie mehr etwas daraus.« Sie blickt in die Runde. Ihre Miene verrät, dass sie Ermutigung sucht, aber niemand sagt etwas.

Funktioniert die Gruppe vielleicht so? Man unterbricht nicht und mischt sich nicht ein.

Tuja horcht stattdessen in sich hinein, legt die Hände in den Schoß und dreht Däumchen. »Das Ganze war wohl auch meine Schuld. Ich habe mich nie gewehrt, habe es geschehen lassen. Immer wieder. Und jedes Mal dachte ich, er muss doch kapieren, dass ich das nicht will. Ich meine, warum wollte er es? Wir waren schließlich Geschwister. Wer will Sex mit seiner Schwester? Ich verstehe das nicht.« Sie unterdrückt mit dem Handrücken ein Schluchzen, zieht ein Taschentuch hervor und wischt sich die Tränen aus den Augen, während mehrere in der Gruppe wiedererkennend nicken.

Ebba senkt den Blick und betrachtet ihre schmutz- und salzverkrusteten Sneakers. Was mache ich hier? Welches Recht habe ich, wie eine Voyeurin an der Ehrlichkeit und den Traumata dieser Menschen teilzuhaben? Sie mustert deren Gesichter. Der Typ mit dem Käppi starrt geradeaus, ein Mann mit Brille wiegt den Oberkörper hin und her. Alle tragen eine schwere Last an Trauer, Schuld und Scham, eingeprägt in ihre DNA.

Genau wie sie, wegen der Sache mit Oliver. Die Erinnerung versetzt ihr einen Stich in die Brust, und sie verjagt den Schmerz, indem sie sich auf das konzentriert, was im Raum gesagt wird.

Der Mann mit der Brille spricht als Nächster. Er bringt es nicht fertig, das Grab seiner Schwester zu besuchen, weil er sie nicht vor den sexuellen Übergriffen ihres Vaters beschützt hat. Als er fertig ist, hebt die junge Frau mit dem Afrolook die Hand. Sie wacht immer um Mitternacht auf – der Zeitpunkt, zu dem ihr Großvater jedes Mal in ihr Zimmer kam, wenn die Eltern weg waren und die Großeltern auf sie aufpassten. Sie lässt es dabei bewenden, und der Mann mit dem Käppi ist als Nächster an der Reihe. Er will jedoch heute nichts sagen, worauf die Übrigen im Raum respektvoll nicken. Stattdessen fasst ein Typ mit athletischer Figur den Mut und räuspert sich. Er denkt daran, sich das Leben zu nehmen oder den Mann zu töten, der ihn missbraucht hat – seinen Leichtathletiktrainer. Allerdings kann er sich nicht richtig entscheiden, was er tun soll.

Unbehagen macht sich in Ebba breit, und sie hofft, dass das Treffen bald vorbei ist. Doch dann hebt noch eine Person die Hand.

Simon.

Er kauert sich auf dem Stuhl zusammen, schließt die Augen und bringt die ersten Worte nur stockend hervor. »Ich war sieben, als es zum ersten Mal passierte. Mein Vater nahm mich im Auto mit, sagte, ich solle bei etwas Besonderem dabei sein. Ich dachte, wir würden einen Hundewelpen kaufen, das hatte ich mir schon länger gewünscht. Stattdessen brachte er mich zu einer Villa mit vielen Männern. Das seien Freunde, erzählte er mir, und er würde mit ihnen zusammen zu Mittag essen. Ich musste im Schlafzimmer warten. Dann kam einer nach dem anderen zu mir herein und …« Seine Stimme überschlägt sich und er stützt die Stirn auf seine gefalteten Hände. »Ich musste Dinge mit ihnen machen, die ich damals nicht verstand, aber heute …« Er blickt wieder auf, die Augen voller Tränen, und atmet schwerfällig. »Als wir wieder nach Hause fuhren, sagte er, dies sei unser Geheimnis. Ich erinnere mich noch gut an das Gefühlschaos, in dem ich mich befand. Alles war falsch, aber gleichzeitig war ich so stolz. Papa und ich hatten ein Geheimnis.«

Ebba verspürt ein Rauschen im Kopf, und sie braucht eine Weile, bis sie mitkriegt, dass die anderen aufgestanden sind, um Kaffee zu holen. Charlotta erklärt das Treffen für beendet, aber wer will, kann noch ein bisschen bleiben und Kaffee trinken. Tuja hat die Plätze getauscht, sitzt jetzt neben Simon und legt ihm schweigend eine Hand auf die Schulter.

Ebba geht auf zittrigen Beinen zu einem Tisch an der Längsseite des Raumes und wartet, bis die junge Frau mit dem Afrolook sich Kaffee aus einer Thermoskanne eingeschenkt hat.

»Wie fanden Sie dieses Treffen?«, fragt sie mit einem Seitenblick auf Ebba, während sie ihre Tasse füllt.

»Ich weiß nicht so recht.«

»Sie gewöhnen sich nie daran. Es geht nur darum, ins kalte Wasser zu springen und sich seinen Dämonen zu stellen.« Die Frau lächelt. »Möchten Sie auch?« Ohne eine Antwort abzuwarten, schenkt sie Ebba eine Tasse ein. »Nehmen Sie sich doch von dem Karottenkuchen. Den hat Ruben gebacken.«

»Nein danke, ich habe keinen Hunger.«

»Dann nehme ich mir Ihr Stück.« Die Frau zwinkert Ebba zu, nimmt sich zwei Stück Kuchen und schlendert zu einem Stehtisch.

Ebba blickt erneut zu Simon hinüber, aber der ist noch mit Tuja beschäftigt. Sie trinkt einen Schluck Kaffee und überlegt, nach Hause zu fahren. Gleichzeitig ist ihr klar, dass Simon eine Absicht verfolgte, als er sie hierher mitschleppte. Sie sind hier, um nach Informationen über Jasmine zu fischen und herauszufinden, was mit ihr passiert war. Vielleicht weiß jemand hier im Raum etwas. Zögernd gesellt sie sich zu der Frau mit dem Afrolook und stellt den Kaffeebecher auf den Tisch.

»Sie heißen Jina, richtig?«

Die Frau zieht den Saum ihres Pullis nach unten. »Ja, so nennt man mich. Schöner Name, was?«

»Mhm.« Ebba bläst in den Kaffee. »Also, da war diese Frau, die mir geraten hat, hierherzukommen, und ich dachte, sie wäre heute hier, aber …« Sie lässt den Blick über die anderen Teilnehmer schweifen. »Anscheinend hatte sie keine Lust.«

»Wie heißt sie?«

»Das weiß ich nicht, aber sie ist italienischer Herkunft und hat lange dunkle Haare.«

Jinas Augen verengen sich. »Eine Frau mit italienischen Wurzeln? Hübsch?«

Ebba nickt.

»Es gibt hier nur eine Frau, auf die diese Beschreibung passt.« Jinas Ton klingt auf einmal schroff. »Woher kennt ihr euch?«

»Wir kennen uns eigentlich nicht persönlich. Wir haben uns in einem Internetforum kennengelernt, in dem es um das gleiche Thema wie hier ging. Zuerst habe ich mich nicht getraut zu kommen, aber sie hat mir versprochen, sie wäre hier. Muss wohl was dazwischengekommen sein.«

»Woher wissen Sie, wie sie aussieht, wenn Sie mit ihr nur über dieses Forum Kontakt hatten?«

Ebba trinkt einen Schluck Kaffee und windet sich. »Sie hatte ein Profilbild.«

»Sind Sie Polizistin?«

Die Frage überrumpelt sie, aber sie antwortet ehrlich: »Nein. Wie kommen Sie darauf?«

»Weil die Frau, nach der Sie fragen, von ihrem Bruder ermordet wurde.« Jinas Gesichtszüge verhärten sich. »Es ist wohl am besten, Sie gehen jetzt. Und kommen Sie nie wieder, ich werde den anderen erzählen, dass Sie hier waren und spioniert haben. Zeigen Sie gefälligst ein bisschen Respekt.« Sie macht auf dem Absatz kehrt, wirft ihre Karottenkuchen in einen Abfalleimer und verschwindet zwischen ein paar anderen Teilnehmern, die sich kurz darauf zu Ebba umdrehen und sie wütend anstarren.

Mit entschuldigendem Blick geht sie zu ihrem Stuhl, nimmt die Jacke von der Lehne und verlässt eilig den Raum. Bevor sie die Tür hinter sich schließt, hört sie, wie ihr jemand nachruft: »Wie respektlos! Pfui!«

Das findet Ebba auch. Aber sie wollte ja nicht zu diesem Treffen kommen, Simon hat sie hereingelegt.

Draußen auf der Straße hat der Wind aufgefrischt. Schneeflocken wirbeln vor Ebbas Gesicht, und sie bibbert vor Kälte. Ihr Blick wandert zu einer Pizzeria, die mit ihren wärmenden Düften lockt. Sie geht in das Lokal, bestellt an der Theke eine Pizza Cacciatore und ein Mineralwasser, setzt sich an einen freien Tisch und teilt Simon per Textnachricht mit, wo sie ist. Anschließend ruft sie Angela an und berichtet ihr von der ACA-Gruppe und ihrem Verdacht, dass Jasmine sexuell missbraucht wurde.

»Donnerwetter!« Angela klingt, als hätte es ihr den Atem verschlagen. »Haben sie erwähnt, von wem?«

»Nein, man hat mich wie gesagt rausgeschmissen, aber es ging um sexuellen Missbrauch innerhalb der Familie.«

Während der Pause, die entsteht, mahnt Angela einen Mann im Hintergrund zur Ruhe, der ihr zuruft, sie solle sich beeilen. Ebba bekommt sofort ein schlechtes Gewissen. Hat sie Angela bei etwas gestört? Vielleicht befanden die beiden sich mitten in einem Spiel mit Seilen und Handschellen. Sie verscheucht die

243

unfreiwilligen Gedanken, sobald Angela wieder spricht. »Das kann sehr gut für uns sein. Derjenige, der sich an ihr vergriffen hat, kann auch ein Motiv gehabt haben, sie zu töten. Sie müssen mit Nicolas reden und ihn fragen, ob er etwas weiß.«

»Okay.« Ebba denkt darüber nach. Womöglich zieht Angela voreilige Schlüsse, andererseits kann sie recht haben. Vielleicht hatte Jasmine angefangen, von dem Missbrauch zu berichten, und wurde zum Schweigen gezwungen. Sie verbleiben dabei, dass Ebba Nicolas morgen früh besucht. Angela kann nicht mitkommen, da sie der Vernehmung eines anderen Mandanten beiwohnen muss. Sie beenden das Gespräch, als Ebbas Pizza kommt. Mitten beim Essen taucht Simon auf, setzt sich ihr gegenüber an den Tisch und schüttelt den Kopf.

»Sie haben ein ganz schönes Tohuwabohu angerichtet. Sie hätten hören sollen, wie lebhaft es zuging, als die Leute begriffen, dass Sie ... oder vielmehr, als sie dachten, dass Sie Polizistin wären. Diese dunkelhäutige Frau wollte Sie anzeigen, eine andere wollte mit einem Bekannten beim Aftonbladet Kontakt aufnehmen, und eine stand herum und heulte. Ich kann Ihnen sagen, ich bin nur mit Ach und Krach davongekommen.«

»Ja, Sie haben dort drinnen eine richtige Show abgezogen.«

Etwas erlischt in Simons Augen. Er blickt auf die Speisekarte, die hinter den Pizzabäckern an der Wand hängt, und verzieht keine Miene.

»Oder ... war das etwa ...« Ebba legt das Besteck weg und tupft die Mundwinkel mit der Serviette ab. »Ist das also wirklich passiert?«

Simon wendet ihr das Gesicht zu und schaut ernst drein, aber nach einer Weile hellt sich seine Miene auf und er grinst sie an. »Habe ich Ihnen erzählt, dass ich Schauspieler werden wollte, bevor ich mich bei der Polizeiakademie beworben habe?«

Ebba knüllt die Serviette zusammen und wirft sie auf ihn. »Das war nicht in Ordnung, und schon gar nicht gegenüber diesen Leuten.«

»Vielleicht nicht. Aber ich musste ordentlich auftischen, um glaubwürdig zu wirken.«

»Haben Sie etwas herausgefunden? Hat jemand etwas über Jasmine gesagt?«

»Leider nichts, was uns weiterbringt, aber im Gegensatz zu Ihnen überstürze ich nichts.«

Ebba steckt sich ein Stück Pizza in den Mund. »Vielleicht war ich nicht so gut vorbereitet wie Sie.«

Simon lächelt. »Das tut mir leid, aber es war trotzdem irgendwie lustig.«

Ebba schluckt und lächelt zurück. »Ungefähr so lustig wie Ihre Reaktion auf das, was ich Ihnen gleich erzähle. Ich bin morgen um eins mit Mr Goal im Riche verabredet.«

»Sie machen Witze!«

»Ganz und gar nicht. Sind Sie dabei oder muss ich es allein durchziehen?«

»Moment.« Simon greift nach ihrer Dose Mineralwasser und öffnet den Verschluss. »Sie meinen also, er hat Ihnen geantwortet, und Sie wollen wirklich hingehen?«

»Auf jeden Fall. Hey, das ist mein Getränk!«

Er schert sich nicht um ihre Zurechtweisung und sagt zwischen den Schlucken: »Ebba Tapper, Sie kosten mich noch Kopf und Kragen.«

31

Im Vernehmungsraum des Untersuchungsgefängnisses setzt Ebba sich Nicolas gegenüber. Seine Beine zittern so heftig, dass der Tisch vibriert. Er schwitzt, ist bleich, und seine Augenlider hängen herab wie nasse Teebeutel.

»Wir müssen reden.« Ebba kommt sofort zur Sache, will sehen, wie er reagiert. »Jasmine war in einer ACA-Gruppe, in der es um sexuellen Missbrauch in der Familie geht. Wieso das?«

Nicolas richtet den Blick nach innen, wo anscheinend ein Gedanken- und Gefühlschaos tobt.

»Es geht um Ihr Leben, und ich versuche, Sie vor einer Verurteilung wegen Mordes zu bewahren. Falls Sie etwas wissen, müssen Sie es mir unbedingt sagen. Was ist mit Jasmine passiert?«

»Wo ist Angela?« Offenbar versucht er, Zeit zu gewinnen.

»Sie ist mit einem anderen Mandanten beschäftigt«, antwortet Ebba wahrheitsgemäß, obwohl es sich gegenüber Nicolas nicht fair anfühlt. Aber sie will auch nicht lügen. »Erzählen Sie mir von Jasmine«, bittet sie ihn erneut.

Nicolas schnaubt. »Sie hatte ja einen Sugardaddy. Den sollten Sie sich mal genauer anschauen.«

»Das hat die Polizei bereits getan. Aber wie gesagt, diese Gruppe zielt auf Personen ab, die irgendeiner Form von sexuellem Missbrauch innerhalb der Familie ausgesetzt waren. Und wenn Jasmine als Erwachsene deswegen eine Therapie machen musste, vermute ich, dass Sie etwas wissen. Wen schützen Sie?«

Eine härtere Version von Nicolas kommt zum Vorschein. »Heute ist Silvester. Haben Sie nichts anderes zu tun?«

»Nein.« Ebba ist über sein neues Ich erstaunt. Schert er sich nicht darum, was mit seiner Schwester passiert ist? Plötzlich bekommt sie eine Gänsehaut. Was, wenn … Es fällt ihr schwer, den Gedanken zu Ende zu denken, aber sie zwingt sich dazu. Was, wenn Nicolas derjenige war, der Jasmine sexuell ausgenutzt hat? Tuja hatte gestern eine ähnliche Situation beschrieben. Ihr Bruder hatte Sex mit ihr gehabt, und sie hatte es nicht geschafft, sich dagegen zu wehren.

Haben Nicolas und Jasmine miteinander geschlafen?

Im Hinterkopf kreisen Ebbas Gedanken um den Vaterschaftstest, auf den sie warten. Was, wenn Nicolas der Vater ist? Dann hätte er ein Motiv gehabt, sie zu töten. Ein überaus starkes Motiv.

»Ich würde gern noch einmal über Andreas Kilic, den Stalker, reden.« Ebbas Stimme klingt nicht mehr so sicher. »Haben Sie wirklich keine Ahnung, wer er ist?«

Nicolas antwortet mit einem Kopfschütteln und einem schmatzenden Geräusch.

Irritierend.

»Ich habe Informationen erhalten, die darauf hindeuten, dass Jasmine im Hinblick auf Kilic womöglich gelogen hat. Vermutlich kannte sie ihn schon länger. Was glauben Sie, warum sie in so einer Angelegenheit lügen würde?«

Ein Schulterzucken als Antwort.

Ebba stützt die Ellenbogen auf den Tisch, sieht ihn scharf an und verleiht ihrer Stimme so viel Selbstsicherheit, wie sie aufbieten kann. »Sämtliche Beweise deuten auf Ihre Täterschaft hin, und trotzdem verschweigen Sie mir etwas.«

Keine Reaktion.

Sie muss ihn zum Reden bewegen. Aber wie bringt man jemanden dazu, von einem sexuellen Übergriff zu erzählen, den er vielleicht selbst begangen hat? Sie will es ihm nicht unterstellen, aber … Doch dann fällt ihr etwas ein – Nicolas' Angst um seinen jüngeren Bruder. Worauf beruht diese?

»Douglas. Warum machen Sie sich solche Sorgen um ihn?«

»Jasmine ist tot, und ich bin wegen Mordes an ihr angeklagt. Da sollte es eigentlich nicht verwundern, dass ich mir Gedanken darüber mache, wie es ihm geht.« Nicolas richtet erneut den Blick nach innen, und diesmal zittern nicht nur die Beine, sondern der ganze Körper.

»Wie geht es Ihnen?« Ebba fragt sich im Stillen, ob sie zu weit gegangen ist. Gleichzeitig ist sie jetzt nahe am Ziel, hat zweifellos ein heikles Thema angesprochen. »Läuft irgendetwas zu Hause bei Ihrer Familie, was …« Sie ringt nach passenden Worten. Wie fragt man so etwas? »Besteht die Gefahr, dass Douglas sexuell miss…«

»Nein!« Nicolas springt von seinem Stuhl auf, ringt nach Atem und blickt sich um, als wisse er nicht, wo oben und unten ist.

Ebba schielt zur Tür und ist im Begriff, den Wärter zu rufen, als Nicolas um den Tisch herumgeht und sie am Arm packt.

»Ich brauche dringend was. Bitte. Sie müssen mir was besorgen. Ich halte es nicht länger aus.«

Ebba beschließt, still zu sitzen, und atmet, so ruhig sie kann. Nicolas' Blick ist verzweifelt, und verzweifelte Menschen sind zu allem fähig, wenn sie nicht ihren Willen bekommen. »Was meinen Sie?«, fragt sie, obwohl sie weiß, worauf er hinauswill.

»Kokain, Speed, egal was. Bitte. Sie müssen mir was besorgen.«

»Ich?« Ebba löst sich von seinem Griff, leicht irritiert über seine Bitte. Gewiss, es gibt Anwälte, die ihre Mandanten mit dem einen oder anderen versorgen, aber wieso geht er davon aus, dass sie so etwas tun würde?

»Das geht leider nicht.« Ebba entspannt sich etwas, als die Tür aufgeht und ein Wärter den Kopf hereinsteckt.

»Alles in Ordnung hier drinnen?«

Ebba nickt und bittet ihn, Nicolas zurück in seine Zelle zu bringen, da ihr Gespräch beendet ist. Der Wärter wirkt nicht besonders überzeugt, und sie versteht, warum. Nicolas steht halb über sie gebeugt vor ihr, die Kiefermuskeln angespannt, die Hände zu Fäusten geballt. Aber der Mann kommt ihrer Bitte nach, und als er zusammen mit Nicolas hinaus in den Flur verschwindet, vergräbt sie ihr Gesicht in den Händen, atmet tief durch und ärgert sich, dass sie schon wieder eine Vernehmung vermasselt hat.

Sie war so nahe dran und weiß trotzdem immer noch nichts, außer dass Jasmine vermutlich von einer Person in ihrem familiären Umfeld sexuell missbraucht wurde und dass Nicolas sich große Sorgen um Douglas macht. Das stinkt gewaltig, und sie nimmt sich vor, der Sache gründlicher nachzugehen. Aber zuerst muss sie nach Hause, sich wie ein Sugarbaby aufbrezeln und zu dem Date mit Mr Goal gehen.

32

Als Ebba in ihrem Paillettenkleid an die Bar im Restaurant Riche geht, kommt sie sich vor wie eine Discokugel. Das Kleid sitzt lockerer als erwartet. Fast ein Jahr in seelischer Finsternis mit Whiskey, Panikattacken und Depressionen war anscheinend gut für ihr Gewicht gewesen. Gewiss, das Herumgammeln auf dem Sofa hat ihr eine schlaffere Haut und Muskelschwund beschert, aber nicht so schlimm, dass es sich nicht mit ein bisschen Sport relativ schnell wieder beheben ließe. Und vorläufig helfen die hohen Stilettoabsätze ihren Waden auf die Sprünge.

Sie bestellt ein Glas Bourbon, obwohl sie auf keinen Fall Alkohol trinken möchte. Aber an Silvester würde es seltsam aussehen, wenn sie ohne Drink dasäße. Um sie herum drängen sich festlich gekleidete Mittagsgäste in Anzügen, Cocktailkleidern, kleinen Schwarzen. Alle strahlen Hautevolee und eine festliche Stimmung aus.

Ist einer von ihnen Mr Goal?

Sie blickt verstohlen zu Simon hinüber, der am anderen Ende der Bar sitzt. Nach anfänglichem Protest hat er eingewilligt, zu ihrer Unterstützung mitzukommen.

»Ich kann Sie schließlich nicht allein dorthin gehen lassen«, hatte er gesagt.

Ebba vermutet, dass John Hellberg ihm im Nacken sitzt, dass er Angst hat, Ärger zu bekommen. Doch jetzt hat er sich genau wie sie auf das Blind Date eingelassen und ist elegant im Smoking gekleidet, um inmitten all der Dandys und aufgebrezelten Tussis, die mit Champagner anstoßen und sich mit Wangenküssen begrüßen, nicht aufzufallen.

Wie halten die Leute das nur aus?

Ebba dankt dem jungen Barkeeper, als er ihr das Whiskeyglas hinstellt, schließt die Augen und hält die Nase darüber. Fast instinktiv reagiert sie auf das brennende, süße Aroma, und ihr Hirn schreit förmlich danach, den gesamten Inhalt mit einem Schluck zu leeren. Aber sie hat den Drink nur bestellt, um zum Schein daran zu nippen. Sie kann sich gut vorstellen, dass es Nicolas genauso geht – dieses verzweifelte Verlangen nach etwas, das die Einsamkeit und den Schmerz lindert. Sie fragt sich, was wohl seinen Drogenmissbrauch verursacht und aus dem ehemaligen Profifußballer einen Zocker und Junkie gemacht hat. Nach der letzten Vernehmung hat sie mehr und mehr darüber nachgedacht, wie sie sein Vertrauen gewinnen kann. Vielleicht geht das ganz einfach, indem sie ihm seinen Wunsch erfüllt, ihm das gibt, was er haben will, etwas, auf das sie selbst nicht verzichten kann – Drogen. Sie sieht jetzt ein, dass sie Alkoholikerin ist, dass sie ernsthaft mit dem Trinken aufhören muss. Heute jedoch muss sie ihre Rolle als Sugarbaby spielen. Sie lächelt über sich selbst und befeuchtet die Lippen mit Whiskey. Ich bin ein Sugarbaby. Komm schon, Mr Goal, kauf mir eine Wohnung und neue Fingernägel, dann darfst du mich vögeln, sooft du willst.

Einfach nur lächerlich.

Sie blickt zu Simon hinüber, leider eine Sekunde zu spät, um zu erkennen, dass er versucht, sie vor etwas zu warnen.

»Kissing Butterfly?« Der Sprecher hat eine Tonlage gewählt, die verführerisch klingen soll.

Ebba dreht sich um und nimmt den Duft eines dezenten Eau de Cologne wahr. Blinzelt ein paar Mal, bis ihr klar wird, wer der Mann hinter ihr ist und warum sie ihn wiedererkennt. Der graue, gestutzte Bart, die braunen Augen, die anders glänzen als bei ihrer letzten Begegnung.

Giorgio Moretti. Der Vater von Jasmine und Nicolas.

Sein Lächeln erlischt abrupt. Sie starren sich eine Weile an, bevor er hervorpresst: »Was ist das hier?«

»Ein Date«, erwidert Ebba mit einer so ruhigen und festen Stimme wie möglich. »Ich wollte wissen, wer Mr Goal ist, und jetzt weiß ich es.«

Giorgios Brustkorb hebt sich unter dem Anzug und dem weißen Hemd. »Was reden Sie da?«

»Kissing Butterfly.«

»Das ist ein Irrtum.« Er dreht sich um und will gehen, aber plötzlich steht Simon vor ihm.

»Wenn Sie eine Szene machen wollen, bitte, nur zu. Wenn nicht, setzen Sie sich und tun so, als ob wir uns bestens miteinander unterhalten.«

Ein Zucken in Giorgios einem Augenwinkel hebt die feinen Fältchen deutlicher hervor. Er blickt sich erneut um und scheint mit sich selbst darüber zu debattieren, welchen Eindruck eine handgreifliche Auseinandersetzung auf die anderen Gäste machen würde. Schließlich nimmt er auf dem Stuhl neben Ebba Platz.

Simon setzt sich auf der anderen Seite neben ihn und beugt sich über den Tresen, um ihn besser sehen zu können. »Wir wissen, dass Sie Mr Goal sind und dass Sie am Tag vor Heiligabend im Radisson-Hotel ein Date mit einem Sugarbaby hatten, das sich Sunflower nannte. Den Beweis dafür haben wir in ihrem Computer gefunden. Versuchen Sie also nicht, es zu leugnen.«

Giorgio starrt auf den Tresen. »Das war ein Irrtum.«

»Das auch?«, fragt Ebba.

»Jasmine hat mich dorthin gelockt. Sie wollte mich konfrontieren und herausfinden, ob ich auf diese Weise Frauen kennenlerne.«

»In diesem Fall hätte sie Sie doch bloß anzurufen brauchen, oder?«

»Das habe ich sie auch gefragt, aber sie meinte, sie wollte mich auf frischer Tat ertappen. Und sie hatte recht, meine schlaue Tochter hatte recht, ich hätte es sonst niemals zugegeben.«

Ebba und Simon wechseln über Giorgios hängenden Kopf hinweg einen Blick. Er wirkt, als glaube er seinen eigenen Worten genauso wenig wie sie.

Simon macht weiter. »Wussten Sie, dass Jasmine sich als Sugarbaby aushalten ließ?«

»Nein, aber nach unserer Begegnung im Radisson habe ich es geahnt. Wie sonst hätte sie mich auf dieser Plattform finden können, wenn sie nicht selbst dort angemeldet war? Aber ich habe sie nicht gefragt, und jetzt ist es zu spät.«

»Woher wusste sie, dass Sie Mr Goal sind? Schließlich haben Sie kein Profilbild.«

Giorgio lockert seine Fliege. »Sie sagte, sie hätte mich an bestimmten Dingen erkannt, die ich in meiner Beschreibung erwähnt hatte. Und dann hat sie ein Foto von meinem Tesla gesehen, das ich hochgeladen habe. Anscheinend war im Hintergrund ein Teil meines Hauses zu sehen.«

Ebba spielt mit ihrem Glas. Ein Foto von seinem Tesla. Lassen die Mädels, die auf solchen Plattformen unterwegs sind, sich von teuren Autos beeindrucken?

»Und was ist passiert, als Sie beide sich getroffen haben?«, fragt sie.

»Das sagte ich doch schon. Sie wollte mich konfrontieren.«

»Das Ganze klingt nur ein bisschen seltsam. Sie hat doch wie gesagt selbst von dieser Art Arrangement profitiert. Da dürfte sie so etwas doch nicht völlig verwerflich gefunden haben.«

»Was weiß ich.« Giorgio lockert die Fliege noch mehr, als würde er kaum Luft bekommen. »Sie dachte wohl, dass sich so etwas nicht gehört, weil ich verheiratet bin. Aber dazu muss ich sagen, dass Vera und ich eine offene Beziehung haben und uns gegenseitig gewisse Freiheiten erlauben.«

»Was genau meinen Sie damit?«

»Sie wissen genau, was ich meine. Und jetzt habe ich keine Lust mehr, darüber zu diskutieren.« Giorgio macht Anstalten, aufzustehen, doch Simon legt ihm eine Hand auf den Arm.

»Moment, nur noch ein paar Fragen. Wie verlief Ihr Gespräch im Radisson? Gab es Streit, oder haben Sie sich gut vertragen?«

Giorgio sieht Simon scharf an. »Werde ich wegen irgendetwas verdächtigt?«

»Nein, überhaupt nicht. Wir ermitteln lediglich im Mordfall Ihrer Tochter, und ich würde gern verstehen, was für ein Motiv Ihr Sohn gehabt haben könnte, seine Schwester zu töten.«

»Das müssen Sie ihn fragen.« Giorgio erhebt sich von seinem Stuhl und setzt ein Lächeln auf. »So, ich verschwinde jetzt, und wenn Sie etwas dagegen haben, müssen Sie mich festnehmen.« Er nickt ihnen kurz zu, macht auf dem Absatz kehrt und drängt sich an der Menge vorbei zum Ausgang.

»Ich verstehe das nicht«, sagt Ebba, als sie sich so weit erholt hat, dass sie sich an ihren Whiskey erinnert, den sie noch nicht angerührt hat.

»Giorgio Moretti hat seine eigene Tochter bei einem Blind Date getroffen«, sagt Simon. »So viel habe ich verstanden. Und im Nachhinein ist es vollkommen logisch, dass er sich Mr Goal nennt. Schließlich ist er Fußballtrainer.«

»Und offenbar ist er höllisch gut darin, ihn ins Tor zu schießen«, sagt Ebba grinsend und begreift im selben Moment, dass sie ihren Polizistenhumor noch nicht ganz verloren hat. »Aber es kann nicht stimmen, dass Jasmine ihn konfrontieren wollte, weil er Vera betrogen hat. Sie hatte zu ihren Eltern keinen Kontakt, sie haben nicht gemeinsam Weihnachten gefeiert, und sie wussten nicht einmal, dass Jasmine einen Papagei hatte. Warum sollte Jasmine sich darum scheren? Außerdem habe ich in Giorgios und Veras Garten einen rosa Flamingo gesehen.«

Simon blickt verständnislos drein.

»Swinger«, erklärt sie ihm. »Paare, die für Sex mit anderen Paaren offen sind, zeigen dies mit Flamingos. Und das passt zu dem, was er sagte, nämlich, dass die beiden eine offene Beziehung haben.«

»Ich habe rosa Flamingos auf ein paar von meinen Badehosen.«

Ebba unterdrückt ein Lachen. Vor ihrem inneren Auge ziehen Bilder vorbei, die sie nicht sehen will. »Okay, das weiß vielleicht nicht jeder, aber Jasmine wusste es definitiv. Deshalb glaube ich kein Wort darüber, dass sie ihrem Vater wegen seiner Untreue ins Gewissen reden wollte. Glauben Sie mir, in dieser Familie ist was faul.«

»Den Eindruck habe ich mittlerweile auch.«

Ebba winkt den Barkeeper herbei und bittet um die Rechnung.

»Jetzt schon?«, sagt Simon, und aus irgendeinem Grund fühlt es sich für Ebba gut an, dass er enttäuscht wirkt.

»Ja. Wir müssen nämlich weiter ins Radisson.«

33

Ebba trampelt Schnee von ihren Füßen, bevor sie und Simon das Hotel betreten. Sie hat die hochhackigen Schuhe gegen ein Paar Stiefel getauscht, sonst hätten sie die U-Bahn nehmen müssen.

Im Radisson ist es deutlich ruhiger als im Riche. Nur ein paar Gäste mit Koffern, die an der Rezeption einchecken, und ein paar Grüppchen, die auf Sesseln in der Lobby sitzen und sich unterhalten. Ebba und Simon gehen zu der menschenleeren Bar, wo Simon der jungen Frau hinter dem Tresen, die wie eine Barbiepuppe aussieht, seinen Polizeiausweis zeigt. Er erklärt ihr Anliegen – dass sie mit jemandem reden möchten, der Giorgio und Jasmine Moretti am Tag vor Heiligabend gesehen haben könnte.

»Ich habe da gearbeitet.« Die junge Frau klopft sich auf die Brust. »Und ich war echt schockiert, als ich in den Nachrichten gesehen habe, dass sie ermordet wurde.«

»Sie haben sie also wiedererkannt?« Ebba ist sowohl erleichtert als auch verwundert darüber, dass sie gleich einen Treffer erzielt haben. »Schließlich kommen und gehen hier bestimmt viele Menschen.«

»Ja, aber sie ragte aus der Menge hervor, war ziemlich aufgebrezelt und so. Ich habe für so etwas einen Blick, schließlich arbeite ich schon eine ganze Weile hier. Da habe ich schon viele Frauen gesehen, die allein herumsitzen und warten. Irgendwann taucht dann ein Mann auf, und sie gehen zusammen auf ein Zimmer, das er bezahlt.« Sie lacht und sieht aus, als wäre sie stolz auf ihre Beobachtungsgabe. Dann erzählt sie weiter: »Aber sie wirkte nervös. Das kommt eigentlich öfter vor, aber bei ihr war es extrem. Sie sah aus, als würde sie jeden Moment in Ohnmacht fallen, und ich habe sie gefragt, ob sie ein Glas Wasser möchte. Und dann kam dieser Mann, mit dem sie verabredet war. Das war irgendwie komisch, denn anstatt sich zu begrüßen und vorzustellen, wie es üblich ist, schien es, als ob sie sich bereits kannten.«

»Haben Sie gehört, was sie sagten?«

»Nein, ich stand ja hier, und sie saßen dort drüben.« Sie deutet mit einem Kopfnicken auf eine Sofagruppe in der Ecke. »Aber ich bekam mit, dass er wütend war, dass sie über irgendetwas stritten. Das Einzige, was ich verstanden habe, war, dass sie über irgendeinen Douglas sprachen.«

»Was haben sie über ihn gesagt?«, fragt Ebba.

»Ich weiß nicht. Das war, als er ging, da hat sie ihm was nachgerufen. Ungefähr wie: ›Mach so was bloß nicht mit Douglas!‹«

Nachdem sie sich vergewissert haben, dass die junge Frau ihnen alles gesagt hat, was sie weiß, begeben Ebba und Simon sich an einen Tisch am Fenster, wo das Tageslicht mühsam von der schneematschbedeckten Straße eindringt.

»An der Sache mit Douglas ist was faul«, sagt Ebba, nachdem sie auf den Sesseln Platz genommen haben. Sie erzählt Simon, dass Nicolas sich um seinen jüngeren Bruder Sorgen macht und dass er aufbrauste, als sie ihm dazu Fragen stellte.

»Ziehen Sie keine voreiligen Schlüsse«, sagt Simon. »Jasmine wurde vermutlich missbraucht, aber wir wissen nicht, von wem. Das muss nicht unbedingt jemand aus der engeren

Familie gewesen sein, es kann genauso gut ein Lehrer oder ein Nachbar getan haben.«

»Aber Nicolas weiß etwas, das habe ich ihm angesehen. Und jetzt, wo Giorgio aufgetaucht ist ...« Ebba schüttelt den Kopf. »Ich muss noch mal mit ihm reden.«

»Mit Giorgio?«

»Nein, mit Nicolas.« Sie sieht auf die Uhr. »Ich gehe sofort dorthin, es ist schließlich in der Nähe. In der Zwischenzeit können Sie Giorgio gründlicher unter die Lupe nehmen und schauen, ob Sie etwas Interessantes herausfinden.«

»Glauben Sie wirklich, dass er ...«

»Ich glaube gar nichts. Aber ich will wissen, warum er ein Date mit seiner eigenen Tochter hatte. Das, was er uns in der Bar aufgetischt hat, war nämlich nur dummes Geschwätz.«

Simon verdreht die Augen. »Okay, heute ist ja bloß Silvester. Wer hat da schon was Besseres vor?«

34

Nicolas zieht deutlich sichtbar die Augenbrauen hoch, als er sieht, dass Ebba schon wieder im Vernehmungszimmer auf ihn wartet. Und dies nur wenige Stunden nach ihrem letzten Besuch.

»Gehen Sie zu einer Silvesterparty?«, fragt er und setzt sich auf denselben Stuhl wie beim letzten Mal.

Ebba blickt auf das Paillettenkleid hinab, das durch den offenen Mantel mit Zebramuster glänzt, den sie sich von Ester geliehen hat.

»Nein, ich habe gerade Sugarbaby gespielt, und deshalb bin ich wieder hier.« Sie wartet auf eine Reaktion, doch als diese ausbleibt, startet sie einen neuen Versuch. »Ich habe ein Blind Date mit einem Sugardaddy arrangiert, und raten Sie mal, wer da erschienen ist? Giorgio. Ihr Vater.«

Nicolas schweigt.

Ebba spricht etwas lauter. »Verstehen Sie, was ich Ihnen sage? Jasmine hat sich mit Giorgio zu einem Date verabredet. Laut seiner Version hat sie ihn dorthin gelockt, um ihn wegen seines Lebenswandels zu konfrontieren. Aber das glaube ich ihm nicht. Ich glaube, es geht um etwas anderes.«

Nicolas sitzt kerzengerade und vollkommen reglos auf dem Stuhl. Man sieht ihm nicht einmal an, dass er atmet.

»Sagen Sie doch endlich was. Sie müssen sich doch wohl etwas darüber denken, dass Ihr Vater im Internet Frauen kennenlernt und ihnen Geld gibt. Und dass er sich mit Jasmine getroffen hat. Wussten Sie das bereits oder war Ihnen das neu?« Sie wartet auf eine Antwort. Wie er wohl mit dieser Information umgeht? Sie psychisch verarbeiten, sortieren, zu den Akten legen? Sie faltet die Hände vor dem Bauch und ändert ihre Strategie.

»Eine junge Frau, die die beiden zusammen gesehen hat, behauptet, sie hätte gehört, dass es Streit wegen Douglas gab. Wissen Sie, warum?«

»Nein. Was haben sie gesagt?«

Endlich eine Reaktion, sogar eine körperliche – ein flackernder Blick, Schweiß auf der Stirn. Ebba ist mehr denn je davon überzeugt, dass Nicolas im Hinblick auf Douglas etwas verschweigt. Aber warum? Was ist passiert, dass er lieber dichthält, anstatt sich selbst vor einer lebenslangen Haftstrafe wegen Mordes zu bewahren?

»Er ist Ihr jüngerer Bruder. Wenn er in Schwierigkeiten steckt, müssen Sie es mir sagen.«

Nicolas starrt sie mit ausdrucksloser Miene an. Vielleicht liegt sie falsch, vielleicht hat sie zu viele Geschichten über Pädophile gelesen. Das Thema ist nicht mehr so tabu wie früher, immer wieder tauchen Schlagzeilen über irgendwelche Prominente auf, die in ihrer Kindheit missbraucht wurden. Das heißt jedoch nicht, dass es sich in diesem Fall genauso verhält. Sie bohrt nicht weiter, sondern stellt ihm stattdessen Fragen zu Giorgio – über seine offene Beziehung mit Vera, was Jasmine von ihrem Vater bei dem Blind Date gewollt haben könnte. Doch Nicolas kratzt sich nur an den Armen und bewegt den Unterkiefer seitlich hin und her – typische Entzugserscheinungen.

Ebba packt zusammen und geht zur Tür. Erst jetzt öffnet Nicolas den Mund. »Haben Sie über diese Sache nachgedacht, um die ich Sie bei Ihrem letzten Besuch gebeten habe?«

Ebba bleibt stehen und sieht ihn über die Schulter hinweg an. Sie hatte gehofft, er hätte es vergessen. Gleichzeitig weiß sie, wie das läuft. Das Hirn vergisst nie einen ausgebliebenen Rausch.

»Sie wissen, dass ich das nicht kann.« Sie geht ein paar Schritte zurück. »Aber wenn ich Ihnen etwas besorge, was bekomme ich dann?«

Neue Energie lodert in seinen Augen auf, Sehnsucht nach dem, was sie ihm anbietet, die Hoffnung, dass er bald bekommt, was er braucht. »Was wollen Sie von mir?«

»Ich will, dass Sie endlich auspacken. Ich spüre nämlich, dass Sie etwas verheimlichen. Da ich für Ihre Anwältin arbeite, bleibt alles, was Sie sagen, unter uns. Nur, damit Sie das wissen.« Sie musterte ihn mit zunehmend schlechtem Gewissen. Wie kann sie ihm ein Versprechen machen, von dem sie bereits jetzt weiß, dass sie es nicht halten kann? Woher soll sie überhaupt Drogen bekommen? Schließlich hat sie keine Kontakte in dieser Szene. Aber wenn sie ihn das nächste Mal sieht, kann sie ihm sagen, sie hätte etwas angebahnt, es dauert bloß noch ein paar Tage. Vielleicht wird er dann …

»Haben wir einen Deal?«, fragt sie und legt die Hand auf den Türgriff. Sie weiß nicht recht, wie sie seine Antwort deuten soll. Ein Schulterzucken.

35

»Warum versucht er nicht einmal, sich zu verteidigen?«, fragt Ebba Simon, als sie ihn etwa eine halbe Stunde später vor dem Polizeirevier in Solna trifft. »Er sitzt nur da und sagt keinen Mucks. Das einzige Mal, wo er reagiert hat, war, als ich ihm erzählte, dass Giorgio und Jasmine wegen Douglas gestritten hatten.«

»Na ja, vielleicht liegt das ganz einfach daran, dass er tatsächlich getan hat, weswegen man ihn verdächtigt.«

Ebba trampelt Schnee von ihren Stiefeln und zieht den Kragen enger, als sie eine mit Salz gestreute Straße überqueren. Die Sonne ist verschwunden und die Kälte kriecht in alle Knochen. »Aber warum sollte er Jasmine töten wollen?«

»Das möchte ich auch wissen.«

»Ich glaube allerdings nicht, dass er es war.«

Simon lächelt. »Das sagen Sie nur, weil er der Mandant Ihrer Chefin ist. Angela hat Ihnen wohl den Kopf verdreht. Wo ist bloß Ihr Polizisteninstinkt geblieben?«

Sie verzichtet auf einen Kommentar und nimmt sich stattdessen vor, ihm zu beweisen, dass sie recht hat. Nicolas ist unschuldig. Sie wiederholt diese Worte immer wieder in Gedanken, während sie in Richtung U-Bahn-Haltestelle Solna Centrum gehen. Nicolas ist unschuldig. Nicolas ist unschuldig.

Gleichzeitig nagen die Sorgen wegen des Vaterschaftstests an ihr. Ein Zweifel hat sich bei ihr eingeschlichen, ein Zweifel, den eigentlich die Polizei und die Staatsanwaltschaft hegen sollten. Sie sind es, die sich fragen müssten, ob wirklich der Richtige in Untersuchungshaft sitzt, bei all den neuen Verdächtigen, die sie und Angela präsentiert haben, bei all dem Schmutz, der inzwischen dank ihrer Ermittlungen ans Tageslicht gekommen ist. Stattdessen ist sie diejenige, die an Nicolas zweifelt.

»Darf ich fragen, was Sie und Ihre Kollegen unternehmen, um in dieser Sache objektiv zu ermitteln?«, sagt Ebba. »Sind Sie wirklich offen für die Möglichkeit, dass jemand anders als Nicolas Jasmine die Kehle durchgeschnitten haben könnte, wenn Sie Beweise sammeln und Zeugen befragen und so?«

»Ich kann nur für mich selbst antworten. Ich versuche es wirklich, aber im Hinblick auf die erdrückende Beweislast in Verbindung mit seinem restlichen Verhalten während der Mordnacht ist das genauso, als würde man behaupten, die Erde sei keine Kugel.«

Ebba ist versucht, den Obduktionsbericht zu erwähnen, aus dem hervorgeht, dass der Mörder das Messer in der linken Hand hielt. Sie würde Simon gern erklären, dass Nicolas Rechtshänder ist, aber aus unerklärlichen Gründen schweigt sie. Es reicht doch schon, dass sie ihm gestanden hat, in seinem Büro herumgeschnüffelt zu haben. Da braucht er nicht auch noch zu wissen, dass sie tatsächlich etwas Brauchbares entdeckt hat.

»Reden wir über Giorgio?«, sagt sie stattdessen, neugierig darüber, ob Simon etwas herausgefunden hat. Auf dem Weg hierher hatte sie mit Angela telefoniert. Ihre Chefin war Feuer und Flamme gewesen, als Ebba ihr von dem Blind Date erzählt hatte – vor allem, als sie erfuhr, wer dazu erschienen war.

»Sie müssen in dieser Sache weitergraben«, hatte sie gesagt. »Je mehr Unregelmäßigkeiten und Fehlverhalten wir in der

Familie Moretti finden, desto mehr Zweifel lösen wir bei den Schöffen aus.«

»Wie Sie wissen, ist Giorgio bei uns bisher nicht aktenkundig geworden«, sagt Simon und reißt sie aus ihren Gedanken. »Allerdings habe ich ihn gegoogelt und die sozialen Medien nach ihm durchforstet und so.« Simon holt sein Smartphone aus der Tasche und tippt auf das Display. »Eigentlich habe ich nichts Besonderes gefunden, aber wenn man bedenkt, was wir bisher alles erfahren haben, fallen einem ein paar Dinge ins Auge. Schauen Sie mal.« Er reicht ihr das Handy, und Ebba stellt fest, dass er Giorgios Facebook-Profil aufgerufen hat. Als Schneeflocken auf dem Display landen, sucht sie Schutz unter dem Vordach eines Gebäudes und scrollt durch die Einträge. Unter einem Foto, das vor einem Hallenbad auf der Halbinsel Bosön aufgenommen wurde, schreibt Giorgio, dass er mit Douglas dort war. Ein weiteres Foto zeigt Giorgio im Trainingsanzug, einen Arm um die Schultern eines jungen Fußballspielers gelegt. Mehrere Postings handeln davon, dass er Jungs aus seiner Mannschaft nach dem Training nach Hause gefahren hat.

»Er hat einen Haufen Jungenfotos.«

»Ich weiß«, erwidert Simon. »Normale Dinge wirken plötzlich verdammt suspekt.«

Ebba scrollt weiter. Ein roter Faden zieht sich durch die Postings – Giorgio zusammen mit Jungs. Gewiss, stets in der Verbindung Jugendtrainer und Spieler, aber trotzdem. Es gibt kaum ein Foto, das Giorgio mit anderen Erwachsenen zeigt – die wenigen Ausnahmen haben mit geschäftlichen Anlässen zu tun.

Ebba klickt auf einen Artikel über ein Pokalturnier, den Giorgio geteilt hat. Sie überfliegt ihn und sagt zu Simon: »Giorgio hat ein Pokalspiel arrangiert, das morgen in Spånga stattfindet.«

»Das habe ich gesehen.«

»Die Zielgruppe sind fußballbegeisterte Jugendliche, die keinem Verein angehören. Hören Sie.« Sie hebt den Zeigefinger. »Es gibt Kinder und Jugendliche, die nichts mit ihren Wochenenden anzufangen wissen, die vielleicht nicht Weihnachten und Silvester feiern können. Fußball könnte ihnen eine willkommene Abwechslung bieten.«

»Auf jeden Fall kann man sich bei ihm nicht über einen Mangel an gesellschaftlichem Engagement beklagen.«

Ebba sieht ihn an. »Pfui Teufel, mir läuft es eiskalt den Rücken hinunter. Stellen Sie sich vor, Jasmine hat ihn deswegen konfrontiert. ›Mach so was bloß nicht mit Douglas‹, hat sie schließlich zu ihm gesagt.«

»Vergessen Sie nicht, dass das nur unsere Spekulationen sind.«

»Dass Giorgio pädophil ist, meinen Sie?«

»Das haben Sie gesagt.«

»Warum hat bisher kein anderer Erwachsener reagiert? Seine Facebook-Freunde zum Beispiel, schließlich hat er eine Menge. Und alle Eltern, die ihn die ganze Zeit ihre Kinder nach Hause fahren ließen.«

»Weil die Leute nicht gleich an so etwas denken, und das ist wohl auch gut so. Die meisten Jugendtrainer sind in Ordnung. Aber wir sitzen jetzt auf einer ganz anderen Information.«

»Und was machen wir damit?«

Simon zuckt die Achseln. »Zunächst wissen wir nicht, ob es stimmt. Und wenn, dann wissen wir nicht, ob es etwas mit dem Mord an Jasmine zu tun hat.«

»Spielt das eine Rolle?«

»Ich ermittle in dem Mordfall. Hellberg würde es nie zulassen, dass ich dieser anderen Sache nachgehe. Ohne konkrete Beweise können wir gegen Giorgio keine Anklage erheben.«

Ebba schnaubt und gibt Simon das Smartphone zurück. »Jetzt klingen Sie wie diese Eltern, die ihre Augen vor den Tatsachen verschließen.«

»Also, ich will damit nicht sagen, dass es mir egal ist. Ich habe bloß nicht genug Zeit, um …«

»*Whatever.*« Ebba macht eine wegwerfende Handbewegung und eilt weiter in Richtung Solna Centrum. Sie kann dieses dumme Geschwätz nicht mehr hören – Hellberg dies, Hellberg das. Was, wenn alle vor diesem Mann kriechen würden? Wie sähe die Welt dann aus?

»Ihnen ist doch wohl klar, warum Hellberg diese Polizeianwärterin mit in sein Büro genommen hat. Bestimmt nicht, um ihr ein paar verdammte Fotos zu zeigen.«

»Was haben Sie jetzt schon wieder an ihm auszusetzen?«, ruft Simon ihr keuchend nach. »Schließlich waren Sie diejenige, die mich ausgenutzt hat, um an Informationen zur Ermittlung zu kommen.«

»Sicher, Sie haben recht. Aber ich habe ein paar Erfahrungen mit Hellberg gemacht, von denen Sie nichts wissen. Bevor Sie ihn in Schutz nehmen, sollten Sie vielleicht wissen, dass er mich einmal auf die Motorhaube eines Polizeiwagens gedrückt hat. Als ich ihn nicht rangelassen habe, wurde er stinksauer. Die Abfuhr hat ihn sogar derart gekränkt, dass er mir gedroht hat, er werde Gerüchte verbreiten, was für eine Hure ich sei.« Ebba geht auf einmal schneller, vielleicht, um Simons misstrauischem Blick zu entgehen, vielleicht aber auch, um vor sich selbst zu fliehen. Welcher dieser Gründe zutrifft, ist ihr egal. Hauptsache, sie hat es gesagt.

»Warten Sie!«, ruft Simon und zerrt sie am Arm. »Meinen Sie das ernst?«

»Nein, natürlich nicht. Ich habe das nur erfunden, weil ich eine lebhafte Fantasie habe. Außerdem bin ich eine hysterische Psychotussi, wie alle Frauen, die solche Vorfälle melden. Oder eine langweilige Spaßbremse. Ich kann mir vorstellen, dass Hellberg immer noch so etwas über mich sagt.« Sie reißt sich aus seinem Griff los und geht weiter in Richtung U-Bahn.

»Halt, warten Sie ... Wir können doch darüber reden. Was machen Sie heute Abend? Gehen Sie auf eine Silvesterparty?«

»Nein, ich werde nach konkreten Beweisen suchen.«

Diesmal läuft er ihr nicht hinterher. Ebba ist sich nicht sicher, ob sie sich darüber freut oder nicht. Sie weiß nur, dass es sich gut anfühlt, endlich etwas gesagt zu haben. Eine Befreiung. Vermutlich glaubt Simon ihr nicht, aber vielleicht hat sie in ihm den Keim des Zweifels gesät, etwas, das noch wachsen kann, bis er eines Tages kapiert, wer sein Chef, zu dem er aufschaut, wirklich ist.

36

Zu Hause angekommen, streift Ebba die Stiefel ab und holt eine Flasche Whiskey aus dem Vorratsschrank. Zwar warnt eine hartnäckige Stimme sie im Hinterkopf, dass sie davon die Finger lassen sollte, aber schließlich ist Silvester. Wenn sie wirklich will, kann sie ihren Alkoholkonsum kontrollieren. Sie schenkt sich ein Glas ein, schüttelt die letzten Tropfen aus der Flasche und flucht über den lächerlichen Rest, der kaum den Boden der Flasche bedeckt. Sie durchwühlt den Schrank, zerrt Weizenmehl, Haferflocken und eine Menge andere Tüten und Packungen aus dem Regal, findet jedoch keine Flasche. Mit einem leichten Anflug von Panik trinkt sie das Glas leer und schaut im Kühlschrank nach. Eigentlich müssten da noch ein paar Flaschen Sekt sein, darunter eine, die Ester ihr geschenkt hat. Ihre Schwester wollte nämlich, dass sie mit ihr den sechshunderttausendsten Follower auf Instagram feiert.

Sie findet einen Cava, einen Prosecco und ein paar Flaschen Bier. Entscheidet sich für Letzteres und öffnet eine Flasche in dem Moment, als ein Piepsen auf ihrem Handy den Eingang einer Textnachricht ankündigt. Es ist Ester. Sie lädt Ebba ein, zu »der geilsten Party mit einem Haufen toller Menschen« mitzukommen. Kuss-Smiley, rotes Herz, rotes Herz. Ebba trinkt einen Schluck Bier aus der Flasche, drückt die Nachricht weg und will das Handy weglegen, überlegt es sich jedoch anders. Es gibt etwas, das sie tun möchte, seit sie heute Morgen mit Nicolas gesprochen hat. Sie öffnet den Facebook Messenger, gibt *Douglas Moretti* in das Suchfeld ein und durchsucht die Profile, bis sie sein Foto findet, auf dem er ein blau gestreiftes Fußballtrikot trägt. Dann schreibt sie eine Nachricht.

Ich habe heute mit Nicolas gesprochen. Er hat mich gebeten, dir ein gutes neues Jahr zu wünschen. Alles Gute. Ebba (Anwaltskanzlei Köhler)

Sie hält den Finger über das Senden-Symbol, zögert aber. Ist das auf irgendeine Weise unangemessen? Vermutlich. Aber sie muss unbedingt mit Douglas Kontakt aufnehmen, also schickt sie die Nachricht ab und holt sich ein neues Bier. Noch bevor sie die Flasche geöffnet hat, erhält sie eine Antwort.

Okay. Wie geht es Pelle?

Pelle? Sie schickt ihm ein Fragezeichen zurück. Welcher Pelle?

In Douglas' Antwortfeld bewegen sich drei Punkte, und Ebba behält sie im Auge, bis die Antwort kommt.

Jasmines Papagei.

Ebba starrt auf die Nachricht. Douglas wusste also trotz allem, dass seine Schwester einen Papagei besaß. Gegenüber seinen Eltern tat er jedoch so, als hätte er keine Ahnung.

Mit zögernden Schritten geht sie im Zimmer auf und ab und überlegt, was das bedeutet. Hat er das geschrieben, weil er sich über den Papagei Gedanken macht? Oder will er ihr damit sagen, dass er sich heimlich mit Jasmine getroffen hat und es vor seinen Eltern verheimlicht? Aber wieso?

Sie schreibt zurück: *Ach so, ich nenne ihn Einstein. Ja, ihm geht's gut. Und selbst?*

Aus der Wohnung nebenan dringen laute Musik und fröhliche Rufe herüber. Ebba sieht zur Balkontür hinaus. Auf dem Nachbarbalkon stehen zwei junge Frauen und rauchen. Offenbar gönnen sie sich eine Pause von dem Halligalli drinnen.

Als sie Douglas' Antwort erhält, macht sie die Tür zu. *Mir geht's beschissen. Versuche, alles mit Fortnite zu verdrängen.*

Auf das neue Jahr, würde sie ihm am liebsten schreiben, aber wer gibt ihr das Recht, infrage zu stellen, wie er Silvester feiert? Sie blickt in den Spiegel an der Wand hinter dem Sofa und prostet sich mit der Bierflasche zu.

»Gutes neues Jahr, Ebba. Schön, dass du kommen konntest. Wahnsinn, wie fit du aussiehst. Danke, ich habe in letzter Zeit viel Sport getrieben.« Sie lächelt ihr Spiegelbild an, setzt die Flasche an den Mund an und reißt sich am Verschluss, der immer noch drauf ist, die Lippe auf.

Ach ja. Sie holt den Flaschenöffner aus der Küche, bleibt vor dem Vogelkäfig stehen und streckt den Kopf nach vorne.

»Eigentlich bin ich überhaupt nicht einsam, ich habe ja dich. Gutes neues Jahr, Pelle. Nein, Pelle passt nicht zu dir. Du bist ein Einstein? Dann erzähl mir doch, was passiert ist, als dein Frauchen ermordet wurde. Bitte, bitte.«

Der Papagei starrt sie an, Ebba starrt zurück.

Machtkampf.

Verdammter Vogel! Aus dir ziehe ich keinen Nutzen.

Sie füllt eine Schale mit Chips, legt sich aufs Sofa und schaut sich die fünfte Folge der ersten Staffel von *How to Get Away with Murder* an.

Vielleicht kann sie aus dieser Serie etwas lernen. Was hätte die Hauptfigur Annalise Keating, eine Strafverteidigerin, getan, um Nicolas' Freispruch zu erreichen? Ebba mag Annalise, es gefällt ihr, wie die Frau vor Gericht ihre Widersacher plattmacht und alles tut, um ihr Ziel zu erreichen. Hier trifft tatsächlich die Redewendung »in der Grauzone agieren« zu.

Ebba zieht sich eine Folge nach der anderen rein, bis es vor ihrem Fenster knallt und knattert und der Himmel bunt leuchtet. Sie nimmt die Flasche Cava, die sie geöffnet hat und in der noch ein bisschen was übrig ist, geht damit auf den Balkon hinaus und atmet die frische Luft ein. Die Party in der Nachbarwohnung ist inzwischen in vollem Gange. Männer im Smoking und Frauen in Kleidern drängen sich auf dem Balkon und schubsen sich so heftig, dass ein Kerl halb über dem Geländer hängt. Als er Ebba sieht, prostet er ihr mit seinem Sektglas zu und ruft so laut, dass er den Radau übertönt: »Gutes neues Jahr!«

Ebba prostet zurück.

»Bist du allein?«

Sie macht eine bejahende Handbewegung, worauf er eine besorgte Miene aufsetzt.

»Heute ist Silvester. Das geht doch nicht, dass du ganz allein feierst.«

»Ich feiere nicht. Außerdem habe ich hier drinnen einen Papagei, der genügt mir.«

»Einen Papagei? Darf ich rüberkommen und ein bisschen mit ihm reden?«

»Was? Nein.«

»Dann komm du doch zu uns. Hier sind so viele Leute, dass eine Person mehr gar nicht auffällt ...« Jemand in dem Gedränge schubst ihn erneut, und er verschüttet Sekt auf den Hemdsärmel. Gleichzeitig ruft eine Frau in der Wohnung: »Jetzt geht die Party richtig los! Komm schon! Huiii!«

Ein ganzer Chor stimmt in den Freudenschrei ein, und die Leute auf dem Balkon drängeln sich durch die enge Türöffnung nach drinnen.

Ebba verdrückt sich ebenfalls zurück in die Wohnung. Nie im Leben denkt sie daran, mit diesen Leuten zu feiern. Sie greift zu ihrem Smartphone, als das Display aufleuchtet und den Eingang einer Textnachricht anzeigt. Es sind gleich zwei – eine von ihrer Mutter und eine von Simon. Dass keine von Jens ist, tut ihr weh, aber scheiß auf ihn. Sie liest Simons Nachricht.

Gutes neues Jahr! Wie lange sollen wir noch so tun, als ob nichts wäre?

Während sie den Text mehrmals liest, macht sich an der Peripherie ihres Rausches ein wachsendes Unbehagen breit. Spielt Simon auf ihre letzte Diskussion an? Nein, es hat wohl etwas mit dem Abend in der Kneipe zu tun. Etwas muss passiert sein, das nicht hätte passieren dürfen.

Scheiße, Scheiße, Scheiße! Genau deshalb muss sie mit dem Trinken aufhören. Sie verzichtet darauf, eine Antwort zu schreiben, und legt sich wieder aufs Sofa, doch in dem Moment, als sie die Hand nach der Fernbedienung ausstreckt, klingelt es an der Tür.

Sie ahnt, wer das ist, und hat große Lust, »Verpiss dich!« zu rufen. Der Typ vom Balkon nebenan. Doch dann fällt ihr wieder ein, was die Frau geschrien hat: Jetzt geht die Party richtig los.

Sie geht in den Flur, macht auf und blickt direkt in das vor Selbstbewusstsein strotzende Gesicht des Kerls.

»Ich dachte, du hast es dir vielleicht anders überlegt«, sagt er mit Lachgrübchen um den Mund.

Ebba setzt das verführerischste Lächeln auf, zu dem sie in ihrem alkoholisierten Zustand fähig ist, und bringt ihr Gesicht ganz nahe an das seine heran. »Kommt darauf an, was du zu bieten hast.«

»Aha, so läuft also der Hase. Was wünscht die Dame?«

»Ein bisschen Extraspaß.« Ebba lächelt, während gleichzeitig eine warnende Stimme in ihrem Kopf hallt und sie fragt, ob sie weiß, worauf sie sich da einlässt. Aber vielleicht hat sie eine Lösung für das Versprechen gefunden, das sie Nicolas gegeben hat.

Er nimmt sie zu der Party mit, wo sie sich zwischen verschwitzten Anzügen und eng sitzenden Kleidern hindurchkämpfen. Arme und Beine wiegen sich im Takt der Musik auf einem Perserteppich, wo vorher offenbar der Esstisch gestanden hat. Spitze Absätze drehen sich auf dem Parkettboden. Ein Typ bewegt den Unterleib lasziv vor und zurück, während er sich ihr nähert. Ebba stoppt ihn mit einer Handbewegung.

»Wer zum Teufel war dieser Kasper?«, fragt sie ihren neuen Freund, der sich bei näherem Hinsehen als ziemlich attraktiv herausstellt. Freundliches Lächeln, anziehender Blick. Die Lachgrübchen sind natürlich ausschlaggebend.

»Keine Ahnung.« Er nimmt sie mit in eine Ecke des Zimmers, wo zwei Blondinen sich über einen Glastisch beugen und Kokain in die Nase ziehen. Weiter weg steht ein Typ mit zurückgegeltem Haar, und Lachgrübchen geht zu ihm. Geldscheine und ein kleiner Ziplockbeutel wechseln den Besitzer.

Ebba muss sich daran erinnern, dass sie keine Polizistin mehr ist und dass sie diese Transaktion angestoßen hat. Sie hat sich entschieden – sie kann nicht riskieren, Nicolas zu enttäuschen, weil er sich sonst ihr gegenüber noch mehr verschließt. Deshalb muss sie ihm besorgen, was sie ihm versprochen hat.

Die Gewissensbisse angesichts dessen, was sie vorhat, sprudeln in ihrem Magen mit dem Cava um die Wette. Sie will Drogen ins Untersuchungsgefängnis schmuggeln, wie diese schwarzen Schafe unter den Strafverteidigern, von denen man hin und wieder in der Zeitung liest. Aber sie muss es tun, um mit ihrer Ermittlung voranzukommen. Und vor allem muss sie es für Douglas tun.

Lachgrübchen kommt zurück und übergibt ihr den Ziplockbeutel mit einem Zungenkuss. Zunächst spielt sie nur zum Schein mit, aber je mehr ihre Zungen sich erforschen, desto entspannter ist sie, drückt sich enger an ihn heran und fährt mit der Hand durch sein welliges Haar.

Was macht sie da? Sie entwindet sich seinem Griff, bevor es zu weit geht, und verdrückt sich mit der Ausrede ins Bad, dass sie beim Koksen ungestört sein möchte. Drinnen versteckt sie das Tütchen in ihrem BH, bessert ihren verwischten Lidschatten nach und bauscht ihr Haarvolumen mit einem Spray auf, das sie in einem der Schränke findet. Geht so.

Jemand rüttelt an der Tür. Sie geht hinaus und wird sofort von Lachgrübchen abgefangen, der sie mit sich auf die provisorische Tanzfläche zieht.

Warum nicht? Nur für einen Moment.

Sie tanzen und trinken Champagner, gehen hinaus auf den Balkon und unterhalten sich mit ein paar anderen Gästen, von denen Ebba nur die Münder mit großen und roten Lippen sieht. Auf dem Sofa hat eine junge Frau ihr Kleid bis zur Taille hochgezogen und sitzt rittlings auf zwei Beinen, die in einer Anzughose stecken. Daneben hüpfen ein paar Typen zum Takt der Musik herum, als befänden sie sich auf einem Trampolin.

Ebba und Lachgrübchen wirbeln auf der Tanzfläche umher und lachen immer ausgelassener. Irgendwann trinkt sie aus einem Glas, das sie auf einem Fensterbrett findet. Sie taumeln durch die Wohnung, fummeln aneinander herum, tauschen Zungenküsse aus.

Als Ebba am nächsten Morgen aufwacht, erinnert sie sich nicht mehr, wie sie im Bett gelandet ist, kapiert jedoch, was passiert sein muss.

Lachgrübchen liegt nackt neben ihr auf dem Rücken. Die Erkenntnis trifft sie wie ein Blitzschlag, und der Suff der vergangenen Nacht ist auf einmal wie weggeblasen. Mist! Sie deckt ihn zu, stützt sich auf die Ellenbogen und lässt den Blick durchs Zimmer wandern. Das Paillettenkleid liegt auf einem Haufen auf dem Fußboden, die Schuhe daneben, und ihr Slip hängt am Türgriff. Na toll! Plötzlich fällt ihr etwas anderes ein – das Kokain. Sie schlägt sich mit der flachen Hand an die Stirn. Wie konnte sie nur so dumm sein?

Sie kniet sich neben das Bett und schaut darunter nach. Findet den BH und einen Strumpf, den sie schon seit einiger Zeit gesucht hat, aber keinen Ziplockbeutel. Immer nervöser sieht sie sich um, bis ihr Blick an der Kommode neben der Tür und der Glasschüssel darauf hängen bleibt. Sie erinnert sich vage, dass sie in den Kieselsteinen darin herumgestochert hat. Sie geht hin, steckt zwei Finger hinein, fischt den Beutel heraus und inspiziert das weiße Pulver. Dabei fragt sie sich erneut, wie sie nur so dumm sein konnte. Sie muss das Scheißzeug so schnell wie möglich loswerden.

Vom Bett dringen Schnarchlaute an ihr Ohr. Sie vergräbt den Beutel wieder und betrachtet den weißen Hintern, der ihr jetzt zugewandt ist. Höchste Zeit, dass sie den Kerl rausschmeißt. Ihr Blick fällt durch die Schlafzimmertür auf die Küchenuhr. Viertel vor zehn.

Wann beginnt gleich wieder das Pokalspiel in Spånga, das Giorgio Moretti organisiert hat? Um elf?

Sie geht zurück zum Bett und stößt den schlafenden Jüngling an.

»Hey, wach auf!«

37

Der Geräuschpegel in der Sporthalle von Spånga ist hoch. Überall tummeln sich Jugendliche in Fußballtrikots, Mannschaftskapitäne und Trainer sowie Eltern, die ihre Teenager anfeuern. Ebba wünscht, sie hätte ein paar Paracetamol-Tabletten genommen, bevor sie hierherkam. Aber bei dem Stress in Verbindung mit dem Hinauswurf ihres nächtlichen Gastes hat sie nicht daran gedacht. Wie hieß der Typ gleich wieder? Oder vielmehr, hat er ihr überhaupt seinen Namen genannt? Scheißegal. Zumindest ist sie ihn losgeworden.

Mit pochendem Schädel schlendert sie am Rand zweier Fußballfelder entlang, die mit orangen Hütchen auf dem Kunstrasen markiert sind, und sieht sich nach Giorgio und Douglas um. Nach ein paar Minuten entdeckt sie die beiden. Giorgio trägt eine blaue Trainingsjacke und unterhält sich mit den Kapitänen der verschiedenen Mannschaften. Ein Stück weiter findet sie Douglas. Der Junge übt gerade Balltricks mit ein paar Kumpels, alle in den gleichen schwarzen Trikots. Er trägt immer noch einen Verband am Arm, was ihn aber anscheinend nicht am Spielen hindert.

An dem provisorischen Kiosk kauft sie einen Becher Kaffee und stellt sich neben eine Gruppe Erwachsene, die sich eines der Spiele anschauen. Von hier aus kann sie sowohl Giorgio als auch Douglas im Auge behalten. Sie versucht, nicht an den gestrigen Abend zu denken, aber die Wahrheit lässt sich schwer leugnen. Sie ist mit einem Kerl ins Bett gegangen und kann sich an nichts erinnern. Vielleicht sollte sie sich darüber nicht den Kopf zerbrechen, schließlich ist sie Single und muss sich vor niemandem rechtfertigen. Aber sie weiß, dass nicht da der Schuh drückt, sondern woanders – sie hat die Kontrolle verloren.

Ich muss mit dem Trinken aufhören, ich habe jetzt einen Job und Verantwortung, es tun sich neue Möglichkeiten auf … welche Möglichkeiten genau? Wird sie endlich ihr Leben auf die Reihe bekommen, nur weil sie wieder eine Beschäftigung hat? Ja, sie will wenigstens daran glauben. Aber wenn sie weiterhin für Angela arbeiten will, muss sie bald zeigen, was in ihr steckt.

Ein paar Minuten später beginnt das Spiel von Douglas. Sie treten gegen eine Mannschaft in grünen Trikots an, und Ebba beobachtet Giorgio, wie er seine Spieler auffordert, die Reservebank zu verlassen, wie er zu ihnen spricht, mit dem Finger zeigt, sie aufmuntert.

Kann das sein – ist er wirklich pädophil?

Eine Stimme im Hinterkopf ruft ihr Simons Worte ins Gedächtnis: *Vergessen Sie nicht, dass das nur unsere Spekulationen sind.* Jetzt, wo sie Giorgio dort drüben sieht, kann sie sich nur schwer vorstellen, dass er sich an Kindern vergreift. Ein angesehener Fußballtrainer, der neben seiner normalen Tätigkeit Pokalspiele für benachteiligte Jugendliche organisiert.

Gleichzeitig weiß sie, dass es so läuft. Die Macht, die er über die Jugendlichen hat. Wer darf spielen? Wer darf ein Spiel überspringen? Wer darf zum Probetraining mit der Mannschaft eine Altersklasse höher? Wen werden die Talentscouts auswählen? Was, wenn dort auf dem Fußballplatz Jungs mit einem unguten Gefühl in der Magengegend herumlaufen und eine Riesenangst haben, allein mit ihrem Trainer in einem Umkleideraum zu landen?

Ebba trinkt einen großen Schluck aus dem Plastikbecher. Es ist verdammt noch mal ihre Pflicht, herauszufinden, was dieser Mann so treibt, ungeachtet dessen, ob es etwas mit dem Mord an Jasmine zu tun hat.

Während das Spiel läuft, durchforstet Ebba mit einem gewissen Schaudern ihr Handy. Sie muss nachsehen, ob sie im Laufe der Nacht irgendwelche Textnachrichten verschickt hat. Zu ihrer Erleichterung stellt sie fest, dass keine an Jens darunter sind, nur Neujahrsgrüße an Freunde und Verwandte.

Sobald der Schlusspfiff ertönt, geht sie näher an die Mannschaft mit den schwarzen Trikots heran und folgt Giorgio und Douglas mit ihrem Blick. Giorgio bleibt neben einem Mann stehen, um dessen Hals eine Kamera hängt und der sich während des Gesprächs auf einem Block Notizen macht. Ein Journalist. Ebba wirft den leeren Plastikbecher in einen Abfalleimer und sieht, wie Douglas in Richtung Kiosk verschwindet. Ein wachsames Auge auf Giorgio werfend, geht sie ebenfalls dorthin. Douglas ist gerade dabei, Ketchup auf eine Bratwurst mit Brötchen zu geben, während er gleichzeitig eine offene Getränkedose unter die Achselhöhle geklemmt hält.

»Soll ich sie für dich halten?« Ebba deutet mit einem Kopfnicken auf die Dose.

Douglas sieht sie an, als habe er sie nicht auf Anhieb erkannt, ehe er ausruft: »Ach, Sie sind das.«

Ebba lächelt. »Wie lief es gestern mit Fortnite?«

Trotz der Wachsamkeit in seinen braunen Augen spürt sie, dass sich bei dem Jungen Gesprächsbedarf aufgestaut hat. »Ich war Zweiter, habe aber beinahe gewonnen.«

»Cool.« Ebba streckt die Hand nach der Dose aus, und nach anfänglichem Zögern lässt er sie sich abnehmen. »Geht es deinem Arm besser?« Sie deutet mit einem Kopfnicken auf den Verband. »Heilt die Schürfwunde jetzt, wie sie sollte?«

»Ja.«

»Schön. Dass du Antibiotika nehmen musstest, war nicht so toll. Ist Dreck in die Wunde gekommen?«

»Nein, sie wollte einfach nicht heilen.« Er beißt in die Wurst und blickt verstohlen zu Giorgio und dem Journalisten hinüber. »Was machen Sie hier?«

»Mein Neffe ist bei einem Spiel dabei.« Ebba ist auf diese Frage vorbereitet. »Und dann habe ich dich gesehen und wollte einfach nur Hallo sagen. Nicolas macht sich große Sorgen um dich. Jedes Mal, wenn ich ihn besuche, redet er über dich.«

Ein Lächeln huscht über Douglas' Gesicht, verschwindet jedoch sofort wieder. Ebba überlegt, ob sie Nicolas' Bitte nachkommen und dem Jungen ausrichten soll, dass sein großer Bruder unschuldig sei. Aber was, wenn er es nicht ist?

Ebba plagt wegen ihrer Zweifel ein schlechtes Gewissen. Aber wer kann es schon mit Sicherheit sagen?

Sie beschließt, es nicht zu tun. Falls sich herausstellt, dass Nicolas allen nur etwas vormacht, will sie nicht diejenige sein, die Douglas ins Gesicht gelogen hat.

»Weißt du, warum er sich solche Sorgen um dich macht?«, fragt sie stattdessen.

Etwas blitzt in Douglas' Augen auf. Ebba weiß nicht, was, spürt lediglich, dass das Thema ihm unter die Haut geht.

»Woher soll ich das wissen?«, antwortet er.

»Ich dachte, ihr hättet vielleicht über etwas gesprochen, bevor das mit Jasmine passiert ist. Probleme in der Schule oder daheim, oder so.«

Douglas schnaubt und streckt die Hand nach der Getränkedose aus, die sie immer noch hält. »Kann ich meine Limo haben?«

»Klar.« Sie reicht ihm die Dose. Während er ein paar Schlucke trinkt, kommen einige Jungs aus seiner Mannschaft vorbei und fragen ihn, ob er mit ihnen abhängen und ein bisschen Ball spielen möchte.

»Du, etwas anderes«, sagt Ebba, bevor er verschwindet. »Warum dürfen deine Eltern nicht wissen, dass du Jasmines Papagei kennst?«

Er sieht sie verwundert an. Dann lächelt er schwach und läuft seinen Kumpels nach.

»Du kannst dich jederzeit bei mir melden, wenn du reden willst«, ruft sie ihm hinterher. »Wir sind ja jetzt auf Messenger miteinander in Kontakt.«

Unsicherheit befällt sie, und sie fragt sich erneut, ob sie die Situation womöglich vollkommen falsch einschätzt.

Als sie wieder zu Giorgio hinüberschaut, ist er verschwunden. Sie stellt sich auf die Zehenspitzen, blickt über ein paar Köpfe hinweg und sieht, wie er gerade die Sporthalle verlässt, den Arm um die Schultern eines Jungen aus seiner Mannschaft gelegt. Sie eilt ihm nach und läuft um die Ecke, wo es zu den Umkleideräumen geht. Just in diesem Moment geht weiter vorne im Korridor eine Tür zu. Sind sie da hineingegangen? Ebba blickt sich um, sieht Menschen, die durch den Eingang kommen und gehen, Eltern, die Kaffee trinken, sowie Jugendliche, die auf ihren Smartphones chatten oder Schokokugeln essen, aber keinen Giorgio mit einem Jungen in schwarzem Trikot. Sie geht zu der Tür. »Abstellraum« steht auf einem Schild. Sie hält ein Ohr dagegen und versucht zu hören, was die beiden dort drinnen machen, aber das Stimmengewirr in der Umkleide macht dies unmöglich. Wut und Frust ringen mit der Vernunft um die Oberhand. Ein Teil von ihr möchte in den Raum hineinplatzen und unterbrechen, was dort gerade vor sich geht, während der andere Teil schreit, sie müsse abwarten. Was, wenn sie sich irrt? Sie stellt sich vor ein schwarzes Brett, tut so, als lese sie die ausgehängten Zettel, und wartet eine gefühlte Ewigkeit. Mehrmals muss sie sich zurückhalten, nicht die Tür aufzureißen. Nach vier oder fünf Minuten kommen sie heraus, und der Junge schlurft in Richtung Halle davon. Giorgio bleibt vor der Tür stehen, strafft sich, hält die Hände über den Kopf und macht Stretch-Übungen mit dem Oberkörper.

Was zum Teufel hat er dadrinnen gemacht?

Ebba blickt noch einmal dem Jungen hinterher und registriert, dass das Trikot aus der kurzen Hose heraushängt. Aber vorhin war es doch bestimmt hineingestopft, oder?

38

Im Wartezimmer des medizinischen Versorgungszentrums von Lidingö sitzen die Leute verstreut herum. Manche sind in ihre Zeitungslektüre vertieft, andere daddeln auf ihrem Smartphone oder versuchen, ihre Kinder im Auge zu behalten, die auf Stühlen, Sofas, Tischen und anderen Möbelstücken herumklettern. Hin und wieder werfen sie einen Blick auf die Wartenummernanzeige, sobald ein Piepen ertönt.

Ebba und Simon haben nebeneinander auf einem Sofa Platz genommen und warten darauf, dass Martin Lund ein paar Minuten Zeit für sie hat. Er ist der Arzt, der Douglas wegen seines Arms behandelt und ihm das Antibiotikum verschrieben hat. Sie hatten es auf gut Glück in diesem Versorgungszentrum probiert, da es dem Haus der Morettis am nächsten liegt, und der Mann am Empfang hatte ihnen ohne Zögern geholfen, nachdem Simon seinen Dienstausweis gezückt hatte. Aus diesem Grund hatte Ebba Simon hierhergebeten, denn sie wollte vermeiden, ihren eigenen ungültigen Ausweis zu verwenden und erneut eine Anzeige zu riskieren. Ansonsten wäre sie lieber allein gefahren. Was Simon betrifft, fühlt sich alles seltsam an, seit er ihr diese Textnachricht an Silvester geschickt hat. *Wie lange sollen wir noch so tun, als ob nichts wäre?*

Die vage Bedeutung dieser Worte fließt wie zähes Öl zwischen ihnen. Bisher hat er nichts darüber gesagt.

Sie auch nicht. Stattdessen hatte sie ihm vom gestrigen Pokalspiel erzählt und davon, wie Giorgio mehrere Minuten lang mit einem Jungen aus seiner Mannschaft in einem Abstellraum verschwand.

»So schnell kann es gehen«, hatte Simon erwidert, war jedoch schnell wieder ernst geworden, als ihm klar wurde, dass der Witz nicht ankam. Gewiss, Ebba ist an Polizistenjargon gewöhnt, aber die Vorstellung, dass Giorgio Moretti sich womöglich an dem Jungen vergriffen hat, während sie untätig vor der Tür stand, hatte in ihr ein solches Unbehagen ausgelöst, dass sie gestern Abend nicht einmal in der Lage gewesen war, die ganze Flasche Prosecco auszutrinken. Möglicherweise hatte das auch etwas mit ihrem Versagensgefühl zu tun, weil sie wieder mit dem Trinken angefangen hat, und mit ihrer Angst wegen ihres Blackouts mit dem Typen von der Silvesterparty. Letztere hüllt sie immer noch wie eine unsichtbare Decke ein, und sie schwitzt ununterbrochen, obwohl sie ihre Jacke ausgezogen und über den Schoß gelegt hat. Sie umklammert das Kleidungsstück, so fest sie kann, und versucht durchzuhalten. Nur ein kurzes Gespräch mit dem Arzt, dann setzt sie sich wieder ins Auto, fährt zum Schnapsladen und deckt sich mit dem Einzigen ein, das ihre Schmerzen lindert.

Zehn Minuten später folgen sie Martin Lund in ein Untersuchungszimmer. Der Mann wirkt auf Ebba eher wie ein Hipster mit eigener Mikrobrauerei als ein Arzt. Vielleicht liegt das an den tätowierten Unterarmen, die unter den hochgekrempelten Ärmeln des weißen Kittels hervorschauen, und dem Männerdutt. Er setzt sich auf einen Bürostuhl hinter dem Schreibtisch, lehnt sich zurück und tippt in regelmäßigem Takt die Fingerspitzen aneinander.

»Ich habe gehört, Sie möchten über Douglas Moretti reden. Ihm ist hoffentlich nichts passiert?«

»Warum glauben Sie das?«, fragt Ebba.

Martin Lunds bärtiges Gesicht verzieht sich zu einer resignierten Grimasse. »Wenn die Polizei sich mit mir über einen Patienten unterhalten will, gehe ich davon aus, dass es sich nicht um eine Bagatelle handelt. Und was Douglas betrifft, so mache ich mir seit Längerem Sorgen um ihn. Wenn Sie mir also erzählen, was Sie wissen, erzähle ich Ihnen, was ich weiß.«

Eins muss man ihm lassen – er kommt sofort zur Sache. Kein Geschwafel über ärztliche Schweigepflicht oder Integrität des Patienten. Ebba mag ihn jetzt schon, obwohl er wie ein Hipster aussieht.

»Wir haben den Verdacht, dass er zu Hause schlecht behandelt wird«, sagt sie. »Beweise haben wir keine, lediglich Anzeichen. Deshalb möchten wir Sie zu der Verletzung an seinem Arm befragen. Er behauptet, es sei eine Schürfwunde, die nicht heilen will.«

»Eine Schürfwunde.« Martin Lund schüttelt den Kopf. »Das stimmt nicht. Es ist eine Brandverletzung, die er sich meiner Ansicht nach selbst mit einer Kerze, einem Feuerzeug oder etwas Ähnlichem zugefügt hat. Seitdem hat er sich immer wieder aufs Neue verbrannt. Das ist eine Form von selbstverletzendem Verhalten. Ich habe bereits mit den Eltern gesprochen und ihnen geraten, zu einem Facharzt für Kinder- und Jugendpsychiatrie zu gehen, aber sie wollten nicht darauf hören.«

Ebba wechselt einen Blick mit Simon, ehe sie fragt: »Haben sie gesagt, warum?«

»Nein, aber ich vermute, dass der Vater der Meinung ist, so ein Schwachsinn sei nicht nötig. Die Mutter dagegen ist gegenüber Hilfsangeboten aufgeschlossener, aber wenn Sie meine

Meinung hören wollen: Ich habe den Eindruck, dass er die Hosen anhat.«

»Haben Sie mit Douglas unter vier Augen darüber gesprochen?«

»Nein, ein Elternteil war immer dabei. Aber ungeachtet dessen ist es selten, dass ein Teenager sich auf diese Weise gegenüber einem Fremden öffnet. Dafür braucht es professionelle Gespräche mit einem Psychologen oder jemandem, der wirklich sein Vertrauen genießt.«

»Haben Sie eine Vermutung, was ihn bedrückt?«

Martin Lund aktiviert den Bildschirm seines Computers und scrollt durch ein Dokument. »Laut seiner Patientenakte war er vor zwei Jahren wegen einer ähnlichen Verletzung in Behandlung. Und wenn man bedenkt, was in der Familie gerade geschehen ist, lässt sich so etwas nur schwer ignorieren. Ich möchte nicht weiter spekulieren, die Ursachen können vielfältig sein, heutzutage drohen Kindern ja von allen Seiten Gefahren.« Er wendet sich wieder Ebba und Simon zu. »Aber hinter seinem Verhalten steckt definitiv ein traumatisches Erlebnis.«

»Wenn Sie raten müssten, was könnte dies Ihrer Meinung nach gewesen sein?«

»Ich rate nie laut. Das herauszufinden, ist Ihre Aufgabe. Deshalb sind Sie wohl hier.«

»Ja.« Eigentlich hatte Ebba auf eine bombensichere Theorie gehofft, die mit ihrer übereinstimmte. Aber man beschuldigt jemanden ungern ohne Hand und Fuß solcher Dinge. Anscheinend sieht Martin Lund das genauso, und wie er selbst sagte, kann Douglas' selbstverletzendes Verhalten vielfältige Ursachen haben.

Aber in diesem Fall weiß Ebba mehr als Douglas' Arzt – Giorgio Moretti traf sich mit seiner Tochter zu einem Blind Date, kurz bevor sie ermordet wurde; Jasmine war in einer Selbsthilfegruppe für Opfer sexuellen Missbrauchs innerhalb der Familie; Nicolas macht sich große Sorgen um seinen kleinen Bruder. Sie muss mit jemandem reden, der Douglas nahesteht, ihn jeden Tag sieht und ein Gefühl dafür haben müsste, wie es dem Jungen geht.

»Sein Klassenlehrer«, sagt Ebba zu Simon auf dem Weg zu ihren Autos, nachdem sie sich bei Martin Lund für die Hilfe bedankt haben. »Wir müssen mit Douglas' Klassenlehrer reden.«

»Auf welche Schule geht er?«

»Ich weiß nicht, aber das dürfte wohl nicht schwer herauszufinden sein. Im Zweifelsfall fragen wir Nicolas.« Sie holt das Smartphone aus der Tasche, gibt Douglas' Namen sowie die Begriffe »Schule« und »Lidingö« in das Suchfeld ein und wartet auf Treffer.

»Übrigens, hatten Sie ein schönes Silvester?«, fragt Simon, während er eine Mütze aus der Jackentasche zieht und aufsetzt.

Sie zögert einen Moment mit ihrer Antwort und überlegt, ob er über ihren nächtlichen Gast Bescheid weiß. Aber woher sollte er das?

»Ich war einfach nur daheim und habe mir einen gemütlichen Abend gemacht.« Sie drückt erneut auf das Display und verflucht den miserablen Empfang. »Also, mir scheint, Giorgio Moretti ist ziemlich widerspenstig gegenüber allem, was seine Kinder betrifft. Er lässt Douglas nicht zum Kinder- und Jugendpsychiater und wollte Nicolas keinen Anwalt besorgen. Woran das wohl liegen mag?«

»Mhm«, murmelt Simon dicht auf Ebbas Fersen. »Sie waren also ganz allein an Silvester?«

Ebba atmet die kalte Luft ein. Kann er nicht endlich damit aufhören? »Ja, ich und Einstein.«

Sie konzentriert sich auf die Suchergebnisse, die endlich erscheinen, und will nicht daran erinnert werden, dass sie mit einem Kerl im Bett aufgewacht ist, dessen Namen sie nicht einmal kennt. Aus dem Augenwinkel nimmt sie wahr, dass Simon sie mustert. Sein Blick ist so durchdringend, dass sie ihren Kopf noch weiter senkt. Sieht man es ihr so deutlich an?

»Hier haben wir's. Die Torsvik-Schule.«

»Wer ist der Klassenlehrer?«

»Das steht hier nicht drin. Das hier ist ein Artikel über ein Leichtathletikturnier, bei dem Douglas Zweiter beim Hundertmeterlauf wurde, aber ich suche im Auto weiter. Hier draußen erfriere ich gleich.«

»Warten Sie.« Simon hält sie an der Jacke fest und zwingt sie, ihn anzusehen. »Ist zwischen uns beiden alles okay?«

»Wie kommen Sie darauf? Stimmt irgendwas nicht?«

Simon lässt sie los und verschränkt die Hände hinter dem Kopf. »Sie müssen wissen, dass Hellberg mir ständig im Nacken sitzt und mich fragt, was ich mache.«

»Sie ermitteln in einem Mordfall.«

»Ist das alles?«

»Reicht das nicht? Ich dachte, das ist das, was Polizisten tun.«

Simon schnaubt und breitet die Hände aus. »Okay, ich gebe auf. Wir suchen jetzt diesen Klassenlehrer, und dann muss ich zurück aufs Revier.« Er dreht sich um, geht zu seinem Volvo, öffnet die Fahrertür und wirft ihr einen Blick zu, bevor er einsteigt. »Wir hören uns auf dem Handy, falls wir etwas finden. Ach ja, und lassen Sie die Finger von dem Flachmann in Ihrem Handschuhfach. Vergessen Sie nicht, dass ich Polizist bin.« Er schlägt die Tür zu, startet den Motor und fährt mit schlingernden Reifen aus der Parklücke.

Was war das hier? Ebba geht zu ihrem Wagen und steigt ein. Dreht die Heizung auf, hält die steifen Finger vor das Gebläse und starrt ins Handschuhfach. Oh Gott. Ihr ganzer Körper schreit nach Alkohol. Während des Gesprächs mit Martin Lund hatte sie darüber fantasiert, wie sie anschließend zum Schnapsladen fahren und sich einen Schluck genehmigen würde. Nur einen winzigen, nichts, was ihr bei einer Verkehrskontrolle Probleme bereiten könnte.

Aber jetzt hat Simon alles vermasselt und ihr ein schlechtes Gewissen gemacht.

So ein Tyrann!

39

Eine halbe Stunde später bittet eine Frau in den Sechzigern Ebba und Simon in ihre Wohnung in Hjorthagen. Sie heißt Monica Hammergren, ist Douglas' Klassenlehrerin und gestikuliert beim Sprechen, als stünde sie vor einer Tafel. Simon hatte sie über die Schulleitung kontaktiert, und die Frau hatte gemeint, sie könnten gern vorbeikommen, da sie sowieso zu Hause sei und den Nachweihnachtsputz mache. Sie setzen sich an einen Kiefernholztisch in der Küche. Monica tischt Kaffee in einem blau umrandeten Service und Gebäck auf einem Silbertablett auf, während sie sich über das furchtbare Schicksal unterhalten, das Douglas' große Schwester ereilt hat.

»Ich habe seine Mutter vor ein paar Tagen angerufen und gefragt, wie es ihm geht. Herrgott, das muss schrecklich für die ganze Familie sein.«

Ebba nickt zustimmend. »Hat Douglas viele Freunde? Haben Sie den Eindruck, dass er gut mit anderen klarkommt und so?«

»Na ja, in der Klasse hat er nur zu einem Jungen Kontakt. Ansonsten ist er sehr still, und man kommt schwer an ihn heran. Manchmal denke ich mir, es ist ein Glück, dass er Fußball spielt, da muss er sich in die Gruppendynamik einfügen. Sein Vater ist ja Trainer.«

»Ja, ich weiß«, sagt Ebba. Und ich weiß noch andere Dinge. Das sagt sie nicht, hätte aber gute Lust dazu. »Wir haben den Verdacht, dass mit Douglas etwas nicht stimmt. Wir glauben, er fügt sich selbst Brandverletzungen zu. Selbstverletzendes Verhalten also. Wussten Sie das?«

Monica fasst sich an die Brust und fummelt an einem Schmuckstück herum, das ihr an einer dünnen Goldkette um den Hals hängt. »Um Gottes willen, nein. Sonst hätte ich längst mit der Sozialarbeiterin an unserer Schule gesprochen. Wann soll das angefangen haben?«

»Vielleicht vor zwei Jahren, aber wir wissen es nicht sicher.«

»Armes Kind. Und nach allem, was passiert ist, wird es wohl nicht besser. Die kleine süße Jasmine, ich verstehe es nicht.«

»Kannten Sie Jasmine?«, fragt Simon und greift nach einer Karamellschnitte.

»Oh ja, ich war auch ihr und Nicolas' Lehrer. Das ist zwar schon viele Jahre her, aber ich erinnere mich gut an die beiden.«

»Aha. Wann war das?« Simon beißt in die Schnitte.

»Vor etwa fünfzehn Jahren, von der siebten bis zur neunten Klasse. Deshalb war es ein riesiger Schock für mich, als ich von dem Mord hörte. Trotzdem wundert mich das nicht, oder doch, es wundert mich schon, aber im Nachhinein hätte ich die Warnsignale erkennen müssen.« Monica reibt sich die Hände.

Ebba und Simon warten, bis sie fortfährt.

»Ja, Jasmine war ein lautes und redseliges Mädchen, während Nicolas still und verschlossen war. In dieser Hinsicht sind er und Douglas sich ziemlich ähnlich, sie sind irgendwie unnahbar. Wissen Sie, es gab einmal einen Vorfall, bei dem ich und ein paar andere Lehrer Nicolas und Jasmine auseinanderhalten mussten. Das war während der Pause, sie hatte ihn offenbar geärgert. Natürlich ist es nicht ungewöhnlich, dass Geschwister sich streiten, aber das ging über das übliche Maß hinaus. Sie waren damals vierzehn oder fünfzehn, und er ist völlig durchgedreht, hat sie zu Boden gestoßen und gewürgt. Als wir ihn von ihr wegzerrten, war sie ganz blau im Gesicht.«

»Worum ging es bei dem Streit?«, fragt Ebba beunruhigt. Eine Zeugenaussage wie diese wird Nicolas vor Gericht nicht zum Vorteil gereichen. Außerdem hat sie erfahren, dass er am Tag seiner Festnahme versucht hat, aus der Arrestaufnahme des Polizeireviers zu fliehen. Und sie selbst hatte auch schon eine Begegnung mit Nicolas' aggressiver Seite – als er sie gebeten hat, ihr Drogen zu besorgen. Davon wird hoffentlich niemand etwas erfahren, aber diese entmutigende Entwicklung gefällt ihr nicht.

»Wissen Sie«, sagt Monica, »was noch hinzukommt, ist, dass keiner der beiden eine vernünftige Erklärung hatte. Aber wenn meine Erinnerung mich nicht vollkommen täuscht, sagten die Mitschüler, dass Nicolas wegen etwas, das Jasmine gesagt hatte, wütend war. Etwas, worüber sie hätte schweigen sollen. Wie gesagt, sie war redselig, da kann ich mir vorstellen, dass es um irgendein Mädchen ging oder so.«

Ebba rutscht unruhig auf dem Stuhl hin und her. Ein Mädchen. Hätte Nicolas seine Schwester gewürgt, weil sie etwas über ein Mädchen ausgeplaudert hatte, mit dem er sich traf? Jungs in dem Alter können bei so etwas empfindlich sein, aber nicht so empfindlich.

»Haben Sie den Vorfall der Polizei gemeldet?«, fragt Simon.

»Nein. Nach vielem Wenn und Aber einigten wir uns mit ihrem Vater, die Sache auf sich beruhen zu lassen. Sie waren ja trotz allem Geschwister.«

Ebba faltet die Hände vor ihrem Bauch. »Was sagte Vera dazu?«

»Sie war nicht dabei. Sie ist nicht ihre richtige Mutter, müssen Sie wissen. Nicht, dass dies eine Rolle spielt, aber er war stets derjenige, der zu den Elternabenden kam und so. Sie ließ sich nur selten blicken, ich glaube, ich habe sie erst kennengelernt, als Douglas zu uns kam.«

»Aha«, sagt Ebba und stellt fest, dass sie den Kaffee vergessen hat. Während sie einen Schluck der inzwischen kalt gewordenen Flüssigkeit trinkt, nimmt ein Gedanke Gestalt an. Falls Giorgio Jasmine und vielleicht auch Douglas sexuell missbraucht hat, kann es sein, dass er sich auch an Nicolas …? Sie wirft Simon einen Blick zu und möchte ihm ihre Überlegungen mitteilen, aber er ist völlig mit seinen Karamellschnitten beschäftigt. Also denkt sie den Gedanken selbst zu Ende. Kann es sein, dass Giorgio sich auch an Nicolas vergriffen hat? Plötzlich sieht sie den breitschultrigen Mann vor ihrem geistigen Auge und stellt sich vor, wie er die Tür zu Nicolas' Zimmer einen Spaltbreit öffnet, zu ihm ins Bett schlüpft und ihn mit einem Finger auf dem Mund zum Schweigen mahnt.

Dies könnte eine plausiblere Erklärung dafür sein, warum Nicolas auf Jasmine wütend war. Vielleicht hatte sie es herausgefunden und jemandem davon erzählt.

»Kam es öfter vor, dass Nicolas und Jasmine auf diese Weise stritten?«, fragt sie und stellt die Tasse etwas zu fest auf den Tisch.

Monica wirft einen besorgten Blick auf das klirrende Porzellan. »Nein. Sie hielten sich danach zurück, und dann gingen sie aufs Gymnasium. Aber ich frage mich wirklich, was passiert wäre, wenn wir damals nicht in der Nähe gewesen wären. Das hätte richtig böse ausgehen können.«

Ebba lenkt das Gespräch erneut auf Douglas. Laut Monica ist er ziemlich gut in Sport, hat aber in letzter Zeit in den übrigen Fächern nachgelassen. Im Nachhinein ist das vielleicht nicht verwunderlich. Ebba hört mit halbem Ohr zu. Sie möchte mit Simon allein sein und ihm von ihrer neuen Theorie erzählen. Sobald sie draußen im Treppenhaus sind, sprudeln die Worte aus ihr heraus.

Simon bleibt bei einem Fenster auf dem ersten Treppenabsatz stehen und dreht sich zu ihr um. »Hören Sie auf, abenteuerliche Vermutungen anzustellen. Wir haben nichts gegen Giorgio in der Hand.«

»Doch, wir haben eine ganze Menge. Aber Sie verschließen davor die Augen.«

»Nein, dann wäre ich nämlich heute nicht mit Ihnen mitgekommen. Aber wie ich schon sagte …«

»Wir brauchen konkrete Beweise«, führt Ebba den Satz an seiner Stelle zu Ende.

Simon seufzt.

»Sie haben doch selbst gesagt, er wäre suspekt«, fährt sie fort. »Und Sie haben alle seine Fotos auf Facebook gesehen. Und dann ist da noch der Junge, mit dem er im Abstellraum verschwunden ist.«

»Ich weiß.« Simon fährt sich mit den Händen durchs Haar.

»Aber Hellberg …«, äfft Ebba ihn mit verstellter Stimme nach.

»Nein, der hat damit nichts zu tun. Aber, na ja, ich weiß nicht.« Er packt Ebba an den Schultern. »Wenn Nicolas von den Übergriffen erzählt, vorausgesetzt, sie haben wirklich stattgefunden, dann sieht alles ganz anders aus. Das ist das Beste, was mir momentan dazu einfällt.«

Ebba fährt mit der Fingerspitze über das Fensterbrett und zeichnet Schnörkel in den Staub. Angesichts von Nicolas' Verschlossenheit macht sie sich keine größeren Hoffnungen, ihm brauchbare Informationen zu entlocken, vor allem nicht, wenn es um so ein heikles Thema geht. Andererseits hat sie etwas, was er unbedingt haben möchte, daheim in einer Schüssel auf der Kommode – den Ziplockbeutel, den sie noch nicht weggeworfen hat. Alles hängt davon ab, dass man zu seinen Mandanten ein Vertrauensverhältnis aufbaut, hatte Angela ihr nach dem Vorfall mit Olivers Mutter erklärt. Man muss ihnen ein Wir-gegen-sie-Gefühl vermitteln.

»Heute Nachmittag trifft Nicolas sich mit der Psychologin, wegen der Paragraf-7-Untersuchung«, ruft sie Simon nach, der sie losgelassen hat und die Treppe hinuntergeht. »Ich fahre hin und rede anschließend mit ihm.«

40

Die blonde Frau steht auf, als Nicolas den Besucherraum betritt. Er ist verblüfft darüber, wie stinknormal eine Psychologin aussehen kann. Jeans und schwarze Lederjacke. Die Haare lang und gekräuselt, mit struppigem Pony, ein wenig ungepflegt, wie man es manchmal bei Frauen mittleren Alters sieht, die nicht einsehen wollen, dass sie nicht die gleiche Frisur wie vor dreißig Jahren haben sollten.

»Kerstin Thor, Oberärztin im Staatlichen Amt für Rechtsmedizin.«

Als er ihr die Hand gibt, fühlt er sich schwächer und zerbrechlicher als je zuvor. Ihm scheint, als könne die Frau bereits vor dem Gespräch mit ihren forschenden blauen Augen in ihn hineinsehen.

Kann sie sehen, was ich getan habe? Wer ich eigentlich bin?

Er weicht ihrem Blick aus und nimmt auf dem grünen Holzsessel Platz, auf den die Oberärztin zeigt, bevor sie sich ihm schräg gegenübersetzt. Zwischen ihnen steht ein Beistelltisch mit einer Karaffe Wasser und zwei Gläsern. Er schenkt sich ein, trinkt mit zitternder Hand und versucht, den Beginn des Gesprächs hinauszuzögern. Er will nicht hier sein, will sich nicht von einer Psychologin ausfragen lassen, die sein Leben durchleuchten wird. Eine kleine psychologische Untersuchung

oder wie das heißt. Als wäre er geisteskrank. Er schnaubt innerlich. Aber vielleicht ist er das wirklich. Fürs Leben geschädigt
nach all der Scheiße, die er durchgemacht hat.

Sie beginnt mit Small Talk und erklärt ihm, dass das
Gespräch ungefähr eine Stunde dauern wird. Im Anschluss
daran wird sie ein Gutachten für das Gericht erstellen, aus dem
hervorgeht, ob eine umfassendere Untersuchung, eine sogenannte rechtspsychologische Untersuchung, erforderlich ist.

Nicolas stellt das Glas zurück und fährt mit dem Zeigefinger
über einen Kratzer in der hölzernen Armlehne. Dabei ruft er sich
die Taktik ins Gedächtnis, auf die er sich vorbereitet hat. Nicht
zu viel sagen, aber trotzdem genug, um sie zufriedenzustellen.

»Fangen wir mit dem Abend an, an dem Ihre Schwester
ermordet wurde. Bei Ihrer Vernehmung gaben Sie an, Sie wären
auf Jasmines Schoß eingeschlafen und hätten eine Art Blackout
gehabt. Später sind Sie mit Blut an Ihren Kleidern aufgewacht.
Stimmt das?«

»Ja.«

»Haben Sie öfter solche Gedächtnislücken?«

Nicolas richtet den Blick auf ihren Mund. Dann sieht er
sie an, ist jedoch in Gedanken woanders. Verflucht sich wegen
dieser gelben Pillen, die er zusammen mit Jasmine genommen
hat. Er hatte gedacht, es wären Benzos gewesen, bestenfalls
Rohypnol. Aber nicht MDPV, die Zombiedroge. Er weiß, dass
man das Zeug so nennt. Auch Monkey Dust, Badesalz und eine
Menge andere Namen. Und er weiß, dass die Leute davon aus-
flippen, und zwar ordentlich. Nicht in dem Sinne, dass sie über-
mäßig gut drauf sind. Nein, sie ticken richtig aus. Springen von
Balkonen, hacken sich Körperteile ab, von denen sie glauben,
sie seien vergiftet, nehmen Gesichter bis zur Unkenntlichkeit
verzerrt wahr. Er selbst hatte das Gefühl gehabt, er befände
sich auf der untergehenden Titanic. Was geschah zwischen dem

Sinken des Schiffs und dem Augenblick, als er auf Jasmines Schoß aufwachte?

»Ich würde das nicht als Gedächtnislücke bezeichnen«, sagt er so gefasst wie möglich. »Ich bin eingepennt und muss anschließend richtig tief geschlafen haben, von all dem Zeug, das wir eingeworfen hatten.«

»Ich verstehe. Können Sie mir von Ihrer ersten Erfahrung mit Drogen berichten? Wie alt waren Sie da und wie kamen Sie damit in Berührung?«

»Das war auf einer Party, ich glaube, ich war so um die zwanzig. Da war dieser Typ, der Kokain dabeihatte, und ich habe es probiert.«

»Mit zwanzig waren Sie mitten in Ihrer Fußballkarriere.«

Das versetzt ihm einen Stich in die Brust. Er erinnert sich, wie wütend Giorgio gewesen war, als Nicolas am Tag danach verkatert zum Spiel kam, wie sein Vater gedroht hatte, ihn aus der Mannschaft zu werfen. »Ja. Aber es blieb bei dem einen Mal. Dann hat es viele Jahre gedauert, bis ich wieder was genommen habe. Das war, als ich aus Russland zurückkam.«

»Und wenn ich richtig gelesen habe, haben Sie nach Ihrer Karriere in Russland mit dem Fußballspielen aufgehört. Stimmt das?«

»Ja.«

»Wie war das für Sie, als Sie zurück nach Schweden kamen und plötzlich nicht mehr Fußball gespielt haben? Was haben Sie gemacht?«

»Das war eine ziemlich schwere Zeit, ich hatte ja Kohle und so, aber richtig wohl habe ich mich nie gefühlt. Es kam mir so vor, als wäre ich nirgendwo richtig zu Hause.«

»Und zu der Zeit kamen Sie wieder mit Drogen in Berührung?«

»Ja, so ungefähr.«

»Und dann fingen Sie an zu zocken. Poker, Pferdewetten und andere Dinge. Warum?«

Nicolas hebt den Blick und sieht ihr zum ersten Mal richtig in die Augen. »Es war cool, na ja, am Anfang zumindest. Ich hatte das Gefühl, wieder richtig zu leben, aber dann lief es aus dem Ruder.«

»Ja, soviel ich weiß, haben Sie Ihr ganzes Geld verloren, das Sie als Fußballer verdient haben. Was glauben Sie, weshalb Sie in so eine Situation gerieten?«

Schulterzucken. »Ich bin da einfach hineingeschlittert.«

»Aber was haben Sie dabei empfunden?«

»Ich weiß nicht. Vielleicht Panik. Aber manchmal kam es mir vor, als ginge es dabei nicht um mich, als wäre alles nur ein Spiel, sozusagen.«

»Können Sie das etwas genauer erläutern?«

Nicolas rutscht nervös hin und her, weiß nicht, wie er es erklären soll. Weiß er es eigentlich selbst?

»Nehmen Sie zum Beispiel Fußball«, versucht er es und knetet die Hände. »Wenn man ganz oben ist, fällt es einem schwer zu verstehen, dass man tatsächlich einer von Schwedens besten Fußballspielern ist. Man lebt in einem Vakuum, sozusagen. So war das auch beim Zocken, ich habe einfach weitergemacht.«

»Haben Sie schon immer gern Fußball gespielt?«

»Ich bin damit aufgewachsen, ich kann nichts anderes.«

»Wie war es, Ihren Vater als Trainer zu haben?«

»Das war praktisch kein Unterschied.«

»Hatten Sie den Eindruck, er hat Sie anders behandelt, weil Sie sein Sohn waren?«

»Manchmal vielleicht. Er hat mich angebrüllt, wie er es niemals mit anderen Spielern gemacht hätte. Aber das hat mir nichts ausgemacht, damals war mir das egal.«

Nicolas greift erneut zum Glas, trinkt einen Schluck Wasser und blendet dabei alles andere aus. Er will nicht an seinen

Vater denken, an die halbstündigen Autofahrten zum und vom Training, bei denen er nie wusste, worüber sein Vater mit ihm reden wollte, bei denen er zum Fenster hinausstarrte, ohne etwas zu sehen, und einfach nur so schnell wie möglich ankommen wollte.

Kerstin Thor schlägt die Beine übereinander, beugt sich ein wenig vor und faltet die Hände über dem Knie. »Worüber haben Sie beide geredet?«

»Ich weiß nicht. Er ist mein Vater, da redet man halt über andere Dinge.«

»Sie meinen, Sie sagten Dinge zueinander, die Sie zu jemand anderem nicht gesagt hätten?«

»So ungefähr.«

»Mögen Sie Ihren Vater?«

Nicolas bekommt heiße Wangen und hört in der Ferne einen Piepton, der immer näher kommt und bald im ganzen Kopf dröhnt. Es ist das zweite Mal, dass ihm das passiert. Das Rauschen. Das Gefühl, nicht davonlaufen zu können, dass gleich alles explodiert. Es gibt Dinge, über die er nicht reden möchte, die nie ans Tageslicht kommen dürfen. Trotzdem bohrt sie beharrlich weiter, immer tiefer.

»Ihre Mutter starb, als Sie acht Jahre alt waren.«

Er blinzelt ein paar Mal und stellt fest, dass sie das Thema gewechselt hat.

»Erzählen Sie mir, woran Sie sich im Zusammenhang mit ihr erinnern, das Erste, was Ihnen in den Sinn kommt.«

Nicolas öffnet den Mund, starrt sie an und denkt nach, während das Rauschen abklingt. »Sie hat mir öfter nach der Schule Pfannkuchen gemacht und war immer gut drauf. Wir haben stundenlang miteinander Monopoly gespielt, Jasmine auch.«

»Was empfanden Sie, als Ihr Vater neu heiratete und Sie mit Vera eine Stiefmutter bekamen?«

»Das war wohl okay. Meinem Vater ging es wieder gut und so.«

»Aber was dachten Sie?«

»Es hat funktioniert.«

»Was hat Vera Ihnen bedeutet? Ich meine, als eine neue Person in die Familie kam, hat sich bestimmt einiges verändert.«

»Ja, aber ich habe mich nicht wirklich dafür interessiert.« Nicolas richtet den Blick erneut auf den Mund der Psychologin und bemerkt die feinen Linien, die um ihre Mundwinkel spielen, wenn sie spricht.

»Warum nicht?«

»Ich hatte alle Hände voll zu tun, Kumpels, Fußball, solche Sachen.«

»Ich verstehe. Kamen Sie und Vera gut miteinander klar?«

Erneutes Schulterzucken. »Ganz okay.«

»Wie war es für Sie, als die Familie Zuwachs bekam? Douglas ist ja quasi ein Nachzügler.«

Er fragt sich, was für eine Antwort sie erwartet. Würde jemand zugeben, dass er seinen Bruder oder seine Schwester hasst? Am Anfang war es nämlich so gewesen. Er hatte puren Hass empfunden, wollte nichts mit Douglas zu tun haben, wollte nicht in der Nähe sein, wenn Vera und sein Vater mit dem Kleinen schmusten. Aber das ging mit der Zeit vorüber, und schließlich bedeutete Douglas ihm alles.

»Vera ist jünger als mein Vater, da war es völlig normal, dass sie zusammen ein Kind hatten.« Er hofft, dass sie nicht weiter nachbohrt, was seine Gefühle für seinen kleinen Bruder betrifft.

»Haben Sie sich gefreut?«

Er seufzt. »Ja, schon.«

»Treffen Sie sich oft mit ihm?«

»Hin und wieder.«

»Was machen Sie dann?«

»In der Stadt einen Kaffee trinken oder so.«

»Er spielt Fußball, genau wie Sie. Gehen Sie zu seinen Spielen und schauen ihm zu?«

Eine große Hand bohrt sich in Nicolas' Bauch, packt die Därme und dreht sie um. Verfluchtes Weib! Du weißt genau, dass ich nie hingehe und zuschaue, das hast du bestimmt in irgendwelchen Unterlagen gelesen. Und du hast garantiert erraten, warum.

»Nein, eigentlich nicht«, sagt er, so ruhig er kann.

»Warum?«

Nicolas presst die Lippen aufeinander und nagt an ihnen.

»Ich merke, dass es Ihnen schwerfällt, darüber zu reden. Ist zwischen Ihnen und Douglas etwas vorgefallen, das die Beziehung beschädigt hat?«

Nicolas fummelt an dem Kratzer in der Armlehne herum und drückt mit der Fingerspitze auf einen Holzsplitter, bis die Haut aufspringt. Er betrachtet den dunkelroten Blutstropfen. Der ist zwar nur winzig, aber er wischt ihn trotzdem schnell am Hosenbein ab. Er muss alles entfernen, da ist so viel Blut, Jasmines Blut, und er ist damit bedeckt.

Reiß dich zusammen, ermahnt ihn eine innere Stimme. Reiß dich zusammen.

Er stützt die Ellenbogen auf die Knie, vergräbt das Gesicht in den Händen und hofft, dass sie nichts bemerkt hat. Was, wenn sie denkt, dass ich es war? Dass ich Jasmine umgebracht habe? Habe ich das? Wer soll es sonst gewesen sein? Die Haustür war verschlossen.

»Okay. Reden wir über Sie und Jasmine. Wie war Ihre Beziehung zu ihr?«

Er hebt den Blick, sieht zwischen den Fingern hindurch, fährt damit über sein Gesicht und hinterlässt eine Spur auf der Haut. »Wir hingen öfter zusammen ab.«

»War das immer so?«

»Mehr oder weniger.«

»Wann war es mehr, wann weniger?«

Nicolas unterdrückt ein Gähnen. Was für ein dummes Geschwätz.

»Wir sind wohl wie normale Geschwister. Manchmal hatten wir mehr miteinander zu tun, manchmal weniger.«

»Ich verstehe. Aber wenn wir mit Ihrer Kindheit beginnen, haben Sie viel zusammen gespielt, als Sie klein waren?«

Nicolas starrt sie an. Wenn die Alte noch einmal »Ich verstehe« sagt, bringt er sie um. Er lächelt schwach. »Ja, das haben wir wohl.«

»Ich verstehe. Und als Teenager?«

Er drückt die Armlehne so fest, dass die Knöchel weiß hervortreten.

»Da habe ich überwiegend Fußball gespielt.«

»Und später, als Erwachsene? Hatten Sie viel Kontakt miteinander?«

»Ab und zu.«

»Hat sie sich oft mit dem Rest der Familie getroffen?«

»Nicht besonders.«

»Wissen Sie, warum?«

»Sie hatte wohl einfach keine Lust.«

»Ich verstehe.«

Nicolas umklammert erneut die Armlehne. Nein, du verstehst gar nichts, du blöde Kuh. Du hast keinen blassen Schimmer, verdammt noch mal.

Vielleicht war ich es. Vielleicht habe ich Jasmine die Kehle durchgeschnitten.

41

Im Aufzug hinauf zum Untersuchungsgefängnis drängt Ebba sich mit zwei uniformierten Polizisten und einem Mann in Handschellen. Schweiß läuft ihr den Rücken hinunter, und sie öffnet den Kragen ihres neuen schwarzen, eleganten Mantels, den sie sich angeschafft hat, um besser in ihre neue Rolle zu passen. Leider fühlt sie sich nicht wie eine Juristin, sondern eher wie eine Drogenhändlerin. Das Kokain hat sie in ihrem BH versteckt. Sie verschränkt die Arme vor der Brust, lächelt die beiden Polizisten so selbstsicher wie möglich an und redet sich ein, dass es gut gehen wird. Es muss gut gehen.

Am Eingang zum Untersuchungsgefängnis lässt sie ihnen den Vortritt, wartet, bis sie an der Reihe ist, und weist sich bei dem Wärter am Schalter aus. Der Mann teilt ihr mit, dass das Gespräch zwischen Nicolas und der Psychologin bald beendet sein müsste und dass sie solange vor dem Besucherraum warten könne.

Danke. Danke, dass du mich nicht durchsucht hast. Aber das macht ihr wohl nicht mit Anwälten? Plötzlich fühlt sie sich unsicher. Was macht sie nur? Aber für einen Rückzieher ist es zu spät. Ihr bleibt nichts anderes übrig, als weiterzugehen und sich normal zu verhalten.

Im Korridor begegnen ihr zwei Wärter, der eine mit japanischem Aussehen, der andere ein großer Wikinger, der sie mit zusammengekniffenen Augen mustert. Ebba beißt die Zähne aufeinander und überlegt fieberhaft, was sie tun soll, falls die beiden sie anhalten und das Kokain finden.

»Hallo!«, sagt der Große im Vorbeigehen.

Ebba bleibt stehen und erwidert seinen Blick.

»Miss Secret, richtig?« Er pfeift anerkennend und strahlt sie an.

Erleichterung macht sich in ihr breit, und sie befeuchtet den Gaumen. »Sollten Sie Ihre Zeit nicht mit intelligenteren Dingen ausfüllen?«

Er zwinkert ihr zu. »Das sagt die Richtige.«

»Das ist meine Zwillingsschwester. Machen Sie mich also nicht zur Zielscheibe Ihrer schmutzigen Fantasien.« Ebba zwinkert zurück, geht weiter in Richtung Besucherraum und hört, wie der Typ ihr nachruft: »Wenn Sie das sagen. Aber Sie sehen in diesem Bikini unheimlich gut aus.«

Sie macht eine wegwerfende Handbewegung. Sobald sie um eine Ecke gegangen ist, lehnt sie sich an die Wand, beugt sich vor und atmet tief durch. Sollte sie lieber wieder nach Hause gehen und auf das hier scheißen? Nein, nicht jetzt, wo sie schon so weit gekommen ist. Sie strafft sich und sieht auf ihrem Handy nach, während sie auf ihr Treffen mit Nicolas wartet. Angela hat ihr eine Nachricht geschickt – eine Antwort auf Ebbas Tagesbericht.

Gute Arbeit. Viel Glück mit Nicolas. Eine Zeugenaussage von ihm, und wir haben Giorgio.

Ebba drückt die Nachricht weg, als die Tür zum Besucherraum aufgeht und eine Frau in einer schicken Lederjacke und auffallend großer Haarpracht herauskommt. Sie vermutet, dass es sich um Oberärztin Kerstin Thor handelt, und schnappt sich die Frau sofort.

»*Ich vertrete Nicolas Moretti und dachte,* Sie könnten mir vielleicht einen kleinen Hinweis geben, wie Ihr Gutachten für das Landgericht aussehen wird.«

Kerstin Thor bleibt stehen. Da Ebba mitten im Korridor steht und ihr den Weg versperrt, bleibt ihr nichts anderes übrig. »Ui, Sie scheuen wirklich keine Mühe.«

Ein Wärter, der sich in der Nähe befindet, signalisiert Kerstin Thor mit einem Kopfnicken, dass Ebba diejenige ist, für die sie sich ausgibt.

»*Ich wäre sowieso hierhergekommen, um mit Nicolas zu sprechen. Wie lief es?*«

»*Danke, gut. Aber ich* halte eine rechtspsychologische Untersuchung für erforderlich. Es gibt viele Fragezeichen, was seine Kindheit und die zugrunde liegenden Faktoren im Zusammenhang mit seinem Drogenkonsum betrifft.«

»*Sie werden also eine RPU beantragen?*«

»*Ja. Ich habe den Verdacht, dass er an einer chronischen dissoziativen Störung leidet und dass er irgendein traumatisches Erlebnis hatte, das er nicht verarbeiten kann.*«

»*In seiner Kindheit?*«, *fragt Ebba.*

»*Es ist noch zu früh, das zu sagen. Aber es ist offensichtlich, dass er sich vor etwas abschirmt, das in seiner Vergangenheit passiert ist.*« *Kerstin Thor gibt durch einen Blick auf ihre Uhr zu erkennen, dass sie es eilig hat.*

Ebba stellt ihr noch eine Frage. »Sie meinen, er verdrängt etwas?«

Kerstin Thor blickt von ihrer Uhr auf. »Um es einfach auszudrücken, er ist sich des Traumas bewusst, unterdrückt es jedoch so stark, dass er manchmal glaubt, es handle sich um jemand anderen. Aber wie gesagt, für eine Diagnose bedarf es einer viel gründlicheren Untersuchung. Was ich Ihnen gesagt habe, ist nur mein erster spontaner Eindruck.«

»Danke«, sagt Ebba und hält die Ärztin nicht länger auf.

Sie betritt den Besucherraum, zieht den Mantel aus und legt ihn über die Armlehne des freien Sessels. Nicolas nimmt von ihr keine Notiz, sondern starrt nur teilnahmslos vor sich hin.

Ebba setzt sich und tastet sich langsam vor. »Ich habe die Psychologin draußen vor der Tür getroffen. Anscheinend ist es gut gelaufen.« Sie knetet die Hände und will so schnell wie möglich von hier weg. Heute fühlt sie sich in Nicolas' Gesellschaft nicht wohl. Seine Kiefermuskeln sind angespannt und er zappelt nervös herum, kann scheinbar nicht still sitzen.

»Ich habe mit Monica Hammergren, Ihrer ehemaligen Lehrerin, gesprochen. Sie erzählte mir von einem Vorfall, wo Sie Jasmine gewürgt haben. Erinnern Sie sich daran?«

Nicolas hebt leicht das Kinn.

»Worum ging es da?«, fragt sie.

Etwas blitzt in seinen leeren Augen auf, als würde er mit sich selbst debattieren, ob er etwas sagen soll oder nicht. »Sie konnte nie die Klappe halten«, platzt es schließlich aus ihm heraus.

Ebba stößt es sauer auf. »Worüber die Klappe halten?«

»Das weiß ich nicht mehr.«

»Lief es in ihrer Wohnung nach dem gleichen Muster ab? Hat Jasmine etwas gesagt, das nicht ans Tageslicht kommen durfte?«
Zu spät begreift Ebba, was sie soeben angedeutet hat – Nicolas ist der Mörder, ist wegen etwas, das Jasmine gesagt hat, ausgetickt und hat seine Schwester getötet. Aber das Erschreckendste daran ist, dass er nicht darauf reagiert.

»Kann sein«, sagt er. »Sie konnte nie etwas für sich behalten.«

Ebba schluckt die Magensäure herunter, schenkt sich ein Glas Wasser ein und trinkt einen Schluck. Am liebsten würde sie sofort von hier weg, aber sie muss Nicolas zu Giorgio befragen, muss herausfinden, ob sie mit ihrer Vermutung richtigliegt, dass auch er von seinem Vater missbraucht wurde.

»*Douglas fügt sich Brandverletzungen zu*«, sagt sie. »*Ich war bei seinem Arzt. Der meint,* es gehe dem Jungen nicht gut und er lege ein ausgeprägtes selbstverletzendes Verhalten an den Tag. Und da Jasmine offenbar von einem Familienmitglied sexuell missbraucht wurde, könnte dies auch bei Douglas der Fall gewesen sein.«

Nicolas schließt die Augen. Der Idiot sitzt nur da und schließt die Augen. Schert sich einen Dreck um seinen jüngeren Bruder, nur um selbst nicht über eine Angelegenheit reden zu müssen, die er offenbar unter Verschluss halten will.

»*Kann es sein, dass Ihr Vater* …«

Langsam öffnet Nicolas die Augen, und auf einmal sind sie nicht mehr leer. Vielmehr blitzt in ihnen etwas Bedrohliches auf, als wolle er sich auf sie stürzen. Ebba schielt zur Tür und fragt sich, ob ein Wärter in der Nähe ist. Trotzdem nimmt sie einen neuen Anlauf und fragt ihn unumwunden: »Hat Giorgio Sie und Jasmine sexuell missbraucht? Wenn ja, müssen Sie es mir sagen. Teils, weil es für unsere Ermittlungen wichtig ist, teils wegen Douglas. Er könnte schließlich ein neues Opfer sein.«

Nicolas' Fingerknöchel treten weiß hervor, und Ebba wirft erneut einen Blick zur Tür, aber nicht, um Hilfe herbeizurufen. Stattdessen langt sie in den Ausschnitt ihres Pullovers und holt den Ziplockbeutel hervor.

»*Das ist für Sie. Aber Sie bekommen es nur, wenn Sie mir etwas geben. Erzählen Sie mir von Giorgio.*«

Keine Reaktion.

»*Ich habe ihn vorgestern bei einem Pokalspiel mit einem Jungen gesehen. Er ging mit ihm allein in einen Abstellraum. Ich weiß nicht, was dadrinnen passiert ist, aber ich habe Angst, dass er sich an weiteren Opfern vergreift. Wenn Sie mir sagen, was Sie wissen, können wir seinem Treiben Einhalt gebieten.*«

Nicolas beugt sich vor, fixiert den Beutel mit seinem Blick und wirkt, als tobe in ihm ein innerer Konflikt. Schließlich öffnet er den Mund. »Jemand hat Jasmine prophezeit, dass einer von uns sterben würde, bevor wir dreißig werden.«

Enttäuschung macht sich in Ebbas Brust breit. »Was reden Sie da? Erzählen Sie mir jetzt keinen Blödsinn. Wollen Sie das Kokain oder nicht?«

»*Ich weiß, es klingt seltsam, aber eine Wahrsagerin hat ihr prophezeit, dass einer von uns sterben müsse, und jetzt ist es passiert. Sind Sie schwer von Begriff, oder was?*«

Ebba denkt für einen Moment über die Relevanz dieser Information nach. Sie glaubt kein bisschen an Wahrsagerinnen und solche Dinge. Gleichzeitig kann sie das Ganze nicht einfach abtun. Jasmine wurde kurz vor Mitternacht, unmittelbar vor ihrem Geburtstag, ermordet. Wenn Ebba eines in ihren Jahren als Polizistin gelernt hat, dann dies: Glaube nie an Zufälle.

»*Wer hat ihr das vorausgesagt?*«, fragt sie.

»*Irgendeine Tante in Bromma, glaube ich.*«

»*Sind andere* Dinge eingetroffen?«

»Soweit ich weiß, nicht.«

Ein Klopfen an der Tür erinnert Ebba daran, was sie in der Hand hält. Reflexmäßig wirft sie Nicolas den Beutel zu. Er versucht, ihn zu fangen, doch Ebba sieht ihn wie in Zeitlupe gegen seine Brust prallen, über das T-Shirt hinunterrutschen und auf den Boden fallen.

Die Tür geht auf, und der Wärter, der Ebba vorhin für Miss Secret gehalten hat, kommt herein, gefolgt von Simon und Hellberg.

Ein Schweißtropfen läuft ihr die Stirn hinunter und bleibt in der Augenbraue hängen. Sie zwingt sich, nicht auf den Beutel zu starren, sieht jedoch aus dem Augenwinkel, dass er neben dem Tischbein liegt, das Nicolas am nächsten ist.

»*Die Polizei ist hier, um Nicolas Moretti zu vernehmen*«, *hört sie den Wärter* am Rand ihrer Panik. »Und das ist wohl perfekt, jetzt, wo Sie sowieso hier sind.«

Ebba reißt sich zusammen, so gut es geht. »Jetzt? Wieso hat niemand vorher angerufen und Bescheid gesagt?«

»*Das haben wir*«, *sagt Hellberg.* »*Aber Angela hat sich nicht dazu herabgelassen, ans Telefon zu gehen.*« *Er geht weiter in den Raum hinein und verbreitet den Geruch kürzlich gerauchter Zigaretten.*

»*Darf ich vorher draußen mit Ihnen ein paar Worte wechseln? Damit ich weiß, worum es geht.*«

Hellberg stellt einen Stuhl neben Ebba und lässt sich darauf plumpsen. »Warum? Wir sind nicht verpflichtet, Sie zu informieren, worüber wir einen Verdächtigen befragen.«

Ebba blickt Hilfe suchend zu Simon, doch der ignoriert sie vollkommen, holt sich aus einer Ecke des Zimmers den letzten freien Stuhl und stellt ihn zwischen Hellberg und Nicolas, weniger als einen Meter von dem Ziplockbeutel entfernt.

Panik macht sich in Ebbas ganzem Körper breit. Jetzt ist ihr neuer Job futsch, jetzt muss sie wegen eines Drogendelikts hinter Gitter.

Sie sieht Nicolas an. Er hat ihr doch zugenickt, oder bildet sie sich das nur ein? Sie lässt den Blick umherschweifen und weiß zunächst nicht, was sie tun soll. Doch dann beschließt sie, das, was sie zu sehen glaubte, als eine Art Signal zu deuten.

Sie hält die Hand vor den Mund, hustet und presst Tränen in die Augen. Ob das hilft, weiß sie nicht, aber ihr ist alles recht, um Zeit zu gewinnen.

»*Wasser!*«, *keucht sie.* »*Kann ich Wasser haben?*« *Sie winkt Simon zu, der nach der Karaffe auf dem Tisch greift.* Während er ihr Glas füllt, nimmt sie wahr, wie Nicolas einen Fuß hebt, den Hausschuh auf den Beutel stellt und ihn zu sich zieht.

Ebba trinkt langsam und klopft sich auf die Brust. »Herrgott, was für ein Reizhusten!«

»Können wir vielleicht mal anfangen?« Hellberg gibt sich *keine Mühe, seine Ungeduld zu verbergen.*

Ebba nickt, den Mund voller Wasser.

»Gut«, sagt Hellberg. »Wir haben nämlich das Ergebnis vom Vaterschaftstest von Jasmines Kind erhalten.«

42

Dieser verfluchte Weihnachtsmann!

Nicolas geht in seine Zelle und bleibt mitten in dem winzigen Raum stehen.

Ich hätte ihn erschlagen sollen, als ich die Gelegenheit dazu hatte. Seinen dicken Schädel gegen den Asphalt knallen. Ihm einen Eiszapfen ins Auge stoßen.

Der Wärter schlägt die Tür hinter ihm zu. Noch nie wusste Nicolas das Geräusch des ins Schloss fallenden Riegels so zu schätzen wie in diesem Augenblick. Seine Schwester ließ sich von einem Säufer schwängern, und wie es aussieht, wollte sie das Kind behalten. Wie ist das möglich?

Er fährt mit einer Hand in den Hosenbund, steckt zwei Finger zwischen die Pobacken und zieht den Ziplockbeutel heraus, den er dort verstecken konnte, als die Vernehmung zu Ende war und alle sich erhoben. Zuerst hatte er so tun wollen, als binde er sich die Schuhe, doch dann fiel ihm ein, dass er Hausschuhe trug. Also hatte er stattdessen seine Socken zurechtgerückt und den Beutel in seiner Hand versteckt, während Ebba die beiden Polizisten mit tausend Fragen zu Roland Nilsson, dem verfluchten Weihnachtsmann, abgelenkt hatte. Haben Sie schon mit ihm gesprochen? Was sagt er? Wird er des Mordes an Jasmine verdächtigt? Nicolas fragt sich das auch, aber vor allem fragt er sich, warum Jasmine mit einem Mann wie Roland Nilsson ins Bett gegangen war. Hatte sie für Geld alles getan? War sie so verkorkst gewesen? Schlimmer als er selbst?

Er schüttet das weiße Pulver auf den klappbaren Wandtisch und muss gestehen, dass er stolz auf seine und Ebbas Teamarbeit ist. Er und seine Verteidigerin haben die Bullen ganz schön an der Nase herumgeführt. Das prickelnde Siegesgefühl, das er dabei empfunden hat, tut seinem Selbstbewusstsein immer noch gut. Er schiebt das Pulver zu zwei Lines zusammen. Sie fallen größer aus als gewöhnlich, wahrscheinlich die doppelte Menge. Normalerweise würde er damit sparsam umgehen, aber hier drinnen ... unmöglich. Er zieht sich das Zeug in beide Nasenlöcher und wischt den Rest mit der Hand weg. Während er auf den Kick wartet, zerbricht ein Teil von ihm sich den Kopf darüber, warum Ebba ihre Meinung geändert und ihm das Zeug in den Knast geschmuggelt hat. Sie ist trotz allem ein hohes Risiko eingegangen. Vielleicht liegt es daran, dass sie in einem genauso tiefen Loch steckt wie er. Die glasigen Augen und die Alkoholfahne sprechen eine deutliche Sprache. Mit einer Minzpastille kriegt man den Geruch nicht weg, man macht sich damit nur lächerlich.

Er lässt seine Arm- und Brustmuskeln spielen, genießt das High und das damit verbundene Freiheitsgefühl. Keine anklagenden Blicke, die ihn verurteilen, keine langweiligen Fragen, die zu beantworten er keine Lust hat. Wussten Sie, dass Jasmine schwanger war? Was wollte Roland Nilsson, als er bei Ihrer Schwester geklingelt hat? Worum ging es bei Ihrer tätlichen Auseinandersetzung?

Nicolas dreht sich in dem engen Raum mit kleinen Schritten im Kreis. Einmal, zweimal, dreimal ...

Wussten Sie, dass Ihr Vater ein Sugardaddy ist? Wie oft treffen Sie sich mit Douglas? Wie war Ihre Beziehung zu Jasmine? Hatten Sie ein inniges Verhältnis zueinander? Wie innig? Warum haben Sie nicht die Polizei verständigt, als Sie aufgewacht sind und gesehen haben, dass Jasmine tot war? Ist Ihnen klar, wie das aussieht? Sämtliche Beweise deuten auf Sie als Täter hin.

Er starrt zur Decke empor und sieht Ebba vor seinem geistigen Auge, das Misstrauen in ihrem Blick, als ihr die Bedeutung der Weissagung klar wurde. Er verflucht seine Dummheit und sieht ein, dass er sich noch tiefer in die Scheiße hineingeritten hat. Weissagungen sind Beschiss und treffen nie ein, es sei denn, jemand setzt sie in die Tat um. Und wer wusste, dass entweder er oder Jasmine vor ihrem dreißigsten Geburtstag sterben würden? Richtig ... er und Jasmine. Und sie war diejenige, die starb.

Er hält die Hand vor den Mund und tut so, als halte er ein Mikrofon.

»Glanz über See und Strand, Stern aus der Ferne ...«

Jasmine hatte dieses Lied in der Wohnung gesungen. Aber was geschah dann? Hat sie ihm von der Schwangerschaft erzählt? Und davon, dass der verfluchte Weihnachtsmann der Vater war? Er will es wissen, will sich erinnern, will verstehen, was passiert ist.

Plötzlich verliert er das Gleichgewicht, taumelt ein paar Schritte, hält sich an der Wand fest und schließt die Augen. Er muss sich daran erinnern, was passiert ist. Er weiß, dass er Bier getrunken und mit dem Papagei geredet hat. Dann lag er in Jasmines Armen und sah das Messer auf dem Couchtisch, mit dem sie die Nüsse geknackt hatten. Und dann fielen ihm die Augen zu. Irgendwann bekam er im Halbschlaf mit, dass etwas quietschte. Woher kam das Geräusch? Von einer Tür? Wenn ja, wer kam in die Wohnung und näherte sich ihm? Er ballt die Fäuste, will den Dreckskerl erschlagen, der sich anschleicht und Jasmine die Kehle durchschneiden will. Hinter seinen Augenlidern nimmt er den Schatten einer Person wahr, die sich vor ihm aufbaut. Nicolas hat keine Zeit zu verlieren. Im selben Moment, in dem er die Augen öffnet, schlägt er zu.

43

Angelas Absätze klappern auf dem Fischgrätenparkett, während sie vor ihrem Schreibtisch auf und ab geht und ihre Haare genauso aufgeregt umherfliegen, wie sie spricht.

»Er hat gestern einen Wärter niedergeschlagen. Ist Ihnen klar, was das bedeutet?«

Ebba wischt die feuchten Handflächen an den Hosenbeinen ab und fühlt sich wie eine ungezogene Schülerin, die auf ihre Strafe wartet.

»Er ist offenbar vollkommen durchgedreht. Wie konnten Sie ihm nur Kokain geben?« Angela bleibt stehen und stemmt die Hände in die Hüften. »Ihnen ist doch wohl klar, dass alle wissen, dass Sie das Zeug reingeschmuggelt haben. Und jetzt hat Nicolas bewiesen, wie gewalttätig er sein kann, wenn er Drogen nimmt. Was glauben Sie, wie das vor Gericht aussehen wird? Was haben Sie sich nur dabei gedacht?«

Ebba schluckt und wünscht, sie hätte heute Morgen ein bisschen mehr getrunken, dann würde sie sich vielleicht trauen, etwas zu ihrer Verteidigung zu sagen. Aber es gibt keine Rechtfertigung. Sie hat einen Fehler begangen, einen schlimmen Fehler, sogar eine Straftat.

»Es tut mir leid. Ich dachte, ich könnte ihn auf diese Weise zum Reden bringen.«

»Das hat auch wirklich bestens funktioniert.« Angela presst die Lippen zu einem Strich zusammen und kommt zu Ebba, die trotz der Situation nicht umhinkann, einen genaueren Blick auf Angelas silberfarbenes Halstuch zu werfen. Sie wartet auf einen weiteren Anschiss, doch stattdessen legt ihre Chefin eine Hand auf ihren Arm und schaltet auf die sanfte Tour um.

»Machen Sie sich keinen Kopf. Ich habe mich bereits um unser Problem gekümmert. Weder das Gefängnispersonal noch die Polizei werden wegen dieses Vorfalls Anzeige erstatten. Das würde ein schlechtes Licht auf sie werfen, denn es könnte genauso gut jemand von ihnen gewesen sein, der Nicolas Drogen beschafft hat.«

Ebba versucht zu verarbeiten, was sie soeben gehört hat. Hat Angela dem Gefängnispersonal, Simon und Hellberg gedroht? Hat sie behauptet, jemand von ihnen hätte gestern Drogen für Nicolas eingeschmuggelt? Verdammt, wie sehr sie diese Frau mag!

»Danke«, murmelt sie.

Angela legt den Zeigefinger unter Ebbas Kinn und zwingt sie, ihren Blick zu erwidern. »Sie brauchen sich nicht zu bedanken. Frauen müssen zusammenhalten. Nur so können wir uns unter all diesen Männern behaupten. Oder?«

Ebba nickt und ist sich bewusst, dass sie die beste Chefin der Welt hat. Angela verteidigt nicht nur ihre Mandanten, sondern auch ihre Mitarbeiter.

»Was machen wir mit Roland Nilsson?«, fragt sie. Dabei läuft ihr ein Schauer den Rücken hinunter, genau wie bei der Vernehmung, als sie erfuhr, dass dieser Mann der Vater von Jasmines Kind war. Das bedeutet also, dass er und Jasmine miteinander … Nein, sie will gar nicht daran denken.

Angela nimmt die Hand von Ebbas Kinn, geht zum Schreibtisch und sucht nach etwas in ihrer Handtasche. »Die Polizei wird ihn wohl heute vernehmen, und hoffentlich beeilt sich das Nationale Forensische Zentrum mit der kriminaltechnischen Untersuchung des Nikolauskostüms. Wir müssen abwarten, was dabei herauskommt, aber falls es Spuren von Jasmine enthält, auch nur ein einzelnes Haar, wird Stefan Hermansson sich nach dem nächsten Haftprüfungstermin aus lauter Frust den Bauch vollschlagen.« Sie entfernt die Kappe von ihrem Lippenstift, zieht ihre Lippen nach und legt ihn zurück in die Tasche. »Wie es momentan aussieht, ist das Wichtelmännchen unsere beste Chance. Christer Tillmans Alibi lässt sich schwer entkräften. Er fuhr zur Tatzeit gemeinsam mit seiner Familie von der Weihnachtsfeier nach Hause. Das Überwachungsvideo von der Mautstation in Norrtull bestätigt das.«

»Okay.« Ebba ist trotz allem nicht besonders enttäuscht, jetzt wo sie Roland Nilsson unter der Lupe haben. »Ja, da wäre noch etwas«, sagt sie etwas verlegen, während Angela auf dem Schreibtisch Papiere sortiert. »Nicolas hat mir gestern erzählt, Jasmine hätte von einer Wahrsagerin erfahren, dass einer von ihnen vor dem dreißigsten Geburtstag sterben würde. Ist es nicht merkwürdig, dass diese Vorhersage tatsächlich wenige Minuten vor ihrem Geburtstag eintraf?«

Angela hält mitten in der Bewegung inne und erwidert Ebbas Blick. »Wann hat er das gesagt? Bevor oder nachdem Sie ihm Kokain gegeben haben?«

Ebba schluckt die spitze Bemerkung hinunter und spürt ein ätzendes Gefühl im Magen. »Davor.«

»Wer war die Wahrsagerin?«

»Das wusste er nicht. Nur, dass es eine Frau in Bromma war.«

»Glauben Sie an so etwas? Glauben Sie, dass es Menschen gibt, die die Zukunft voraussagen können?«

»Nein. Ich war selbst mal bei einer Wahrsagerin. Anfangs habe ich daran geglaubt, weil ein paar Sachen wirklich eintrafen. Aber im Nachhinein wurde mir klar, dass ihre Aussagen ziemlich allgemein waren und sich auf verschiedene Weise auslegen ließen. Aber in diesem Fall, wo die Vorhersage lautete, dass entweder Jasmine oder Nicolas vor dem dreißigsten Geburtstag sterben würden, gibt es nicht so viele Interpretationsmöglichkeiten.«

»Sie wollen also damit sagen, dass der Täter diese Vorhersage gekannt haben muss?«

»Ja, es sei denn, wir glauben an Wahrsagerinnen oder Zufälle.«

»Wusste jemand anders davon?«

»Das konnte ich ihn nicht mehr fragen. Wir wurden von Hellberg und Simon unterbrochen.«

»Wenn wir das vor Gericht verwenden wollen, müssen wir herausfinden, wer die Wahrsagerin ist und wer sonst noch davon wusste.« Angela setzt sich auf die Schreibtischkante, schlägt die Beine übereinander und klopft sich mit einem Kugelschreiber auf den Oberschenkel. »Das Problem ist, dass es unserem Mandanten nicht hilft. Zum gegenwärtigen Zeitpunkt kennen wir niemand anderen, der darüber Bescheid wusste.«

Ebba knetet die Hände. »Dasselbe dachte ich auch. Was, wenn Jasmine Roland Nilsson davon erzählt hat?«

Angela hält den Kugelschreiber an ihre frisch geschminkten Lippen. »Nein, das ist zu weit hergeholt. Wie wir es auch drehen und wenden, es wird auf Nicolas zurückfallen. Was glauben Sie, was der Staatsanwalt behaupten wird, wenn wir die Weissagung erwähnen?«

Ebba zuckt mit den Schultern.

»Dass Nicolas sie vermutlich sehr ernst genommen hat«, sagt Angela. »Einer von ihnen sollte sterben, und er hat dafür gesorgt, dass er nicht derjenige war.«

Unbehagen macht sich in Ebba breit, als sie einsieht, dass Angela recht hat. Stefan Hermansson würde die Sache garantiert zu seinem Vorteil nutzen. Aber etwas anderes stört sie noch mehr – Angela hat Nicolas soeben ein Motiv für den Mord an seiner Schwester geliefert. Sie verdrängt den Gedanken und konzentriert sich auf Angela, die weiter über die Wahrsagerin spricht, jedoch ohne das geringste Anzeichen eines Konflikts, wie er in Ebba tobt.

»Wenn wir vor Gericht mit dieser esoterischen Schiene anfangen, wird es sich so anhören, als hätten wir nichts Besseres auf Lager. Roland Nilsson dagegen war psychisch labil. Er hat eine Scheidung durchgemacht und eine Prostituierte Schrägstrich ein Sugarbaby geschwängert. In der Mordnacht hat er sich einen Rausch angetrunken und bei Jasmine geklingelt, um sie zu einer Abtreibung zu überreden, aber dann stellte er fest, dass ein anderer Mann bei ihr war, jemand, dem er den Mord in die Schuhe schieben konnte. Er ging wieder nach Hause, nahm seinen Mut zusammen, ging zurück und tötete sie. Das klingt viel besser.«

»Vielleicht«, sagt Ebba zögernd. »Aber er macht auf mich nicht gerade den Eindruck, als wäre er clever genug, um auf so etwas zu kommen. Ich traue ihm eher zu, dass er die Tat im Affekt beging, aus Eifersucht, weil ein anderer Mann anwesend war.«

»Das Motiv können wir weiter austüfteln«, sagt Angela bestimmt. »Aber diese Wahrsagerin vergessen wir vorerst. Sorgen Sie dafür, dass Nicolas nichts darüber gegenüber John und Simon erwähnt, das wäre Wasser auf ihre Mühlen.« Sie rutscht von der Schreibtischkante, und ihre Miene verrät Ebba, dass das Thema für sie beendet ist. Dann rückt sie das Kleid zurecht und verschwindet im Nebenraum. »Und jetzt muss ich noch schnell zu einem Mandanten, der in Flemingsberg wegen schweren Raubes festgenommen wurde.«

Ebba geht zum Fenster und betrachtet die Schneeflocken, die auf den parkenden Autos unten auf der Straße landen. Sie wünscht, sie hätte auch so ein dickes Fell wie Angela. Dann müsste sie sich gar nicht den Kopf darüber zerbrechen, ob Nicolas schuldig ist oder nicht, es käme ihr einzig und allein darauf an zu gewinnen. Aber sie ist hin- und hergerissen. Obwohl dank Roland Nilsson als potenziellem Täter ein Sieg endlich in greifbare Nähe rückt, schwankt sie immer noch, was Nicolas betrifft. Momentan liegen gegen ihn stärkere Beweise vor als gegen Roland. Will sie einem Mörder zum Freispruch verhelfen? Rechtfertigen eine schlimme Kindheit und ein möglicher sexueller Missbrauch durch den Vater einen Mord? Sie debattiert mit sich selbst und gelangt zu dem Schluss, dass die Antwort sowohl ja als auch nein lautet. Es kommt darauf an, was passiert ist, und das weiß sie immer noch nicht.

Ihr Handy klingelt, und sie blickt auf das Display. Unbekannte Nummer. Nein danke, ich möchte nichts kaufen und auch nicht den Mobilfunkanbieter wechseln. Sie drückt den Anruf weg und nimmt flüchtig Angela im Zimmer nebenan wahr. Sie geht näher an den Türspalt heran und fokussiert den Blick auf ihr Halstuch. Ihre Chefin fasziniert sie auf eine seltsame Weise. Die professionelle, toughe Anwältin, die nachts … Ja, was treibt die Frau eigentlich nachts?

Angela Köhler – the kinky bosslady.

Ebba hält sich die Hand vor den Mund, unterdrückt ein Kichern und denkt weiterhin über ihre elegante Chefin nach. Sie sieht ihr zu, wie sie einen rosa Kulturbeutel und eine Haarbürste in ihre Louis-Vuitton-Tasche steckt, sich diese um die Schulter hängt und zu einer angelehnten Holztür geht. Wie es aussieht, befindet sich dahinter ein Abstellraum. Angela drückt gegen etwas, das das Schließen der Tür verhindert – eine Matratze und blau-weiße Bettwäsche.

Als das Handy erneut klingelt, fischt Ebba in der Tasche danach und nimmt den Anruf an. Hauptsächlich, um Angela nicht erklären zu müssen, warum sie sie heimlich beobachtet.

Es ist Jina, die junge Frau aus der ACA-Gruppe.

»Ich muss Ihnen etwas über Jasmine erzählen. Können wir uns treffen?«

Ebba drückt das Handy fester ans Ohr und entfernt sich ein Stück von der Türöffnung, als sie merkt, dass Angela sie gesehen hat. »Unbedingt. Haben Sie sofort Zeit?«

44

Ebba steht vor den Schaufenstern des Warenhauses Åhléns City und beobachtet Menschen, die sich hinunter zur U-Bahn drängen, sich durch die Kaufhauseingänge zwängen und dabei gegenseitig anrempeln, und andere, die mit Computer- oder Einkaufstaschen bepackt die Abkürzung zwischen der Mäster Samuelsgatan und der Drottninggatan nehmen. Das Mekka der Diebesbanden. Die Polizistin in Ebba will der Dame dort drüben zurufen, sie solle auf ihre Tasche aufpassen. Und der Typ mit dem Rucksack … du hast wohl keine Wertsachen im Außenfach? Führe diese Arschlöcher nicht unnötig in Versuchung, sondern mache es ihnen wenigstens schwer.

Sie lässt den Blick über das Menschengewimmel wandern und hält nach Jina Ausschau, mit der sie sich um zehn Uhr verabredet hat. Jetzt ist es fünf Minuten nach.

Ebba ist gespannt, was Jina will, hat seit ihrem Anruf pausenlos darüber nachgedacht. Vielleicht hat sie eingesehen, dass die Aufklärung eines Mordes wichtiger ist als die Schweigepflicht. Aber wird das, was sie Ebba mitteilen will, Nicolas entlasten oder zu Fall bringen?

Aus dem Augenwinkel sieht sie, wie in einem der Geschäfte ein Sicherheitsmann seine Runde macht und ein paar Worte mit den jungen Verkäuferinnen in der Kosmetikabteilung wechselt, von denen eine dickere Schlauchbootlippen als die andere hat. Wie es aussieht, hat keine von beiden schon Kundschaft gehabt. Vielleicht sollte Ebba zu einer von ihnen gehen und sich rundum verschönern lassen, sobald ihr Treffen mit Jina beendet ist. Das hat sie bitter nötig, auch wenn sie nicht wie eine Kopie dieser Tussis aussehen möchte. Sie betrachtet ihr Spiegelbild im Fenster, und obwohl die Scheibe verschmutzt ist, kann sie deutlich erkennen, wie fertig sie aussieht. Strähnige Haare, dunkle Ringe unter den Augen, ein paar rote Pickel im Gesicht. Angewidert wendet sie sich ab und konzentriert sich lieber auf die Menschenmenge als auf ihr Aussehen. Plötzlich schweifen ihre Gedanken zu dem Abstellraum in Angelas Büro. Hat sie dadrinnen tatsächlich eine Matratze und Bettwäsche gesehen? Übernachtet Angela im Büro? Vielleicht tut sie das, wenn sie bis tief in die Nacht arbeitet. In diesem Fall wäre nichts Seltsames daran. Soweit Ebba weiß, hat Angela keine Familie, nur ihren jungen Liebhaber. Ist zwischen den beiden vielleicht Schluss? Hat er sie zu fest gewürgt? Ebba stoppt diese Gedanken, bevor sie mit ihr durchgehen. Hör auf damit. Das ist Angelas Leben. Halt dich da raus.

Ein paar Minuten später kommt Jina die Rolltreppe hoch. Sie trägt eine knielange gelbe Steppjacke, ein rosa Halstuch und eine lila Mütze – ein Farbtupfer in der Masse von Menschen in Winterbekleidung. Die großen braunen Augen blicken suchend umher. Ebba winkt ihr zu und überlegt, ob sie die Frau mit einer Umarmung begrüßen soll, verwirft den Gedanken jedoch wieder, als sie daran denkt, wie ihr Gespräch endete. Außerdem sieht Jina verbissen aus und geht, kaum dass sie da ist, zum Angriff über.

»Das hier ist nicht in Ordnung, ich weiß eigentlich nicht, was ich glauben soll.«

Ebba sieht sie fragend an.

»Angela Köhler. Sie arbeiten für ihre Anwaltskanzlei. Ich lese alles über den Mord an Jasmine und habe im Aftonbladet ein Foto gesehen, auf dem Sie beide zusammen zu sehen sind. Warum haben Sie dann bei uns spioniert? Angela weiß doch schon alles über Jasmine.«

»Jetzt komme ich nicht richtig mit.« Ebba weicht einen Schritt zurück. »Wussten Sie, dass Jasmine von einem Stalker verfolgt wurde?«

»Was? Nein. Was hat das damit zu tun?«

»Jasmine hatte sich wegen des Stalkers an Angela um Hilfe gewandt. Ich dachte, als Sie sagten, Angela wüsste schon alles über Jasmine, hätten Sie das gemeint.«

Jina wischt sich mit dem Handschuh die Nase und schürzt die hellblau geschminkten Lippen. »Sie wissen es nicht.« Sie lacht trocken. »Sie wissen es also nicht. Angela war Mitglied in der ACA-Gruppe. Sie fing vor ungefähr einem Jahr an und kam regelmäßig zu den Treffen, aber dann tauchte sie eines Tages einfach nicht mehr auf. Und jetzt verteidigt sie auf einmal Jasmines Mörder, das ist doch der totale Irrsinn. Angela und Jasmine waren praktisch beste Freundinnen. Nach den Treffen sind sie immer noch geblieben und haben miteinander geredet.«

»Jetzt blicke ich überhaupt nicht mehr durch. Angela war Mitglied in der ACA-Gruppe? Als aktive Teilnehmerin?«

»Haben Sie nicht gehört, was ich gesagt habe? Ja, Angela war mehrmals da und hat erzählt, wie ...« Jina presst die Lippen zusammen und sieht aus, als würde sie den Satz im Kopf umformulieren. »Was sie erlebt hat. Und eine schöne Geschichte war das nicht, das kann ich Ihnen sagen. Die Frau hat echt viel durchgemacht. Deshalb kapiere ich nicht, warum sie Jasmines Mörder verteidigt. Gerade sie müsste auf Jasmines Seite stehen, auch wenn sie tot ist. Frauen müssen zusammenhalten, hat sie doch dauernd gesagt.«

Ein Schauer läuft Ebba den Rücken hinunter. Mit dieser Offenbarung hatte sie nicht gerechnet. Sie zieht den Kragen ihrer Jacke enger um den Hals und versucht, ihre Gedanken zu sortieren. »Entschuldigen Sie, wenn ich etwas verwirrt wirke, aber das war mir völlig neu.«

»Ich habe eine Theorie.« Jina kommt einen Schritt näher. »Angela will hundertprozentig sicherstellen, dass Jasmines Bruder einfährt. Deshalb verteidigt sie ihn. Das ist die einzige plausible Erklärung, die mir einfällt. Wie ich schon sagte, Angela und Jasmine mochten sich. Sie haben nach den Treffen immer zusammen Kaffee getrunken und so.«

Ebba lässt den Blick über das Menschengewühl schweifen und versucht, sich einen Reim auf das Ganze zu machen, aber die neue Information schlägt in ihrem Kopf Purzelbäume.

»Warum sollte Angela wollen, dass Nicolas verurteilt wird?«, fragt sie.

»Weil sie mit Jasmine befreundet war. Verstehen Sie das nicht? Sie will dafür sorgen, dass Jasmines Mörder ins Gefängnis kommt.«

Ebba nickt, obwohl sie es überhaupt nicht versteht. Auf eine gewisse Weise klingt es logisch, gleichzeitig aber auch nicht. Eine Strafverteidigerin will für ihre Mandanten Freispruch erreichen, keine Verurteilung. Außerdem hat Angela sie ausschließlich deshalb eingestellt, damit sie den Fall gewinnt, und ihr die Info über den Stalker gegeben, den Mann, der sogar ihr Mörder sein könnte.

»Jasmine hat also nie etwas über diesen Stalker erzählt? Zum Beispiel, dass er in ihrem Innenhof stand und zu ihrem Fenster emporgestarrt hat?«

»Nein, das sagte ich doch schon.«

»Okay. Hat sie erwähnt, dass ihr eine Wahrsagerin prophezeit hat, dass entweder sie oder ihr Bruder vor ihrem dreißigsten Geburtstag sterben würden?«

Jina legt die Stirn in tiefe Falten. »Nein, daran würde ich mich erinnern. Shit, das ist krass.«

»Sie kennen also diese Geschichte nicht? Jasmine hat in der Gruppe nie darüber gesprochen?«

»Ich habe sie nie über irgendeine Wahrsagerin reden hören, sagte ich doch. So, ich muss weiter, aber versprechen Sie mir, dass Sie ihren Bruder, diesen psychopathischen Killer, hinter Schloss und Riegel bringen. Jasmine hat das nicht verdient.«

Ebba hält Jina am Arm fest. »Warten Sie. Dann müssen Sie mir helfen. Was wissen Sie über Jasmine? Warum war sie in der Gruppe?«

Jina presst die geschminkten Lippen zusammen und scheint mit sich selbst zu ringen. »Sie finden den Grund in ihrer Familie«, sagt sie nach einer Weile. »Mehr will ich dazu nicht sagen, das wäre Verrat an der gesamten Gruppe.«

»Aber was ist mit Angela? Glauben Sie, dass sie zu den Treffen ging, weil sie ebenfalls sexuell missbraucht wurde, oder war sie als eine Art Sachverständige da?«

»Sie war aus genau denselben Gründen wie wir anderen dort.« Jina untermalt ihre Antwort mit einer hochgezogenen Augenbraue und hebt resigniert die Hände. »Also gut. Da Angela eine verdammte Verräterin ist, werde ich es Ihnen sagen. Im Internet gibt es einen alten Zeitungsartikel, auf den ich gestoßen bin, nachdem Angela von einem völlig bizarren Vorfall erzählt hatte. Und da der Artikel sowieso öffentlich zugänglich ist und so …« Jina zuckt mit dem Kopf. »Sie hat erzählt, ihr Großvater hätte sie … na ja, Sie können Ihre eigenen Schlüsse ziehen. Jedenfalls steht in dem Artikel, Angelas Mutter hätte ihm mit einer Gartenschere den Schwanz abgeschnitten und sich kurz darauf im Gefängnis erhängt. Aber mal ganz ehrlich, ich frage mich, ob es wirklich die Mutter war, die ihn verstümmelt hat.«

Ebba starrt Jina an und weiß nicht, was sie glauben soll.

»Wie finde ich den Artikel?«

»Suchen Sie nach Vanessa Köhler, das ist Angelas Mutter.«

Ebba hält sich zögernd die Hände vor den Mund und bläst auf ihre eiskalten Finger, während alles, was sie soeben gehört hat, in ihrem Kopf herumschwirrt. Plötzlich fällt ihr etwas ein und sie platzt damit heraus: »Deshalb steht Angela also auf Würgespiele. Ich habe selbst die blauen Flecken gesehen, und sie trägt immer ein Halstuch. Das ist ihre Methode, um die Kontrolle über ihr Sexualleben zurückzugewinnen und die Erinnerung an den Missbrauch zu verarbeiten. Und ihre Mutter hat sich erhängt, daher ist sie auf ihren Hals fixiert. Oder? So funktioniert das doch wohl … man wiederholt das Trauma.«

Jina kommt mit ihrem Gesicht näher heran, und Ebba kann das fruchtige Aroma ihres Lippenstifts riechen. »Sie verstehen wirklich gar nichts.«

45

Zwanzig Minuten später ist Ebba wieder in der Kanzlei. Sie zieht die nassen Stiefel aus und schleicht in Angelas Büro. Das Parkett knarrt, und als sie zum Schreibtisch geht und sich dort umsieht, fühlt sie sich wie eine Einbrecherin. Doch dann redet sie sich ein, dass sie kein schlechtes Gewissen haben muss. Angela hat sie angelogen, hat verschwiegen, dass sie Jasmine auf eine ganz andere Weise kannte als über den Stalker Andreas Kilic. Sie und Jasmine waren Mitglieder in derselben ACA-Gruppe und laut Jina außerdem so etwas wie beste Freundinnen. Warum hatte Angela ihr nichts darüber gesagt?

Ein Gedanke ist in Ebbas Kopf gewachsen, seit sie und Jina sich verabschiedet haben. Was, wenn Jinas Theorie stimmt? Was, wenn Angela tatsächlich auf Nicolas' Verurteilung hinarbeitet? Sollte dies der Fall sein, dann hat sie Ebba nur zur Show angestellt. Eine unfähige ehemalige Polizistin, die den Kopf hinhalten muss, wenn sie den Fall verlieren – eine Niederlage, die Angela von vornherein geplant hat. Wenn man es sich genau überlegt, war Angela bei den Ermittlungen nicht besonders aktiv, sondern hat die gesamte Angelegenheit auf Ebba abgewälzt – eine verkrachte ehemalige Polizistin, die einen fünfzehnjährigen Jungen in den Selbstmord getrieben hat.

Ihr kommen die Tränen.

Verflucht! Sie hat Angela gemocht, hat sogar zu ihr aufge-
blickt. Die Powerfrau. Ein Teil von ihr hatte sogar geglaubt, sie
könne so werden wie sie, eine ebenso angesehene und gefragte
Juristin.

Du naive Idiotin.

Die Wut treibt ihr noch mehr Tränen in die Augen. Na
schön. Angela glaubt anscheinend, Ebba sei schwach, jemand,
den man opfern und ausnutzen kann.

Sie lässt den Blick über den Schreibtisch wandern, muss
etwas finden, das Jinas Behauptungen bestätigt. Eine Mappe mit
der Aufschrift »Ladendiebstahl« fällt ihr ins Auge. Sie hebt sie
hoch und findet darunter eine weitere, auf der »Geringfügiger
Drogenbesitz« steht.

Bagatellfälle. Nichts, was einer Staranwältin würdig ist.

Ebba legt die Mappen weg und öffnet die oberste Schublade.
Stifte, Büroklammern, ein Ladekabel. Sie sieht in der zweiten
Schublade nach. Umschläge und Briefmarken. Eine Kamera
und ein altes Aufnahmegerät. Dritte Schublade. Eine blau-
gelbe Medikamentenpackung mit der Aufschrift Valdoxan.
Ebba öffnet sie und zieht eine Karte heraus, auf der ihr meh-
rere ausgehöhlte Augen entgegenstarren. Sie googelt auf ihrem
Smartphone. Ein Antidepressivum.

Ist Angela depressiv? Zumindest zeigt sie es nicht nach
außen. Andererseits prahlen die wenigsten Leute damit, wie
schlecht es ihnen geht. Und außerdem – wenn Angela wirklich
von ihrem Großvater vergewaltigt wurde, hat sie bestimmt eine
Menge zu verarbeiten.

Dann fällt ihr ein, dass sie diesen Artikel lesen sollte. Sie
sucht nach Vanessa Köhler, Angelas Mutter, und klickt auf fol-
gende Schlagzeile: »Sie ermordete ihren eigenen Vater.« Obwohl
Jina sie bereits vorgewarnt hat, bleibt ihr bei der Lektüre die
Spucke weg. Ein Teil von ihr hatte geglaubt, dass Jina übertrieben hatte. Aber dem war nicht so. Als Vanessa Köhler

herausfand, dass ihr Vater seine Enkeltochter während ihrer gesamten Kindheit vergewaltigt hatte, schnitt sie ihm den Penis ab und ließ ihn verbluten. Und es stimmte, dass sie sich kurz danach im Gefängnis erhängte. Die Schuldgefühle darüber, dass es ihr nicht gelungen war, ihre Tochter zu schützen, waren zu stark.

Ebba wendet den Blick vom Display ab, als sie hört, wie eine Tür geöffnet und wieder zugeschlagen wird, stellt jedoch bald fest, dass das Geräusch von woanders im Haus kommt. Mit pochendem Herzen versucht sie sich auf das, was an ihr nagt, auf all die neuen Informationen einen Reim zu machen. Aber nichts ergibt einen Sinn, alles ist ein einziges chaotisches Durcheinander. Sie ruft Angela an, muss von ihr hören, dass alles nur ein Missverständnis ist, erreicht jedoch nur die Mailbox. Gewiss, sie hat einen Termin bei einem Mandanten in Flemingsberg, aber sie muss jetzt rangehen, das ist wichtig. Ebba verflucht das Handy, verflucht Angela, die ihr Nicolas Moretti aufgehalst hat. Warum hat die Alte sie ausgenutzt? Warum hat sie darüber gelogen, woher sie Jasmine kennt? Die Wut gärt in ihr. Ist das Ganze eine Art Test? Angela hat ihr einen unmöglichen Fall untergeschoben und will sehen, wie sie damit klarkommt und ob sie es wert ist, eine Festanstellung in der stinkvornehmen Kanzlei Köhler zu bekommen.

Ebba hat das Gefühl, als wüchsen Hörner aus ihrer Stirn. Entschlossen wählt sie die zentrale Rufnummer der Polizei und verlangt, mit dem Dienststellenleiter des Reviers in Flemingsberg verbunden zu werden. Der ganze Vorgang dauert einige Minuten, und während sie mit ans Ohr gedrücktem Handy wartet, steht sie mehrmals kurz davor, es sich anders zu überlegen. Soll sie Angela wirklich auf diese Weise konfrontieren und ihre Absichten am Telefon infrage stellen?

Bevor sie sich entscheiden kann, meldet sich am anderen Ende eine Frau.

»Hanne Adolfsson. Wie kann ich Ihnen helfen?«

Mit fester Stimme stellt Ebba sich als angestellte Juristin in der Anwaltskanzlei Köhler vor. »Meine Kollegin Angela Köhler wollte einen Mandanten besuchen, der wegen schweren Raubes festgenommen wurde und bei Ihnen einsitzt. Sie hat mich gebeten, ein paar Informationen für sie herauszusuchen, geht aber jetzt nicht an ihr Handy. Ich weiß, dass sie in letzter Zeit Probleme mit dem Gerät hatte, und da dachte ich mir, ich versuche sie auf diesem Weg zu erreichen.«

»Aha. Aber ich habe sie hier nicht gesehen. Wie heißt der Festgenommene?«

Ebba zögert kurz. »Das weiß ich leider nicht, aber er sitzt wegen schweren Raubes.«

»Wir haben niemanden hier, der wegen schweren Raubes sitzt.« Ein Seufzer am anderen Ende. »Warten Sie, ich schaue sicherheitshalber mal nach.«

Ebba bedankt sich und geht im Zimmer auf und ab, während sie darauf wartet, dass Hanne Adolfsson zurückkommt.

»Ja, es stimmt schon«, sagt sie, als sie wieder da ist. »Wir haben niemanden, der wegen schweren Raubes sitzt. Sie müssen sich im Revier geirrt haben.«

»Vermutlich«, sagt Ebba und entschuldigt sich für die Störung. Das Unbehagen wächst in ihrer Brust wie ein Tumor. Warum hat Angela gesagt, sie müsse zu einem Mandanten, wenn dieser nicht existiert? Was bezweckt sie damit?

Oder hat sie Ebba nur das falsche Revier genannt?

Sie lässt den Blick erneut über den Schreibtisch wandern und stellt fest, dass sie noch nicht in der untersten Schublade nachgesehen hat. Sie öffnet diese, entdeckt eine Mappe mit Jasmine Morettis Namen auf dem Einband, holt sie heraus und durchblättert die Dokumente: Anzeige wegen Mordes, Festnahmeprotokoll, Antrag auf Untersuchungshaft, Angelas Notizen zu Jasmines Stalker. Die gleichen Unterlagen, die Ebba bereits erhalten hat. *Ein blauer Sportwagen, ein Honda Civic mit einem R am Anfang des Kennzeichens und einer Zwei in der Mitte. Der Stalker ist um die dreißig, schlank und hat aschblonde Haare. Tätowierungen am rechten Arm, ein Totenkopf und ein Spinnennetz.*

Der Text ist ein Computerausdruck, aber ein Satz wurde handschriftlich hinzugefügt.

Die Freundin des Stalkers ist schwanger.

Ebba starrt auf die blaue Tinte. Sie weiß, dass der Satz etwas zu bedeuten hat, kommt nur nicht darauf, was. *Die Freundin des Stalkers ist schwanger.*

Der Text wurde mit dem Computer geschrieben, der hinzugefügte Satz mit der Hand.

Plötzlich öffnet sie den Mund und gibt ein ersticktes Keuchen von sich. Sie war es gewesen, die Angela erzählt hatte, dass die beiden ein gemeinsames Kind hatten. Angela hatte die Information per Hand in das Dokument eingetragen. Allem Anschein nach geschah dies im Nachhinein. Ebba hat immer noch nicht alle Fragezeichen enträtselt, weiß jetzt aber, wie alles mit den Tattoos zusammenhängt, die Andreas Kilic weglasern ließ.

Nicht Jasmine hat die Geschichte mit dem Stalker zusammengedichtet, sondern Angela.

46

Ebba steht in ihrer vom Schnee durchnässten Jacke und mit feuchten Haaren vor einer Wohnungstür und hält zögernd den Finger auf die Klingel. Sie liest den Namen auf dem Schild: Benjamin Wikander, Angelas Toy Boy. Den ganzen Nachmittag sucht sie schon nach Angela, hat vergebens probiert, sie zu erreichen, und ist zu ihrer Penthouse-Wohnung auf Kungsholmen gefahren. Dort hatte ihr jedoch ein Mann in den Vierzigern geöffnet und sie erstaunt angesehen, als sie nach Angela fragte. Er erklärte ihr, Angela habe die Wohnung vor einem Jahr an ihn untervermietet. Ob Ebba das nicht wusste? Nein, hatte sie ihm geantwortet. Auf dem Weg nach draußen war ihr der Mann mit einem Bündel Briefe nachgelaufen.

»Könnten Sie die hier bitte Angela geben?«

Ebba hatte die Briefe entgegengenommen und die Absender überflogen. Amt für Zwangsvollstreckung, Amt für Zwangsvollstreckung, Amt für Zwangsvollstreckung. Was sie da in den Händen hielt, war absurd. Übernachtet sie deshalb im Büro?

Mit dem Flachmann als Gesellschaft hatte sie im Auto gesessen, Nachforschungen im Internet angestellt und schließlich Benjamins Adresse auf Östermalm gefunden. Ein traditionsreiches dreistöckiges Haus mit breiter Steintreppe und einem altmodischen Aufzug mit Gittern.

Ihr Zeigefinger ruht auf der Klingel, aber sie zögert erneut. Sie will das Risiko minimieren, dass Angela einfach nicht aufmacht. Stattdessen ruft sie ihre Chefin auf dem Handy an. Einen Augenblick später hört sie es hinter der massiven Holztür klingeln. Angela ist also da.

Diesmal klingelt sie an der Tür. Das schrille Geräusch lässt sie zusammenzucken. Warum ist sie so nervös? Schließlich hat sie ein Recht darauf, von der Person, die sie ausgenutzt hat, eine Antwort zu verlangen. Oder hat sie womöglich alles falsch interpretiert? Ein Teil von ihr will immer noch nicht glauben, dass sie hereingelegt wurde, dass Angela so berechnend sein kann.

Zu Ebbas Verwunderung macht Angela ihr ohne Umschweife auf. Obwohl sie legere Freizeitklamotten trägt – einen grauen Rollkragenpullover und eine dazu passende Hose –, erschreckt sie Ebba mit ihrem grimmigen, beinahe irren Blick.

»Warum rufen Sie mich auf dem Handy an, wenn Sie vor der Tür stehen?«

Es kostet Ebba einige Mühe, in ruhigem und festem Ton zu sprechen. »Ich wollte mich vergewissern, dass Sie wirklich hier sind.«

Schweigen. Das Einzige, was Ebba im Hintergrund hört, ist Danny Saucedo, diese Melodie, bei der es einem in der Brust brennt.

Schließlich tritt Angela einen Schritt zur Seite und bittet Ebba mit einem aufgesetzten Lächeln herein. »Da Sie mich hier aufsuchen, vermute ich, es geht um etwas Wichtiges.«

»Das kann man wohl sagen.« Ebba zieht drinnen die Stiefel aus, hängt die Jacke an einen freien Kleiderbügel und folgt Angela in ein Wohnzimmer mit maskulinen Tönen, geraden Linien und sparsamen Details.

»Möchten Sie ein Glas Rotwein?«

»Nein danke.«

Angela geht zu einem Esstisch, auf dem eine geöffnete Flasche Ripasso steht, schenkt ein Glas ein und hält es Ebba hin.

»Sie müssen mir nichts vormachen. Das hier ist viel besser als dieses Gesöff in Ihrem Flachmann.« Angela schwenkt den Wein im Glas. Das Aroma steigt in Ebbas Nase.

Sie nimmt das Glas entgegen und probiert den Wein, während Angela sich ebenfalls ein Glas einschenkt, zu einem Liegesessel mit braunem Lederbezug schlendert und sich hinsetzt. Mit einem Kopfnicken signalisiert sie Ebba, auf dem Sessel daneben Platz zu nehmen. Ebba lässt sich zögernd darauf nieder und dreht den Körper in eine halb sitzende Position, wie auf einem Sonnenstuhl. Sie kommt sich dabei vor, als wären sie und Angela beste Freundinnen, die zusammen ein Wellnesswochenende verbringen. So hatte sie sich die Konfrontation nicht vorgestellt.

»Wie lief der Besuch bei Ihrem Mandanten in Flemingsberg?« Ebba hält an der Vernehmungstaktik fest, die sie sich in den vergangenen Stunden zurechtgelegt hat.

»Sie wissen, dass ich nicht dort war. Kommen Sie zur Sache.«

»Okay.« Ebba ist zunehmend überzeugt, dass Angela weiß, warum sie hier ist. »Es gibt keinen Stalker. Sie haben ihn erfunden.«

Angela führt das Glas an die Lippen und gibt Ebba mit einem Nicken zu verstehen, dass sie mehr hören will.

»Ich habe die Dokumentation gefunden, die Sie über Jasmine erstellt haben. Sämtliche Informationen, die Sie mir zu Andreas Kilic gegeben haben, sein Auto, seine Personenbeschreibung und so weiter, kann man im Polizeiregister finden. Aber dann haben Sie im Nachhinein eingetragen, die Freundin sei schwanger, und zwar nachdem ich Ihnen gegenüber erwähnte, dass die beiden ein Baby haben. Das können Sie nämlich nicht im Polizeiregister gesehen haben.«

Angela trinkt einen Schluck Wein. »Ich muss schon sagen, beeindruckend.«

»Und dann wären da noch die Tattoos des Stalkers, von denen ich Ihnen erzählt habe. In der Personenbeschreibung steht es genau so, wie Sie sagten, nämlich dass er einen Totenkopf und ein Spinnennetz hat. Aber wie Sie wissen, hat er sie vor neun Monaten weglasern lassen. Jasmine kann sie also nicht gesehen haben, zumindest nicht zu dem von Ihnen genannten Zeitpunkt.«

Angela dreht das Glas auf ihrem Schoß und wirkt aufrichtig stolz. »Deshalb habe ich Sie eingestellt. Ich wusste, dass Sie ein Ermittlertalent sind.«

»Aber wozu das Ganze? Wissen Sie, wie viele Stunden ich für diesen Stalker aufgewendet habe? Sie wollten mir sogar weismachen, dass Jasmine diejenige war, die gelogen hat, während es in Wirklichkeit Sie waren. Und Sie haben auch gelogen, was die ACA-Gruppe betrifft. Sie waren selbst dort Mitglied, daher kannten Sie Jasmine.«

Angela lächelt, als empfände sie Mitleid mit Ebba. »Die Sache ist die: Ich war Schwedens gefragteste Anwältin, ich war Rechtsexpertin im Fernsehen und hatte viele unglaublich tüchtige Mitarbeiter. Und was geschah dann? Ich habe zufällig einen Beitrag auf Facebook gepostet, wo ich das Wort ›Bartkinder‹ verwendet habe. So etwas darf man in unserem politisch korrekten Land nicht sagen. Daraufhin war der Teufel los.« Angela trinkt ihr Glas aus, ihre Halsmuskulatur ist angespannt. »Die Leute wollen anscheinend, dass Frauen von diesen niedlichen, unschuldigen Jungs vergewaltigt werden. Mir ist unbegreiflich, wie sie so naiv sein können. Aber Leute wie ich oder Sie, die wissen, wie der Hase läuft, dürfen es nicht offen aussprechen, denn dann sind wir Rassisten.«

Ebba öffnet den Mund und will ihre Chefin fragen, ob sie den umstrittenen Beitrag über Flüchtlinge meint, von dem sie gelesen hat, schließt ihn jedoch wieder, als Angela die Stimme hebt.

»Ein Beitrag hat gereicht, ein einziger Beitrag, um alles zu verlieren. So ist es um die Meinungsfreiheit in Schweden bestellt. Meine Mandanten sprangen ab, die Aufträge verschwanden, ich zog in ein kleineres Büro um, verkaufte meine Möbel, vermietete meine Wohnung an einen Untermieter.« Angela presst den Mund zusammen und fährt in ruhigerem Ton fort. »Ich weiß, dass Sie dort waren, er hat vorhin angerufen. Die Briefe können Sie wegwerfen. Ich will sie nicht sehen.«

»Das tut mir leid«, sagt Ebba lahm.

»Mir auch. Aber ...« Angela streckt den Zeigefinger in die Luft. »Ich habe immer noch die Kanzlei, eine Kanzlei, die ich in fünfzehn Jahren aufgebaut habe. Ich werde alles tun, um sie zu behalten, was auch immer, selbst wenn es riskant ist. Das habe ich mir von Anfang an vorgenommen. Und als Jasmines Bruder wegen Mordes festgenommen wurde, bekam ich meine Chance.«

Ebba hat plötzlich einen Schluckauf, hält die Faust vor den Mund, um den nächsten zu unterdrücken, und konzentriert sich wieder auf Angela.

»In dieser Nacht war ich bei einem Mandanten, der sich in Polizeigewahrsam befand, und da erfuhr ich, was passiert war. Natürlich war ich über Jasmines Schicksal bestürzt, doch dann sah ich ein, dass daran nichts mehr zu ändern war, egal, wer die Tat begangen hat. Aber wenn es mir gelänge, eine Person freizubekommen, auf deren Schuld sämtliche Beweise hindeuten, würde ich meinen guten Ruf wiederherstellen, und jeder, der einen guten Strafverteidiger braucht, würde mich in Anspruch nehmen. Wirklich jeder.«

Ebbas Zweifel erwachen erneut zum Leben. »Sie glauben also, dass Nicolas der Mörder ist?«

»Das interessiert mich nicht. Ich bin Strafverteidigerin. Ich unternehme alles, um meine Mandanten freizubekommen, egal, was sie getan haben. Das ist mein Job, und das gilt auch für Sie.«

Ebba nickt, obwohl sie sich überhaupt nicht sicher ist, ob sie den Job weiterhin machen will.

»Aber wieso haben Sie die Geschichte mit dem Stalker erfunden?«, fragt sie, da sie es immer noch nicht versteht.

»Das tut mir leid, aber ich brauchte diesen Fall wirklich. Um Nicolas zu überreden, mich zu engagieren, musste ich ihn glauben lassen, dass es einen Stalker gab, auf den sich der Mordverdacht lenken ließ.« Angela wippt mit den Füßen, und ihre flauschigen Pantoffel sehen aus wie zwei Kaninchen, die miteinander herumtollen. »Es war einfacher, als ich dachte, er hat mir die Story sofort abgekauft.«

Ebba versucht, das soeben Gehörte zu verarbeiten. Angela hat die Sache mit dem Stalker erfunden, um Nicolas als Mandanten zu gewinnen. Ein Fall mit großem Medienecho, der – falls alles nach ihrem Plan läuft – zu einem Freispruch und neuen Mandanten führen wird. Was soll man dazu sagen? Dass in Angela ein Teufel steckt, wie ihn diese Welt noch nie zuvor gesehen hat? Oder dass sie vollkommen verrückt ist?

Angela setzt eine Kleinmädchenmiene auf. »In Ihnen steckt immer noch zu viel Polizistin, Tapper. Vergessen Sie's. In unserem Rechtssystem hat jeder das Recht auf einen Verteidiger, und wir werden jetzt die Anwaltskanzlei Köhler retten.« Sie hebt das Glas zu einem Toast, aber Ebba bringt es nicht fertig, mit ihr anzustoßen. Obwohl sie ein gewisses Mitgefühl mit Angelas Situation empfindet – dass ein einziges Posting auf Facebook ihre Karriere zerstört hat, ist eine Ungerechtigkeit –, liegen ihr alle diese Lügen schwer im Magen.

»Ich sollte jetzt wohl gehen.« Ebba erhebt sich mühsam von dem Liegesessel.

Angela senkt das Glas. »Sie wollen also nicht mit mir anstoßen? Wollen Sie einfach mir nichts, dir nichts abspringen?«

»Sie haben, was den Stalker betrifft, gelogen, und auch über die ACA-Gruppe.«

Angela stellt das Glas mit einem Knall auf den Fußboden, steht auf und richtet den Zeigefinger anklagend auf Ebba. »Sie verurteilen mich. Ausgerechnet jemand wie Sie, die einen fünfzehnjährigen Jungen dazu gebracht hat, sich vor einen Zug zu werfen, kommen hierher und verurteilen mich.«

Ebba nimmt all ihre Kraft zusammen. »Wie soll ich einen guten Job machen, wenn Sie mir nicht alles sagen, was Sie wissen? Sie kannten Jasmine, und Jina erzählte mir, Sie und Jasmine hätten nach den Treffen viel miteinander geredet. Sie wussten, dass Jasmine sexuell missbraucht wurde. Finden Sie nicht, dass das relevant für die Ermittlung ist?«

»Jina!« Angela lacht. »Ich dachte mir schon, dass sie es war, die getratscht hat.« Plötzlich verstummt sie für einen Augenblick, und ein Anflug von Angst huscht über ihr Gesicht. »Was hat sie über mich gesagt?«

»Nichts. Sie hatte großen Respekt vor der Schweigepflicht.« Ebba will jetzt nicht über Angelas Mutter und Großvater diskutieren. Das gehört nicht hierher.

Angela sieht aus, als würde sie vor Erleichterung zusammensacken. Aber irgendwie bleibt sie gefasst und hebt das Kinn. »Das habe ich auch. Niemand in einer ACA-Gruppe plaudert Namen aus. Aber jetzt, wo Sie trotzdem wissen, dass ich Mitglied war, kann ich Ihnen sagen, dass Sie recht haben.

Jasmine wurde sexuell missbraucht, hat aber nie gesagt, von wem. Das Trauma saß so tief in ihr, dass sie nie darüber sprechen konnte, nicht einmal nach mehreren Jahren Therapie. Aber Sie können mir glauben, dass ich froh war, als Sie mir berichtet haben, was Sie über Giorgio herausgefunden haben. Vielleicht bekommt Jasmines Peiniger endlich, was er verdient.«

Ohne zu antworten, geht Ebba hinaus in den Flur. Angela folgt ihr dicht auf den Fersen.

»Vergessen Sie nicht, dass Sie es mir verdanken, dass Sie wieder einen Job haben. Ich glaube an Sie und bin überzeugt, dass wir diesen Fall gewinnen können.«

Ebba wirbelt herum. »Nicht, wenn Sie mir eine Menge Informationen vorenthalten. Außerdem wäre es gut, wenn Sie ein bisschen mehr Engagement zeigen würden. Ich habe bisher kaum eine Spur von Ihnen gesehen.«

Angela faltet die Hände und scheint zu überlegen, wie sie auf diesen Vorwurf antworten soll. »Okay, ich will ganz ehrlich sein. Mir wurde einfach alles zu viel. Der Shitstorm im Internet, der drohende Konkurs meiner Kanzlei. Ich war völlig ausgebrannt.« Sie schüttelt den Kopf. »Was glauben Sie, wie leicht mir das fiel, wo ich doch ein Workaholic bin? Also habe ich Sie engagiert, und zwar aus drei Gründen. Teils, weil ich nicht mehr alles allein bewältigen konnte, teils, weil ich wusste, wie man Sie behandelt hat, aber vor allem, weil ich das Gefühl hatte, wir beide könnten ein starkes Team werden.«

Ebba schlüpft in ihre Jacke und weiß nicht, was sie glauben soll. Sollte sie trotz allem noch eine Weile bleiben? Angela hat soeben ihr Inneres freigelegt. Verschwindet man da einfach? Lässt man einen anderen Menschen in diesem Zustand allein? Ein Wirrwarr der Gedanken und Gefühle. Aber die Enttäuschung über die Lügen sitzt tief und lässt sich auch mit Whiskey und Wein nicht herunterspülen.

Ebba holt die Briefe vom Amt für Zwangsvollstreckung aus der Innentasche, legt sie auf einen Hocker an der Wand und verlässt die Wohnung.

»Nach allem, was ich für Sie getan habe!«, brüllt Angela ihr ins Treppenhaus hinterher. »Nach allem, was ich für Sie getan habe!«

47

Ebba springt in ihr Auto, schlägt die Tür mit lautem Knall zu, legt den Kopf aufs Lenkrad, atmet tief durch und versucht, ihre Gedanken zu sortieren. Was soll sie tun? Nach Hause fahren und auf alles scheißen? Ihren Job kündigen und sich erneut arbeitslos melden?

Sie greift nach dem Flachmann im Handschuhfach und trinkt. Das hilft ihr nicht, in ihrem Kopf herrscht nach wie vor Chaos. Obwohl sie Angelas schmutzige Tricks verurteilt, kann sie sich gleichzeitig eine gewisse Bewunderung nicht verkneifen. Noch nie zuvor ist ihr eine Person begegnet, die so zielstrebig darum kämpft, ihre Kanzlei, ihre Karriere und ihren guten Ruf zurückzugewinnen.

Sie blickt zu Angelas Fenster im dritten Stock empor, wo zwei große Kerzen ein gedämpftes Licht verbreiten. Soll sie wieder hochgehen und Angela sagen, sie wolle ihr trotz allem helfen, Nicolas Moretti freizubekommen?

Ihr moralischer Kompass schlägt in alle Richtungen aus. Angela schert sich nicht darum, ob Nicolas Jasmine ermordet hat oder nicht. Ebba schon. Gleichzeitig will sie den Fall gewinnen und zeigen, dass Hellberg falschliegt. In dieser Hinsicht sind sie und Angela sich ähnlich – beide wollen ihren guten Ruf und ihre Karriere wiederherstellen.

Ebba holt ihr Handy hervor und ruft Simon an. Er geht beim dritten Läuten ran.

»Nein danke. Ich brauche keine Drogen.«

Ebba hält das Handy vom Ohr weg und überlegt, was er damit meint.

»Ihnen ist doch wohl klar, dass das für Nicolas nicht besonders hilfreich war«, fährt er fort. »Einen Wärter niederschlagen und solche Sachen.«

Als Ebba kapiert, warum Simon so abweisend ist, fährt sie sich mit der Hand übers Gesicht. Nach all dem, was in letzter Zeit passiert ist, hat sie den Vorfall mit dem Kokain völlig vergessen. Und dass Angela Simon und Hellberg beschuldigt hat, sie hätten die Drogen ins Untersuchungsgefängnis geschmuggelt.

»Nein, das war natürlich nicht so gut«, murmelt sie. »Ich frage mich, wie er an das Zeug herangekommen ist.«

»Hören Sie, Tapper, ich habe zu tun. Was wollen Sie?«

»Habt ihr Roland Nilsson schon vernommen?«

»Ja.«

»Wie lief das? Was hat er gesagt?«

»Den können Sie sich abschminken. Das NFZ ist heute mit dem Nikolauskostüm fertig geworden. Man hat keine Spuren von Jasmine gefunden.«

»Echt?« Ebba wischt über die Windschutzscheibe, die schon wieder beschlagen ist, und versucht, sich ihren Frust nicht anmerken zu lassen. »Aber habt ihr in der Wohnung nichts anderes gefunden? Vielleicht hat er sich umgezogen, bevor er zurück zu Jasmine ging. Der Stofffetzen an dem Armierungseisen unter dem Balkon war ja lila und gelb.«

Simon schnaubt. »Wir haben keine Hausdurchsuchung gemacht. Gegen den Mann lag zu keinem Zeitpunkt ein Verdacht vor. Das Einzige, was man ihm in diesem Fall vorwerfen kann, ist Ehebruch, aber wie Sie wissen, durchlaufen er und seine Frau gerade eine Scheidung. Er hat kein Motiv. Vergessen

Sie ihn als Täter, er war es nicht. Erstens war er viel zu betrunken, um zu einem Balkon hochzuklettern, zweitens wirkte er ehrlich überrascht, als er von uns erfuhr, dass Jasmine ein Kind von ihm erwartete. Er hatte keine Ahnung, dass sie schwanger war. Hören Sie, ich muss jetzt auflegen.«

»Warten Sie, nur noch eine Sache.«

Ein Seufzer am anderen Ende.

»Kann ich eine Kopie von Jasmines Telefonliste bekommen? Ich muss etwas nachprüfen.«

Noch ein Seufzer. »Ich habe für dieses Spielchen keine Zeit mehr. Sagen Sie mir, warum Sie sie haben wollen, ansonsten beenden wir das Gespräch.«

Ebba überlegt, ob sie Simon von Angelas Lügengeschichten berichten soll. Aber was würde das bringen? Vermutlich würde man Angela den Fall entziehen, was vielleicht gar nicht so schlecht wäre. Wie es momentan aussieht, werden sie sowieso verlieren. Sie haben nichts mehr gegen Roland Nilsson in der Hand. Sie müssen wieder bei null anfangen, und Nicolas ist der naheliegendste Täter.

Selbst wenn Ebba nicht glauben will, dass er es war, steht sie kurz davor, mit ihren ehemaligen Kollegen übereinzustimmen. Alle Beweise deuten auf Nicolas als Täter hin. Darüber hinaus reagierte er nicht, als sie ihn indirekt des Mordes beschuldigte, und er neigt zu Gewalt, wenn er unter Drogen steht. In der Mordnacht hatte er MDPV zu sich genommen, eine Droge, die bekanntermaßen zu Gewaltexzessen führt. Und dann ist da noch die Problematik mit der Weissagung.

»Ich will schauen, ob ich ...« Sie bricht mitten im Satz ab. Sie kann Simon unmöglich erzählen, dass sie eine Wahrsagerin in Bromma sucht, bei der Jasmine angeblich war, und dass die Telefonnummer dieser Frau vielleicht auf der Liste steht. Angela hatte ihr davon ausdrücklich abgeraten. Trotzdem muss sie herausfinden, ob vielleicht jemand anders von der Weissagung wusste. Sie will nicht glauben, dass Nicolas der Einzige ist.

»Wenn ich Ihnen einen Rat geben darf«, sagt Simon, »lassen Sie die Finger vom Alkohol. Wir hören uns, Tapper.«

Es knackst im Hörer. Simon hat aufgelegt.

Ebba startet den Motor, dreht die Heizung auf und fängt eine Diskussion mit sich selbst an. Will sie weiterhin für Angela arbeiten? Will sie Nicolas freibekommen, obwohl er vielleicht der Täter ist?

Schließlich fährt sie los. In Ihnen steckt immer noch zu viel Polizistin, hatte Angela gesagt, und vielleicht hat sie recht. Aber sie hatte auch gesagt, sie wäre froh über das gewesen, was Ebba über Giorgio Moretti herausgefunden hatte. Selbst wenn Nicolas schuldig ist, gibt es immer noch einen vierzehnjährigen Jungen, der Hilfe braucht.

Sein kleiner Bruder.

* * *

Eineinhalb Stunden später sitzt Ebba im Auto in der Dagsverksgatan in Spånga und observiert den Eingang eines grauen mehrstöckigen Hauses, in dem Adam Ballin mit seiner Mutter und drei Geschwistern wohnt. Er ist der Junge, mit dem Giorgio während des Pokalspiels im Abstellraum verschwunden war.

Sie hatte ihn im Internet gefunden. Auf der Homepage des Pokalspiels gab es ein Mannschaftsfoto samt Namen der Spieler sowie ein paar Zeitungsartikel, die Giorgios Engagement lobten, seinen Einsatz dafür, dass Fußball allen Jugendlichen ungeachtet ihrer Herkunft und sozialen Schicht als sinnvolle Freizeitbeschäftigung offenstand.

Ein Artikel zitierte ihn folgendermaßen: »Einige der Jugendlichen haben bereits Interesse an der Mitgliedschaft in einem Verein gezeigt, worüber ich mich unheimlich freue.«

»Wer's glaubt«, hatte Ebba gemurmelt. Mehr Jungs, an denen er sich vergreifen kann.

Sie trinkt den letzten Rest aus ihrem Flachmann. Was macht wohl ein Vierzehnjähriger an einem Freitagabend in Spånga mitten im Winter? Auf einem Schulhof abhängen? Zu kalt. In einem Jugendzentrum? Möglich. In diesem Fall kommt er vermutlich spät nach Hause. Oder zockt er vielleicht mit einem Freund am Computer?

Ebba streckt sich, als plötzlich die Haustür aufgeht. Es ist bestimmt das zehnte Mal, seit sie hier sitzt. Diesmal jedoch kommen zwei schlaksige Teenager heraus und vergraben ihre Gesichter in den Kapuzen ihrer dicken Steppjacken, sodass Ebba sie nicht sehen kann. Aber als sie vor ihrem Auto schräg über die Straße gehen, hebt einer von ihnen den Blick.

Adam Ballin.

Ebba steigt aus und folgt ihnen, riecht den Nikotingeruch in der knackigen Kälte und sieht die Glut zwischen ihren Fingern, als sie die Zigarette brüderlich miteinander teilen. Sie überqueren den Bällstavägen und gehen über einen Parkplatz zu einer Lidl-Filiale. Vor dem Eingang wirft Adam die Zigarette weg, bevor sie den Laden betreten.

Ebba hält Abstand und schaut, was die beiden machen. Sie decken sich mit Limonaden und Energy-Drinks ein, debattieren darüber, ob sie Chips oder Käseflips nehmen sollen und füllen lose Süßigkeiten in eine Papiertüte. Während der Freund sich an der Kasse anstellt, verdrückt Adam sich nach draußen und versucht, eine Zigarette anzuzünden, doch das Feuerzeug funktioniert bei dem starken Wind nicht. Ebba nutzt die Gelegenheit und eilt zu ihm.

»Das klappt wohl nicht so gut.« Sie lächelt ihn an. »Warte, ich schau mal nach, ob es mit meinem besser geht.«

»Super.« Während er wartet, steckt er die Hände in die Jackentaschen.

Ebba tut so, als würde sie in der Handtasche herumwühlen, und behält gleichzeitig die Kasse im Auge. Der Freund bezahlt gerade seine Sachen, sie muss sich beeilen. »Ach, jetzt erkenne ich dich wieder. Warst du nicht bei dem Pokalspiel neulich hier im Stadion?«

»Äh, ja«, murmelt er und windet seinen schlaksigen Teenagerkörper.

»Ich hab's mir doch gedacht, ich kann mir Gesichter gut merken. Du hattest Giorgio Moretti als Trainer.«

»Ja. Kennen Sie ihn, oder was?«

»Ein bisschen.« Ebba tritt einen Schritt näher an Adam heran und gerät dabei ins Schwanken. »Shit, ist das glatt!« Sie lacht und mustert das Gesicht des Jungen genauer. So jung und verletzlich, so verschwommen. Sie blinzelt, um schärfer zu sehen, und merkt, dass dies nichts nützt. »Ich habe eine ziemlich ernste Fra… Fra…« Sie räuspert sich und konzentriert sich darauf, nicht zu lallen. »Eine ernste Frage. Ich habe gesehen, dass du mit ihm in einen Abstellraum gegangen bist. Ich weiß, was er treibt, dich trifft keine Schuld, überhaupt keine, du bist ja nur ein Kind, aber wenn niemand etwas sagt, sucht er sich weitere Opfer.«

»Was labern Sie da?« Adam schielt zum Eingang hinüber, und Ebba folgt seinem Blick. Der Freund schlendert mit einer Einkaufstüte in der Hand auf die großen Glastüren zu.

»Wollte er, dass du etwas mit ihm machst? Also, etwas Sexuelles.«

Adam reißt die Augen auf, als wäre sie vollkommen verrückt, und geht zu seinem Kumpel, sobald dieser herausgekommen ist.

»Wer zum Teufel war das denn?«, fragt der andere Junge und lacht lauthals, nachdem sie sich ein Stück entfernt haben.

»Keine Ahnung. Irgend so 'ne durchgeknallte, versoffene Alte.«

Ebba unterdrückt den Impuls, den beiden nachzulaufen. Was hat sie sich nur dabei gedacht, einem Jungen vor einem Supermarkt aufzulauern und ihn zu fragen, ob er vergewaltigt wurde? So funktioniert das nicht. Ein Teenager erzählt so etwas nicht ohne Weiteres. Vor allem nicht einer versoffenen Alten.

Hat er sie wirklich so genannt?

Mit trockenem Mund und einem plötzlichen Heißhunger auf fettiges Junkfood kehrt sie auf einem Umweg zu ihrem Auto zurück. Sie möchte den Eindruck vermeiden, dass sie den Jungs folgt. So durchgeknallt ist sie nun auch wieder nicht. Das hier war gewiss nicht ihr cleverster Zug, das sieht sie ein, obwohl sie ein wenig betrunken ist. Sie lacht über sich selbst. Die Idee, hierherzufahren, fühlte sich in dem Moment, als sie darauf kam, auf jeden Fall verdammt gut an.

An einer Tankstelle in der Nähe kauft sie eine Bratwurst mit Brot und einer doppelten Portion Kartoffelbrei. Schaufelt das Essen in sich hinein, während sie weiter zu ihrem Auto schlendert. Plötzlich klingelt das Handy. Sie versucht, es aus der Tasche zu holen, was ihr erst gelingt, nachdem sie den Pappteller auf den Boden gestellt hat.

Angelas Name auf dem Display.

Ebba überlegt, ob sie den Anruf wegdrücken soll, doch nach genauerem Nachdenken nimmt sie ihn an. Eine Entschuldigung von ihrer Chefin käme ihr gerade recht.

»Wir haben Roland Nilsson verloren, das Nikolauskostüm war wertlos.«

»Ja, das habe ich gehört«, sagt Ebba. »Ich habe mit Si…«

»Ich will, dass Sie Ihre Sachen aus dem Büro räumen. Sofort. Wenn ich morgen früh in die Kanzlei komme, möchte ich nichts mehr von Ihrem Plunder sehen.«

»Aber sollten wir nicht …«

»Auf der Stelle!«

Ebba weicht erschrocken einen Schritt zurück. Im selben Moment, als sie feststellt, dass Angela aufgelegt hat, tritt sie mit einem Fuß in den Kartoffelbrei.

48

Ebba murmelt Schimpfwörter, mal laut, mal leise, während sie die Treppe zur Kanzlei hochgeht. Zwischendurch bleibt sie stehen und schreibt mit dem Zeigefinger das Wort »Bitch« auf die hellgelbe Wand. Verdammte Hyäne! Aber vielleicht ist es gut so. Wer möchte schon für eine Psychopathin wie Angela Köhler arbeiten? Ebba stolpert auf der obersten Stufe, fängt sich wieder und zieht den Schlüsselbund aus der Tasche. Plötzlich hört sie, wie jemand hinter ihr die Treppe hochrennt. Sie wirft einen Blick über die Schulter.

Angelas Toy Boy.

»Aus dem Weg!«, ruft er keuchend und schubst sie von der Tür weg. Er zieht am Türgriff, versucht es mit einem Schlüssel, der nicht passt, und sucht einen anderen. »Mist!«

»Was ist los?« Ebba reibt sich die Stelle an der Schulter, wo sie sich angehauen hat. Statt Verärgerung spürt sie jetzt kleine Stiche im Zwerchfell. Irgendetwas stimmt nicht, das erkennt sie an Benjamins unruhigem Blick und seiner Körpersprache, die Panik ausstrahlt.

»Sie will sich aufhängen!«, schreit er und probiert einen neuen Schlüssel. »Wir müssen rein! Sie stirbt!«

Der Schmerz in Ebbas Schulter verschwindet. Hat sie richtig gehört?

»Ich mache auf«, sagt sie und nimmt ihm den Schlüsselbund aus der Hand.

»Machen Sie schon! Beeilen Sie sich!«

Ebba reißt sich zusammen, schüttelt an dem Schlüsselbund, bis sie den richtigen gefunden hat, steckt ihn ins Schloss und dreht ihn um. Dann reißt sie die Tür auf und stürmt blindlings hinein.

Das Zimmer, das geradeaus liegt, ist leer. Ebba hält inne, dreht den Kopf in Richtung Angelas Büro, rennt zur Tür und stößt sie auf. Dahinter erblickt sie Angela, die mit dem Hals in der Schlinge an einem Lampenhaken hängt. Ihre nackten Füße zucken neben dem Schreibtisch.

Benjamin ist als Erster bei ihr, schlingt die Arme um Angelas Beine und hebt sie hoch. »Suchen Sie etwas zum Schneiden!«

Ebba reißt die oberste Schublade auf, sticht sich an etwas. Scheiß drauf! In der zweiten Schublade findet sie eine Schere. Sie springt auf den Schreibtisch und schnippelt an dem Seil herum.

Die Schere schneidet nicht richtig. »Mach schon, geh endlich auf!«

Ein paar weitere Versuche, und sie hat es geschafft. Angela fällt vornüber auf den Schreibtisch. Mit Benjamins Hilfe stellt Ebba sie auf den Boden, zieht an der Schlinge, die sich in die Haut gegraben hat, und müht sich mit dem Knoten ab, bis er sich löst. Angelas Brustkorb bewegt sich nicht, und als Ebba ihr zwei Finger an den Hals legt, spürt sie keinen Puls.

»Rufen Sie einen Krankenwagen!«

Ebba legt die Hände auf Angelas Brustmitte und zählt bei jedem Drücken laut. Eins, zwei, drei, vier. Beim fünfzehnten Drücken blickt sie zu Benjamin, um nachzusehen, ob er inzwischen die Leitstelle angerufen hat. Doch die Hand mit dem Mobiltelefon hängt schlaff herab, und er starrt nur ins Leere.

»Rufen Sie endlich an!« Sie pumpt weiter auf und ab, bläst zweimal Luft in den Mund, drückt wieder. Eine Rippe knackt, aber Ebba ignoriert das Geräusch. Sechs, sieben, acht, neun. Ein erneuter Blick auf Benjamin. »Warum rufen Sie nicht an?«

Neben ihr zuckt ein Arm. Ebba hält inne und untersucht Angela. Kleine Muskelkrämpfe, die Lippen nicht mehr so blau wie zuvor.

Ebba gibt ihr einen Klaps auf die Wange. »Angela, wachen Sie auf! Sie müssen aufwachen!« Sie schlägt fester und schüttelt sie.

Plötzlich schnellen Angelas Hände hoch, die Lider flattern, die Augen huschen suchend umher.

»Angela, ich bin's, Ebba. Schauen Sie mich an! Schauen Sie mich an!«

Nach einer Weile richtet Angela den Blick auf sie. Einen Blick, den Ebba nicht deuten kann. Aber Angela lebt. Sie fasst sich an den Hals und röchelt, als wäre die Schlinge immer noch dort.

Ebba steht auf und stellt sich vor Benjamin, der noch bleicher ist als Angela. »Was ist nur mit Ihnen los?« Sie reißt ihm das Mobiltelefon aus der Hand. »Haben Sie die Nummer vergessen? Eins – eins – zwei.«

»Rufen Sie nicht an. Sie dreht sonst durch.«

»Was zum Teufel …? Sie hätte tot sein können.«

Benjamin wischt sich den Schweiß von der Stirn. »Sie verstehen das nicht. Sie …« Er lässt die Arme hängen. »Sie macht so was öfter.«

Ebba starrt erst Benjamin und dann Angela an. Die hat sich in der Zwischenzeit aufgesetzt und versucht, die Schlinge zu entfernen, die sich in ihren Haaren verheddert hat.

Benjamin hilft ihr dabei, wirft das Seil beiseite und umarmt sie. Er wiegt sie wie ein kleines Kind hin und her und streichelt ihr Haar.

Mitten in all der Aufregung klingelt Ebbas Handy. Sie holt es hervor, so schnell sie kann, möchte es ruhig stellen, um den surrealen Augenblick nicht zu stören. Es ist Douglas. Er ruft über Facebook Messenger an. Ebba nimmt den Anruf an, hört aber nur Pfeifen und Rauschen im Hintergrund.

»Hallo?« Sie geht in das Zimmer nebenan. »Douglas? Bist du da?«

»Sie haben gesagt, ich könne mich bei Ihnen melden«, stammelt er schließlich.

»Auf jeden Fall. Ist etwas passiert?«

Schweigen. Ebba lauscht konzentriert und identifiziert die Hintergrundgeräusche. Motoren, Reifen auf Asphalt. Autos, die mit hoher Geschwindigkeit fahren.

Dann ertönt wieder Douglas' Stimme. »Ich bin auf der Fußgängerbrücke am Frösundaleden. Ich kann nicht mehr. Tut mir leid.«

49

Auf der Birger Jarlsgatan herrscht wenig Verkehr. Als eine Ampel auf Rot schaltet, hämmert Ebba mit der Faust auf das Lenkrad und sieht sich in der Dunkelheit um. Keine Scheinwerfer, keine sich nähernden Fahrzeuge, also tritt sie aufs Gaspedal. Jemand hupt sie an, doch das ist ihr völlig egal. Sie hat es eilig, muss rechtzeitig ans Ziel gelangen und verhindern, dass Douglas von der Brücke springt. Der Junge darf auf keinen Fall wie Oliver enden.

Alles auf einmal. Erst Angela, jetzt Douglas.

Sie umklammert das Lenkrad fester. Benjamins Weigerung, 112 anzurufen, geht ihr nicht aus dem Kopf. Angela dreht sonst durch, sie macht so etwas öfter, hat er gesagt. Was zum Teufel soll das?

Hängt sich einfach so auf.

Ebba kann das nicht nachvollziehen. Gleichzeitig dämmert ihr, dass es ihr im Vergleich mit gewissen anderen Personen eigentlich ganz gut geht. Der Rückschlag mit Roland Nilsson muss Angela hart getroffen haben. Ist sie drauf und dran, den Fall zu verlieren und damit auch ihre Kanzlei? Hat sie sich deshalb aufgehängt?

Auf der E4 überholt sie einen Saab, der gemächlich vor sich hin zuckelt, blinkt mit der Lichthupe zwei nebeneinander fahrende Idioten an und zieht an ihnen vorbei, als der auf der linken Seite kapiert, dass er im Weg ist. Weiter vorne nähert sich ein Sattelschlepper der Fußgängerbrücke in Frösunda, auf der Douglas steht.

Ebbas Puls rast unkontrolliert.

Wenn er nur nicht bereits auf das Geländer geklettert ist. Wenn er nur nicht springt.

Ebba hat sich dagegen entschieden, die Polizei zu alarmieren. Sie möchte den Jungen nicht stressen, möchte nicht das kürzlich aufgebaute Vertrauen zerstören. Schließlich hat er sie angerufen, will mit ihr reden, nicht mit irgendwelchen Amtspersonen in Uniform. Außerdem ist sie selbst Polizistin, zwar nicht mehr auf dem Papier, aber im Herzen.

Weiter vorn erblickt sie die Fußgängerbrücke, kann jedoch nur schwer erkennen, ob jemand auf ihr steht. Sie nimmt flüchtig etwas Rotes wahr, vielleicht ein Kleidungsstück.

Ein Straßenschild kündigt die Ausfahrt in vierhundert Metern an. Ebba gibt noch mehr Gas, biegt in die Ausfahrt zum Hagapark. Das Heck gerät ins Schleudern, Schneematsch spritzt wie eine Fontäne rund ums Auto. Sie fährt zu schnell. Die Fahrbahn ist glatt, viel zu glatt. Sie steuert gegen, versucht verzweifelt, die Kontrolle über das Fahrzeug wiederzugewinnen. Ein Waldstück. Zu nahe.

Das wird in die Hose gehen.

Ebba braucht ein paar Sekunden, um zu begreifen, woher der Knall kam. Der Airbag.

Flüchtige Atemzüge, aufblitzende Scheinwerfer. Mit pochendem Schädel versucht sie, die Tür zu öffnen, doch die klemmt fest. Sie drückt mit der Schulter, schlägt und hämmert mit den Fäusten, bis sie taumelnd aus dem Auto fällt. Sie rappelt sich auf, rennt auf die Fußgängerbrücke zu, schlittert auf dem eisglatten Asphalt.

Während eine Ampel von Gelb auf Grün schaltet, erblickt Ebba wieder den roten Gegenstand. Es ist Douglas' Steppjacke. Er sitzt auf dem Geländer und lässt die Beine über der Autobahn baumeln, auf der Autos und Sattelschlepper vorbeidonnern. Ebba geht vorsichtig die Treppe hinunter und bleibt ein paar Meter vor ihm stehen.

»Douglas! Was auch immer passiert ist, das ist es nicht wert. Komm runter, dann reden wir.« Sie streckt die Hand aus, aber er schaut nur darauf.

»Sie können nichts machen. Es ist vorbei.«

»Man kann immer etwas machen. Selbst wenn im Moment alles aussichtslos scheint.«

Douglas blickt auf die vorbeirasenden Fahrzeuge herab und beugt sich vor.

»Nicht loslassen!«, ruft Ebba und kneift die Augen zusammen, um nicht von dem Scheinwerferlicht geblendet zu werden. »Bitte, rede mit mir!«

Er beugt sich noch weiter vor, die Arme ganz ausgestreckt. Das Einzige, was ihn festhält, sind die Finger um das Geländer. »Ich wollte raus und zu ihnen Hallo sagen, aber ich konnte nicht wegen meiner Mutter.«

»Wem wolltest du Hallo sagen?«

»Papa und Jasmine.« Douglas sieht Ebba mit Tränen in den Augen an. »Wir haben sie vor einem Hotel in der Innenstadt gesehen, und jetzt ist sie tot. Das ist meine Schuld, nur weil ich ihr was gesagt habe.«

»Du hast Jasmine etwas gesagt?«

Douglas nickt.

»Was?«

»Alles. Und sie hat genau verstanden. Sie wurde selbst gefilmt und fotografiert.«

Etwas läuft Ebba über die Augen. Sie wischt es weg und blickt auf ihre Hand. Blut. »Wer hat dich gefilmt und fotografiert?«, fragt sie, während sie die Beule an ihrer Stirn betastet. Die muss sie sich beim Aufprall geholt haben.

»Das kann ich nicht sagen, sonst landet alles im Internet und alle erfahren es. Ich war …« Douglas versteckt den Mund im Kragen und murmelt durch die Daunenfüllung. »Nackt.«

»Douglas.« Ebba tritt einen Schritt näher. »Du hast nichts falsch gemacht. Diejenigen, die dich bedrohen, sind im Unrecht. Sie begehen sogar eine Straftat. Niemand wird dich wegen irgendetwas beschuldigen. Bitte komm runter. Im Moment fühlt sich vielleicht alles furchtbar an. Ich weiß zwar nicht genau, in was für eine Sache du hineingeraten bist, aber von jetzt an kann alles nur besser werden.«

»Sie verstehen das nicht. Sie haben keine Ahnung.«

»Dann komm runter und erkläre es mir.« Sie streckt die Hand weiter aus. »Bitte komm.«

Erleichterung macht sich in ihr breit, als sie schließlich seine Hand in ihrer spürt. Sie sacken beide neben dem Geländer zusammen. Was, wenn er gesprungen wäre? Was, wenn er sich das Leben genommen hätte, genau wie Oliver?

Weiter weg erklingen Sirenen. Ebba späht in Richtung Hagalund und kann zwischen den Hochhäusern Blaulichter erkennen.

»Haben Sie die Polizei gerufen?« Douglas sieht sie anklagend an.

»Nein, das muss jemand anders gewesen sein, vermutlich ein Autofahrer, der dich gesehen hat.« Sie blickt sich um und nimmt undeutlich eine dunkle Silhouette bei dem Waldstück wahr, wo sie den Unfall hatte. Dann schaut sie wieder in Richtung Hagalund. Die Blaulichter kommen näher und spiegeln sich in den Fenstern der umliegenden Häuser wider.

»Ich will nicht mit der Polizei reden.« Douglas' Stimme wechselt ins Falsett. »Das geht nicht, das kann ich nicht.«

»Keine Angst. Ich bin die ganze Zeit bei dir.«

Ein Streifenwagen hält vor der Brücke, und Ebba zieht Douglas näher an sich heran. Zwei Uniformierte steigen aus und gehen langsam auf sie zu, als hätten sie Angst davor, eine Situation, die sich anscheinend beruhigt hat, unnötig anzuheizen.

»Was ist vor diesem Hotel passiert?«, fragt sie Douglas, während ihr Stresspegel weiter steigt. Sie muss unbedingt etwas aus ihm herauskriegen, eine Spur, die sie weiterverfolgen kann. »Warum wart ihr dort?«

»Ich weiß nicht, das war echt seltsam. Meine Mutter hat sich über irgendwas aufgeregt, und ich musste im Auto bleiben. Sie sollte mich zu einem Freund bringen, aber dann fuhr sie meinem Vater hinterher. Und dann haben wir gesehen, dass er sich mit Jasmine traf.«

»Welches Hotel war das?«

»Irgendeins mit R, ich weiß nicht mehr genau, aber es liegt nicht weit vom Hauptbahnhof.«

»Wann war das?«

»Äh, einen Tag vor Weihnachten, glaube ich.«

Ebba richtet sich auf, als die Polizisten ankommen, ein älterer Mann mit Brille und eine Frau mit zwei Zöpfen unter dem Schiffchen. Sie kennt die beiden nicht von früher und stellt sich vor, während sie eine Hand auf Douglas' Schulter legt. »Ich bin Polizistin. Ebba Tapper. Ich meine, ehemalige Polizistin. Ich vermute, jemand hat wegen eines potenziellen Brückenspringers angerufen?«

»Das stimmt«, sagt die Frau und deutet mit einem Kopfnicken auf Douglas. »Ist er das? Kennen Sie ihn?«

»Ja. Er hat mich angerufen. Ich arbeite für die Anwaltskanzlei Köhler. Wir vertreten Nicolas Moretti. Ich weiß nicht, ob Sie mit dem Fall vertraut sind, aber Douglas ist sein Bruder.«

»Ja, ich habe davon gehört«, sagt der Mann, beugt sich zu Douglas herab und versucht, mit ihm zu reden. Als er jedoch keine Antwort bekommt, fragt er stattdessen, wen er anrufen kann. Die Mutter oder den Vater?

»Niemand«, sagt Douglas mit Panik in der Stimme. »Sie dürfen keinen von ihnen anrufen.«

»Aber das müssen wir, du bist schließlich minderjährig, und sie müssen erfahren, was passiert ist.«

Douglas fleht Ebba an. »Sie dürfen nicht anrufen.«

Ebba schluckt. Ihr Hals fühlt sich wie zugeschnürt an. Sie weiß, dass die Polizisten die Eltern kontaktieren und ihnen Douglas übergeben werden, egal, was er sagt. Dies lässt sich nur verhindern, wenn Douglas ihnen deutliche Hinweise darauf gibt, dass es ihm zu Hause schlecht geht. »Warum können wir deine Eltern nicht anrufen?«, fragt sie in einem Versuch, dem Jungen auf die Sprünge zu helfen. »Du musst uns sagen, was passiert ist.«

Douglas atmet keuchend und vergräbt das Gesicht zwischen den Knien.

Ebba stupst ihn an und versucht weiterhin, ihn zum Reden zu bewegen, obwohl sie weiß, dass es nichts bringt. Sie hat eine ähnliche Reaktion bereits bei Nicolas erlebt. Beide sind gleichermaßen in sich gekehrt.

Widerwillig richtet sie sich auf und geht ein Stück mit der Polizistin beiseite, die mehr über den Vorfall auf der Brücke hören möchte. Während sie mit ihr spricht, treffen zwei weitere Streifenwagen ein. Einer bleibt vor ihrem havarierten Ford stehen. Unruhe macht sich in ihr breit. Sie holt eine Minzpastille aus der Jackentasche und steckt sie in den Mund. Während sie weiterhin die Fragen der Polizistin beantwortet, beobachtet sie aus dem Augenwinkel die neu angekommenen Streifenbeamten, die um ihr Auto herumgehen und mit Taschenlampen ins Innere leuchten.

Beim Sprechen klappert sie mit den Zähnen, aber nicht wegen der Kälte.

Der Polizist hat inzwischen Douglas eine gelbe Decke um die Schultern gelegt und führt ihn zu einem der Streifenwagen. Bevor der Junge einsteigt, wirft er Ebba einen ängstlichen Blick zu. Oder ist es Enttäuschung, was sie darin sieht? Der Gedanke, dass die Polizei ihn zu Giorgio bringen wird, versetzt ihr einen Stich ins Herz. Trotzdem reckt sie den Daumen hoch.

»Entschuldigen Sie.«

Die schroffe Stimme lässt sie herumfahren. Sie blickt auf einen uniformierten Brustkorb und legt den Kopf in den Nacken, um den Polizisten sehen zu können, der an sie herangetreten ist. Markantes Kinn, ernster Blick.

»Ist das Ihr Auto?«

Ebba nickt. Vermutlich hat der Mann bereits eine Fahrzeughalterabfrage durchgeführt. Wenn nicht, wird er es gleich machen.

»Dann muss ich Sie bitten, da hineinzublasen.« Er befestigt ein Plastikmundstück an einem Alkoholtestgerät. »Wir haben einen Zeugen, der gesehen hat, dass Sie äußerst rücksichtslos gefahren sind.«

Schweiß tritt ihr auf die Stirn. Wie in Trance lässt sie sich die Ereignisse des vergangenen Tages durch den Kopf gehen. Wie viel hat sie getrunken? Ein paar Schlucke Whiskey im Auto, ein Glas Wein bei Angela, dann ein bisschen … Nein, sie müsste durchkommen.

Sie atmet tief ein, schließt die Lippen um das Mundstück und bläst hinein, bis das Gerät die benötigte Information erhalten hat.

Danach wartet sie genauso ungeduldig wie der hochgewachsene Polizist auf das Ergebnis.

50

Diesmal sind die Rollen vertauscht. Ebba befindet sich im Vernehmungsraum auf der Seite des Tisches, wo normalerweise der Verdächtige sitzt. Heute ist sie weder Polizistin noch stellvertretende Verteidigerin, sondern lediglich eine armselige Person, die sich mit Alkohol im Blut hinter das Steuer gesetzt hat. Aber das Schlimmste von allem – ihr gegenüber sitzt John Hellberg. Er spielt mit einem Kugelschreiber herum und überfliegt das Protokoll ihrer Vernehmung im Zusammenhang mit dem Alkoholtest.

Er stöhnt betrübt, aber die Schadenfreude in seinen Augen ist nicht zu übersehen. »1,1 Promille. Ach du Scheiße, Tapper.«

Ebba ballt unter dem Tisch die Fäuste, so fest sie kann. Auf keinen Fall will sie vor Hellberg zusammenbrechen. Sie weiß, wie sehr er die Situation genießt.

Bei ihrer Ankunft auf dem Revier hatte sie gehört, wie er draußen im Flur mit dem Streifenbeamten tuschelte. »Nehmen Sie ihr auch eine Blutprobe ab, damit sie nicht behaupten kann, sie hätte erst nach dem Autounfall getrunken.«

Alles, um sie möglichst hart auflaufen zu lassen.

»1,1 Promille«, sagt er erneut und gluckst dabei. »Das entspricht etwa zwei Flaschen Wein. Obwohl …« Er lässt den Blick über ihr T-Shirt gleiten und verharrt auf Brusthöhe. »Sie sind ja ziemlich klein und werden kaum viel vertragen, vielleicht war es nur eine Flasche.«

Ebba spreizt die Finger, um keinen Krampf zu bekommen, und schafft es nur mit großer Mühe, gerade auf dem Stuhl zu sitzen.

Ein breites Grinsen huscht über sein Gesicht, verschwindet jedoch schnell wieder. »Sie geben also schwere Trunkenheit am Steuer und rücksichtsloses Verhalten im Straßenverkehr zu.« Er blickt auf das Protokoll vor ihm. »Sie wissen nicht genau, wie viel Sie getrunken haben. Ein bisschen Whiskey, Wein, noch mal ein bisschen Whiskey. Dann sind Sie Auto gefahren.« Er schnalzt mit der Zunge. »Nicht gerade Ihr klügster Zug. Denken Sie an Ihren Mandanten, Tapper. Was glauben Sie, wird er davon halten? Es schadet immerhin auch seinem Ansehen. Allerdings muss ich Sie dafür loben, dass Sie zugeben, dass Sie ein Alkoholproblem haben. Das macht nicht jeder. Aber Sie wissen ja, wie das mit der Strafmilderung funktioniert und so.«

Plötzlich klopft es an der Tür. Beide sind gleichermaßen erstaunt, als sie sehen, wer es ist.

Angela.

Ein Keil in Hellbergs Spott, eine Befreiung für Ebba. Oder … Sie setzt sich noch gerader und fühlt sich unsicher. Was macht Angela hier?

Vor ein paar Stunden baumelte sie in einer Schlinge über dem Schreibtisch in ihrem Büro. Nichts an ihr deutet auf diesen Vorfall hin, lediglich die marineblaue Bluse, um deren hochgeschlagenen Kragen sie eine hübsche Schleife gebunden hat.

»Hallo Ebba«, grüßt sie kurz und wendet sich an Hellberg. »Sie wollen doch nicht etwa meine Mandantin ohne Beisein ihrer Anwältin vernehmen? Diese kleine Regel kennen Sie doch, oder?«

Die Schadenfreude weicht aus Hellbergs Gesicht. Er starrt Angela an, die auf ihren hohen Absätzen zum Tisch stöckelt und neben Ebba auf einem Holzstuhl Platz nimmt.

»Wir haben nur ein bisschen geplaudert. Alte Erinnerungen und so.«

»Das glaube ich gern. Aber jetzt, wo ich hier bin, dürfen Sie loslegen.«

Ebba versucht, Angela mit einem Lächeln Dankbarkeit zu zeigen, doch ihr Mund streikt.

»Ja, das mit der Trunkenheit am Steuer haben wir bereits besprochen …« Hellberg sortiert seine Papiere. »Ich teile Ihnen also mit, Ebba Tapper …«

»Moment«, unterbricht Angela ihn. »Ich weiß, dass Ebba die Trunkenheit am Steuer zugegeben hat. Aber ein Junge stand auf einer Brücke und wollte springen. Sie war gezwungen, so schnell wie möglich dorthin zu kommen. Es ging um Leben und Tod, und Ebba hat ihn gerettet. Das ist nur dem Umstand zu verdanken, dass sie mit dem Auto gefahren ist.«

Hellberg legt den Kugelschreiber auf den Tisch, fasst sich ans Kinn und betastet eine Schnittwunde, die er sich vermutlich beim Rasieren zugefügt hat. »Und was wollen Sie damit sagen?«

»Dass Ebba in weiterer Folge von der Anklage wegen schwerer Trunkenheit am Steuer freigesprochen wird. Sie möchte ihre Aussage ändern.«

Mit verbissener Miene nimmt er wieder den Stift in die Hand. »Verstanden, ich halte es im Protokoll fest.«

»Und ich möchte die Erlaubnis, in den nächsten achtundvierzig Stunden Auto zu fahren«, wirft Ebba ein, jetzt wo Angela richtig in Fahrt gekommen ist.

»Das können Sie vergessen.«

»Ach ja?«, sagt Angela. »Aber ich habe nicht vergessen, dass Sie mir gedroht haben, meine Karriere zu ruinieren, wenn ich nicht mit Ihnen ins Bett gehe.«

Hellberg starrt sie an. »Das war doch nur Spaß. Hängen Sie sich immer noch daran auf?«

»Nein. Aber vielleicht würde Ihre Frau dies tun, oder alle anderen, die mir in den sozialen Medien folgen.«

Eine Ader tritt an Hellbergs Stirn hervor. »So viele Follower haben Sie wohl nicht mehr.«

»Ich habe noch genug. Wollen Sie das Risiko eingehen?«

»Okay«, sagt Hellberg nach einer Weile. »Wen kümmert's? Können wir jetzt weitermachen?«

Angela nickt.

»Dann kommen wir zu den früheren Anzeigen. Ebba Tapper, gegen Sie liegt ein Verdacht wegen Körperverletzung vor. Sie haben Polizeiassistent Simon Weyler eine Pfefferspraydose entrissen und damit Timo Rantanen ins Gesicht gesprüht, was Brennen und Schmerzen verursacht hat. Wie lautet Ihre Stellungnahme dazu?«

Ebba atmet ein und versucht, die Zunge mit Spucke zu befeuchten, doch ihr Mund ist trocken. »Ich kann bestätigen, dass ich das getan habe, aber ich streite ab, eine Straftat begangen zu haben.«

»Erklären Sie mir das näher, damit ich es verstehe.«

»Meiner Einschätzung nach befand Simon sich in einer unterlegenen Position, als er von Rantanen angegriffen wurde. Also habe ich getan, was notwendig war.«

»Sie beruft sich auf Notwehr«, wirft Angela ein.

Hellberg wirft ihr einen wütenden Blick zu. »Ein Rechtsbeistand darf bei einer Vernehmung anwesend sein, sollte aber die Klappe halten und dem Vernehmungsleiter das Wort überlassen. Diese kleine Regel kennen Sie doch, oder?« Er lächelt gekünstelt, und Angela erwidert seine Geste mit einem Lächeln, das noch aufgesetzter wirkt.

Ebba wippt nervös mit dem Knie. »Wie geht es Douglas? Weiß jemand etwas?«

»Er ist bei seinen Eltern und trifft sich mit einem Psychologen«, antwortet Hellberg, ohne den Blick von Angela abzuwenden. »Sie brauchen sich seinetwegen keine Sorgen zu machen.«

Ganz im Gegenteil, hat sie Lust, ihm zu sagen. Aber was würde das bringen? Jemand wie Hellberg würde ihre Befürchtungen bloß als Unsinn abtun und sie fragen, ob sie gegen Giorgio irgendwelche Beweise hat. Nein, hat sie nicht, nur die Panik in Douglas' Augen, als er ihr erzählte, dass es von ihm Filme und Fotos gebe. Etwas, worüber er wohl kaum reden wird, wenn Giorgio neben ihm sitzt.

Hellberg gibt schließlich den Anstarrwettbewerb mit Angela auf und bittet Ebba, den Vorfall mit Rantanen im Detail zu schildern.

Sie rollt alles wieder von vorne auf und betont erneut, dass sie keine andere Wahl hatte, als einzugreifen.

»Der Staatsanwalt wird das Verfahren einstellen«, flüstert Angela Ebba ins Ohr, nachdem sie zu Ende geredet hat.

Hellberg blickt von seinem Notizblock auf. »Ich habe das gehört.«

»Das war Absicht.«

Ebba drückt mit den Fingern gegen ihre pochenden Schläfen. »Könnte ich bitte ein Glas Wasser haben?«

»Wir sind bald fertig«, antwortet Hellberg. »Ich möchte über den Vorfall mit Christer Tillman reden. Sie haben ihn kontaktiert und ihm weisgemacht, er sei der Vater von Jasmine Morettis ungeborenem Kind. Er hat sich entschieden, seine Anzeige zurückzuziehen, aber was Ihr unethisches Verhalten in dieser Angelegenheit angeht … das überlasse ich dem Disziplinarrat der Anwaltskammer.«

»Tun Sie das«, sagt Angela. »Gibt es sonst noch etwas?«

Hellberg wirft den Kugelschreiber auf den Tisch, greift zu seinem Smartphone und tippt darauf herum. »Sie glauben vielleicht, Sie können mit allem davonkommen, aber an Ihrer Stelle würde ich …« Er macht eine Kunstpause und betrachtet Angela, als mache er sich wirklich Sorgen um sie. »… Ihre Mitarbeiterin so schnell wie möglich loswerden. Ebbas Benehmen schadet Ihrem Ruf als Anwältin, sofern Sie noch so etwas besitzen. Sie fährt betrunken Auto, verstößt gegen die berufsethischen Regeln der Anwaltskammer, und außerdem …« Er legt das Smartphone auf den Tisch und schiebt es Ebba und Angela zu. »Außerdem vögelt sie mit dem Ermittler, der den Fall Ihres Mandanten bearbeitet.«

Ebba und Angela beugen sich vor, um zu sehen, worauf Hellberg anspielt. Als Ebba das Foto von ihr und Simon vor der Kneipe in Traneberg sieht, hat sie das Gefühl, als würde sie in der Luft davonschweben. Das Bild ist unscharf und aus der Ferne aufgenommen, aber trotzdem deutlich genug, dass man sehen kann, was sie machen. Sie liegt rücklings auf einem Tisch, während Simon sich über sie beugt. Ihre Winterjacken verbergen das meiste, aber nicht alles. Plötzlich wird ihr klar, woher die Schramme in ihrem Kreuz kommt. Sie ist doch nicht hingefallen, wie sie anfangs dachte.

Sie schwebt zurück zu ihrem Stuhl, sieht Hellberg an und zuckt mit den Schultern. »Das bin ich nicht. Das ist Ester, meine Zwillingsschwester.«

51

Ebba taucht die Nase ins Glas und riecht an dem Schuss Whiskey, der auf dem Boden des Glases übrig ist, bevor sie ihn hinunterkippt. Schiebt das Glas dem Barkeeper zu, der hinter dem Tresen bereitsteht. Während der Zeit, in der sie schon hier sitzt, hat er sie gefragt, wie die Ermittlungen in dem Mordfall laufen und ob sie Nicolas Moretti freibekommen. Als Antwort hat sie ein »Vielleicht« gemurmelt und hinzugefügt, es seien mehrere Dinge am Laufen, die das Gerichtsurteil beeinflussen können. Sie hat keine Lust, darüber zu reden. Im Augenblick hat sie andere Probleme.

Hat sie zum Beispiel ihren Job verloren? Sie weiß es nicht. Angela hatte nach der Vernehmung lediglich Tschüss gesagt und sich aus dem Staub gemacht, ohne wenigstens zu warten, bis Ebba ihre persönlichen Gegenstände zurückbekam. Bei dem Gedanken an die Erniedrigung, die sie schlucken musste, kneift sie die Augen zusammen.

Ehemalige Kollegen, die sie anstarrten, der Dienststellenleiter, der an ihr verzweifelte, während Hellberg im Hintergrund zufrieden grinste.

Plötzlich ertönt hinter ihr eine Stimme. »Sie sind doch hoffentlich nicht mit dem Auto gekommen?«

Sie dreht den Kopf zur Seite. Simon. Er setzt sich auf den Barhocker neben ihr.

»Was machen Sie hier?«

»Ich dachte mir, ich kann Sie an einem Abend wie diesem doch nicht allein lassen.«

Ebba lässt ihren Blick ziellos umherwandern, hauptsächlich deshalb, weil sie sich zu sehr schämt, um ihm in die Augen zu sehen. »Sehr aufmerksam von Ihnen.« Dann dämmert es ihr. »Sie haben Angela angerufen?«

Als Antwort erhält sie ein Schulterzucken.

»Danke«, murmelt sie und merkt, dass er auf ihr Glas schielt. Ihr schlechtes Gewissen erhält sofort neuen Auftrieb. Warum trinkt sie wieder? Warum ist sie nicht einfach nach Hause gefahren?

»In letzter Zeit ist einiges passiert«, sagt er nach einer Weile des Schweigens.

»Ja.«

»Zum Beispiel, dass ich offenbar Sex mit Ihrer Schwester hatte?«

Ebba verzieht das Gesicht zu einer entschuldigenden Grimasse. »Also, ich musste …« Sie breitet die Hände aus, stößt dabei gegen ihr Glas und fängt es gerade noch rechtzeitig auf. »Sie verstehen schon.«

»Absolut. Aber vielleicht hätte Ester nicht übertreiben müssen.«

Ebba runzelt die Stirn.

»Sie wissen es nicht?« Simon holt sein Smartphone hervor und hält es ihr hin. Das Display zeigt Esters Instagram-Profil mit einem Foto von ihr und Simon an dem Abend des gemeinsamen Kneipenbesuchs. Zwei Gesichter, die dicht beisammen in die Kamera lächeln. Aus dem Text geht hervor, dass Simon Weyler Esters neue Liebe ist – »My man in life«. Herzchen, Herzchen.

»Sie hat mich sogar getaggt.« Simon steckt das Handy wieder ein. »Jetzt glaubt also halb Schweden, dass ich mit Miss Secret zusammen bin.«

»Was zum …« Ebba greift sich an die Stirn. »Also, das tut mir leid. Ich wusste nicht, dass sie so etwas machen würde. Ich hatte sie gebeten zu sagen, dass sie die Frau auf dem Foto ist, aber nur, wenn jemand fragt.« Sie legt den Kopf in den Nacken und starrt zur Decke empor. »Das ist so typisch für sie.«

Simon trommelt mit den Fingern auf dem Tresen. »Sie hat es bestimmt nur gut gemeint.«

Ebba schnaubt. »Wie ist Hellberg überhaupt an das Foto herangekommen? Haben Sie ihn gefragt?«

»Irgendein Kollege aus einer anderen Gruppe hat uns gesehen, als sie in der Gegend unterwegs waren, um Anwohner zu befragen.« Simon beugt sich näher an Ebba heran. »Er will Sie wirklich kaltstellen, Tapper. Dass Sie den Dienst quittiert haben, reicht ihm offenbar nicht.«

»Und Sie hat er anscheinend auch auf dem Kieker. Sie haben quasi mit dem Feind herumgemacht. So ist Hellberg.«

»Herumgemacht.« Simon lehnt sich wieder zurück. »So sehen Sie das also.«

Ebba starrt auf einen Riss im Daumennagel und spielt daran herum, während die Grübelei richtig in Fahrt kommt. Hatten sie wirklich Sex auf einem eisigen Tisch vor der Kneipe? Simon zu fragen, ist ausgeschlossen. Es wäre ein Eingeständnis, dass sie sich an nichts erinnert.

»Hellberg ist ein Schwein«, sagt Simon und bestellt beim Barkeeper eine Cola und eine Schale Erdnüsse. Er macht ebenfalls den Eindruck, als wolle er über etwas anderes reden.

»Haben Sie die Telefonliste besorgt, um die ich Sie gebeten habe?«, fragt Ebba, nachdem Simon das Gewünschte bekommen hat.

»Welche Liste?«

»Die von Jasmine. Ich brauche sie, um etwas nachzuschauen.«

»Genau.« Simon schiebt sich ein paar Nüsse in den Mund. »Nein, Sie haben mir nicht erzählt, warum Sie die Liste haben wollen, und wir können ganz ehrlich gesagt nicht so weitermachen. Bei Ihnen passieren ständig zu viele Dinge.«

»Aber ...«, setzt Ebba zu einer Erwiderung an, macht jedoch den Mund zu, als sie einsieht, dass es keine Rolle mehr spielt. Ganz bestimmt ist ihre Karriere bei der Anwaltskanzlei Köhler beendet, und somit ist es nicht ihre Aufgabe, die Wahrsagerin zu finden. Dafür muss sie Simon von Douglas' Situation berichten.

»Ihr müsst etwas gegen Giorgio Moretti unternehmen«, sagt sie und stellt fest, dass Simon ihr einen prüfenden Blick zuwirft. Sie ignoriert ihn. »Douglas hat mir erzählt, jemand hätte ihn nackt fotografiert und gefilmt. Er traut sich jedoch nicht zu sagen, wer.«

»Und Sie glauben, es ist Giorgio?«

»Wer denn sonst? Dem Jungen geht es beschissen. Ich will gar nicht daran denken, was bei ihm zu Hause abläuft.«

Simon fasst sich an die Nasenwurzel und massiert sie mit langsamen Bewegungen. »Der Staatsanwalt wird unter diesen Umständen niemals eine Hausdurchsuchung genehmigen. Douglas muss es uns erzählen, nicht einer Person, die zur gleichen Zeit wegen Trunkenheit am Steuer geschnappt wurde.«

»Dann reden Sie mit ihm. Tun Sie was!«

»Ich weiß wie gesagt nicht, ob ich mehr für Sie tun kann, Ebba. Sie müssen verstehen, dass Sie sich zum Affen gemacht haben. Ich weiß, Sie waren mal eine gute Polizistin, und ich weiß auch, dass unter den Kollegen viele der Meinung sind, man hätte Sie unfair behandelt, aber ...« Er spricht den Satz nicht zu Ende und blickt zur Tür, als jemand hereinkommt.

Timo Rantanen, wie immer barfuß in Holzschuhen. Er hält nach einem freien Tisch Ausschau und starrt zu Ebba und Simon hinüber, als er sie bemerkt. Schließlich kommt er zu ihnen und schnauft Ebba ins Gesicht. Sie wappnet sich für einen Angriff, entspannt sich jedoch etwas, als Ranta breit grinst.

»Ihr verdammten Mistkerle. Seid ihr schon wieder hier und gießt euch Hochprozentiges hinter die Binde?«

»Äh, Whiskey«, sagt Ebba.

»Cola«, fügt Simon hinzu.

Ranta zieht eine Grimasse und entblößt Zähne, die von Kautabak verfärbt sind. »Und wann wird aus dir ein richtiger Mann? Hä?« Er drängt sich zwischen sie, legt ihnen die Arme um die Schultern und hängt sich mit seinem ganzen Gewicht an sie, sodass Ebba sich mit einem Fuß auf dem Boden abstützen muss, um nicht vom Barhocker zu fallen.

»Schön, dass ihr hier seid. Eigentlich habe ich nicht so gern Kontakt mit Bullen, wenn es sich vermeiden lässt. Aber jetzt, wo ich euch in aller Freundschaft treffe, muss ich euch was sagen, was ihr vielleicht wissen solltet.« Er sieht sie einen nach dem anderen an. Obwohl Ebba selbst mehr als genug getrunken hat, empfindet sie Abscheu vor seinem Dauersuff.

»Die Tussi, von der ihr glaubt, dass ich sie umgebracht habe«, fährt er fort. »Sie hat einen Schal verloren, als sie mit ihrem Bruder von hier aufgebrochen ist.« Er deutet mit einem Kopfnicken in Richtung Ausgang. »Hier draußen auf dem Parkplatz. Ich habe versucht, sie einzuholen und es ihnen zu sagen, aber sie sind davongerannt. Die müssen eine Riesenangst vor etwas gehabt haben. Vielleicht vor mir.« Er lacht über seinen eigenen Witz.

»Wo ist der jetzt?«, fragt Ebba.

»Ich weiß nicht. Als ich zurückkam, war er weg. Ich dachte mir, ihr solltet das wissen.«

Ebba versucht zu verstehen, was Rantanen mit dieser Information bezwecken will. Jasmine hat ihren Schal verloren, so viel ist klar. Und jemand muss ihn gefunden und mitgenommen haben. Wer?

»Warum sind Sie zurückgekommen?«, fragt sie.

»Ich bin zu Berra nach Hause gegangen, unten am Alviks Torg, aber der hat nicht aufgemacht.«

»Genau.« Ebba erinnert sich, dass er dies bei seiner Vernehmung erwähnt hat. »Wie sah der Schal denn aus? Was für eine Farbe?«

»Ich glaube, der war lila mit gelben Punkten oder so.«

Für einen Moment ist alles um sie herum still, und Ranta verschwimmt mit der Umgebung zu einer undeutlichen Masse. Umso deutlicher ist dafür ihre Erinnerung.

Sie befindet sich wieder vor Jasmines Wohnung, steht unter dem Balkon, blickt an der grünen Fassade empor und deutet auf das Armierungseisen, an dem ein Stofffetzen hängt. Lila und gelb.

52

Der Graupapagei stapft im Käfig herum, pickt gegen das Gitter und schlägt mit den Flügeln. Ebba würde am liebsten eine Decke über den Käfig werfen. Gute Nacht, sei so lieb und halte die Klappe. Aber vielleicht ist es Zeit, aufzustehen. Die Sonnenstrahlen dringen durch die Jalousien, und sie muss blinzeln.

»Ja, ja, ja«, murmelt sie und schlägt die Bettdecke zur Seite. Dann geht sie zum Küchentisch und beugt sich über den Käfig. »Was für einen Nutzen ziehe ich eigentlich aus dir? Du bist unser bester Zeuge, willst aber nicht reden.«

Der Papagei legt den Kopf schief.

Ebba äfft ihn nach. »Wer hat Jasmine ermordet? Nicolas oder Giorgio? Timo Rantanen oder Roland Nilsson? Oder jemand anders?«

Ist doch zwecklos. Sie geht zur Spüle und füllt ein Glas mit Wasser. Ihr Kopf fühlt sich an wie zähe Pampe, und die Ereignisse des gestrigen Tages – die Trunkenheit am Steuer, die erniedrigende Vernehmung und der anschließende Kneipenbesuch – zerfressen sie innerlich, als hätte sie eine ätzende Flüssigkeit verschluckt.

Um wie viel Uhr ist sie nach Hause gekommen? Immerhin kann sie sich damit rühmen, dass Simon sich von ihr nach dem Kneipenbesuch nur mit einer Umarmung verabschiedet hat – nicht mehr und nicht weniger. Womöglich war sie ein wenig enttäuscht, aber sie versteht, warum. Vermutlich hat er ihre Gedächtnislücken durchschaut und wollte nicht mit einer ins Bett gehen, die nicht weiß, was sie tut. Das Wort »Vergewaltigung« klingelt in ihrem Hinterkopf. Nicht, dass sie es als eine solche ansieht, aber andere könnten so etwas behaupten, wenn sie wüssten, in welchem Zustand Ebba sich befunden hatte. Der Arme! Sie hat ihn garantiert für immer verschreckt.

Mit zittrigen Händen öffnet sie den Vorratsschrank und greift nach der Whiskeyflasche. Während sie daran herumnestelt, kehrt zunehmend die Erinnerung an die gestrige Vernehmung zurück. Was hat sie gesagt? Was hat sie versprochen? »Ja, ich sehe ein, dass ich ein Alkoholproblem habe. Ja, ich bin zu einer Therapie bereit.«

Soll sie Hellberg recht geben? War das, was sie gesagt hat, nur leeres Gerede?

Sie stellt die Flasche wieder zurück und schließt die Schranktür. Holt sich einen Pullover aus dem Schlafzimmer, zieht ihn sich über den Kopf und geht zurück ins Wohnzimmer. Schaltet den Fernseher und die Kaffeemaschine ein, steht mitten im Zimmer herum und überlegt, was sie heute tun soll. Nichts. Auf dem Sofa herumlümmeln und sich eine Fernsehserie reinziehen. Ihr Blick wandert zur Schranktür. Was soll's! Sie holt die Flasche aus dem Regal und öffnet sie, doch dann klingelt jemand an der Tür und macht ihr einen Strich durch die Rechnung. Sie starrt in den Flur hinaus, stellt die Flasche widerwillig auf die Spüle und schleicht zum Türspion.

Seltsamerweise ist sie nicht überrascht, als sie sieht, wer es ist. Die Frau scheint überall aufzutauchen. Ebba macht auf und stellt zu ihrer Verwunderung fest, dass Angela heute wie ein ganz normaler Mensch aussieht – sie trägt Freizeitklamotten und Sneakers. Gut, die weiße Windjacke sieht schweineteuer aus, aber trotzdem. Keine Schminke, die Lippen natürlich, die Haare zu einem Zopf hochgebunden, breites Stirnband mit Ohrenschutz.

»Ich dachte, ein bisschen frische Luft könnte Ihnen nicht schaden. Ziehen Sie sich an, dann machen wir einen Spaziergang.«

Nie im Leben, würde sie am liebsten antworten, hört sich jedoch sagen: »Okay, das klingt gut.« Sie lässt Angela herein und sieht, dass die Flasche noch auf der Spüle steht. Sofort eilt sie hin und schafft es gerade noch, sie ins Geschirrspülbecken zu legen, bevor Angela in der Türöffnung steht. »Ziehen Sie sich warm an, es ist kalt draußen.«

Ebba lächelt. Hat Angela die Flasche gesehen? Vermutlich, denn sie blickt verstohlen zum Spülbecken, während Ebba ins Schlafzimmer geht.

Sie legt ihre Kleidung ab und sucht sich Thermounterwäsche und eine warme Hose heraus. Als sie den Garderobenschrank zumacht, fällt ihr etwas ein. Sie hält sich den Pulli vor die Brust und schaut durch die Tür hinaus.

»Hören Sie zu, Angela. Ich habe gestern etwas erfahren.«

Angela faltet eine alte Polizeizeitung zusammen, in der sie herumblättert.

»Gestern lief mir Timo Rantanen in der Kneipe in Traneberg über den Weg. Er hat erzählt, dass Jasmine auf dem Heimweg einen lila Schal mit gelben Punkten verloren hatte. Aber als er vom Alviks Torg zurückkam, war er weg.«

Angela fasst sich ans Kinn. »Interessant. Sie waren also wieder in der Kneipe?«

Ebba flucht leise über ihren Fehler, vergisst ihn jedoch schnell wieder. Das hier ist wichtiger.

»Wenn der Schal zu dem Stofffetzen an dem Armierungseisen passt, müsste das bedeuten, dass der Täter ihn unterwegs aufgehoben hat, Jasmine gefolgt und über den Balkon in ihre Wohnung geklettert ist.«

»Aber solange wir den Schal nicht bei einem Verdächtigen finden, können wir nichts beweisen«, erwidert Angela.

»Das ist wohl wahr. Trotzdem ist er ein Indiz dafür, dass Nicolas womöglich unschuldig ist.«

»Ich weiß nicht recht. Mit seinem Alkoholproblem ist Rantanen kein besonders glaubwürdiger Zeuge. Lassen Sie mich eine Weile darüber nachdenken.«

Ebba geht zurück ins Schlafzimmer. Während sie sich umzieht, ist sie über Angelas lahme Reaktion leicht verwirrt. Immerhin könnte das der Durchbruch sein, den sie so dringend benötigen. Wie groß ist die Wahrscheinlichkeit, dass Jasmine einen lila Schal mit gelben Punkten verliert und der Stofffetzen unter ihrem Balkon die gleiche Farbe hat? Allerdings hat Angela recht. Erst müssen sie den Schal bei einem Tatverdächtigen finden, und noch haben sie keinen.

Als sie ein paar Minuten später in grelles Sonnenlicht hinaustreten, ärgert Ebba sich, dass sie keine Sonnenbrille dabeihat. Mit Angela an der Spitze spazieren die beiden den Hügel hinunter ins Zentrum von Sundbyberg und über das von mehrstöckigen Neubauten gesäumte Flüsschen Bällstaån, dessen Bootsliegeplätze entlang der Stege um diese Jahreszeit verwaist und zugefroren sind.

»Ich muss mich bei Ihnen entschuldigen …« Ebba schweigt, als Angela im selben Augenblick etwas sagt, das wie der Anfang einer Erklärung klingt. Die beiden sehen sich an und lächeln.

»Sie zuerst«, sagt Angela.

Ebba atmet tief die kalte Luft ein. »Ich schäme mich in Grund und Boden für alles, was ich angestellt habe. Und dafür, dass ich Sie gestern Abend allein gelassen habe. Ich wusste nicht, dass es so schlimm um Sie stand. Ich fühle mich total bescheuert.«

»Sie brauchen sich nicht zu entschuldigen. Mir geht es gut.«

»Aber Sie haben versucht, sich das Leben zu nehmen.«

»Ganz und gar nicht. Ich habe Sie und Benjamin angerufen, weil ich wusste, dass ihr mich runterholt.«

Ebba blickt sie verstohlen an und erinnert sich daran, was Benjamin gesagt hat, nachdem sie Angela auf den Boden geholt hatten. *Sie macht so was öfter.* Was meinte er damit? Ist dies etwas Alltägliches für ihn, irgendein bizarres Spiel?

»Sie hätten tot sein können. Verstehen Sie das nicht? Stellen Sie sich vor, wir wären nicht reingekommen.«

»Ebba, ich weiß genau, was ich tue. Natürlich habe ich meine eigenen Problemchen, aber ich weiß, wie ich damit umgehe, und ich habe sie vollständig unter Kontrolle. Betrachten Sie es als eine andere Form von Heilung. Manche machen Yoga, andere trinken Alkohol, und ich ...« Angela drückt auf den Ampelknopf an einem Fußgängerübergang. »Ich brauche vielleicht drastischere Maßnahmen, um mich zu entspannen.«

»Das hatte also nichts mit der Kanzlei und dem Fall zu tun? Weil Sie dachten, dass wir ihn verlieren?«

»Verlieren? Wir werden nichts verlieren.«

Ebba schluckt. Eigentlich will sie es nicht sagen, vor allem nicht jetzt, wo es so aussieht, als würde Angela sie trotz allem nicht feuern. Trotzdem öffnet sie den Mund. »Ich glaube, Sie täten gut daran, mit jemandem zu reden, einem Psychologen oder so.«

Angela wirkt unberührt. »Ich schleppe diese Probleme seit meiner Kindheit mit mir herum. Kein Seelenklempner kann mir helfen. Glauben Sie mir, ich habe es schon oft versucht. Das Einzige, was mir hilft, sind Schmerzen und wenn ich dem Tod ein Schnippchen schlage. Keine Therapie der Welt kann sich damit messen. Es tut mir leid, wenn ich Sie erschreckt habe. Benjamin hat sich bereits daran gewöhnt.«

»Aha«, sagt Ebba und ist umsichtig genug, nicht zu schreien, obwohl das eigentlich die natürlichste Reaktion gewesen wäre. Stefan Hermansson hatte gesagt, Angela stehe auf die härtere Tour, und Ebba hatte sich in ihrer Dummheit zu der Annahme verleiten lassen, ihre Chefin betreibe Würgespielchen im Bett als eine Form von Selbstheilung. Aber jetzt wird ihr klar, dass es sich deutlich schlimmer verhält. Angela erhängt sich, genau wie ihre Mutter.

Etwas klappert neben ihr, und sie stellt fest, dass das rote Ampelmännchen auf Grün umgesprungen ist. Sie eilt Angela hinterher, die bereits die Straße halb überquert hat.

»Genug über mich«, sagt Angela, als Ebba zu ihr aufschließt. »Wie geht es Ihnen selbst nach der Sache mit der Trunkenheit am Steuer? Sie werden sehen, es wird alles gut. Gefahr im Verzug wiegt schwerer als ein bisschen Alkohol im Blut. Sobald die Angelegenheit vor Gericht kommt, rede ich mit dem Staatsanwalt.«

»Aber ich hatte 1,1 …«

Angela hebt abwehrend die Hand. »Es war auch meine Schuld. Ich habe Ihnen Wein aufgedrängt, obwohl Sie keinen wollten. Überlassen Sie die Sache bitte mir. Das schulde ich Ihnen. Okay?«

Ebba nickt und bemüht sich, mit Angela Schritt zu halten. Je mehr sie über den gestrigen Abend nachdenkt, desto mehr stimmt sie ihrer Chefin zu. Es lag praktisch eine Notsituation vor. Außerdem hat sie überhaupt kein Alkoholproblem. Heute Morgen hat sie nichts getrunken, und sie kann sich beherrschen, wenn sie will. Von jetzt an wird sie Antialkoholikerin. Schließlich muss sie ihre Arbeit machen und einen Fall gewinnen. Zumindest scheint es so, obwohl Angela nicht ausdrücklich gesagt hat, dass sie ihren Job behalten kann.

Mit halbem Ohr hört sie Angela zu, die nach der gefährlichen Aktion anscheinend so etwas wie ein Erwachen oder irgendeine andere mystische Persönlichkeitsveränderung erlebt hat. Entschuldigungen wegen des Stalkers und der ACA-Gruppe sprudeln aus ihrem Mund, während sie weiter durch eine Fußgängerunterführung und hinauf zur Sturegatan gehen, wo es immer noch weihnachtlich glitzert.

»Ich war Ihnen gegenüber schrecklich unfair und verstehe, dass Sie so reagiert haben. Es war allein meine Schuld.«

»Schwamm drüber«, sagt Ebba und ist froh, dass sie trotz allem Simon nichts von Angelas Vorhaben erzählt hat. Das hätte sich nur schwer zurücknehmen lassen.

»Kommen Sie.« Angela zieht sie zu einem Bekleidungsgeschäft, dessen Schaufenster mit Weihnachtsmännern und Rentieren vollgestopft ist.

Ein Glöckchen bimmelt, als sie den Laden betreten. In der Nähe des Eingangs steht ein mit Jacken behängter Garderobenkreisel und verströmt Ledergeruch. Weiter hinten findet Angela eine Ecke nach ihrem Geschmack – streng und geschäftsmäßig.

»Also, Sie und Simon«, sagt sie und zwinkert Ebba zu, während sie zwischen den Gestellen herumwandern und Kleider befühlen. »Ich hatte geahnt, dass da was läuft, aber dass Sie so scharf aufeinander waren, dass Sie es nicht einmal geschafft …« Sie lacht, nimmt eine Bluse und hält sie vor sich. »Wie gefällt Ihnen die hier? Ich werde sie mal anprobieren.«

»Tun Sie das.« Ebba ist erleichtert, dass Angela nicht weiter nachbohrt, was sie und Simon betrifft. Offenbar stört sie sich nicht an der Lüge, dass die Frau auf dem Foto Ester ist. Nach genauerem Nachdenken kommt Ebba zu dem Schluss, dass es in Angelas Augen keine Rolle spielt, ob etwas wahr ist oder nicht. Für sie zählen ausschließlich Beweise.

Ein gewisser Stolz macht sich in ihr breit. Vielleicht ist Angela als Strafverteidigerin doch nicht so übel.

Ebba sieht sich zerstreut zwischen den Regalen um, während Angela in einer Umkleidekabine verschwindet. Nach einer Weile winkt sie Ebba zu sich und möchte ihre Meinung hören.

Ebba blickt hinter den schweren Vorhang und versucht, nicht auf Angela zu starren, die nur im BH dasteht. Vor allem nicht auf die blauen Flecken am Hals. Obwohl sie erst vor Kurzem ein vertrauliches Gespräch miteinander geführt haben, tut Ebba sich mit der neuen Freundinnenrolle schwer.

»Sieht schick aus«, sagt sie, als Angela den letzten Knopf der Bluse zuknöpft.

»Gut.« Angela knöpft das Kleidungsstück wieder auf. »Ich habe mir noch einmal durch den Kopf gehen lassen, worüber wir vorhin gesprochen haben. Rantas Geschichte mit dem Schal hilft uns leider nicht weiter. Angesichts dieser leidigen Weissagung und der Tatsache, dass Nicolas einen Wärter niedergeschlagen hat, müssen wir unsere Strategie ändern. Wir werden uns das psychologische Gutachten zunutze machen, demzufolge er unter einem Trauma leidet, aus dem er sich nicht befreien kann und aufgrund dessen er glaubt, es handle sich um jemand anderen.«

»Sie glauben also, dass er Jasmine ermordet hat? Trotz des Stofffetzens an dem Armierungseisen?«

»Langsam wird es schwierig, etwas anderes zu beweisen. Finden Sie nicht auch?« Angela legt die Bluse auf einen Hocker und sucht etwas in ihrer Jacke, die sie an einen Haken gehängt hat. »Wenn wir jedoch nachweisen können, dass Giorgio ihn als Kind sexuell missbraucht hat, und sein Trauma mit dem Mord in Verbindung bringen können, bekommt er vielleicht ein milderes Urteil.«

»Warum sollte er in diesem Fall seine Schwester umbringen wollen? Müsste er nicht Giorgio die Kehle durchschneiden?«

»Das könnte man meinen. Aber wer weiß, was in so einem kaputten Hirn vorgeht? Vielleicht hat Jasmine angefangen, lang und breit über den Missbrauch zu reden, und Nicolas bekam eine Riesenangst, es könne an die Öffentlichkeit dringen.«

»Hat sie in der ACA-Gruppe etwas darüber gesagt?«

Angela verzieht die Mundwinkel zu einer schwer zu deutenden Miene. »Keine Details. Sie war äußerst zurückhaltend, aber ich hatte trotzdem das Gefühl, dass sie auf dem Weg war, sich zu öffnen. Vielleicht hat Nicolas das auch bemerkt.«

Ebba verlagert ihr Gewicht auf das andere Bein. Ist an Angelas neuer Theorie womöglich etwas dran? Sie will es nicht glauben, sträubt sich dagegen, dass Nicolas die Tat begangen hat. Gleichzeitig muss sie klar erkennen, dass die Beweise dafürsprechen. Auch wenn Giorgio ein Schwein ist, deutet nichts darauf hin, dass er an Heiligabend über den Balkon in Jasmines Wohnung geklettert sein könnte. Wenn Jasmine einen lila Schal mit gelben Punkten besaß, könnte sie sogar selbst zu einem früheren Zeitpunkt zum Balkon hochgeklettert sein, zum Beispiel, weil sie sich aus der Wohnung ausgesperrt hatte.

»Douglas behauptet, man hätte ihn gefilmt und fotografiert. Auf der Brücke hat er mir erzählt, dass jemand ihm gedroht hat, das Material im Internet zu verbreiten.«

»Wer?«

»Das hat er nicht gesagt.«

Angela schnaubt. »Das klingt genau wie Jasmine. Sie schreien um Hilfe, bringen es jedoch nicht fertig, die Wahrheit über ihren Vater ans Licht zu bringen. Der große Giorgio Moretti. Schnappen wir uns den Kerl. Versuchen Sie, etwas zu finden, das zu einer Hausdurchsuchung führt.« Sie beugt sich über den Hocker und drückt etwas gegen die Bluse. Ebba traut ihren Augen nicht. Angela entfernt das Sicherheitsetikett mit einem Gegenstand, den sie bei sich hat.

»Was machen Sie da?« Ebba wirft einen hastigen Blick in den Laden. »Sie wollen die Bluse doch nicht etwa klauen?«

Angela zieht sie sich wieder an und streift sich Pullover und Jacke über. »Ist es besser, sich betrunken ans Steuer zu setzen und zu riskieren, dass man jemanden totfährt?«, fragt sie und zieht den Reißverschluss bis zum Hals zu.

Bevor Ebba etwas erwidern kann, geht Angela an ihr vorbei und lächelt die Verkäuferin an, die sich ihnen wie ein Raubtier genähert hat. Die Frau lächelt zurück, aber Ebba sieht, wie sie verstohlen in Richtung Umkleidekabine blickt.

»Moment, was soll das?«, fragt Ebba, als sie Angela auf Höhe der Kasse einholt. »Das ist ja schwerer Diebstahl.«

»Beruhigen Sie sich, sonst werden Sie noch erwischt.«

»Ich?« Ebba schnaubt, sieht jedoch gleichzeitig ein, dass sie geliefert ist. Vor Gericht wird es heißen, sie hätten einvernehmlich gehandelt – Angela habe das Sicherheitsetikett entfernt, während Ebba vor der Umkleidekabine Schmiere stand.

Verdammt noch mal!

Das Glöckchen an der Tür bimmelt und Ebba schlägt die kalte Luft entgegen, als sie nach draußen auf den Gehsteig treten.

»Hey, Sie!«

Ebba wirft einen Blick über die Schulter. Die Verkäuferin lehnt sich zur Tür hinaus und ruft ihnen nach.

Im Bruchteil einer Sekunde trifft sie eine Entscheidung und läuft Angela hinterher, die bereits rennt.

53

Giorgio Moretti ist groß und von Natur aus kräftig. Trotzdem sieht man deutlich, wie er beim Betreten des Bestattungsinstituts am Rand der Innenstadt von Lidingö unter dem Mantel die Schultern hängen lässt.

Ebba steht in einem Hauseingang schräg gegenüber und wackelt mit den Zehen, um nicht zu erfrieren. Sie beschattet Giorgio seit über einer Stunde, zuerst mit dem Auto, als er die Villa draußen in Lidingö verließ, dann zu Fuß, während er in einem Tabakladen und einer Apotheke Besorgungen machte. Vielleicht hat er Antibiotika für Douglas gekauft, Antibiotika, die sein Sohn für seine selbst zugefügten Brandverletzungen benötigt.

Wie konnte es nur so weit kommen? Warum hat Douglas' Lehrerin nichts gemerkt? Seine Freunde, andere Erwachsene? Aber Ebba weiß, wie das läuft. Manche Dinge sind so unfassbar und kompliziert, dass die Leute damit nicht umgehen können. Trifft dies auch auf Vera zu, Douglas' Mutter? Verschließt sie die Augen vor dem, was unmittelbar vor ihr geschieht? Dass ihr Mann ihr Kind vergewaltigt? Ebba kann sich nicht einmal vorstellen, wie sich ein solcher Verdacht anfühlt. Würde sie ebenfalls die Wahrheit verdrängen?

Sie entschuldigt sich bei einem Mann, der in das Haus hineinwill, und tritt zur Seite, damit er die Tür öffnen kann. Dann blickt sie erneut zu dem Bestattungsinstitut hinüber. Giorgio hat sich umgedreht und steht bei einem der Fenster. Ebba duckt sich in den Hauseingang und drückt sich an die raue Seitenwand.

Hat er sie gesehen? Hoffentlich nicht. Die Straße ist voller Menschen, die noch schnell vor dem Samstagabend eingekauft haben. Sie tragen Einkaufstaschen, tippen auf ihren Smartphones herum oder laden die Einkäufe in ihre Autos. Warum also sollte er ausgerechnet sie bemerken?

Ebba massiert ihren schmerzenden Ellenbogen. Die Flucht im Laufschritt vor der Verkäuferin hatte damit geendet, dass Ebba auf Glatteis ausgerutscht war. Doch zum Glück war es ihnen gelungen, die Verfolgerin abzuschütteln.

»Na also, hat doch geklappt«, hatte Angela gesagt, »Ziehen Sie mich ja nie wieder in so etwas hinein!«

Angela hatte sich neben sie auf den Rücken gelegt, mit Armen und Beinen einen Schneeengel gemacht und sich vor Lachen gekrümmt. Irgendwann war der Funke auf Ebba übergesprungen, und sie hatte so heftig und lange gelacht, dass ihr der Bauch wehtat. Ehrlich gesagt hatte sie sich seit einer Ewigkeit nicht mehr so lebendig gefühlt.

Trotzdem ist sie immer noch stinksauer und definitiv erstaunt. In den letzten Tagen hat Angela Seiten von sich gezeigt, die überhaupt nicht zum Image der erfolgreichen Strafverteidigerin passen, das sie in der Öffentlichkeit pflegt. Ebba ist unschlüssig, was sie davon halten soll. In gewisser Hinsicht fühlt es sich befreiend an. Wer ist sie, um darüber zu urteilen? Gleichzeitig lassen ihr die Lügen über den Stalker und die ACA-Gruppe keine Ruhe. Gewiss, Angela will ihre Kanzlei um jeden Preis retten, das kann Ebba vielleicht noch nachvollziehen. Aber wie geht es ihr eigentlich? Ist sie in der Verfassung, einen Mandanten zu verteidigen, der unter Mordverdacht steht? Ist es gegenüber Nicolas richtig?

Ebba holt ihr Smartphone hervor, sucht nach »Selbstverletzendes Verhalten« in Kombination mit »Erhängen« und überfliegt die Informationen, die auf dem Display erscheinen.

Viele Betroffene empfinden eine Linderung oder Milderung ihrer seelischen Qualen, wenn diese durch körperliche oder vielleicht begreiflichere Schmerzen ersetzt werden. Selbstverletzendes Verhalten ist kein missglückter Selbstmordversuch, sondern eine Überlebensstrategie.

Bevor sie weiterliest, wirft sie einen erneuten Blick auf das Bestattungsinstitut und nimmt Giorgios Konturen wahr.

Es ist nicht ungewöhnlich, dass selbstverletzendes Verhalten zusammen mit anderem selbstzerstörerischem Verhalten vorkommt, zum Beispiel Essstörungen oder bestimmten Persönlichkeitsstörungen. Erhängen ist die extremste Form von selbstverletzendem Verhalten, im Gegensatz zu anderen Selbstverletzungen besteht ein hohes Risiko, dass es zu unfreiwilligem Selbstmord führt.

Na, danke. Was wäre passiert, wenn sie und Benjamin nicht rechtzeitig aufgetaucht wären oder keine passenden Schlüssel bei sich gehabt hätten? Es hatte sich nämlich so angehört, als wäre Angela bereits mit der Schlinge um den Hals auf dem Schreibtisch gestanden und hätte mit dem Schritt über die Kante gewartet, bis sie jemanden vor der Tür hörte.

Eine solche Geschichte hat Ebba noch nie gehört, und ihr ist noch nie jemand begegnet, der sein Leben auf diese Weise riskiert hat.

Gibt es überhaupt eine Diagnose für so eine Persönlichkeitsstörung?

Die Tür zum Bestattungsinstitut geht auf und Giorgio kommt heraus. Ebba versucht, sich so unsichtbar wie möglich zu machen, als er zu seinem Tesla geht. Doch anstatt einzusteigen, geht er weiter, weg vom Zentrum. Seltsam. Für einen Spaziergang ist er nicht passend angezogen – er trägt Halbschuhe und weder Mütze, Schal noch Handschuhe.

Ebba zieht sich die Kapuze ins Gesicht und folgt ihm mit ausreichendem Abstand.

Sie passieren eine geradeaus verlaufende, von weitläufigen Villengrundstücken gesäumte Straße, bis Giorgio irgendwann in einen Fußgängerweg abbiegt. Ebba läuft schneller, um mit ihm mitzuhalten. Der Pfad führt in einen kleinen Park, wo sie Giorgio hinter einem Baum sieht, das Handy ans Ohr gedrückt. Das Gespräch dauert nur ein paar Sekunden. Anschließend geht er tiefer in den Park hinein und schlendert scheinbar ziellos umher.

Ebba schlingt die Arme um sich und sucht fröstelnd hinter einem Kunstwerk aus Stein Deckung. Sie ist nahe daran, aufzugeben, als ein Junge mit Rucksack auf Giorgio zugeht und mit ihm ein paar Worte wechselt. Schließlich gehen sie gemeinsam weiter und verschwinden hinter einem Gebüsch. Ebba beschleunigt ihre Schritte und gibt sich Mühe, nicht zu schnaufen, doch als sie das Gebüsch umrundet, sind die beiden weg. Vielleicht sind sie die Treppe dort drüben hinaufgegangen? Sie rennt dorthin, nimmt mehrere Stufen auf einmal und hält nach ihnen Ausschau. Oben auf dem Fußgängerweg ist niemand zu sehen, nur eine ältere Frau, die eine Tasche mit Rädern hinter sich herzieht. Ebba geht wieder die Treppe hinunter. Haben die beiden sich irgendwo versteckt, sich zu einem gemütlichen Rendezvous im Freien davongeschlichen?

Du verdammtes Ekel!

Obwohl Ebba steif vor Kälte ist, läuft ihr Schweiß den Rücken hinunter.

Sie umrundet ein weiteres Gebüsch und irrt auf gut Glück herum. Sie müssen irgendwo hier sein, so weit weg können sie es nicht geschafft haben.

Ohne Vorwarnung türmt sich hinter ihr ein Schatten auf, schlingt ihr einen Arm um den Hals und zieht sie nach hinten, bis nur noch ihre Zehenspitzen den Boden berühren. Ebba muss nicht nach hinten schauen, um zu wissen, wer es ist.

Giorgio Moretti.

»Sie schädigen meinen Ruf. Kapieren Sie das nicht?«

Ebba zerrt an seinem Arm, ringt nach Atem und bemüht sich, nicht völlig den Halt zu verlieren. »Lassen Sie mich los!«

»Adams Mutter hat mich angerufen. Offenbar hat eine betrunkene Frau vor dem Lidl behauptet, ich hätte mich während des Pokalturniers an ihrem Sohn vergriffen. Ist Ihnen klar, wohin solche Anschuldigungen führen können? Was? Ist Ihnen das klar?« Er drückt mit dem Arm zu. Ebba taumelt und sträubt sich gegen seinen Griff, der immer fester wird.

Ihre Füße heben vom Boden ab, sie bekommt fast keine Luft mehr. Mit einer letzten Kraftanstrengung rammt sie ihm die Fäuste in die Seiten und versucht, seine Nieren zu treffen, aber ihr Körper ist im Weg. Stattdessen trifft sie etwas Hartes in seiner Manteltasche und versucht, mit der Hand hineinzulangen und den Gegenstand herauszuziehen. Zu ihrer Verwunderung lässt er sie unerwartet los, worauf sie zu Boden fällt. Sie greift sich an den Hals, schnappt röchelnd nach Luft und versucht aufzustehen, aber ihre Beine versagen den Dienst.

Wo ist er hin? Ebba rutscht im Schnee herum, dreht den Kopf und sieht, wie Giorgio sich auf dem Fußgängerweg in die gleiche Richtung davonmacht, aus der sie gekommen sind. Der Junge ist wie vom Erdboden verschluckt. Tränen treten ihr in die Augen, und sie blinzelt, um sie zu vertreiben, aber auch, um sehen zu können, was sie Giorgio aus der Tasche gezogen hat und nun in ihrer Hand hält.

Ein Mobiltelefon mit schwarzer Lederhülle.

Keuchend drückt sie auf das Display und ballt die Faust zum Siegeszeichen, als das Handy startet. Sie ruft die zuletzt gewählte Nummer auf.

Vera Moretti. Enttäuschung kocht in ihr hoch. Sie hatte auf den Jungen mit dem Rucksack gehofft, darauf, ihn identifizieren und zu einer Zeugenaussage gegen Giorgio Moretti bewegen zu können. Sie scrollt weiter die Anrufliste herunter. Douglas Moretti, Erik Svensson, Petter Lund. Mehrere Namen, die sie überprüfen muss. Sie drückt sich weiter zum E-Mail-Posteingang und liest die oberste Nachricht, die von einem gewissen Staffan Wiklander stammt. Darin geht es jedoch nur um die neuen Trainingszeiten in der Eissporthalle von Lidingö. Die nächste Mail ist von der Autoversicherung und handelt von einem gemeldeten Parkschaden am Tesla, der vor dem Coop am Friggavägen zwischen acht und acht Uhr zwanzig am Vormittag des 25. Dezember entstanden ist. Ebba erinnert sich an den kaputten Scheinwerfer, den sie während ihres Besuchs bei der Familie Moretti am zweiten Weihnachtsfeiertag gesehen hat. Die Angabe scheint also zu stimmen, aber trotzdem nagt etwas an ihr. Hatten Giorgio und Vera bei ihrer Vernehmung nicht zu Simon gesagt, sie seien den ganzen ersten Weihnachtsfeiertag zu Hause gewesen? Sie muss ihn fragen. Die nächsten Mails auf der Liste sehen nicht so aus, als wären sie von dem Jungen, mit dem Giorgio sich soeben getroffen hat.

Ebba legt das Handy in den Schoß, hebt es aber sofort wieder hoch, als ihr einfällt, was Douglas oben auf der Brücke gesagt hat. Dass er von jemandem fotografiert, gefilmt und bedroht worden war.

Sie öffnet die Galerie und stellt zu ihrer Überraschung und Bestürzung fest, dass das letzte Foto, das Giorgio aufgenommen hat, Douglas in einem Bett zeigt. Er blickt verwirrt in die Kamera und posiert nackt in einer Stellung, die vermutlich sexy wirken soll.

Ebba weiß nicht, ob sie jubeln oder weinen soll. Aber eines weiß sie.

Giorgio Moretti ist geliefert.

54

Früh am Sonntagmorgen wird Giorgio Moretti aus seiner Villa in Lidingö von Simon und einem Kollegen in Zivil in Handschellen zu einem vor dem Grundstück parkenden Auto abgeführt. Er lässt den Kopf hängen und starrt verbissen auf den Boden. In dem Viertel ist es ruhig, nur ein Mann, der seinen Rottweiler spazieren führt, blickt verstohlen zu der diskreten Aufregung hinüber. Seiner Miene nach zu urteilen, wundert er sich darüber, was hier so früh am Morgen los ist.

Ebba verfolgt das Ganze von der anderen Straßenseite und ist frustriert. Sie wäre gern bei der Aktion mit dabei, um den Mann, der sich an seinem Sohn vergriffen hat, abzuführen. Außerdem möchte sie das Haus nach weiteren Beweisen durchsuchen, die vor Gericht gegen Giorgio verwendet werden können. Immerhin ist es ihr zu verdanken, dass das Dezernat für Schwerkriminalität die Festnahme durchführen kann. Aber was bekommt sie dafür? Herumstehen und sich die Zehen abfrieren. Hellberg hatte sogar ihre Version angezweifelt, wie sie in den Besitz von Giorgios Handy gekommen war. Nicht einmal Simon hatte er geglaubt, als dieser ihm berichtete, Moretti hätte sie angegriffen und im Würgegriff festgehalten. Nach einer gewissen Überredung hatte er jedoch eingesehen, dass die Aktion der Polizei ein gewaltiges und nachhaltiges Medienecho bescheren würde. Ein bekannter Fußballtrainer wegen Verdacht auf Pädophilie festgenommen – das klang nach Patrik Sjöberg, dem Leichtathleten und ehemaligen Weltrekordler im Hochsprung, dessen Stiefvater ihn jahrelang sexuell missbraucht hatte. Außerdem machte es keinen Unterschied im Fall Nicolas Moretti. Der stand nach wie vor im Verdacht, seine Schwester ermordet zu haben.

Eine kaputte Familie. Eine Tragödie.

Ebba achtet beim Überqueren der Straße auf Glatteis und wartet, bis Giorgio hinter der getönten Fensterscheibe auf dem Rücksitz des Volvos sitzt, bevor sie Simon auf sich aufmerksam macht.

»Habt ihr was gefunden?«

Er dreht sich zu ihr um und stellt das Funkgerät an seinem Gürtel leiser. »Wir suchen noch. Und das wird wohl eine Weile dauern, die Bude ist riesig.«

»Aber was glauben Sie?«

»Er hat noch nichts gesagt, aber mir kam es fast so vor, als hätte er gewusst, dass wir auftauchen würden.«

»Ihm muss klar gewesen sein, dass ich die Fotos auf seinem Handy gesehen habe.«

»Möglich. In diesem Fall hat er es vielleicht geschafft, bei sich zu Hause Beweise verschwinden zu lassen. Aber auf Computern und so findet man immer etwas. Wir müssen die Daumen drücken.«

Ebba nickt und hat das Gefühl, dass jemand sie anstarrt. Unwillkürlich fällt ihr Blick auf das getönte Fenster, und sie bekommt eine Gänsehaut, als sie feststellt, dass Giorgio ihr das Gesicht zugewandt hat. Sie kehrt ihm den Rücken zu.

»Haben Sie schon den Parkschaden am Tesla überprüft?«

»Nein, ich bin noch nicht dazu gekommen. Hören Sie, wir müssen los.« Simon öffnet die Fahrertür und setzt einen Fuß in den Wagen.

»Können Sie das nicht sofort machen?« Ebba hält den Türrahmen fest und senkt die Stimme. »Ich will nur wissen, ob Giorgio oder Vera das Auto hatte. Bei der Vernehmung haben sie gesagt, dass sie am fünfundzwanzigsten den ganzen Vormittag zu Hause waren. Irgendwas stimmt also nicht. Rufen Sie die Leitstelle an, das geht schnell.«

Mit angestrengter Ruhe schließt Simon wieder die Tür. »Vielleicht ist einer von ihnen weggefahren und hat Brötchen zum Frühstück geholt oder so. Das hat wohl nichts zu bedeuten. Schließlich war es am Tag nach dem Mord.«

»Doch, weil keiner von ihnen es erwähnt hat. Rufen Sie jetzt an.«

Er schüttelt den Kopf, geht dann aber doch ein Stück zur Seite und tut, was sie sagt.

In der Zwischenzeit geht Ebba näher an das Haus heran und nimmt hinter einem Fenster eine Bewegung wahr. Ist das Vera, oder vielleicht Douglas? Am liebsten würde sie hineingehen und mit ihm reden, ihm klarmachen, dass er für nichts von alledem etwas kann, dass einzig und allein sein Vater die Schuld dafür trägt. Aber ihre ehemaligen Kollegen würden sie nicht reinlassen, sie hat dort nichts verloren.

Sie flucht leise, als John Hellberg gähnend aus einer Garage neben dem Haus kommt, bleibt jedoch stehen und wartet auf ihn. Soll er sich nur trauen, ihr zu sagen, sie solle verschwinden. Das hier ist ein öffentlicher Platz, und außerdem hat sie keine Absperrungen überschritten. Es gibt nämlich keine.

»Tapper«, sagt er forsch, als er sie sieht. »Wo haben Sie Ihre Kamera? Man könnte meinen, Sie hätten auf Journalistin umgesattelt.«

Ebba ignoriert ihn und konzentriert sich stattdessen auf Simon, der nach seinem Telefonat mit der Leitstelle auf sie zukommt.

»Ich habe soeben etwas furchtbar Interessantes erfahren. Zu dem Parkschaden gibt es zwei Anzeigen. Eine von Vera Moretti und eine von einem Zeugen, der sich online bei der Polizei gemeldet hat. Die Sache ist nur, dass sich der Unfall laut Veras Angaben vor dem Coop in Lidingö am ersten Weihnachtsfeiertag gegen acht Uhr ereignet hat, während der Zeuge behauptet, es wäre Punkt dreiundzwanzig Uhr fünfundfünfzig an Heiligabend passiert, und zwar nicht vor dem Coop. Raten Sie, wo.« Er kann seine Aufregung nur schwer verbergen und beantwortet seine Frage selbst, bevor Ebba und Hellberg eine alternative Adresse nennen können. »Am Runda vägen in Alvik, einer Seitenstraße gleich ums Eck von Jasmines Wohnung. Zu dem Zeitpunkt, an dem sie ermordet wurde.«

»Moment.« Hellberg stemmt die Hände in die Hüften. »Es gibt also jemanden, der bezeugen kann, dass der Tesla zur Tatzeit in der Nähe der Wohnung geparkt hat?«

»Ja. Eine Anna Karlsson, wohnhaft am Runda vägen, hörte einen Knall vor ihrem Fenster. Als sie hinausschaute, sah sie, wie jemand in den Tesla stieg und davonfuhr.«

»Personenbeschreibung?«, sagen Hellberg und Ebba wie aus einem Mund.

»Nun, die ist etwas vage. Eine Person in dunklen Kleidern. Wir müssen hinfahren und sie befragen.«

Hellberg fährt sich mit der Hand über die Stirn. »Und warum zum Teufel habt ihr das erst jetzt entdeckt?«

Simon verzieht das Gesicht. »Wie gesagt, der Zeuge hat den Vorfall online gemeldet. Und Sie wissen ja, wie das läuft. Die Kollegen im Kontaktzentrum schreiben eine Anzeige, wenn sie Zeit haben, und wissen nicht, dass wir ein paar Hundert Meter weiter in einem Mordfall ermitteln.«

Auf Hellbergs Wangen bilden sich rote Flecken. »Okay. Nehmen wir an, das stimmt. Giorgio war kurz vor der Tatzeit bei Jasmine, hat sich über irgendetwas aufgeregt und war so gestresst, dass er mit der Karre irgendwo dagegenfuhr. Dann meldet Vera einen Unfall mit Fahrerflucht, der am Morgen danach an einer anderen Adresse passiert ist. Was können wir daraus schließen?«

»Sie deckt ihn«, sagt Ebba.

Hellberg starrt sie wütend an, legt einen Arm um Simons Schulter und führt ihn weg. »Schauen Sie nach, was Vera dadrinnen macht, aber lassen Sie sich nicht anmerken, dass wir Bescheid …« Seine Stimme verebbt. Ebba atmet tief durch, um ihre zunehmende Frustration zu unterdrücken, aber es hilft kein bisschen.

Sie ist hier nicht willkommen. Es wird Zeit, dass sie stattdessen unangemeldet bei Anna Karlsson am Runda vägen auftaucht und ihr eine Zeugenaussage entlockt, die Nicolas entlastet.

Sie eilt zu ihrem Auto, das sie weiter die Straße hinauf geparkt hat, steigt ein und verlässt das Villenviertel. Unterwegs hört sie ein Scheppern an einem Rad – eine Erinnerung an ihre Fahrt unter Alkoholeinfluss und den Unfall. Sie muss den Schaden reparieren lassen. An alles andere, was sie sonst noch reparieren lassen muss, will sie jetzt nicht denken. Trotzdem nagt die Scham darüber, dass sie schon seit Längerem betrunken Auto fährt, an ihrer Psyche. Bei ihrer Vernehmung hat sie das natürlich nicht erwähnt. Warum sollte sie mehr zugeben, als man ihr nachweisen kann? Aber selbstverständlich wissen alle, dass dies nicht ihr erstes Mal war. Sie hatte einfach nur das Pech, erwischt zu werden. Oder kann man es Glück nennen? Jetzt muss sie nämlich ihre Probleme anpacken und kann ihrem Therapeuten nicht mehr damit kommen, dass sie gar nicht so viel trinkt und niemandem schadet. Auch die Ausrede, sie würde mit dem Alkohol nur ihre innere Leere füllen, zieht nicht mehr. Jetzt ist sie gezwungen, Verantwortung für ihre Handlungen zu übernehmen und der Wahrheit ins Auge zu sehen, dass sie tatsächlich anderen Menschen hätte schaden können.

Sie nimmt die großen Durchgangsstraßen, die um diese Zeit noch spärlich befahren sind. Auf der Tranebergsbron donnert eine fast leere U-Bahn neben ihr her, in der nur ein paar Fahrgäste sitzen. Das Wasser unter der Brücke ist mit einer Eis- und Schneeschicht bedeckt, ein altes Boot liegt festgefroren zwischen ein paar einzelnen kahlen Bäumen. Plötzlich nimmt sie im Rückspiegel eine Bewegung wahr und lehnt sich zur Seite, um besser sehen zu können.

Was zum ... Ein grüner Audi fährt nur wenige Meter hinter ihr her. Hellbergs Wagen. Ihr Blick wechselt zwischen der Fahrbahn und dem Rückspiegel hin und her. Was will er? Kurz darauf lässt er das Seitenfenster herunter, befestigt das Blaulicht auf dem Dach, schaltet es ein und betätigt gleichzeitig die Hupe – eine Aufforderung, dass sie anhalten soll.

Ihr Körper ist angespannt, als alte Erinnerungen an Hellberg vor ihrem inneren Auge vorbeiziehen. Wie er sich an ihrem Schreibtisch über sie beugt und den Schritt an ihrem Bürostuhl reibt. Die Jagd auf einen Räuber, die damit endete, dass er in den Wald fuhr und sie auf die Motorhaube drückte. »Das war doch nur Spaß«, hatte er hinterher gesagt. »Ich wollte sehen, wie Sie reagieren. Was denn, sind Sie etwa sauer?«

Ein paar Hundert Meter weiter kommt die Ausfahrt nach Traneberg in Sicht. Ebba betätigt den Blinker und drosselt das Tempo. Ein erneuter Blick in den Rückspiegel. Sie atmet tief durch, greift nach dem Smartphone, das in einer Halterung am Armaturenbrett steckt, zieht es ein Stück weit heraus und richtet die Kameralinse auf die Fahrertür. Als sie sieht, dass sie abbiegen muss, setzt sie den Fuß aufs Bremspedal und justiert ein letztes Mal das Handy. Fertig.

Hellberg hupt sie erneut an. Nach der Ausfahrt nimmt sie die erste Abbiegung nach rechts in eine von Bäumen und Büschen gesäumte Straße. Weiter vorne befindet sich eine Tennisanlage, die im Winter geschlossen ist. Ebba lässt die Fensterscheibe ein paar Zentimeter herunter und steigt aus. Wartet neben der Fahrertür, bis Hellberg mit einem Alkoholtestgerät in der Hand zu ihr kommt.

»Sie fahren doch nicht etwa nach Alvik?«

»Wie kommen Sie darauf?«

Er schnaubt ihr ins Gesicht, entfernt die Plastikkappe von dem Röhrchen und befestigt es am Gerät.

»Blasen Sie da rein, Tapper. Ihretwegen hoffe ich, dass Sie nüchtern sind.«

Ihretwegen. Wenn er doch nur immer so rücksichtsvoll wäre.

Ebba atmet tief durch und beugt sich zu dem Röhrchen, das er ihr hinhält.

»Nicht so eilig.« Er zieht die Hand zurück. Inspiziert das Röhrchen und hält es sich so nahe vor die Augen, dass er schielt. Dreht und wendet es, bevor er es sich selbst in den Mund steckt und anfängt, daran zu lutschen wie … Wie in einem feuchten Traum, den er anscheinend gerade hat. Ihr wird übel und sie starrt auf das Röhrchen, das er ihr erneut entgegenhält, und den Speichelfaden, der an dessen Ende baumelt.

»Na, dann zeigen Sie mir mal, dass Sie nicht betrunken fahren.«

»Also, was soll das?«

Ein schiefes Grinsen in Hellbergs Gesicht. »Muss ich Sie stattdessen aufs Revier mitnehmen? Wollen Sie das?« Er streckt ihr die Hand noch weiter entgegen und reibt das Röhrchen an ihrer Unterlippe.

Ebbas Schläfen pochen. Sie dreht den Kopf zur Seite und verpasst ihm einen Stoß in die Brust.

»Aha, tätlicher Angriff auf einen Vollstreckungsbeamten.«

Bevor sie begreift, was geschieht, hat Hellberg sie mit dem Gesicht zu ihrem Auto umgedreht, sein gesamtes Körpergewicht gegen ihren Rücken gedrückt und ihr das Röhrchen zwischen die Lippen geschoben.

»So, Süße, jetzt blas mal!«

Das Kunststoffteil reibt am Gaumen. Ebba versucht zu blasen, bringt jedoch nur ein Keuchen hervor. Der eine Arm ist zwischen ihrem Brustkorb und der Autotür eingeklemmt, mit dem freien zerrt sie an seiner Jacke. Hellberg bekommt ihr Handgelenk zu fassen und dreht ihr den Arm auf den Rücken. Es knackt in der Schulter, aber im Moment verspürt sie kaum Schmerzen.

»Dann versuchen wir es noch mal«, sagt Hellberg ermunternd und kramt in seiner Hosentasche nach etwas herum.

»Lassen Sie mich los!« Ebba ist sich nicht sicher, ob er es tatsächlich ernst meint. Will er ihr Handschellen anlegen? Oder ist das nur ein grotesker Scherz? Etwas, das er später mit den Worten »Das war doch nur Spaß« abtun wird.

»Lassen Sie mich los!«, ruft sie erneut und wiederholt den Satz immer lauter. Als Hellberg ihr das Röhrchen tiefer in den Rachen stößt, verwandeln sich ihre Schreie in unartikulierte Würgelaute. Plötzlich spürt sie etwas, das sie verstummen lässt. Für einen Augenblick fragt sie sich, ob sie sich das vielleicht nur einbildet. Doch dann gibt es für sie keinen Zweifel mehr – seine Hand bewegt sich in schnellem Rhythmus vor und zurück und stößt gegen ihr Hinterteil. Als sie das gluckernde Geräusch hört, ist sie sich ganz sicher. Was er sich da aus der Hose geholt hat, waren keine Handschellen.

Er stöhnt ihr ins Ohr. »Verdammt, Tapper, darauf haben Sie gewartet, oder?«

Ebba windet sich in seinem Griff und blickt sich in alle Richtungen um. Weit und breit kein Mensch, der ihr zu Hilfe kommen kann. Nur das Rauschen des Verkehrs drüben auf der Brücke.

»Keine Angst, ich habe nicht vor, Sie zu vergewaltigen. Halten Sie mich für so blöd, dass ich an Ihnen DNA-Spuren hinterlasse?«

Ihre Augen füllen sich mit Tränen, aber sie weigert sich, ihnen freien Lauf zu lassen. Stattdessen konzentriert sie sich auf das blinkende rote Licht in ihrem Auto. Aber was hilft ihr das jetzt?

Hellberg bewegt seine Hand schneller und keucht Worte, die er in Pornos gehört haben muss. Kurz darauf zuckt sein Körper heftig und seine Worte klingen gedehnter. Schließlich sagt er »Du kleine Hure!« und lässt sie los.

Ebba hustet, als er ihr das Röhrchen aus dem Mund zieht, tastet nach dem Türgriff, stürzt sich ins Auto und verriegelt die Tür, während Hellberg damit beschäftigt ist, sein Sperma an der Unterhose abzuwischen.

Schließlich muss er aufpassen, dass er am Tatort keine DNA-Spuren hinterlässt.

55

Sie kann nicht mehr weiterfahren, sieht weder die Fahrbahn noch andere Verkehrsteilnehmer, hätte beinahe einen Radfahrer überfahren. Schließlich hält sie am Tranebergsplan. Das Einzige, was sie hört, ist Hellbergs Keuchen in ihrem Ohr. »Mit wie vielen Kollegen hast du gevögelt, Tapper? Du und deine Schwester, ihr seid so billig. Du willst meinen Schwanz in dir, stimmt's, Tapper? Gib's zu.«

Mit zitternden Händen startet sie das Video auf ihrem Handy und zwingt sich, es anzusehen. Zu ihrer Erleichterung und gleichzeitig zu ihrem Entsetzen erkennt man in dem Film eindeutig sie und Hellberg. Man sieht das zu einer Fratze verzerrte Gesicht, als er sie gegen das Auto drückt, sieht, was er anstellt und dass er sie zwingt. Und durch den offenen Spalt im Seitenfenster hört man alles, was sie sagen.

Sie wartet auf das triumphierende Gefühl in ihrer Brust, doch das Einzige, was in ihr schwelt, ist eine enorme Scham. Wie konnte sie zulassen, dass dies passierte? Mit einem so extremen Ablauf hatte sie nicht gerechnet, als sie ihr Smartphone präparierte. Vielmehr hatte sie erwartet, dass Hellberg ihr auf seine übliche hochnäsige Art kommen würde. »Sie wissen schon, dass Ihre neue Karriere in meinen Händen liegt? Leute wie Sie muss man an die kurze Leine nehmen, Tapper. Sie vögeln alles,

398

was nicht bei drei auf dem Baum ist.« Allerhöchstens würde er vielleicht einen Annäherungsversuch machen, sich an ihr reiben, wie er es früher getan hatte, aber nicht …

Sie drückt das Video weg.

… nicht so weit gehen. Sie holt eine Packung Feuchttücher aus dem Handschuhfach, zieht eines heraus und wischt sich Hände, Unterarme und Wangen ab. Dann nimmt sie ein neues und schrubbt sich damit so fest den Mund aus, dass der Speichel, den sie auf die Straße spuckt, nach Blut schmeckt. Sie betrachtet den roten Schleim und beißt die Zähne zusammen, als ihr aufgeht, was Hellberg eigentlich mit ihr angestellt hat.

Dieser Dreckskerl!

Sie schlägt die Tür zu, verkrampft die Hände um das Lenkrad und steuert mit einem einzigen Gedanken im Kopf die Adresse von Anna Karlsson an.

Das hier wird ihm noch leidtun.

Auf dem Runda vägen erblickt sie erneut Hellbergs Audi, fährt an ihm vorbei und wendet an der nächsten Kreuzung. Parkt so, dass sie den Wagen im Auge behalten kann. Die Befragung von Anna Karlsson kann er selbst durchführen, Ebba hat im Moment andere Pläne.

Zehn Minuten später kommt er heraus und geht mit irritierend schwungvoll federndem Gang zu seinem Fahrzeug. Er wirkt entspannt, als wäre heute der beste Tag seines Lebens.

Ebba folgt ihm mit einigem Abstand, als er schlingernd losfährt, und wartet, bis das Heck des Audis hinter der Hecke eines Grundstücks verschwindet, bevor sie ebenfalls abbiegt. Auf dem Alviksvägen fährt er genau, wie sie erwartet hat – weit über der bei Straßenglätte angemessenen Geschwindigkeit. Ebba tritt das Gaspedal durch, während in ihrem Kopf zwei konkurrierende Gedanken miteinander ringen.

Tu es nicht! Doch, fahr schon, verdammt noch mal! Nein, das kann richtig böse enden. Wen kümmert es?

Bald hat sie zu ihm aufgeholt, rast mit über hundert an ihm vorbei und atmet tief durch, bevor sie vor dem Audi ausschert und auf die Bremse tritt. Sie steuert gegen, als das Heck schlingert, und hört die Reifen quietschen, aber nicht nur ihre. Im Rückspiegel sieht sie, wie der Audi nach links ausweicht, durch eine Schneewehe brettert, ein Verkehrsschild umstößt und ein Stück weiter gegen eine riesige Eiche prallt.

Ein gedämpfter Knall ertönt. Von den Ästen fällt Schnee auf den grünen Lack.

Ebba hält an und steigt aus. Überquert die Straße und rennt zu dem Audi, dessen Motorhaube zerquetscht wie eine Ziehharmonika ist. Durch die zerbrochene Windschutzscheibe sieht sie Hellberg mit einer Stirnwunde im Sicherheitsgurt hängen. Blut tropft auf den ausgelösten Airbag. Wimmernd versucht er, den Oberkörper aufzurichten.

»Hellberg!« Sie gibt ihm einen Klaps auf die Wange. »Was zum Teufel ist passiert?«

Er dreht das Gesicht zu ihr. Seine Pupillen irren umher.

»Sie hatten einen Unfall und brauchen Hilfe. Aber zuerst sollten Sie sich das hier ansehen.« Ebba holt ihr Smartphone hervor, startet das Video und hält es ihm durch die Glasscherben vors Gesicht. Obwohl ihr das Adrenalin durch die Adern pumpt, erschauert sie vor Ekel, als sie sich die Scheiße erneut anhören muss. Hellbergs Augen weiten sich ein bisschen, sobald ihm klar wird, was der Film beinhaltet. Nachdem sie ihr Ziel erreicht hat, zieht Ebba die Hand zurück, hebt Hellbergs Kinn und wartet, bis sein Blick fokussiert ist.

»Ein falsches Wort über diesen Unfall, und der Film kommt an die Öffentlichkeit. Falls ich wieder zur Polizei möchte, geben Sie mir ausgezeichnete Referenzen. Das Foto, auf dem ich oder vielmehr meine Schwester zusammen mit Simon zu sehen ist, verschwindet. Ja, Sie wissen schon, was ich meine. Ach ja, und die Sache mit Oliver Sandgren. Sein Selbstmord war tragisch, aber nicht meine Schuld. Sie übernehmen die volle Verantwortung. Soll ich fortfahren?«

Hellberg schüttelt den Kopf und stößt röchelnd hervor: »Krankenwagen.«

»Absolut, der wird bald kommen. Aber zuerst muss ich noch …« Ebba reißt die verbeulte Tür auf, so weit es geht, streckt die Hände nach seinen eingeklemmten Beinen aus und tastet nach dem Hosenschlitz.

»Was machen Sie da?« Die Angst in Hellbergs Augen erfüllt sie mit überraschend großem Wohlbehagen.

»Ich muss nur eine Kleinigkeit erledigen. Ganz ruhig.« Bei dem Gedanken an das, was sie tun muss, verzieht sie das Gesicht, aber sie hat Handschuhe dabei, da ist es einigermaßen erträglich.

Just in dem Moment, als sie fertig ist, klingelt ihr Handy. Es ist Simon.

»Wo sind Sie? Sie sind einfach verschwunden.«

»Ja, ich bin los, um mit dieser Zeugin Anna Karlsson zu reden.«

»Vergessen Sie's. Hellberg ist auch dorthin unterwegs. Ich brauche Sie stattdessen hier. Wir kriegen nichts aus Douglas heraus, er sagt, er will nur mit Ihnen reden. Er muss uns unbedingt etwas über das Foto auf Giorgios Handy erzählen. Wie es entstanden ist, ob sie allein zu Hause waren und so.«

Im Auto erklingt ein Gemurmel. Ebba legt eine Hand auf Hellbergs Mund und erstickt sein Gejammer nach einem Krankenwagen mit dem Handschuh.

»Sie meinen, ich soll die Arbeit der Polizei machen?«

Kurzes Schweigen am anderen Ende. »Ja. Unterstützen Sie uns? Vielleicht nützt das Nicolas am Ende.«

Aus dem Augenwinkel nimmt Ebba einen Mann in grauer Kleidung wahr, der sich aus der Richtung der Bushaltestelle nähert. Sie beugt sich über Hellberg und wirft ihm einen letzten warnenden Blick zu. Dann nimmt sie die Hand von seinem Mund und geht in geduckter Haltung um das Auto herum.

»Ich komme«, sagt sie zu Simon. »Geben Sie mir zwanzig Minuten.«

56

Als Ebba bei der Villa der Morettis ankommt, ist es draußen auf der Straße immer noch ruhig. Im Haus gegenüber nimmt sie jedoch ein paar neugierige Köpfe hinter den Gardinen wahr, und ein Nachbar schippt in seiner Garageneinfahrt Schnee, obwohl er mit seinem Auto locker über den nur millimeterhohen Neuschnee fahren könnte, der letzte Nacht gefallen ist.

Simon wartet auf dem Treppenabsatz vor der Haustür auf sie und spielt scheinbar gedankenlos an dem rosa Flamingo herum.

»Hellberg hatte einen Autounfall. Ich habe es soeben von der Leitstelle gehört. Anscheinend ist er frontal gegen einen großen Baum gefahren.«

»Oh weh«, sagt Ebba und reißt die Augen weit genug auf, um den Eindruck zu erwecken, sie sei von der Nachricht überrascht. »Wie geht es ihm?«

»Sein Zustand ist ernst, glaube ich. Die Rettungssanitäter sind gerade dabei, ihn loszuschneiden. Offenbar ist er bei Bewusstsein.«

»Puh! Ich habe gelesen, dass das Zentralamt für Verkehrswesen vor Blitzeis warnt. Da können wir nur hoffen, dass er es trotzdem gut überstanden hat.«

Simon nickt. Dann öffnet er die Papiertüte in seiner Hand und fordert Ebba auf, hineinzuschauen. Sie beugt sich vor und sieht einen silbernen Nussknacker mit verschnörkeltem Griff.

»Wir haben ihn in der Garage gefunden. Er war in eine Yogamatte gewickelt, die an der Wand hing. Verstehen Sie? Jasmine hatte an einem Finger eine Quetschung, die der Rechtsmediziner sich nicht erklären konnte. Und an dem Abend, an dem sie ermordet wurde, haben die beiden Nüsse gegessen, aber wir fanden keinen Nussknacker.« Er schüttelt die Tüte leicht vor ihren Augen. »Jetzt wurde also der Tesla in der Mordnacht nicht weit von Jasmines Wohnung gesehen, und wir haben einen versteckten Nussknacker gefunden. Wenn sich Jasmines Fingerabdrücke darauf befinden, hat Giorgio seine Kinder nicht nur sexuell missbraucht, sondern auch Jasmine ermordet. Seine eigene Tochter.«

»Aber warum?«, fragt Ebba.

»Nun, ich glaube nicht, dass sie ihn damit konfrontiert hat, dass er ein Sugardaddy war, wie er uns weismachen wollte. Vielmehr ging es um den sexuellen Missbrauch, dem sie als Kind ausgesetzt war. Sie wollte mit ihm darüber reden, eine Entschuldigung von ihm bekommen, alte Wunden heilen und so. Ich weiß es nicht. Aber das konnte er uns natürlich nicht sagen. Er hatte eine Heidenangst, dass Jasmine ihn auffliegen lassen könnte, indem sie zum Beispiel ein Buch schreibt oder im Fernsehen darüber berichtet, oder so was in der Art.«

Ebba versucht, sich auf das Ganze einen Reim zu machen. »Aber warum würde er dann den Nussknacker vom Tatort entfernen, und nicht das Messer?«

»Um den Mordverdacht auf Nicolas zu lenken.«

Ebba denkt einen Augenblick darüber nach, versteht jedoch immer noch nicht die Logik dahinter. Eine Mordwaffe am Tatort zurückzulassen, um jemand anders zu belasten, kann sie nachvollziehen. Aber den eigenen Sohn? Und der Nussknacker.

Warum hat er sich die Mühe gemacht, ihn verschwinden zu lassen?

»Er lag in einer Yogamatte, sagten Sie?«

»Ja, in der Garage.«

»Ist Giorgio Rechts- oder Linkshänder?«

Simon öffnet den Mund, um ihr zu antworten, schließt ihn jedoch wieder und sieht sie nachdenklich an. »Jetzt verstehe ich. Als Sie im Büro eingebrochen sind, waren Sie hinter dem Obduktionsbericht her.«

»Eingebrochen? Ich?«, sagt Ebba mit einem Lächeln, das einem Geständnis gleichkommt. »Während der Vernehmung versuchten Sie herauszufinden, ob Nicolas Rechts- oder Linkshänder ist. Man braucht keinen Obduktionsbericht, um darauf zu kommen, dass ihr einen Linkshänder verdächtigt. Also was ist Giorgio?«

»Ich weiß nicht, aber ich werde es nachprüfen.«

»Tun Sie das. Nicht, dass es euch groß interessiert hat, ob Nicolas Rechtshänder ist.« Ebba zwinkert ihm zu. »Aber trotzdem.«

»Wir haben natürlich darüber diskutiert. Aber das ist kein schlüssiger Beweis. Der Täter kann absichtlich die andere Hand benutzt haben. Schließlich gibt es viele, die sich regelmäßig CSI anschauen, wissen Sie?«

»Gewiss.« Ebba gibt auf, hat einfach keine Lust mehr, Simon darauf hinzuweisen, dass die Polizei sich erneut geirrt hat. Sie blickt durch die Tür, die Simon einen Spalt weit offen gelassen hat. »Okay, wo ist Douglas? Er kann uns bestimmt auch sagen, mit welcher Hand Giorgio schreibt.«

Simon lässt sie in den Flur, wo Åsa, eine ehemalige Kollegin, Ebba zunickt, ehe sie mit ihrer Durchsuchung der Garderobe fortfährt.

Vera steht in der Küche bei der Abzugshaube und raucht. Sie trägt Leggings und einen viel zu großen Strickpullover.

Nachdem sie sich durch das offene Zimmer gegrüßt haben, geht Ebba zu Douglas, der mit einem Laptop auf dem Schoß auf einem Ecksofa sitzt.

»Wie geht's dir?«

Auf dem Bildschirm läuft ein Vampirfilm, aber Douglas sieht aus, als befände er sich in einer völlig anderen Welt.

»Komm, wir gehen in dein Zimmer«, sagt Ebba zu ihm.

»Warten Sie.« Vera schnippt die Asche ihrer Zigarette ins Spülbecken, geht zu Douglas und streichelt ihm das Haar. »Soll ich mitkommen, Liebling?«

Douglas blickt langsam zu seiner Mutter auf und nickt.

»Dann können wir hierbleiben«, sagt Vera mit verweinten Augen. »Das ist doch völlig absurd. Sie müssen verstehen, dass wir beide schockiert sind und dass Douglas mich braucht. Wenn das stimmt ...« Sie fasst an einen silbernen Anhänger auf ihrer Brust. »... was ich absolut nicht glaube. Woher haben Sie das alles eigentlich? Sie zerstören Giorgios Leben. Unser Leben. Verstehen Sie das nicht?«

Ebba spürt die Anspannung, die greifbar im Zimmer hängt. »Ja, ich sehe ein, dass dies äußerst hart für Sie sein muss. Aber ich muss mit Douglas unter vier Augen reden, er hat darum gebeten. Sie wollen doch bestimmt auch, dass er uns frei und unbefangen erzählt, was passiert ist.«

»Aber was genau soll passiert sein? Aus welchem Anlass habt ihr meinen Mann festgenommen? Was werft ihr ihm vor? Er kann nicht ...« Veras Blick irrt zwischen Ebba und Simon hin und her, der ein wenig abseitssteht.

»Douglas«, sagt Ebba. »Geh bitte schon mal in dein Zimmer. Ich muss erst noch mit deiner Mutter reden.«

Ohne einen Ton klappt er den Laptop zu und geht mit schlurfenden Schritten davon.

Ebba wendet sich Vera zu und sucht fieberhaft nach den richtigen Worten. Aber was sagt man zu einer Mutter, deren Mann ihr Kind sexuell missbraucht hat?

»Wie gesagt, ich kann mir nicht einmal annähernd vorstellen, wie schwierig das für Sie sein muss«, beginnt sie vorsichtig. »Aber es gibt Beweise, die darauf hindeuten, dass wir richtigliegen, sonst wären wir, äh … die Polizei nicht hier. Außerdem hätten sie Giorgio niemals festgenommen und keinen Durchsuchungsbeschluss bekommen. Sollten Sie also etwas wissen oder das Gefühl haben, dass etwas nicht stimmt, sagen Sie es uns.« Vera wird blass, und Ebba spürt, dass ihr Hirn auf Hochtouren arbeitet. Vielleicht lenkt sie bald ein. »Denken Sie daran, dass es hier um Ihren Sohn geht«, fährt sie fort. »Er ist noch ein Kind, und wenn es stimmt, dass Giorgio … ja, dann trifft Ihren Mann die volle Verantwortung.«

Vera geht schwankend ein paar Schritte und stützt sich an der Rückenlehne des Sofas ab. »Nein, nein«, ist alles, was sie hervorbringt.

»Wir wissen, dass Douglas sich Brandverletzungen zufügt, und wenn ich es richtig verstehe, wollten Sie mit ihm zu einem Kinder- und Jugendpsychiater, aber Giorgio ließ es nicht zu.«

Vera starrt ins Leere. »Nein, das stimmt nicht, das geht nicht, das kann nicht sein.«

Ebba legt eine Hand auf Veras Arm. »Ich rede jetzt mit Douglas. In der Zwischenzeit sollten Sie sich ein bisschen ausruhen.«

Vera geht wie in Trance um das Sofa herum und lässt sich darauf sinken.

Ebba wirft Simon einen Blick zu. Er nickt zustimmend und übernimmt Veras Beaufsichtigung.

Douglas' Zimmer ist in dunkelblauen Tönen gehalten und verrät, dass Fußball und Videospiele seine großen Hobbys sind. CD-Hüllen liegen verstreut auf dem Boden, und über einem

Schreibtisch ist ein großer Bildschirm befestigt. Douglas sitzt auf einem Drehsessel, und hinter ihm an der Wand hängen mehrere Poster mit bekannten Fußballspielern. Eines davon zeigt Nicolas, wie er in einem blau gestreiften Trikot eine Siegergeste macht – ein glücklicher Moment, in dem er keine Ahnung hatte, was ihm noch bevorstand. Ebba schiebt ein paar Fernbedienungen auf einem Zweiersofa beiseite, um darauf Platz nehmen zu können. Sie fragt ihn, was er spielt, und bringt ihn dazu, langsam aufzutauen. Sie reden über FIFA und darüber, welcher von den Spielern Douglas ist. Nachdem er ihr in ein paar Minuten das Spiel erklärt hat, ist die Atmosphäre zwischen ihnen entspannt genug, dass sie sich traut, zur Sache zu kommen.

»Douglas, wie ich schon beim letzten Mal gesagt habe, ist nichts von alledem deine Schuld. Denk daran, dass die Verantwortung immer bei den Erwachsenen liegt.«

Er weicht ihrem Blick aus und starrt auf den karierten Teppich.

»Dort oben auf der Brücke hast du gesagt, du wärst gefilmt und fotografiert worden. Und dass jemand dich bedroht hat. Kannst du mir sagen, wer das war?«

Schweigen. Das einzige vernehmbare Geräusch ist das Quietschen des Sessels, auf dem Douglas sich hin und her dreht.

Ebba befeuchtet ihre Lippen. »Die Polizei hat auf dem Handy deines Vaters ein Nacktfoto von dir gefunden. Du brauchst also nicht das Gefühl zu haben, du würdest ihn auf irgendeine Weise verraten. Wir wissen bereits, dass er es ist. Okay?«

Douglas hält inne und starrt sie an, als wäre sie vollkommen bescheuert. »Nein, das ist er nicht. Sie liegen voll daneben. Er ist es nicht.«

»Aber …« Ebba zögert. Lügt der Junge? Will er seinen Vater schützen? »Er hatte doch ein Foto von dir. Eins, auf dem du nackt in einem Bett liegst.«

»Ja, weil er es auf meinem Handy gefunden hat. Und er war stinksauer und hat es an sich selbst geschickt. Und dann hat er gesagt, wenn ich nicht damit aufhöre, würde er allen in der Mannschaft zeigen, was ich gemacht habe.«

»Womit aufhören?«

»Solche Fotos zu machen. Ich habe ihm erzählt, ein Kumpel und ich hätten herumgealbert und mit ein paar Mädchen Fotos getauscht und so. Ich konnte nämlich nicht …« Er reibt mit dem Daumen an dem Verband an seinem Arm und reißt ihn am Rand auf.

Ebba fragt, so ruhig sie kann: »Was konntest du nicht?«

Douglas starrt sie mit weit aufgerissenen Augen an, atmet flach und schnell.

Ebba rutscht auf der Sofakante ein Stück nach vorne und macht sich bereit, ihn aufzufangen, falls er ohnmächtig wird und vom Stuhl fällt.

»Wer macht Nacktfotos von dir?«, fragt sie erneut.

Douglas reißt ein Stück von dem Verband ab und rollt es mit den Fingerspitzen auf der Handfläche zu einem Kügelchen. »Meine Eltern hatten an Heiligabend Streit. Mein Vater wollte zu irgendeiner Tussi. Die denken, ich bekomme nichts mit, aber ich weiß, dass er sich mit anderen Frauen trifft. Und meine Mutter ist ausgetickt, hat das Auto genommen und ist ihm nachgefahren.«

Ebba versucht zu verstehen, was Douglas sagt, was er andeutet. »Du meinst, Giorgio und Vera sind beide an Heiligabend irgendwohin gefahren?«

»Ja, nachdem wir von unserem Besuch bei Oma und Opa nach Hause kamen. Sie dachten, ich hätte mich schlafen gelegt, aber ich war wach und …« Er schluckt und stammelt mit kraftloser Stimme. »Sie sind beide weggefahren, haben aber der Polizei gesagt, sie wären zu Hause gewesen.« Er blickt Ebba fragend an. »Warum haben sie gelogen? Warum haben sie darüber gelogen, was sie an dem Abend gemacht haben, an dem Jasmine ermordet wurde?«

Ebba erhebt sich, geht zu Douglas und nimmt seine Hände.

»Ich weiß nicht, aber ich werde es herausfinden«, sagt sie, während eine wachsende Unsicherheit in ihr nagt.

Hat sie etwas übersehen? Hat Vera mehr getan, als nur Giorgio zu schützen?

Plötzlich dringt das, was in ihr gebrodelt hat, an die Oberfläche, und sie lässt Douglas' Hände los. Die Yogamatte! Der Nussknacker lag in einer Yogamatte in der Garage, aber sie kann sich nur schwer vorstellen, dass die Matte Giorgio gehört. Eher Vera. Warum sollte Giorgio den Nussknacker an einem Ort verstecken, wo ihn seine Frau finden könnte?

»Ist dein Vater Rechts- oder Linkshänder?«

»Äh, Rechtshänder.«

»Und deine Mutter?«

»Die ist Linkshänderin.«

Ebba kann ihre Aufregung nur mit Mühe verbergen. Ihre Gedanken überstürzen sich. Wie weit ist eine Frau gewillt zu gehen, um ihren Mann zu schützen, um zu verhindern, dass das Unfassbare, das sie so lange verdrängt hat, ans Tageslicht kommt? Ist Vera an Heiligabend zu Jasmine gefahren und ...

Ebba sieht Douglas eindringlich an. »Ich habe noch eine Frage, eine äußerst wichtige. Wer hat an dem Abend den Tesla genommen ... Giorgio oder Vera?«

57

Nicolas schlurft durch den Korridor und spürt die Aggression und das Testosteron des Wärters, der neben ihm hergeht. Es ist der Mann, dem er vor ein paar Tagen eins übergebraten hat. Beruhig dich, will er ihm sagen. Heute bin ich cool, habe nichts genommen.

Als sie beim Vernehmungszimmer ankommen, öffnet der Wärter die Tür, und Nicolas steckt den Kopf hinein, um zu sehen, wer ihn heute erwartet. Ebba und der Bulle Simon Weyler. Sein Blick ruht auf Ebba, er würde sich gerne bei ihr für seinen Ausraster entschuldigen und dafür, dass sie wegen ihm ihren Job riskiert hat. Aber das muss warten, bis er mit ihr allein ist.

Er setzt sich auf den freien Stuhl. Ebba sitzt neben ihm, Simon gegenüber auf der anderen Seite des Tisches. Wieder fragt er sich, was sie von ihm wollen. Eine neue Vernehmung, hatte der Wärter gesagt. An ihrer Körpersprache erkennt er jedoch, dass mehr dahintersteckt. Sie sind angespannt und beugen sich vor, als hätten sie schlechte Nachrichten im Gepäck.

»Geht es um Douglas?« Ebbas letzter Besuch ist ihm noch frisch im Gedächtnis. »Ist ihm etwas passiert?«

»Sowohl als auch«, antwortet Simon. »Ihm geht es einigermaßen gut. Aber es sind ein paar andere Dinge geschehen.«

411

Er fasst sich ans Kinn, eine absichtliche Pause, die bei Nicolas eine Gänsehaut verursacht. »Ihr Vater wurde wegen sexuellen Missbrauchs an Douglas festgenommen, und wir haben bei Ihren Eltern eine Hausdurchsuchung durchgeführt. Dabei haben wir Sachen gefunden, zu denen wir Ihnen ein paar Fragen stellen möchten, damit wir sie besser verstehen.«

Nicolas' Magen verkrampft sich, und er spürt ein Stechen in der Brust und ein Rauschen in den Ohren.

»Warum? Was haben Sie gefunden?«

»Darauf kann ich leider nicht eingehen. Aber wie Sie wissen, ging es Douglas längere Zeit schlecht. Vorgestern versuchte er, von einer Brücke auf die E4 zu springen, und ich glaube, Sie wissen, warum. Es ist höchste Zeit, dass Sie uns endlich reinen Wein einschenken, wenn schon nicht Ihretwegen, dann wenigstens Douglas zuliebe.«

Jetzt packt ihn richtig die Angst und schnürt ihm den Hals zu. Douglas hat versucht, sich das Leben zu nehmen, so schlimm ist es also schon. Gewiss, er hat es gewusst, aber trotzdem. Irgendwo in seinem Innern hatte er gehofft, dass nur er und Jasmine Missbrauchsopfer waren, und nicht Douglas.

Nicht sein Douglas.

Nicolas ballt die Fäuste, während Simons Mund sich bewegt, als hätte er soeben einen Schlaganfall erlitten.

»Ich bin mir sicher, dass der Mord an Ihrer Schwester mit diesem sexuellen Missbrauch zusammenhängt. Ich weiß nur nicht, wie. Helfen Sie mir auf die Sprünge.«

Nicolas droht der Schädel zu platzen, und Blitze zucken vor seinen Augen. Die Erinnerungen, die sich mit brachialer Gewalt einen Weg nach draußen bahnen und die er immer wieder zurückdrängt.

»Nicolas«, sagt jemand und berührt ihn. Er dreht den Kopf zur Seite. Es ist Ebba.

»Wo ist Angela?«, fragt er. »Meine richtige Verteidigerin.«

»Sie konnte heute nicht kommen, aber ich bin hier. Ich weiß, dass Sie Jasmine nicht ermordet haben. Es war jemand anders, jemand, der nicht wollte, dass sie an die große Glocke hängt, was Sie beide während Ihrer Kindheit durchmachen mussten. Dasselbe, was Douglas jetzt durchmacht. Habe ich recht?«

Nicolas starrt sie an. Die Frau glaubt zu wissen, worum es geht, aber sie hat keinen blassen Schimmer. »Was hat Douglas gesagt?« Er wird lauter. »Was hat er eigentlich gesagt?«

Ebba schreckt zurück. »Nicht viel. Und ich kann ihn verstehen, er ist vierzehn und in dieser Sache ganz auf sich allein gestellt. Solange Sie nichts sagen.«

Nicolas würde ihr am liebsten eine reinhauen, sie und den Bullen gegen die Wand werfen. Er weiß, warum. Weil sie recht haben. Sie sagen ihm durch die Blume, dass er ein Feigling ist, dass er für Douglas da sein sollte. Und ja, das sollte er, das hätte er schon vor langer Zeit tun sollen. Aber das geht nicht, das geht auf gar keinen Fall. Kein Mensch auf der ganzen Welt würde verstehen, warum er nichts dagegen unternommen hat. Er sammelt sich und versucht, wieder normal zu atmen.

»Warum wurde mein Vater festgenommen?« Er sieht Ebba und Simon eindringlich an, versteht es wirklich nicht. Warum Giorgio?

»Weil wir gegen ihn Beweise haben«, antwortet Ebba, klingt jedoch nicht mehr so überzeugt. »Douglas dagegen behauptet, nicht Giorgio hätte ihn missbraucht, sondern jemand anders. Aber wir haben den Verdacht, dass er sich nicht traut zu sagen, wer.«

Nicolas konzentriert sich auf einen Strich, den jemand mit Filzstift auf den Tisch gemalt hat, und kämpft gegen die Erinnerungsbilder an, die wie eine Woge unaufhaltsam über ihn hinwegbrechen. Wie sie im Auto fuhren, als er jünger war, wie er sich ausziehen musste, wie er fotografiert und gefilmt wurde, wie er Dinge tun musste, von denen er in seinem Innern wusste, dass sie falsch waren. Jeden Abend hatte er eine Riesenangst, die Augen zu schließen, wollte nicht einschlafen, wollte nicht davon aufwachen, dass jemand sich neben ihn legte, ihm zwischen die Beine fasste und eine Erektion auslöste.

Es war seine Schuld, er wollte es ja, sonst wäre sein Penis nicht steif geworden.

Er wollte es genauso wie … wie …

»Denken Sie an Douglas«, vernimmt er Ebbas mahnende Worte, während er gleichzeitig das widerwärtige Keuchen und Stöhnen in seinen Ohren hört und den Körper spürt, der sich gegen den seinen reibt. »Denken Sie an Ihren kleinen Bruder. Er braucht Sie jetzt, er schafft es nicht allein.«

Nicolas steckt sich die Faust in den Mund und beißt in sie, so fest er kann.

Denken Sie an Douglas, denken Sie an Ihren kleinen Bruder. Denken Sie an Douglas, denken Sie an Ihren kleinen Bruder.

Plötzlich explodiert etwas in seiner Brust. Der Ekel, den er all die Jahre unterdrückt hat. Die Angst, die er ausgestanden hat, dass eines Tages alles herauskommt, dass alle es erfahren. Er fragt sich, wer da schreit, bis er schließlich begreift, dass es das Scham- und Schuldgefühl in ihm ist, das jetzt endgültig genug hat.

»Er ist nicht mein kleiner Bruder! Er ist mein Sohn. Er ist mein kleiner Bruder und mein Sohn.«

58

Die Worte gehen Ebba wie ein Mantra durch den Kopf, während sie mit Simon zum Ausgang geht, nachdem sie Nicolas dem Wärter überlassen haben.

Er ist mein kleiner Bruder und mein Sohn. Er ist mein kleiner Bruder und mein Sohn.

Wie ist das möglich? Wie werden Menschen auf diesem Planeten gezeugt?

Im Empfangsbereich treffen sie auf Angela, die hierhergehetzt ist und sich die Schneeflocken vom Pelzmantel wischt.

»Habt ihr etwas aus ihm herausbekommen? Wie hat er auf Giorgios Festnahme reagiert?«

»Kommen Sie.« Ebba öffnet die Tür zum Treppenhaus. »Wir reden lieber hier draußen.«

Als Angela eine Augenbraue leicht hochzieht, wirft Ebba einen vielsagenden Blick auf die zwei Wärter, die sich ein paar Meter weiter unterhalten. Was sie ihrer Chefin mitzuteilen hat, ist eine heikle Angelegenheit und nicht für deren Ohren bestimmt.

Ein Anflug von Erregung huscht über Angelas Gesicht, als sie begreift, dass Ebba etwas Interessantes zu berichten hat. Sie gehen hinaus, schließen die Tür hinter sich. Ebba wartet, bis ein

Anzugträger mit Aktentasche im Fahrstuhl verschwunden ist. Dann lässt sie die Bombe platzen.

»Douglas ist Nicolas' Sohn.«

Angela starrt sie und Simon verständnislos an.

»Nicolas ist der Vater von Douglas«, verdeutlicht Ebba. Sie hat es selbst noch nicht richtig verstanden, obwohl sie eine halbe Stunde Zeit gehabt hat, die Nachricht zu verdauen. »Vera Moretti hat Nicolas vergewaltigt und von ihm ein Kind bekommen. Douglas. Nicht Giorgio hat seine Kinder sexuell missbraucht, sondern Vera.«

Angela blickt weiterhin verständnislos drein, aber als schließlich der Groschen fällt, lacht sie so laut, dass sich die Wärter hinter der Glastür umdrehen und sie anstarren.

»Wir sind wohl nicht die Einzigen, die einen an der Waffel haben«, stößt sie lachend hervor und hält sich dabei eine Hand vor den Mund.

Ebba und Simon sehen sich verwundert an. Bevor sie etwas sagen können, endet Angelas Heiterkeitsausbruch genauso schnell, wie er begonnen hat. Sie hebt das Kinn, setzt eine professionelle Miene auf und wendet sich an Simon.

»Dann schlage ich vor, dass Sie sich sofort mit dem Staatsanwalt in Verbindung setzen und einen Haftbefehl für Vera Moretti sowie einen Vaterschaftstest für Douglas beantragen. Die Verjährungsfrist für schwere Vergewaltigung von Minderjährigen wurde erst vor Kurzem geändert. Zuvor betrug sie fünfzehn Jahre ab dem Zeitpunkt der Volljährigkeit des Opfers. Jetzt wurde diese Frist ganz aufgehoben, weil man eingesehen hat, dass sexueller Missbrauch oft ein lebenslanges Trauma verursacht.«

»Vermutlich hat Vera auch Jasmine ermordet«, sagt Ebba. »Eine Zeugin hat den Tesla der Morettis zur Tatzeit unweit von Jasmines Wohnung gesehen. Außerdem hat Douglas erzählt, dass Giorgio und Vera spät an Heiligabend in separaten

Fahrzeugen weggefahren sind, aber dass Vera es war, die den Tesla genommen hat.«

Angela faltet die Hände und spielt mit den Fingern, als wären sie Tentakel. »Douglas kann also bezeugen, dass Vera mit dem Tesla gefahren ist, und wir haben eine Zeugin, die den Wagen am Runda vägen gesehen hat, nur einen Steinwurf von Jasmines Wohnung entfernt. Aber hat sie nur das Auto gesehen, keinen Fahrer?«

»Doch«, sagt Simon. »Sie hat eine Person gesehen, aber die Anzeige erfolgte online, also müssen wir sie noch einmal befragen. Hellberg war auf dem Weg zu ihr, aber vielleicht haben Sie gehört, dass er …«

»Ja, das habe ich in der Tat.« Angelas Miene ist unbezahlbar. »Ich habe vor Kurzem mit einem Feuerwehrmann gesprochen, den ich kenne. Er war dort und hat das Autodach durchgeschnitten. Offenbar hat Hellberg sich beim Fahren einen runtergeholt. Der Hosenschlitz war offen und die Hose war …« Sie verzieht das Gesicht und bewegt die Hand in der Höhe ihres Schritts vor und zurück. »Total klebrig. Da muss es ihm gekommen sein und er hat die Kontrolle über sein Fahrzeug verloren.«

Simons Augen weiten sich, und er wirkt, als debattiere er mit sich selbst, ob er diese Geschichte glauben soll oder nicht.

»Sie machen Witze«, sagt Ebba und fragt sich, ob man ihr die Schadenfreude ansieht. Ihre Aktion hat besser funktioniert als erwartet.

»Keinesfalls«, erwidert Angela. »Aber ein bisschen Anerkennung gebührt ihm trotzdem. Wenigstens hat er einen explosiven Orgasmus gehabt.«

»Also, stimmt das wirklich?«, stammelt Simon.

Angela spielt beleidigt. »Darauf können Sie Gift nehmen. Meine Quelle ist äußerst zuverlässig. Über so ernste Angelegenheiten macht er keine Witze. Das könnte schließlich

Hellbergs Ruf schaden.« Sie trieft vor Sarkasmus und murmelt leise: »Und das wurde auch höchste Zeit.«

Ebba ist auf eine seltsame Weise stolz. Das mit Hellberg war ihr Werk. Sie hat sich an ihm mit kleinen Mitteln gerächt. Hart und schonungslos. Nicht, indem sie ihm mit einer Kugel den Schädel weggeblasen oder ihn verstümmelt hat, wie man es manchmal in Filmen sieht. Auch nicht, indem sie ihn angezeigt und mithilfe ihrer kompromittierenden Videoaufnahme in ein langwieriges, aufreibendes Gerichtsverfahren verwickelt hat. Sie ist ohne solche Maßnahmen zurechtgekommen. Jetzt hat sie Hellberg in der Hand, kann von ihm bekommen, was sie will. Karma und so.

»Rufen Sie ihn an«, sagt Angela zu Simon. »Nein, natürlich nicht deswegen«, verdeutlicht sie, als Simon skeptisch dreinblickt. »Es wäre gut zu wissen, ob er es zu dieser Zeugin geschafft und eine Beschreibung der Person erhalten hat, die den Tesla fuhr.«

»Ja, aber ...«

»Rufen Sie an. Entweder ist alles in Ordnung und er geht ran, oder er liegt auf der Traumastation und tut es nicht.«

Simon öffnet den Mund, schließt ihn jedoch gleich wieder und geht ein Stück weg.

»Noch etwas?«, fragt Angela, nachdem sie sich versichert hat, dass Simon wirklich anruft.

Ebba überlegt. Noch etwas? Ihr kommt es vor, als wäre in den letzten Tagen eine ganze Menge passiert. Angela hat sich aufgehängt, Douglas stand kurz davor, von einer Brücke zu springen, sie selbst wurde wegen Trunkenheit am Steuer und beinahe wegen schweren Ladendiebstahls erwischt, aber letzteres Vergehen muss Angela auf ihre Kappe nehmen. Außerdem hat Giorgio sie gewürgt und Hellberg hat sie gegen ein Auto gedrückt und ... Aber das Beste oder das Schlimmste von allem, je nachdem, wie man es betrachtet, ist, dass Nicolas endlich sein Trauma offengelegt hat – dass Douglas sein Sohn ist und dass er den größten Teil seines Lebens mit der Angst gelebt hat, Giorgio und andere könnten dies erfahren. Noch etwas?

»Der Nussknacker«, fällt ihr plötzlich ein. »Die Polizei hat in der Garage der Morettis einen Nussknacker gefunden, von dem die Quetschung an Jasmines Finger stammen könnte.«

»Was für einen Nussknacker?«

»Sie erinnern sich vielleicht, dass auf Jasmines Couchtisch eine Menge Nüsse und Schalen herumlagen. Aber niemand dachte daran, dass der Nussknacker fehlte. Jetzt hat die Polizei einen gefunden. Er war in eine Yogamatte in der Garage eingewickelt. Veras Yogamatte.«

Angela legt nachdenklich die Stirn in Falten und sieht aus, als begehe sie den gleichen Denkfehler wie Ebba vorhin. Warum sollte Vera den Nussknacker mitnehmen, aber nicht die Tatwaffe? Um den Verdacht auf Nicolas zu lenken? Andererseits – warum den Nussknacker mitnehmen?

»Zweifellos merkwürdig.« Angela klopft sich mit dem Zeigefinger ans Kinn. »Aber das ist gut für uns. Bevor der Tag vorbei ist, wird Nicolas aus der Untersuchungshaft entlassen. Wir verteidigen ihn, nicht Vera Moretti.«

Sie wenden sich Simon zu, als dieser mit dem Mobiltelefon in der Hand zurückkommt.

»Ich habe Hellberg erreicht. Er hat mit der Zeugin gesprochen. Den Tesla fuhr eine Frau mit hochgestecktem Haar.«

»Bingo!«, sagt Angela. »Kann das womöglich Vera gewesen sein?«

»Vermutlich, aber die Zeugin hat die Frau nur aus einiger Entfernung gesehen. Deshalb werden wir wohl mit ihr keine Wahllichtbildvorlage durchführen können. Dafür hat die Zeugin ein Teil des kaputten Scheinwerfers aufgehoben, das bei dem Parkschaden auf die Straße gefallen ist. Wir können also auf jeden Fall nachweisen, dass sich der Tesla in der Nähe des

Tatorts befand.« Simon mustert beide abwechselnd. Offenbar wartet er auf eine weitere Reaktion.

»Interessiert es Sie eigentlich, wie es Hellberg geht?«, fragt er, als diese ausbleibt.

Ebba und Angela wechseln einen Blick und antworten im Chor: »Nein.«

59

Ebba reißt die Plastikfolie von dem neu gekauften Bürostuhl und stellt ihn vor den Schreibtisch, der ein paar Tage zuvor geliefert worden war. Dann blickt sie sich zufrieden um. Die Anwaltskanzlei Köhler ist zu neuem Leben erwacht. Angela hat die Möbel, die sie verkauft hatte, durch neue aus einem Auktionshaus ersetzt. »Die sollen ruhig ein bisschen gebraucht aussehen«, hatte sie gemeint. Den handgeknüpften Teppich hat sie von der Person, an den sie ihn verhökert hatte, zurückgekauft. Auf den Fischgrätenparkettböden in den drei Büroräumen stehen überall grüne Zimmerpflanzen in großen Tontöpfen herum.

In den gut drei Wochen seit Nicolas' Entlassung aus der Untersuchungshaft sind Angelas Telefone heiß gelaufen, und ihre Schreibtischunterlage ist mit rosa und gelben Haftnotizzetteln vollgeklebt. Erinnerungen daran, diesen und jenen anzurufen. Namen von neuen Mandanten samt Datum und Uhrzeit der vereinbarten Termine.

Die Kanzlei boomt wieder, dank Angelas und Ebbas erfolgreichen Bemühungen, die Einstellung des Verfahrens gegen Nicolas zu erreichen. Vielleicht ist dies in erster Linie Ebbas Verdienst, aber sie teilt gern den Erfolg mit ihrer Chefin.

Während Ebba den nächsten Stuhl aus dem Karton holt und die Plastikfolie entfernt, schielt sie zu dem brandneuen Fernseher hinüber. Hauptthema der Sendung, die gerade läuft, ist die in Untersuchungshaft befindliche Vera Moretti. Ein Reporter, der sich im Empfangsbereich des Polizeireviers aufhält, streckt einer Person, die Ebba in letzter Zeit oft gesehen hat, das Mikrofon entgegen. Simon, den Medien inzwischen bekannt wie ein bunter Hund.

»Stimmt es, dass Vera Moretti auch des Mordes an ihrer Stieftochter Jasmine Moretti verdächtigt wird?«

»Ja, das ist richtig.«

»Auf welcher Grundlage?«

»Darauf kann ich leider nicht eingehen, aber wir haben Beweise und Zeugen, die unsere Theorie bekräftigen. Vera Moretti ist dringend tatverdächtig.«

»Aber anfangs war die Polizei ziemlich sicher, dass Nicolas Moretti der Täter ist. Was spricht dafür, dass Sie dieses Mal richtigliegen?«

»Im Zuge der fortgesetzten Ermittlungen sind neue Ergebnisse, Beweise und Umstände aufgetaucht, die den Verdacht gegen ihn entkräftet und dazu geführt haben, dass die Anklage fallen gelassen wurde. Aber wie gesagt, auf Details kann ich nicht eingehen.«

»Neue Umstände, sagen Sie. Beziehen Sie sich auf den sexuellen Missbrauch, den Vera Moretti an ihren und Giorgio Morettis Kindern verübt hat?«

»Ja, unter anderem.«

»Hat sie sich an allen drei Kindern vergriffen?«

»Ja, alles deutet darauf hin. Aber wir stehen erst am Anfang der Voruntersuchung, und es gibt immer noch viel Material, das wir durchsehen und auswerten müssen.«

Simon gibt mit einem Nicken zu verstehen, dass er nicht mehr sagen wird.

»Nur noch eine Frage.« Jemand hält Simon ein Mikrofon unter die Nase. »Ein Vaterschaftstest hat bestätigt, dass Nicolas der Vater von Douglas ist. Was sagen Sie dazu?«

»Nun, das muss für alle ein furchtbarer Schock gewesen sein, eine große Familientragödie, und wir müssen auf alle Beteiligten Rücksicht nehmen. Das Ganze wird ungeheuer schwierig für sie sein, auch ohne die mediale Aufmerksamkeit.«

Ebba widmet sich wieder dem Stuhl und entfernt den Rest der Plastikfolie. Eine große Familientragödie. Ja, das ist wohl das Mindeste, was man sagen kann. Und leider haben die Medien keine Rücksicht auf die Beteiligten genommen. Vielmehr spielen die Schlagzeilen verrückt:

Nicolas Moretti ist der Vater seines kleinen Bruders; Sie vergewaltigte ihren Stiefsohn und bekam von ihm ein Kind; Giorgio Morettis Verrat an seinen Kindern – er muss es gewusst haben.

Und natürlich haben selbst ernannte Experten ihren Senf dazugegeben und dieses kontroverse, rational nur schwer begreifbare Thema bis zum Abwinken analysiert und debattiert. Wie kann eine Mutter ihre Kinder vergewaltigen? So etwas tun doch nur Männer.

Ebba hatte ebenfalls diese Position vertreten, was jedoch daran lag, dass sämtliche Indizien zunächst auf Giorgio hindeuteten. Nicht nur, dass er ein Sugardaddy war und sich mit der eigenen Tochter zu einem Date verabredet hatte, sondern auch, dass er Jugendtrainer war, sich mit Adam Ballin in den Abstellraum geschlichen und auf seinem Handy ein Nacktfoto von Douglas gespeichert hatte. Was hätte sie sonst glauben sollen?

Vera hatte sich geweigert, näher zu erklären, was alle wissen wollten. Warum? Wie kann man nur seinen Kindern so etwas antun? Das Einzige, was sie zu ihrer Verteidigung vorbrachte, war, dass sie selbst missbraucht worden war – eine fast schon klischeehafte Ausrede, mit der Täter ihr Verhalten entschuldigen.

Zu dem Mord an Jasmine äußerte sie sich ebenfalls zurückhaltend. Ja, sie war an Heiligabend zu ihrer Stieftochter gefahren, aus Angst, Jasmine könnte etwas ausplaudern. Aber sie war nie zu ihr hoch in die Wohnung gegangen und hatte ihr definitiv nicht die Kehle durchgeschnitten. Stattdessen war sie im Auto sitzen geblieben und hatte nach einiger Grübelei beschlossen, dass sie »keine schlafenden Hunde wecken« wollte.

Und dann die klassische Erpressertour, bei der Ebba sich widerwillig wiedererkennt. Vera gab dies zu, da Beweise vorlagen, unter anderem die digitalen Spuren der Übergriffe. Veras Computer und Handy enthielten eine Menge pornografisches Material, vor allem von Nicolas, Jasmine und Douglas, Fotos und Filme, die sie gelöscht hatte, die der IT-Forensiker jedoch wiederhergestellt hatte. Material, das sie als Drohkulisse verwendete, um ihre Kinder zum Schweigen zu bringen.

»Falls ihr vorhabt, Papa etwas zu sagen, zeige ich ihm das hier. Und dann behaupte ich einfach, ihr hättet Pornofotos aufgenommen und sie ins Internet gestellt, um damit Geld zu verdienen.«

Nicolas hatte sie mit etwas gedroht, das ein Teenager nur schwer verkraften kann: »Was glaubst du, wird Giorgio von dir denken, wenn er erfährt, dass du der Vater von Douglas bist?«

Vera gab schließlich zu, Nicolas vergewaltigt zu haben, denn aus dem Ergebnis des DNA-Tests konnte sie sich kaum herausreden. Und es würde ihr zum jetzigen Stand der Ermittlungen keiner mehr glauben, wenn sie behauptete, Nicolas hätte es auch gewollt.

Das mit dem Nussknacker stritt sie jedoch ab. »Den muss jemand anders in der Yogamatte versteckt haben. Warum sollte ich so etwas tun? Wenn ich die Mörderin wäre, hätte ich stattdessen die richtige Mordwaffe, nämlich das Messer, mitgenommen.«

Ebba hatte in den gleichen Bahnen gedacht und war im Gespräch mit Angela und Simon zu dem Schluss gelangt, dass Vera einen Sündenbock brauchte. Sie hatte das Messer am Tatort zurückgelassen, um Nicolas den Mord in die Schuhe zu schieben. Dann würde die Polizei nicht nach einem alternativen Täter suchen.

Aber das Ganze nagt immer noch an ihr. Warum hat Vera überhaupt den Nussknacker mitgenommen? Als eine Art Trophäe? Ebba fällt keine plausible Erklärung ein. Andererseits tun Menschen manchmal seltsame Dinge, besonders, wenn sie unter Druck stehen.

Das Handy piept. Eine Textnachricht von Simon. Er fragt, ob sie Lust hat, mit ihm heute Nachmittag einen Kaffee zu trinken. Sie antwortet mit *Ja* und einem Smiley. Dann stellt sie fest, dass sie auch eine Nachricht von Jens erhalten hat.

Lange nichts voneinander gehört. Glückwunsch zu deinem Erfolg. Möchtest du dich diese Tage mit mir treffen? Rotes Herz.

Ebba schaltet das Display aus. Keine Chance. Wieso meldet er sich jetzt, nach langer Funkstille während all der Monate, in denen sie ihn gebraucht hätte? Sie blickt auf das Handy und schnaubt verächtlich. Dreht den Kopf in Richtung Eingangstür, die gerade aufgeht.

Angela kommt in knallrosa Stiefeln und einem Mantel mit Tigermuster herein, den Ebba noch nie zuvor gesehen hat. Im Vorbeigehen winkt sie Ebba mit einer zusammengefalteten Ikea-Tüte zu.

»Jetzt geht es zurück in die Wohnung. Der Kerl ist endlich ausgezogen.«

Obwohl Ebba ein gewisses Mitleid mit Angelas Untermieter verspürt, kann sie sich ein Lächeln nicht verkneifen. Offenbar hat er entschieden, sich nicht mit einer Anwältin anzulegen, die ihre Wohnung wiederhaben will. Noch dazu eine, die erst kürzlich einen unmöglichen Fall gewonnen hat. Klug von ihm.

»*Übrigens.*« *Angela bleibt im Türrahmen stehen.* »*Der Wichser ist anscheinend wieder auf den Beinen. Vielleicht sollten wir ihn besuchen und schauen, wie es ihm geht.*« *Sie zwinkert Ebba zu und geht weiter zu* ihrem Büro.

Das Lächeln um Ebbas Lippen wird breiter.

Der Wichser. Angela ist nicht die Einzige, die Hellberg in den letzten Wochen so genannt hat. Der Spitzname hat sich auf dem Polizeirevier verbreitet wie das Coronavirus.

Besser hätte es nicht kommen können.

Ebba sammelt das Verpackungsmaterial auf und legt es in den Flur. Plötzlich hört sie Angela wegen etwas fluchen und geht zu ihr. Ihre Chefin ist rot im Gesicht und müht sich mit einem Umzugskarton ab, der ihr aus den Händen zu gleiten droht.

»*Ich nehme ihn*«, *sagt Ebba und fängt ihn auf.* »*Shit. Was haben Sie da drin?*«

»*Bücher. Der muss runter ins Auto.*«

»*Okay.*« *Ebba schleppt den Karton zu*m Ausgang und stützt ihn auf einem Oberschenkel ab, um die Tür öffnen zu können. Mit vorsichtigen Schritten geht sie die Treppe hinunter und schielt an dem Karton vorbei, um zu sehen, wo sie hintritt. Trotzdem macht sie an der Stelle, wo die Treppe um die Ecke führt, einen Fehltritt, strauchelt und fängt sich wieder, aber nicht den Karton. Er poltert die Treppe hinunter und landet verkehrt herum auf dem Boden. Bücher und diverse andere Gegenstände fallen heraus. Eine Kosmetiktasche, ein Föhn, eine Shampooflasche. Und noch etwas. Ebba tritt näher heran, um genauer hinsehen zu können, und zieht an dem Kleidungsstück, das aus dem Karton herausschaut.

Es ist lila mit gelben Punkten. Ein Schal.

Ebba erstarrt. Was hatte Rantanen gesagt? Dass Jasmine einen lila Schal mit gelben Punkten verloren hatte und dass er eine Viertelstunde später nicht mehr auf dem Gehsteig lag.

Ebba und Angela waren zu dem Schluss gelangt, dass jemand ihn aufgehoben haben musste, jemand, der vielleicht Jasmine und Nicolas gefolgt war.

Mit schleichendem Unbehagen ahnt sie, dass sie eine ungewollte Entdeckung gemacht hat. Sie sieht sich den Schal genauer an, und siehe da, an einem Ende befindet sich ein Riss.

Das Armierungseisen unter Jasmines Balkon. Jemand ist womöglich dort hochgeklettert und mit einem Kleidungsstück hängen geblieben.

Ein bohrendes Alarmgefühl macht sich in Ebba breit, als ihr klar wird, dass sie besagtes Kleidungsstück in den Händen hält.

Aber warum befindet es sich in Angelas Umzugskarton? Wenn sie es auf irgendeine Weise gefunden haben sollte, hätte sie es der Polizei geben müssen. Schließlich weiß sie, dass es sich dabei um ein wichtiges Puzzleteil in dem Mordfall handelt.

Wenn man das Kleidungsstück bei einer verdächtigen Person finden würde … Etwas in der Art hatte Angela zu ihr gesagt. Wenn …

War das … Nein. Der Gedanke ist so morbide, dass sie ihn nicht zu Ende denken will. Angela kann unmöglich … Andererseits hat sie einen wichtigen Beweis unterschlagen, ein Indiz, das den Täter mit dem Mord in Verbindung bringen kann.

Während die Erkenntnis langsam durchsickert, verfolgt Ebba den Gedanken weiter.

War Angela diejenige, die Nicolas und Jasmine auf dem Heimweg von der Kneipe gefolgt ist? Hatte sie den Schal aufgehoben? Und war sie damit an dem Armierungseisen hängen geblieben, als sie zu Jasmines Wohnung hochgeklettert war?

Schritte im Treppenhaus. Ebba blickt auf und sieht Angela in ihren rosa Stiefeln auf sie zukommen. Sie versucht, das Chaos in ihrem Kopf zu sortieren.

Die eingetroffene Weissagung. Warum hat sie nicht schon früher daran gedacht? Vera kann kaum davon gewusst haben, da sie und Jasmine keinen Kontakt miteinander hatten. Angela dagegen sah Jasmine oft in der ACA-Gruppe und wusste höchstwahrscheinlich, wovor Jasmine graute – dass entweder sie oder Nicolas vor dem dreißigsten Geburtstag sterben würde. Vielleicht wurde sie sogar davon inspiriert. Schließlich wusste sie, dass Nicolas im Zusammenhang mit einem Mordskandal fette Schlagzeilen garantieren würde.

Hatte Angela diesen Skandal selbst herbeigeführt? Dafür gesorgt, dass Nicolas sie als Verteidigerin engagierte?

Ja, das hatte Angela bereits zugegeben, als Ebba sie wegen des erfundenen Stalkers konfrontiert hatte.

»Das tut mir leid, aber ich brauchte diesen Fall wirklich. Um Nicolas zu überreden, mich zu engagieren, musste ich ihn glauben lassen, dass es einen Stalker gab, auf den sich der Mordverdacht lenken ließ.«

Es war kein Zufall, dass sie sich in derselben Nacht, in der Nicolas wegen Mordverdachts festgenommen wurde, auf dem Polizeirevier befand. Sie kannte die erdrückende Beweislast gegen ihn und wusste, dass man ihn wegen Mordes verurteilen würde.

»Das waren Sie!«, sagt Ebba, als Angela vor ihr stehen bleibt. »Und anschließend haben Sie den Nussknacker mitgenommen und in Veras Yogamatte versteckt. Deshalb waren Sie so scharf darauf, dass ich bei Giorgio etwas finde, das zu einer Hausdurchsuchung führt. Aber das Messer haben Sie nicht mitgenommen, das musste am Tatort bleiben, um den Verdacht auf

Nicolas zu lenken. Sie haben Ihren eigenen unmöglichen Fall arrangiert.«

Angela bückt sich, greift nach dem Schal und fährt mit den Fingerspitzen über den weichen Stoff. Dann fixiert sie Ebba mit ihrem Blick.

»Denken Sie daran ... Frauen müssen zusammenhalten.«

Zeitfracht Medien GmbH
Ferdinand-Jühlke-Straße 7
99095 Erfurt, Deutschland
produktsicherheit@kolibri360.de

Druck:
CPI Druckdienstleistungen GmbH
im Auftrag der
Zeitfracht Medien GmbH
Ein Unternehmen der Zeitfracht - Gruppe
Ferdinand-Jühlke-Str. 7
99095 Erfurt